U0948725

平路易行

人类极简史
地理小发现

张迈——著

清華大學出版社
北京

图书在版编目（CIP）数据

平路易行：人类极简史　地理小发现 / 张迈著. —北京：清华大学出版社，2021.10

ISBN 978-7-302-58535-0

Ⅰ. ①平… Ⅱ. ①张… Ⅲ. ①随笔—作品集—中国—当代 Ⅳ. ①I267.1

中国版本图书馆CIP数据核字（2021）第126945号

责任编辑：宋丹青
封面设计：谢元明
责任校对：王荣静
责任印制：杨　艳

出版发行：清华大学出版社

网　　址：http://www.tup.com.cn，http://www.wqbook.com
地　　址：北京清华大学学研大厦A座　**邮　　编：**100084
社 总 机：010-62770175　**邮　　购：**010-62786544
投稿与读者服务：010-62776969，c-service@tup.tsinghua.edu.cn
质量反馈：010-62772015，zhiliang@tup.tsinghua.edu.cn

印 刷 者：小森印刷（北京）有限公司
经　　销：全国新华书店
开　　本：170mm × 240mm　**印　　张：**25.5　**字数：**359千字
版　　次：2021年10月第1版　**印　　次：**2021年10月第1次印刷
定　　价：118.00元

产品编号：088924-01

出版寄语：行走的笔尖，跃动的思维

刘　震*

我没有拖延症，但这篇文章却拖了很久。缘由挺简单的，无从下笔。

与张迈兄的熟识，起源于他在清华读书，当然少不了翁大叔的介绍。初识，张迈稍显瘦弱的体型（在我眼里，大部分人都是瘦的）和温文尔雅的气质，给我的印象更像是书生，流露着南方人的沉静、细腻。但他深邃有神的双眼，又仿佛提醒大家他是个有故事的人。慢慢地，了解到他爱旅游，好像走过不少地方；他也爱跑步，还是发烧级的跑者……

忽然有一天，他邀我为他的文集写篇寄语。鬼使神差，也许是酒精作怪，我竟答应了。拒绝朋友，的确是一件难事。

如前所说，接了活儿却无从下笔，认真看了书稿，有点后悔，人家随便一说，我便当真了。一是自愧不如，不仅仅是走过的路，还有写过的随笔；

---

* 刘震，清华大学继续教育学院院长，联合国教科文组织继续工程教育中国教席负责人。清华大学马克思主义学院长聘副教授、博士生导师。北京高校思想政治理论课特级教师。先后获得清华大学工学学士、经济学硕士、经济学博士学位，应用经济学专业博士后。主要研究方向为政治经济学、宏观经济理论和政策研究，主要涉及国有资产管理和国有企业改革等。现兼任清华大学现代国有企业研究院副院长，清华大学互联网产业研究院副院长，清华大学国家治理与全球治理研究院研究员，清华大学全球产业研究院研究员，清华大学国情研究院兼职研究员，中国社会科学院当代中国马克思主义政治经济学创新智库特约研究员，中国高等教育学会招生考试分会执行理事长，中国青年政治经济学学者年会发起人、2018-2020 年轮值主席。

二是看了已经完成的序，觉得真情实感都已经被大家抒发得淋漓尽致了，脑子一片空白。但既然答应了，还是要完成的，哪怕是一个字一个字地挤出来。

张迈的经历让我想起了摇滚天王崔健的那首《假行僧》，歌中唱道“我要从南走到北，我还要从白走到黑……”不知道张迈兄是不是当时听了这首歌，热血沸腾，开启了人生之旅，不仅仅从南到北，也不仅仅从白到黑，而是跨越五大洲、横穿四大洋。可喜的是，他并没有如歌所唱“我要人们都看到我，但不知道我是谁”，他边走边写，用隽永的文笔如实地记录了一程又一程的山和水、人和物，文字诚实地表达出他的思考、他的情愫。文如其人，读完所有文字，一个活生生的张迈就会出现在人们面前，让大家了解他，不仅是他的成就，更是他坚毅、善良的品质和浓浓的家国情怀……正因为此，本书的每一篇随笔都为张迈兄的旅程赋予了不一样的意义和价值，不再是简单的游记，而是情感的足迹和思想的记录。旅程不再属于他个人，伴随的是行走的笔尖、跃动的思维！

今年正值清华大学建校110周年，清华大学出版社出品了纪录电影《大学》（*The Great Learning*），张迈将《平路易行》的英文名定为The Great Walking，亦可算作他为清华献上的一份礼物吧！

仅此寄语，预祝张迈兄下一段旅程更美好！

2021年8月26日于清华园

张迅全家好：

南极幸会
生命觉醒！

2019.11

* 蔡育天，南极论坛执行秘书长、南极会执行会长、中国国际文化交流中心第五届理事。

序一：思想的力量

叶公伟*

我与张迈极友相识小二十年时间，平时只知道他是做金融与投资方面工作的，在一起交流也以这方面话题居多。这次共赴南极，读了他写的《平路易行——人类极简史 地理小发现》初稿，才发现他的文字也如此出色，发现了他的思想能力与力量。

我相信张迈极友所言，不仅代表他个人对于地球、环境、人类与未来的认知和责任，更代表中国商界、企业界的精英人士从对物质世界的追求向对精神世界的追求的转变。如何看待世界、看待中国、看待自己，我们呼唤精英人士能够引领中国精神时代的到来。

我希望当人类遭受灾难的时候，所有中国人与全世界站在一起同呼吸共命运，共渡难关；我希望当人类有了新的发明、新的发现或取得重大进步时，所有人都能参与和分享；我希望有一种思想的力量，能够鼓舞人、激励人、引导人、启发人。在本书的阅读中，我看到了一些希望。

在此引用一位国际人士的醒世奇文："致人类的信……地球向你们耳

---

* 叶公伟，南极论坛副秘书长、南极会副会长、中国国际文化交流中心理事。中欧国际工商学院 EMBA 硕士，上海市浦东新区第一、二、三、四届政协委员。1997—2003 年任中国华信投资集团有限公司执行董事、总经理；2003 年起担任有伟控股有限公司执行主席、动力资本有限公司执行主席、上海仁融资产管理有限公司执行主席、上海外环隧道建设发展有限公司执行董事、上海东环高速公路发展公司执行董事。

语你们听不到，地球向你们倾诉你们不去听，大地尖叫起来，你们却把它关掉了，所以我诞生了……我的来临不是要惩罚你们，而是来唤醒你们。大地大声呼救……大规模的洪水你们不听，燃烧的森林你们不听，强劲飓风你们不听，可怕的龙卷风你们也不听。我让全世界停止在它的轨道上。我让你们终于听了，我让你们躲进了家，我让你们不再去想物质的东西了。”

或许地球不需要人类拯救，需要拯救的是我们人类自己。

祈祷人类世界少些贪婪，少些自我，多些责任，多些爱……

2020 年 4 月 28 日于上海

序二

黄海波*

当一个有文采、有激情的会计师、金融师开始跑步，甚至跑遍全球，会发生什么事，就是这样一部汉字数字的组合集，人生经历和人类历史的交集录。这类人在书写感悟的同时，似乎也在建立一个庞大的数据库。

初识张迈是在去往南极的船上，他张嘴发出的浓重浙南乡音普通话，马上让我判断出他是温州人，我的老乡。他的精力充沛和扎实稳健也显示出温州人精进向上的个性。船上也只有他们夫妇俩带了 8 岁的儿子一同前往南极，要知道同行者不少是七八十岁的老人，一辈子到这个时间才有机会来南极一趟。温州人对培养下一代的大胆投资，及对世界的睁大眼睛的渴望也显然在影响着下一代。而且每天的旅程结束后，张迈总是很快就写出一篇游记，且翔实感人。

---

* 黄海波，1965 年生人，资深媒体人、电视制作人。毕业于中国传媒大学外语系国际新闻专业；后就读日本早稻田大学研究生院映画学专业；获香港科技大学工商管理硕士学位。曾任职中央电视台。2002 年加盟凤凰卫视。在几十年媒体从业经验中，制作、策划、监制多个专题栏目及大型专题节目，曾任凤凰卫视纪录片栏目的总制作人及节目运行，现担任多个国际纪录片展评委、决策人，多所大学客座教授。现任凤凰卫视中文台副台长、总编室主任、电影台台长。

凤凰卫视南极行报告人黄海波

这个精力充沛的跨界作家跑者不知还会跑到哪里去，写到哪里去。但可以肯定的是，张迈会一直迈步向前跑，一步步地跑，一步步有触动，一步步有感悟。“读万卷书，行万里路。”喜欢迈步跑的人，也应该喜欢读他的书。

2020年暮春于香港

序三：志之所趋，无远弗届

周星增*

张迈是我在温州大学任教时1988级的学生，虽然我们仅相处几年，但他却给我留下了深深的印象。这个学生不一样！他喜欢足球，经常写一些足球评论文章，还受电视台邀请担任足球赛的解说嘉宾，能把专业外的副业干得风生水起，真是让我刮目相看。他在爱建信托工作的时候，曾为山东威海市策划了一个很大胆、很宏伟的项目，就是通过信托投资方式造一条空中轨道线路把威海市和刘公岛连起来，受到市政府的肯定，差点挂职去当市长助理。虽然这个想法最终没有实现，但反映出他有多么与众不同。他当时和我交流的内容我现在大致还记得，我觉得和近期证监会、发改委联合发布的关于推进基础设施领域不动产投资信托基金

---

* 周星增，1962年11月生，浙江乐清人。毕业于江西财经大学，曾先后在贵州工学院、温州大学任教。现任上海建桥教育集团有限公司（建桥教育1525.HK）董事局主席、上海建之桥企业发展有限公司、上海建桥学院董事长。上海市第十二、十三、十四、十五届人大代表，中国民办教育协会副会长，上海市民办教育协会副会长，上海市工商联民办教育商会会长，中国围棋协会副主席，上海围棋协会主席，上海市儿童健康基金会副会长，民盟上海市第十二、十三届委员会副主委。先后被中央统战部等单位评为全国全面建设小康社会作贡献先进个人、优秀中国特色社会主义建设者，获得“上海市慈善之星”“上海市关爱儿童健康公益之星”“上海市两新组织党建之友”等荣誉称号，被民盟中央授予“先进个人”，被上海市民政局授予抗震救灾捐赠特别奖。个人出版专著《十年铸剑》《廿年磨剑——我的办学心路与感悟》等。

(REITs)试点的内容差不多,15年前敢提出这个想法,可见有多超前。最让我惊讶的是,他竟然带着8岁的儿子去考察南极,言传身教下一代如何更加全面认识这个世界,认识大自然……他热爱自由,但又很自律;他洁身自好,但又不会自视清高。能有这样的一位学生,我是真心骄傲!

时光飞逝,虽然三分之一世纪即将过去,但是我们之间的师生情缘依旧情深意长,依旧联系紧密,适逢他的书《平路易行——人类极简史 地理小发现》即将出版,他请我为之作序。

志之所趋,无远弗届;穷山距海,不能限也。张迈结合自身对大自然孜孜以求的探索经历,用富有魅力、充满真实的精彩故事,书写碧浪清波的心中之歌。借着他所述的文字,我们试着从那些司空见惯的事物上,重新审视自我,体验我们之间以及和大自然之间曾经被忽略了的紧密的、温暖的和相互依赖的关系。

南方有昆仑、丝路行、平路易行、跑步,这一路,与贤者同行,得益良多。人在往前走时不太会想到丈量脚下,隔了一段时间回头看才发现,原来已经翻过了那么多座山,蹚过了那么多条河。当停下脚步,回过头,静心反省,才在恬淡中发现富足,在单纯中发现喜悦,在精进中看到光明,在慈悲中悟入圆润无碍;才让我们对过去有了全新的认识,更深入的理解;才让我们有了新的方向,新的理念,新的思路。未来的路仍然崎岖,我们一起做好自己,方能平路易行。

时代在变,城市在变,世界在变。道无论遐迩,行则将至;国无论大小,爱则广博。人与人之间、国与国之间的关系建设与提升,如以书中所写到的"经常挑战自我突破自己,善于独立思考并勇于将其分享给众人"的态度与方式交往或者交流,彼此之间才会感到一种温柔纯稳的性情,时时流露着智慧和光芒;才会在彼此的言行举止中,感到温暖、宽容和喜悦;才会在彼此的密切合作、亲切鼓舞和宽容启发中,感到恬适自在,与时俱进。

阳光之下,万物有灵。地球是我们唯一的家园,大自然是天然资源,人与大自然应该互相尊重，保持珍惜和爱惜心态，适度使用自然，不让大自然遭破坏，使生活环境美好、自然资源无耗尽，就像是母子一样亲密、和谐！我相信，在奔腾不息的光阴长河中，物质不灭，宇宙不灭，唯一能与苍穹比阔的是民族精神。我也相信，“善除害者察其本，善理疾者绝其源”。点亮心情，点亮梦想，善待生命，善待时光，人类必将继续向着构建人类命运共同体的美好前景进发。

这本书可以说是一路走来的游记，也可以说是关注时事的日记。它以宝贵的亲历者视角，以超前的思维、深邃的思考，摆脱一味的空间叙事，传播先进理念、解析热点问题、诠释艺术文化；以知识的广阔性、思想的深刻性、精神的高雅性，选择从平凡的日常点滴出发，融合异国风情，颇具生活气息和画面感；文学笔触抵达时代前沿，“沾泥土、冒热气、带露珠”的讲述打动人心。

我很欣赏黄海波先生的肯定：“张迈会一直迈步向前跑，一步步地跑，一步一步有触动，一步步有感悟。”作为笔者的老师，我倍感欣慰！正所谓，读万卷书，行万里路。当然，我期盼张迈在不久的将来写出更多的好书，期盼更多的同道、同路人一起努力传递帮助人们积极向上、乐观行善的学问，帮助更多人主动掌握造福人类与大自然的人生！

我也期待自己将来能有一天，踏上他心心念念的南极！

2020年5月8日

序四：南极行中的净、静、敬

吴大卫*

受托为极友张迈的新作《平路易行》作序，一时颇感压力，担心有负所托。我与张迈相识多年，去年又同去南极，相知甚深。他是很有建树的金融界人士，又是资历颇深的足球爱好者，也是云游四方的旅游达人，这样一部有阅历、有深度、有故事的作品，应该给人启迪！

拿到文稿，穿梭在字里行间，随着作者的脚步徜徉于七大洲、五大洋无数个场景，领略所见所悟，确有畅快淋漓之感。透过文字，首先是读到了一个有趣的灵魂，南极、南美、丝路、亚平宁、伊比利亚半岛，既有历史情怀，又有时事见闻，这些元素叠加起来，加之灵动的笔触，让人触摸到思想的温度和生命的活力，即使仅把此书作为鲜活的旅游攻略，也让人甘之如饴。同时，也读到了广博的知识，政治、军事、科学、宗教、文学、艺术、经济和体育，包罗万象，纵横万里，上下千年，信手拈来，恰如其分。这样的随笔，应该可以适合不同读者的口味，可以读到诸多闪光的思想……张迈说："南极以宏大给人以宏大的思考方式，以包容给人以包罗万象的胸怀之基。"此言不虚，书中"南方有昆仑""丝路行""平路易行""跑步"四个系列，涉及欧亚大陆若干重要历史人物与事件，在谈论这些人和事的

* 吴大卫，教授级高级工程师，曾任华能国际电力股份有限公司董事副总经理、华能集团副总工程师兼华东公司总经理、华能国际电力开发公司董事总经理、华能集团总经济师。

吴大卫（中）与本书作者（左一）

时候，张迈始终秉承大历史观、大时代感，在特定的历史环境中审视人物和事件的两面性，避免用“上帝的视角”去评价人和事，让人耳目一新，继之深深思考。

作为“南极论坛”发起会议的参与者，2013年、2019年，我得以两赴南极，机会难得、行程不易、感怀颇多，而最后沉淀下来不过“净”“静”“敬”三字：其一，南极是洁净的，纤尘无染，澄澈而空灵，广袤而纯粹；其二，南极是安静的，深水静流，天广地阔，心静致远；其三，南极是诚敬的，你去或不去，她始终巍然、神圣地存在，让每一个身临其境者更加通达、更加清醒。在这里，思考生命的本源、探讨人类的未来，都显得那么自然。“畏天命、畏自然、畏圣言”，敬畏之感（心）油然而生，你、我、他，人人仿佛都有所顿悟，生命的渺小似乎有所突破。“思考人类文明、关注地球环境、推进均衡发展、实现共同价值”——以上思索，希望能与新作的内蕴相契合，与南极论坛“构建人类命运共同体践行平台”的主题相呼应。

寥寥数语，谨以为序。

2020年5月17日

序五：醒者无疆

袁小军*

南极，人间最后一片净土。她拥有世界上最低的温度，最强的风，最干燥的大陆。伴随如此恶劣的自然环境的却是震撼人心的景观。大自然鬼斧神工雕刻的冰山静静地漂浮在海面上，衬托在无尘的蓝天白云间，海豹懒散地躺在冰面上享受着日光浴，千姿百态的企鹅摇摆于茫茫白雪之上。南极无时不展示着大自然的威严和生命的顽强。她几千米深的冰盖里更掩藏着地球千万年气候变迁的证据。南极对大多数人来说代表着遥远、神秘和荒蛮，但于我来说她却是科学园地，是我二十五年职业生涯探索研究的对象。

应南极论坛邀请，2019 年 10 月我再次启程去南极，参与促进共同利益、共同责任、共同发展的南极低碳行。此行中除了传播气候变化的科学理念，宣扬保护地球的责任，我还有机会与各界新老朋友深度探讨气候变

---

* 袁小军女士，加州大学圣迭戈分校博士，哥伦比亚大学教授、高级研究员，1995 年加入哥伦比亚大学拉蒙特·多尔蒂（Lamont Doherty）地球观测站，专注于南极海冰及其与全球气候的关系的研究；1998—2008 年与中国极地研究中心的科学家共同进行了长达十年的随船采样的大洋观测计划；2004 年与现中国第二海洋研究所陈大可院士合作，开发了第一代南极海冰预报模式，并扩展到北极；在过去的七年中，担任中美合作的普利兹湾南极底水形成过程的首席研究员。近年来，与哥伦比亚全球中心合作，开发了一个面向高中生的夏校课程，讲授地球科学最前沿的知识，培养学生研究及创造能力，这个课程曾与新东方及 MASSLAB 合作在北京、深圳开课。

化应对、地缘政治、经济发展等重要话题。更有幸的是认识了张迈,一位才华横溢的金融专业人士。张迈给我留下最深的印象不是他在金融界的业绩,而是他敏锐的思维和深厚的文学造诣。从准备南极行开始,一路而来,张迈的公众号“南方有昆仑”记录了中国南极科考历史,南美异国风情,波涛汹涌的德雷克海峡,千姿百态的极地美景,邮轮上的各种思想碰撞。他流畅的笔锋、独特的视角、细致的观察,不光给读者带来了身临其境的感受,更展现了开拓的思维。在他的文字里,有探险队员的身影、有科学家的阐述、有经济专家的观点,更有南极的暴风雪和极地畅泳的场面。人文、科学与自然无缝交融。通过他的笔触,让我这个老南极人看到了南极深藏的另一面。

南极行之后,张迈的游记带着读者走向中国大西北的黄土高原。延安、梁家河、西安、福海、敦煌、张掖,张迈讲述着一个个村寨背后的故事,一座座城堡承载的历史,更有令人深思的灵魂拷问。他的文字引领你走在过去和今天的丝绸之路上,探索着,思考着。看似游记,却迸发着思想的火花,可以说张迈无时不在思索着。

南极归来之后,多产的张迈持续解读、点评,漫笔于时事政治、国际关系、环境科学、文学艺术、经济发展、运动美食,方方面面一百多篇,汇成《平路易行》一书。读者可跟随他的视角去看世界,去体验多种文化,去思考、去判断、去理解,总有惊喜、总有收获。值此书出版之际,留下短序,寄希望于看到张迈更多闪烁着思想火花的作品。也希望这个世界多些理解、少些冲突,更希望以南极为代表的和平、共享、协作的精神得以发扬光大。让我们为人类社会真正实现人与人和人与自然的双和谐而努力。

2020 年 5 月 18 日

序六：在路上

朱闻武*

“丝路行”系列之开篇《梁家河:有大学问的地方》中引用的“每个人的气质里,都藏着读过的书,走过的路,爱过的人”之句,大约可以看作整本《平路易行》的肩题。

张迈曾给我发过南极论坛的邀请函,真诚而随意,一如之前同游峨眉、九华、安庆,成与不成都看缘分,因为我极羡慕他背上行囊“自由行”的那种洒脱,青年时期他溯长江而上,过荆州穿三峡,每到一处便寄一张明信片给我,字形潇洒而修长,一如他作为温州金融足球队、温信足球队“风之子”的身姿。话说我可是正儿八经看过张迈踢球赛的,自然他的球评更为出名。1994 年世界杯,《温州日报》设专栏“张迈评球”。1998 年世界杯,我在《温州日报》约张迈写专栏“大力神之光”,《温州晚报》也约他写,他凌晨看球清晨交稿,一球两评,双手互搏,角度迥异,绝无雷同。这边是“张迈”、那边是“章脉”,巧思豪想、诚信守约,字节跳动、酣畅淋漓,编辑和读者皆大欢喜。1998 年法国世界杯前他去了巴黎,给

* 朱闻武,资深媒体人,《温州日报》策划中心主任。从事文化、体育报道 25 年,策划出版《其实你不懂温州人》《粉墨丹青》等畅销书、大型画册;策划“南戏经典”“长距离铁人三项世界杯”等多场画展、大型体育赛事。兼任温州市铁人三项运动协会主席,完成 16 场铁人三项赛事及上海、杭州马拉松。

《温州日报》世界杯特刊发来很有情怀的开篇——《美人如玉剑如虹》,法国世界杯后不久率温州金融足球队夺了温州市第十一届市运会冠军。

而《平路易行》则是一份惊喜,从个人风格鲜明的球评到融合政治、军事、科学、宗教、文学、艺术、经济、体育诸多领域的一部笔记,恰似张无忌从冰火岛上的七伤拳到光明顶上的乾坤大挪移。每天阳光洒进书房时刻,都会按时收到张迈发来的文章,跨界与融合是互联网时代的特点,因而在这个系列文章里,会心一笑是最显著的观感,从历史事件中解读当下,从南美洲忽然回到家乡,从佩德罗就跳到C罗,从匈牙利的阿提拉大帝忽然转到汉代战神霍去病,这种极为丰富的想象与收放自如的频道切换显示了一个优秀金融行家广博的知识面与扎实的阅读积累,个人对世界的思考以及喷涌的灵感,比如在里约的基督山,居然就用温州江心寺那副传诵数百年的对联来解码,堪称神来之笔。

而我尤为共鸣的是《曾经的花样年华——初见阿根廷》结尾段:“……这里一定悲伤过,没有什么是一顿烤肉过不去的,要是过不去,就两顿!门外不远的马拉多纳曾经走过这里,还有他最好的伙伴卡尼吉亚,风吹起他金色的长发,阿根廷的狂喜与忧郁都在这些交杂着的蓝色与黄色里,推开门出去,这里的春天依然寒冷,南半球午后的阳光落在身上,仍然带着90年代的温暖。”这段带着巨大的激情充满南美魔幻主义风格的文字,是青春的记忆、时代之烙印与球迷底色融合起来的一次喷发,而只有在那个点上,才能够盘活所有的记忆,从这个意义上说《平路易行》是知行合一的极佳版本,而笔记体这种文本体例,恰好给无拘束的自由选择提供了最佳的表达方式。

张迈的语文课一定学得极好,不然不会改编起《滕王阁序》《兰亭集序》信手拈来,在全系列的百花错拳般的描述记叙中,可以看出他是以传统文化的底蕴来观察世界的,在行走中思考西方文明的源起与转折,尤其醉心于大航海时代文艺复兴、丝绸之路,在《平路易行》大结局的那天早晨,我在站头等公交的时候给张迈打了个电话,我说如果有“九阳神功”

的基础，那么学波斯的“圣火令”也是很快的，唯有如此，“人类极简史”与“地理小发现”才能交织在一起，在时空纵横中寻求一些共振与慰藉。

曾经的业余足球运动员伤了“黄金左脚”而不得不坐轮椅游欧洲，本是一次行路难的记忆，却随缘顿悟了“平路易行”，在荡气回肠的悲喜中走向明天；《平路易行》滋生出“真心、正义、无畏和同情”。17年前“非典”期间温州作家吴明华先生创作了《其实你不懂温州人》，当时我是策划出版人，这次，我又懂得了温州人！

应好友张迈之邀作点滴随想为记。

2020年5月18日

序七：天地之间的俯察与仰视

周新旺*

接到张总邀请写序的电话，我正开着车路过家乡湖北，一路穿越着鲜有车辆的南北大动脉，接完电话，思绪万千。一方面是感激，感谢老领导的信任；另一方面是诚惶诚恐，感觉责任重大，怕跟不上张总的思路，写出的内容不能体现《平路易行》之精髓。

金融领域里聪明的人多，成功的人少；人情练达的多，愿意干苦活、累活的少。张总作为金融领域的领军人物，骨子里更像流淌着中国传统人文修养的知识分子，他善于吸收各国的文化精华，推陈出新，他对入世和出世分寸的拿捏非常到位，为人处世十分让人敬佩。我一直记得2009年的那个早上，我和其他几位来自北京的应聘者拿着平易基金HR安排的火车票乘车到达上海，面对清晨恒隆广场写字楼里脸上写满了对金钱渴望的熙熙攘攘的人群，感觉十分迷惘。走进张总的办公室，给人一种别有洞天的韵味，从办公室的布局设计到书籍的摆放，都透露出浓厚的人文气息。看到他写的文章，感觉清新、幽默的语句中传递着人生的智慧。见到其人，是温文儒雅的君子形象，当谈到财务、会计、金融专业知识，他又信手拈来，非常灵活，不似传统的迂腐书生。这些情节像经典的电影一样印

* 周新旺，先后毕业于清华大学和中国科学院，目前在清华控股从事私募股权投资和科技成果转化工作，曾工作于清华大学五道口金融学院和平易基金。

在了我的脑海，在后来自己独立做事时再回想起这些细节，越发被张总的魅力所折服，相信与他共事过的同事都成了他的忠实粉丝。

在和张总共事期间，我们一起出差去了很多地方，山东、云南、广东，缅甸，见到了各种层次的人，也谈了各式的投资项目，他处理投资的事情干脆果断，专业不盲从，严谨又不失风度，给合作伙伴们留下了非常好的印象。我一直记得他经常培训我们的金句，做好投资一定需要“眼观四路，耳听八方”，这也成为后续我教育新人的名言。后来我虽然离开平易基金，但和张总一直保持着密切联系，建立了亦师亦友的关系。

张总骨子里存在温州人不断拼搏、敢闯天下的精神。他的第一份工作在故乡温州，当做得风生水起时，他毅然放弃了温州的优越环境到上海发展。在上海从事信托行业工作的时候，创造了很多第一的案例。后来又从上海走向全国，并扩展到欧洲、南美，直到探索南极。他的每一步都走得坚实、稳健，同时不断奋斗，读万卷书，行万里路，张总算是最好的实践者之一。自从他开通了“南方有昆仑”的微信公众号，我也跟随他领略了世界各地的风景和文化，了解了南极的趣闻轶事，开拓了新的眼界。现在，这本记录了他行走轨迹的书即将出版，可以让更多的人了解南极、关注南极。我们的民族总有一批杰出的人物带着大家领略美好的风景，张总就是这样的一位先行者。在《平路易行》里面，他一直在前面带路探索，让南极这块陌生的区域变成了大家熟悉的地盘，使得我们更加了解我们自己生活的地球家园；在我们并不陌生的丝绸之路、文艺复兴和大航海时代中时而展露体察入微、穿越分子结构的历史视角，时而表达游目骋怀、飞升无限航拍的地理观念，带领读者共同体验一番仰观宇宙之大，俯察品类之盛的视听之娱。

从某种程度上说“南极”已经成为卓越与美好的代名词。相信我们在阅读本书时，也能找到自己心里的“南极”。

2020年5月19日

序八：生命在行走中记忆，记忆在律动中涅槃

翁天祥*

迈兄，数年前相识于沪，席间喧嚷，他翩然而至，微笑颔首，且无高论，但显江南温润。一晃五载同窗，时睹微圈精致小文，或洋洋洒洒，或一语中的，无不显深厚的国学功底，精湛笔法，宽阔视野，常讨教而不得，笑曰，有机会一定撰集交流。

时光如梭，不觉织进了西风，又织进了秋雨，留些许笔记，记录绿荫果岭、街头小酌、品茗阔论，但仅微醺岂能罢休。今获稿，挑灯夜读，酣畅淋漓，醍醐灌顶，敬迈兄，满腹经纶。

温州人与莆田人，皆有东方犹太人之称，皆走南闯北，勤耕不辍，不因事微小、艰苦而不作。闲暇之余，多有读书码字之乐。迈兄数月之间集成洋洋洒洒一本书，两三天一篇，谈古论今、引经据典、品评时事，非常人所能及，亦属激情所致、学富五车而感。一个金融执舵者，能有如此丰富深入的历史地理知识，还能有云淡风轻的情怀，实属罕见，必须是跨界的智者，必须有博大的胸怀，必须洋溢着家常邻里气息，必须散发着炙热的思考，必须挥洒着桑巴舞的热情。

我虽也是一个旅者，但平生慵懒，喜纵情于山水，不苦读亦无钻研，常

* 翁天祥，福建莆田人，日内瓦大学应用金融学博士，本科毕业于福州大学。企业家、投资人、作家，著有散文集《一路随笔》。

虚度光阴。如果说我的人生只是一场肉体的旅行，迈兄则是一场身心的修行、淬炼与穿越，那真是前世今生都恋恋不舍的沉醉、纠缠，迈兄榜样无疑。

“南方有昆仑”也好，“平路易行”也好，都是宝贵的分享，有很多人文、历史、地理的思考与探究，使游记的层次与内容更加丰满立体，让人魂游古今，融贯中西，更加突显人生态度。迈兄在不断的奔跑中，找到人生精神之所在，如卷首语所述：寻找生命互动的频率。生命因孤单而凋谢，生命因互动而灿烂，也因互动而温暖，我们都热爱这块土地，热爱这个世界，热爱人们，生活虽平常，但有我们无尽的爱，终生如夏花。

感谢迈兄抬举，斗胆而言，岁月无痕，墨字为证，时时酌酒几杯，浩瀚星宇，不尽畅游，永铭清华同窗情谊！

2020 年 7 月 7 日

序九：行世界

张添逸

还记得 2019 年 10 月 13 日中午，我送爸爸妈妈和弟弟到楼下，一想到他们将从浦东出发，从北美转机到南美，在巴西、阿根廷历险之后飞到世界尽头的乌斯怀亚，然后再坐邮轮前往没有人烟的南极，我的心情非常忐忑。因为毕业班学习任务重，我第一次没有跟随父母远行，想到这将是迄今为止最久的一次别离，我鼻子一酸，眼泪就落了下来。爸爸妈妈拥抱了我，爸爸拍了拍我的肩膀，那一刻，我感觉自己长大了。爸爸妈妈去南极的二十多天里，我也完成了一个挑战，我学会了自我管理，获得了全班第一的好成绩，困难就是契机，挑战就是人生的加速器。

爸爸喜欢行世界，每一次都是自己安排行程，大多数时间都会带我们，有时还带爷爷奶奶外公外婆一起走，在我还不到一岁的时候，就带我去了普陀山、九华山、黄山、乐山，去了三亚的海边，爬上了峨眉的山巅。2017 年夏天，爸妈带我和弟弟去圣彼得堡看联合会杯决赛后，又从莫斯科飞到了北极圈内 400 千米的摩尔曼斯克，在那里我看到了北冰洋。

今年，爸爸完成了《平路易行》，我参加了书中“丝路行”“平路易行”的全部活动和部分的“跑步”。跑步附录“江湖行走”大部分讲的是爸爸关于童年、青春和故乡的回忆以及他参加的社会活动和商界生活的点滴。我虽然没有去南极，但看了爸爸写的文字，我就如同去过了那里；我虽然没有像弟弟那样参加南极论坛，但看了凤凰卫视的专题片，也犹如身临其境；相信所有没有去过南极的人，看了爸爸写的“南方有昆仑”，都会像去过了一样。

《平路易行》这个名字起得很好。2018 年 5 月，爸爸左腿跟骨骨折，他综合了包括温州的春雷伯伯在内的很多医生的意见，决定不做手术，在 47 岁生日的第二天，坐轮椅带着全家人去了欧洲，带我们考察文艺复兴、大航海时代和欧洲足球俱乐部，这是他第四次带我们去欧洲，因为坐轮椅，这一次他要避开所有的台阶，所以他反而戏称是“平路易行”，这一路有很多的艰难与困苦，爸爸妈妈无所畏惧，带我们走过了所有的路。

爸爸富有冒险精神，敢为人先，在困难面前从不低头，他从欧洲回来后，在朋友圈中说过要写《平路易行》，但一直没有动笔。今年以来，爸爸每天起早贪黑写作，每天发到公众号“南方有昆仑”上面，很有意义。整本书记录了旅游中的趣事、著名人物的故事，很有趣味性，对较少机会出去行世界的人是很大的福利，希望大家都能在读书的过程中感受到探索世界的乐趣！

2020 年 7 月 8 日

卷首语

写完110篇“平路易行”，正好是2020年9月3日，抗战胜利75周年纪念日，从己亥年国庆假期为2019南极低碳行专门注册公众号“南方有昆仑”并发表第一篇文章《南极洲的五星布局》开始，到第110篇《移动的尘埃》，过去了330天，平均每3天更新一篇，是一个不小的工作量。写南极的文字，一多半是在10月、11月于南美洲和南极洲边走边记完成，之后的文字大多是在2020年1-8月“闷家”闷出来和跑步跑出来的。

2021年初，纪念中国共产党建党100周年电视剧《觉醒年代》在央视播出，观后深受震动。念及南湖烟雨开胜境，社会主义没有辜负中国；一叶红船百年歌，中国也没有辜负社会主义。由此，增补了“觉醒三篇”，唯愿百炼成钢坎坷终成平路，千锤出山江湖莫不易行。

2020年4月25日，同行南极的凤凰卫视推出了《南极——寻找生命互动的频率》，用了这样的文案：如果你感到生命正在变得狭小，如果你想抛弃所有尘世间的烦恼，是时候关注这部治愈心灵的纪录片了——写得真好！其实我的这些文字也是在找寻生命互动的频率，在全球共炎凉的情境之中，在人类上下五千年和纵横数万里的时空中寻求一些共振与慰藉。

作为一名金融工作者，我尝试了对南极论坛的全面解读；作为一个历史爱好者，无知无畏地对丝绸之路、文艺复兴、大航海时代等题材进行了混搭研究；作为一个资深球迷和业余足球运动员，观察思考了天下足球；

作为一个曾经的行动不便人士，写下了轮椅上看到的欧洲；作为一个健康的跑步者，记录了“当我谈跑步时，我谈些什么？”。

通过“南方有昆仑”“丝路行”“平路（亚平宁之路，亦指无障碍通道）易行”“跑步”四个系列的随笔涵盖欧亚大陆历史上的重要人物，加上中日、美日关系的解读，散漫地凑成了有关政治、军事、科学、宗教、文学、艺术、经济和体育的“人类极简史”，诚挚呼应南极论坛“构建人类命运共同体践行平台”的提法。在走遍七大洲、五大洋之后，关于南极、南美、丝路、亚平宁和伊比利亚半岛以及各大足球俱乐部的描述将旅行心得和考察日记熔于一炉，亦有一些地理小发现，可当作鲜活的旅游攻略阅读。

感恩有你！感恩这一路出现的朋友！

初稿完成于 2020 年 9 月 3 日
修正完稿于 2021 年 6 月 17 日神舟 12 号载人飞船发射成功之日

目录

◎ 丝路行

南方有昆仑

NANFANG YOU KUNLUN

1　南极洲的五星布局

1984 年 10 月 8 日，中国首支南极洲考察队在青岛成立。共和国 70 周年国庆长假结束后的第一天，中国人的南极考察史刚刚迎来 35 周年。

筚路蓝缕、栉风沐雨的 35 年过去，当我们将目光转向世界的最南方，在南极内陆冰盖最高点的冰穹上，第三座中国南极科考站也已经屹立了整整 10 年。那里高程 4087 米，接近中华龙脉万山之祖昆仑山山口的高度，她的名字也叫“昆仑”！

2005 年 1 月 18 日，中国第 21 次南极考察队从陆路实现了人类首次登顶冰穹 A，而后中国又率先完成了对中山站与冰穹 A 之间格罗夫山区的考察，最终因此赢得国际南极事务委员会的同意，在冰穹 A 建立考察站。冰穹 A 是南极冰盖的制高点，可以说是南极冰山之祖龙，中国由此确立了在南极考察方面鼎足而三的国际领先地位，其功勋足以照亮这片人类最后的净土。

南极洲又称“第七大陆”，面积约 1400 万平方千米，对于美国、欧洲和中国来说，都是 1.5 倍左右本域的面积，已经是世界最大的科学试验场和竞赛场。1956 年，美国在地球自转轴的南极点上建了阿蒙森—斯科特南极站，雄霸地球一极；苏联紧跟着于 1957 年在南极磁点建了东方站（Vostok Station，现在属于俄罗斯）……相隔将近半个世纪的昆仑站，终于使拼命追赶的中国人继太空竞赛之后再度在地球准太空的南极进入学霸俱乐部，而昆仑站鼎更是以大国重器的姿态无声地宣告中华龙脉延伸至冰穹A。

“准太空”这个词是在2018年10月29日南极论坛组委会举办的第二次相聚雪龙号连线南极站的活动中，听中国极地中心主任、首席科学家杨惠根博士介绍昆仑站的情况时首次耳闻，而后在第三次南极论坛的行前会上于南极论坛副秘书长、南极会副会长叶公伟先生的发言中再次听到。杨博士给我们这些2018年的新晋极友科普了昆仑站的战略意义。

首先科普流体力学中的边界层概念，边界层是高雷诺数绕流中紧贴物面的黏性力不可忽略的流动薄层，又称流动边界层、附面层。边界层内速度的法向垂直表面的方向梯度很大，即使流体黏度不大，如空气、水等，黏性力相对于惯性力仍然很大，起着显著作用，因而属黏性流动。而在边界层外，速度梯度很小，黏性力可以忽略，流动可视为无黏或理想流动。

然后我们被告知北京、上海的边界层约为1千米，而昆仑站上方的边界层仅为13.95米，在昆仑站建天文望远镜很容易脱离边界层的影响，可以基本不受体积限制地造出与哈勃望远镜功能近似的科学仪器，维护成本大大降低，硬件改进升级更是有无可比拟的优势。昆仑站目前测到的最低温是零下84℃，在几近无水的低温空气中，灰尘都凝成金刚石般的冰晶，对于可见光和无线电，昆仑站探测宇宙的窗口是全部打开的，这里也是地表最强的探知暗物质和暗能量的窗口。杨博士认为在南极科考领域，最有可能获得诺贝尔奖的是天文学方面的研究。

翻开南极地图，最南处是以最先到达南极的两名人类先驱的名字命名的美国阿蒙森—斯科特站，她的东北面是中国的昆仑站，东南面是俄罗斯的东方站。铁三角之外是一圈圈星罗棋布的一百多个科考站，东方站离昆仑站更近一些，有冰上跑道，昆仑站至中山站的跑道建好之前，中国人得与俄罗斯商量借他们的跑道“蹭降”，我们得知中国很快会在南极冰盖上建永久机场，中国无论在高铁、高速公路的发展方面都快速超越了先行的国家，这一点我们非常有信心。

长假期间，看了长达30集的纪录片《中国南极记忆》，对南极科考的全

行前活动：上海中国极地研究中心

貌有了基本的了解。1984 年中国成为《南极条约》的缔约国，由于还没建科考站，无协商国地位，南极条约协商国会议表决之前，代表被请出去喝咖啡，首任南极科考队队长郭琨先生言及此事，老泪纵横。他受命三个月内建成长城站，片子中出现了 20 世纪 80 年代风靡神州的五条弹簧拉力器，科考队员用来在向阳红 10 号的甲板上锻炼身体，防止因体力衰退而倒下……科考船配备 56 式步枪，以防印尼海域不知深浅的海盗摸上船……中国人克服困难的本事和苦中作乐的精神真让人感动万分，亦鉴于此，每每完成西方人眼中不可能完成的任务，屡屡弯道超车。

1989 年 2 月，中国科考队员在极地号破冰船撞出洞被冰崩所困的绝境下建成南极中山站，确保了南极圈内有站而巩固了在南极科考中的国际地位。正是有靠印度洋的中山站作为基础，才有条件在更纵深的东南极洲内陆建设南方之昆仑。2014 年 2 月中国又建成南极泰山站，而第五个南极科考站罗斯海新站也已于 2018 年 2 月在恩克斯堡岛奠基，这个站预计要 4 年后建成，将会是我国“功能完整、设备先进、低碳环保、安全可靠、国际领先、人文创新”的现代化南极考察站。

在国庆70周年回顾走过共和国发展一半历程的南极科考，算是对即将成行的南极论坛2019南极低碳行活动的一次预习。在启动仪式上，世界自然保护联盟组织主席章新胜先生认为，这次论坛的参与者包括科学家、艺术家、企业家等方方面面的人物，他们既可影响政府官员，又可影响普通百姓……有人做了几十年关于南极的研究，但是总是将其定义在科学层面、环境层面，从未进入过思想层面、社会层面。倘若注入思想与价值观，影响力将波及所有人。第十三届上海市人大常委会副主任、上海市公共关系协会会长胡炜先生表示，南极是我们的一个梦，这个梦关乎人类、地球、环境、未来，关乎共同的价值观、共同的理念和共同的责任。

去过三次南极的叶公伟先生在行前会上表示：“南极论坛的目的是打造一个非政府论坛品牌，建立一个独特的影响力平台，以共同价值观为核心逐步形成一个我为人人、人人为我的小命运共同体……”南极论坛执行秘书长蔡育天先生代表主办方呼吁：“南极之行，能体会到生命的价值所在。当你驶向世界的边缘的时候，你也在深入心灵的中心。”——这已经是诗一般的语言，当我们越过赤道，飞过南半球西风带，到达世界尽头，跨过魔鬼海峡，登上南极半岛，凭栏长城，眺望最南的南方，那里还有一个巍巍昆仑，竟然是我们心灵的中心！

南方有昆仑，是多么硬核又浪漫的事！

2019年10月7日

2　东方有雪龙——写在国家记忆里

如果不关注中国科考，就不会注意到雪龙号，这艘破冰船载着中国科考队员一次次从上海出发，经过赤道，在澳大利亚西部珀斯的费里曼特尔港口补充给养，然后进入南大洋西风带狂风恶浪的荒漠之海。她既不是中国第一艘赴南极的科考船，也不是中国自己建造的科考船，却成为最有名的大国海器之一，与辽宁号航母蛟龙号载人潜水器齐名，成为国家强盛和平崛起的象征。

其中一个原因是雪龙号服役时间长，运送了大批中国科考人员，是中国两大港口科考站长城站与中山站最重要的补给船只。配合因地球自转引发巨浪而无山脉挡风的南纬 40 度的魔鬼海域，雪龙号给初走这条路的朋友留下一言不发、二目无光、三餐不食、四肢无力、五脏翻腾、六神无主、七上八下、久卧不起、十分难受的体验，然后将他们安全送达南极，同时给长城站和中山站送去柴油、建材、食品、车辆装备等物资，带回早就实施好分类的垃圾。

雪龙号是中国第三代极地破冰船和科学考察船，是由乌克兰赫尔松船厂在 1993 年 3 月 25 日完成建造的一艘维他斯·白令级破冰船，中国于 1993 年从乌克兰进口后按照中国需求改造而成。雪龙号 1994 年 10 月首次执行南极科考和物资补给运输，已先后 35 次赴南极，亦多次赴北极执行科学考察与补给运输任务，足迹遍布五大洋，创下了中国航海史上多项新纪录。雪龙号

3 南极仙翁

在 2013 年第一届南极论坛的参加者中，有一位当年虚岁八十的老人刘吉。刘老祖籍安徽安庆，1958 年毕业于清华大学动力机械系，大神级学霸出身，曾担任中欧国际工商学院院长职务被青年们熟知。在我办公的大厦二楼，有一家并购博物馆，亦是 2015 年受国务院督察表扬的上海并购金融集聚区的地标之一，里面有一张 001 号并购师证书，正是刘老赠送给博物馆的，我去南极，相当程度是受了刘老的影响。

五年前南极论坛的一次官方活动中见到刘老，他自称“80 后”，与年轻朋友们相谈甚欢，组委会赠送刘老写的新书《八十老翁去南极》给大家，我请刘老签名留念，刘老欣然提笔。我拿着刘老签名大作回家捧读，书不厚，还放了很多赏心悦目的照片，我一个晚上就读完了。掩卷而思，对刘老书中概括的“神奇、神圣、神灵居住之仙境”十分神往，由此与南极结下不解之缘。

今年“六一”，南极论坛 2019 年南极低碳行行前会上，刘老系着红领巾代表老极友上台发言，他笑谈南北极都去过，让我们如去珠峰就喊他同往。刘老极具环保意识，说到大本营即可，无须登顶。其实南极论坛也只是探索南极洲边缘，到访长城站，并无极点的安排。人类与自然，乃是和谐共存的关系，就是朋友般探访，不谈征服，这样大家都很轻松。

10 月 13 日从上海出发在达拉斯转机飞布宜诺斯艾利斯开始南极之旅，

前一航段我在赶贰代公寓的私募文件，后一航段终于有空二刷刘老大作，因为此法与刘老上次的行程基本一样，相当于看一篇极高规格、针对性很强，并颇具人文色彩的马蜂窝文章。

大多数人都知道，《南极条约》约定在条约有效期内各国不得提出领土主权要求，南极洲仅用于和平目的，禁止一切带有军事性质的活动。但是包括我在内的很多人对这个条约的年限并不清楚，实际上 1991 年各国进一步协议延长 50 年有效期，所有问题到 2041 年“留给子孙那一代决定”。刘老对这个背景是做了研究的。

《南极条约》并不否认已宣布的各国领土主权的要求！英国 1908 年首先提出领土主权要求，1917 年正式将南极洲 61% 的面积列为英属地。新西兰、澳大利亚独立后，继承了英国部分属地面积，1936 年澳大利亚正式宣布占有南极 42% 的领土主权。此外，法国、挪威、智利、阿根廷均正式宣布了自己的领土主权。好在美国由于“二战”等原因未及付诸行动，才有艾森豪威尔总统于 1958 年，也就是刘老清华毕业那年倡导 12 个有关国家就南极问题进行谈判，于 1959 年达成有效期 30 年的《南极条约》，并于 1991 年协议续延 50 年。中国于 1985 年建成长城站即成为《南极条约》协商国，赶上了第三波有关南极未来的话事行动。

刘老在书中提到：“中国人从现在这一代起就要认真了解南极，关心南极，才能有效地参与将来‘子孙那一代’的决定。我想这应是南极论坛的宗旨。”所以他在书的扉页写着“献给宁宁和他们 2041 年当道的一代”。刘老曾担任上海市委宣传部副部长、上海市经济体制改革委员会主任、中国社科院副院长，在这一点上，是十分敏锐的，不得不佩服。

南极论坛的行前会安排在“六一”就很有深意了，当日还邀请了法国儿童合唱团来交流，这些八九岁的孩童到了 2041 年均年过而立，此次同行的小极友张评逸，2011 年出生，到时正好 30 岁，他与刘老家的小朋友宁宁这一辈的孩子，将来会和这些合唱团的孩子们一起给世界协商出南极怎样的未来呢？

这或许也是我们这一代需要思考和努力去做，并给二代打点基础的事。我们希望南极乃至世界都是和平的，我们这一代的中国已经将昆仑站建在南极洲最高的冰盖上，中国人的昆仑，始终不忘南极仙翁的传说。

2019 年 10 月 13 日于巴拿马海盆南北美分界线上空

4 曾经的花样年华——初见阿根廷

我们这一代人对阿根廷并不陌生，作为南美洲曾经最有知名度的国家，阿根廷以她特有的世界另一头的文化影响着中国，阿根廷人夺得 1978 年、1986 年两届世界杯冠军，正是这一与中国改革开放时间的神同步，使得中国人甫一放眼世界，就看到最好时候的阿根廷（经济开始下坡，但名气犹胜从前）。1978 年央视第一次转播世界杯，那第一代解说员高喊的就是“阿根廷”。20 世纪 70 年代末心仪阿根廷的那种感觉，就像初出茅庐的少年邂逅了富家千金，什么都没发生，却也能记很久。

近年有网红专家分析，北上广各挖一条穿越地心的隧道，对洞出来都是阿根廷，因此有“穿越地心来看你”一说。浪漫归浪漫，实际上是两个 10+ 小时的飞行，任你往西飞迪拜、多哈抑或巴黎、伦敦，还是往东飞迈阿密、达拉斯，都得再飞十多小时方可抵达阿根廷首都布宜诺斯艾利斯，地心对岸，自然是地球上最遥远的距离。

20 世纪五六十年代的阿根廷，经济总量在世界排名前十，人均收入居拉美之首，被誉为“南美洲的美国”“世界的粮仓和肉库”，布宜诺斯艾利斯则被直接冠以“南美洲的巴黎”这样的称号。70 年代以后稳定局面崩溃，多次政变，而后多次经济危机，我目睹 2001 年一次危机给商人带来的伤害，近期又看到一次股汇双崩，就这样在“你还好吗？”的疑问中飞越太平洋到达拉斯，又穿越巴拿马海盆一路向南到了大西洋边的“好空气”之城——布宜诺斯艾利斯。

机场还不错，只是入境办得太慢。与达拉斯入境先机器自助干完 90% 的活，剩下问一两句话放行的效率大不同，阿国的入境速度很慢，等我们出来时，行李早就搁那儿等我们好久了。遗憾的是机场找不到换钱的地方，连个 ATM 机都没有，到达处也是办登机牌的地方，人挺多，有些杂，仗着身上还有些影响力遍布拉美的美元，索性就不换钱了，直接出去找出租车。出租车也不规范，按美元计价自然要宰一刀，不打表不讲汇率报 38 美元，但加上“一刀”比起国内旅游网站的接车服务还便宜一半，就不啰唆了。

约三刻钟到希尔顿，酒店在拉普拉塔河边，全城只有这么一家希尔顿酒店，入境关员问住址只要说希尔顿就可以了，可见其行业地位不低，酒店很友好，上午十点到也给办入住了。

如果让你说一个熟悉的阿根廷人，“60 后”“70 后”大都会报马拉多纳，“80 后”“90 后”会报梅西，当然对足球不感冒的也许会报贝隆夫人或者切·格瓦拉，文学爱好者可能会说拉美文学的代表人物博尔赫斯，也有朋友把酒当友，笑言“马尔贝克”。不怕暴露年龄，1 小时后，我见到了马拉多纳。在博卡青年俱乐部对面的巷口，有一个马拉多纳坐像雕塑供人合影，梅西面对他站着，有些腼腆。这是经典的两代人，马拉多纳在 1986 年世界杯封神，而梅西在 2008 年北京奥运会上夺得男足金牌，只是接力棒传得有点尴尬，后面阿根廷就差那么一口气，不但世界杯没戏，美洲杯也两次被智利拔了头筹。足球与国运还是有些关系，阿根廷足球和阿根廷一样，从发达国家变为发展中国家。

直到 2021 年 7 月 11 日，梅西终于带领阿根廷夺得美洲杯冠军。梅西从这一天开始接过了马拉多纳的代号，2021 年 9 月 10 日，梅西在世预赛上对玻利维亚上演了帽子戏法，超越贝利成为南美射手王，而他在巴黎的革命也将开始，梅西在巴黎的光芒必将会传送到“南美洲的巴黎”布宜诺斯艾利斯。马拉多纳于 2020 年 11 月 25 日离开了这个世界，博卡糖果盒球场灭灯，只留下马拉多纳专属包厢的一束亮光，照亮了阿根廷足球随后开启的新时代！——谨以此文纪念马拉多纳。

博卡青年队与河床队是90年代耳熟能详的名字，是与我们不相干的同城冤家，本无厚薄，但因为马拉多纳是博卡的，所以我就去了博卡青年队的博物馆。博卡区似乎不大灵，当优步司机放我们下来时，我一度怀疑是否搞错了地方，这路边的涂鸦、料峭的春寒，像是一个贫民区日常的中午时光，直到我看到那独特的黄与蓝，在转角遇到马拉多纳，才知道到了平民的圣地博卡。

23个小时的飞行很耗体力很容易饿，然后不休息就来博卡打卡，肚子已经饿得必须先吃饭。在博卡对面的横街上推开一扇半掩的门，是一个老式的足球酒吧，还有一个小舞台，上面有张旧沙发，旁边挂了一些小灯和一溜儿的世界各地俱乐部小旗，有皇马的也有AC米兰的，仿佛往那旧沙发一坐，就可以穿越回90年代。酒吧里光线很暗，正怀疑没有午餐可吃，一位大妈亮灯了，给我们拿来了菜单，经过一番跨越多种语言的复杂探讨，我们点了沙拉、烤肉和啤酒。啤酒是1.5升瓶装，烤肉是牛肉、鸡肉、香肠一大盘，放在一个老式的支架上，盘子旧但很干净，烤肉地道、酱汁有味，像魔法一样变出来，然后就有其他顾客进来，在烤肉的嗞嗞声中，餐厅立马就鲜活起来，变成了舌尖上的阿根廷。

1560比索，合30美元，现金支付，全是老式的范儿，和90年代没有差别。1990年世界杯，阿根廷淘汰巴西，这里一定狂欢过，而后被德国夺走冠军，这里一定悲伤过，没有什么是一顿烤肉过不去的，要是过不去，就两顿！门外不远的马拉多纳曾经走过这里，还有他最好的伙伴卡尼吉亚，风吹起他金色的长发，阿根廷的狂喜与忧郁都在这些交杂着的蓝色与黄色里，推开门出去，这里的春天依然寒冷，南半球午后的阳光落在身上，仍然带着90年代的温暖。

初稿完成于2019年10月17日
修正完稿于2021年9月11日

5 足尖上的圣保罗

10月15日到达圣保罗，圣保罗入境简单而随意，阳光比布宜诺斯艾利斯柔和，植物茂盛，基础设施陈旧，公路上川流不息。李凌同学安排了车来接，一个小时后到达 Rua Haddock Lobo，一个在 Airbnb 上评价颇高的公寓，老式的电梯、有点艺术气息的装点，都在告诉我们这个两千多万人口、建城四百多年，占了巴西42%GDP 的城市相当于巴西的魔都，南美洲的上海。

保利斯塔大街上的流浪汉夹在时尚的匆匆行人中告诉你这里是真实的巴西，四季温暖的气候给无家可归者极大的便利，世界排名前五的圣保罗大教堂外几乎是流浪者的天下。巴西人都坦言治安不好，如果你扛着个单反四处转悠是很容易成为目标的，因此最好的办法是拿紧手机，融入巴西，这是个不容许炫富的国家。南美与中国的关系不错，11月金砖峰会在巴西开。据传巴西对中国签证程序会简化，实现有条件免签，未来更多的中国人会来这里。

20世纪90年代初，中国足协选拔一批中国少年足球运动员到巴西求学，由当年风靡神州的运动饮料厂家健力宝集团提供赞助，因此命名为健力宝队，教练朱广沪而后成为中国足坛的名帅，至今能说一口流利的葡语。健力宝队员正是从圣保罗入境，在离圣保罗70千米处建立训练基地，开始长达五年的桑巴熔炉之修炼，这可能是第一批成建制的中国人留学巴西，由时任国家副主席兼中国足协名誉主席的荣毅仁题词送行，留学期间还承蒙分管教育的国务委员李铁映到驻地探望，政治规格之高，受国民关注度之强，均十分罕见。光阴荏苒，除了少数几位球员至今还活跃在足坛之外，绝大多数健力宝球员早已泯然众人，2021 年 6 月 16 日，带领中国男足 3∶1 战胜叙利亚，杀入亚洲 12 强赛的国家队主教练李铁就是当年的健力宝队队员，在圣保罗练了五年。

日本人与圣保罗渊源更深，采取直接归化巴西球员这种立竿见影的方式，健力宝在玩足尖上的圣保罗时，巴西人拉莫斯、洛佩斯、三都主、田中斗笠王相继归化日本，由此带来 1998 年世界杯出线，2004 年亚洲杯夺冠和 2010 年世界杯及之后的成长，日本人的心中有一个灯塔一样的圣保罗，当年漫画《足球小将》里就有大空翼效力巴西圣保罗俱乐部的桥段。

中国足球在黑暗中摸索三十多年，终于在近期效法日本开始大规模归化外籍球员，艾克森、阿兰、高拉特等巴西人相继成为中国人，圣保罗开始成为中国足球的灯塔，中国人似乎已经不能允许菲律宾在归化外籍球员方面炫富，0∶0 更是刺激了中国归化外籍球员的步伐，几个小时前，多名外籍球员获得了中国护照，巴西人成为归化的主流，巴西开始了与中国的量子纠缠，圣保罗足尖上的舞蹈变得离中国只有一步之遥。

巴西拿了五次世界杯冠军，圣保罗是有资格搞足球博物馆的。圣保罗足球博物馆位于巴西足坛豪门科林蒂安斯俱乐部之前的主场——帕卡布球场，总投资约 1780 万美元，占地约 5600 平方米。由整个一侧的看台改建而成，它于 2008 年 9 月 29 日正式对外开放。博物馆布展的中心思想应该是"与世界有关的足球和与足球有关的世界"，布展者有情怀、有视野、有高度，核心区是从 1930 年第 1 届世界杯开始到 2018 年第 21 届世界杯的回顾，虽然是以视频和照片为主，但结合了同时期世界大事，"9·11"事件、Facebook、"文化大革命"、微软视窗面世、克隆羊、冷战、柏林墙倒塌等等大事件与历届世界杯大事相互串联，把世界之复杂和足球之简约勾连得严丝合缝。

这里的巴西人心中只有世界杯，没有欧洲杯没有金球奖，即使是名声和纪录均逼近历史最佳的 C 罗，在这里竟然不见踪影。梅西出现过一次，阿根廷有世界杯业绩，梅西可以借光。葡萄牙虽有含金量不在世界杯之下的欧洲杯，但对不起，南美人只认世界杯。中国倒是出现多次，作为 1991 年女足世界杯的主办国，中国人民银行发行的纪念币人家都有。然后就是在讲足球起源时，实锤了足球起源于中国。

博物馆的游戏区可以踢点球并能测出球速，我踢出一脚骗过门将的点球射门，显示进球时速每小时 65 千米，年轻时踢球没计量设备，估计应该在百千米时速以上吧！巴西人的骄傲是贝利和罗纳尔多，贝利一生进了 1282 个球（包含友谊赛），而 C 罗才刚刚踢进职业生涯第 700 球（不含友谊赛），他在 36 岁零一个月时超越了贝利的正式比赛进球纪录，并在欧洲杯首场比赛后提升到 779 球，但巴西人那么多彰显“快乐足球”的友谊赛进球，恐怕很难超越。

圣保罗踮起她的足尖，一个叫“足球”的精灵在上面跳舞。

初稿完成于 2019 年 10 月 18 日

修正完稿于 2021 年 6 月 17 日

6 圣保罗的少年朋友

见到李凌是在她圣保罗的家里，她安排了豪华的家宴，邀请了在巴西的乡贤韩总和应总伉俪，大家相谈甚欢，天南地北坐而论道，成了四个家庭的派对，亦是我从南美登陆南极洲的序章。第二天李凌发了一条朋友圈："有朋自远方来，少年友谊，我们认识的时候只有7岁。"作为旅居巴西的30多万华侨华人的一员，身为企业家之翘楚的她十分关心中国内地，积极捐款捐物支援家乡。她一句"很多时候在巴西被赞誉为能人，其实是我有温州人的血液"让我想起了《温州一家人》中的阿雨，那部近年来唯一看完全部剧集的电视连续剧，产生的社会共鸣是显而易见的，在白手起家的乡党中尤甚，每个人都可以在剧中找到自己的影子。当我听到阿雨说"我身体里流着你的血"，我是流泪的。阿雨的原型程慧秋是我在清华CFD二期班的同学，我在阿秋和阿凌身上都能看到温州女人的勇敢、坚强、聪慧、美丽和善良。

李凌是Santino箱包品牌的掌舵人，创办Santino二十多年来，兢兢业业、努力经营，将Santino市场占有率做到巴西第一，迄今卖出去4000多万个箱包，平均每个巴西家庭都买过性价比最高的Santino箱包。他们的年底大盘存，照片可以拍得像大片一样。据悉2019年是Santino五年以来收益最好的一年。

李凌是我从小学一年级就认识的同学，曾经还是同桌，高中又会于一班，可谓青梅竹马的交情。我们的小学叫“小高桥小学”,创办于1936年,本部在古雁池坊碧霞宫旧址,分部在大雄寺巷和牌坊栈,现在看看温州古城地图,才惊觉原来我们在释儒道的气场之中辗转赴学懵懵懂懂地度过了少年时代,又在思考能力的巅峰会于基督长臂管辖中的圣保罗。

唯愿世间诸神、古圣、先贤都赐予我们力量,在地球之上苍穹之下,捍卫我们凡人的花园,让我们归来仍是少年。

2019年10月19日

7 里约热内卢的心中枪林，上帝之城云海里的基督

这次南极论坛，在里约转机的朋友很多，三位马来西亚的极友南极回来再去里约做深度游，我考虑到南极的精彩一定放在最后，而去一趟南美太不容易，就提前出发先游了里约。说起来我和里约还做过生意，我原来注册过vale.cn的域名，卖给了世界五百强巴西淡水河谷公司，“Vale”的总部就在里约，罗纳尔多曾经是淡水河谷的形象代言人，除了2017年在圣彼得堡联合会杯决赛颁奖现场见到他我有些激动之外，更早的时候有一次我在上海的街头，看见一辆公交车车身上巨大的罗纳尔多照片和vale.cn的标志，也叹了一句“人生何处不相逢”。

里约最有名的是贫民窟，《速度与激情》里面男主在山顶摆弄天线，滑板速降冲进五颜六色的贫民窟的情景时时出现在我脑海，多米尼克·特雷托帮贫民接通电视看清了世界杯，而我们则通过电影理解了贫民窟。充斥毒品、黑帮、火拼内容的《上帝之城》描述的“If you run, the beast catches; if you stay, the beast eats”之景象更是摄人心魄。三年前郎平回忆在里约奥运夺冠之前在大巴上听到枪声，颇有泰山崩于前而色不变的风度，笑谈“哟，怎么还有枪林弹雨”……那一年中国女排以小组赛程二胜三负排名第四的身份晋级八强，却在四分之一决赛干掉卫冕冠军东道主巴西，杀进决赛后，在先失一

局的情况下连扳三局，逆转战胜塞尔维亚，时隔十二年再次获得奥运冠军，顶着一路“枪林弹雨”，百回千转，终获不可思议之胜利。里约是上帝城，更是英雄地。

一度想租一辆车自驾，圣保罗的朋友说“在里约千万别自驾，你路不熟，要是开进贫民窟……”十天以后，当我在日丽号上看到躺在浮冰上的海豹被两只虎鲸包围的那页 PPT 时，顿时想起误入里约贫民窟的自驾者，对于这位或许存在的海豹式驾驶员抱有深深的遗憾与同情。朋友说在圣保罗从堡垒防御式的高级小区坐防弹车到市里办事，是直接进入建筑的，没多少漫步街头的机会，就是为了防范可能的风险。而众所周知里约的治安比圣保罗还差，那么问题来了：还能不能好好地旅行了？十五日后我们南极归来，阿根廷导游形容中国游客在南美宵小眼中是行走的美元，当我回到上海之时，确是长吁一口气，算是胜利回到魔都，阿弥陀佛！

里约最著名的是拥抱全城的基督像，而能够真正领略圣像妙处的倒是相隔半个城的面包山，我们在黄昏时分坐两次缆车登上面包山，第一程先上乌卡山，眺望耶稣山，山顶云雾缭绕，俄顷，出现一个十字架，在云海中沉沉浮浮，定睛看去，却是两臂张开成一字形的耶稣全身像，随着浮云望沧海，在云长长长长长长长长消（音：云常涨常常涨常涨常消）之间，似在转动，加之赤霞经天、玄黄纬地，有无比雄伟的仪式感和拔山超海的宗教氛围，我心里想：此城皆处基督像下，举头三尺有神明乃是实锤，有信仰的人心安定，不会有那么多传说中的匪徒大盗吧？

海拔 215 米的乌卡山顶有一健身房，靓仔美女在骑动感单车，音乐很桑巴。里约是一个很让人刮目相看的城市，即使你事前了解再多，到了跟前还是有意外惊喜，巴西人说：“上帝花了 6 天时间创造世界，第 7 天创造了里约。”让上帝花费整整十二时辰的里约，绝不是个绣花枕头，其内在所涌动的复杂性才是最有魅力的地方，从这里鸟瞰全城，是一个恍若天外的海湾大城，无数故事在水朝朝朝朝朝朝朝朝落（音：水朝潮朝朝潮朝潮朝落）之间，谁能料想那远处无敌海景的半山竟是一个贫民窟？是怎样的社会体制造就

云海中的基督

了迥异他乡的社会生态？贫民窟延伸出虚拟的速度与激情，更走出真实的贝利、加林查、罗纳尔多、罗纳尔迪尼奥，在万般苦难之间，有全城狂欢的嘉年华。

坐第二程缆车到海拔 396 米甜面包山，仰望 710 米处的基督像，更成局了，风适时地加大了些，金乌渐渐收敛了光芒，也许是距离产生美，第二天我登上耶稣山时并不比此时产生更多的晕眩。火车开在微雨之后的丛林之中，像慢跑在春天的绿巷，下车抬头，先看见耶稣伸张的背，绕到前方，看到救世的尊颜和手心的钉痕，与里约城中的天梯教堂呼应，有鸟展翅，上帝之城言必鹏运，气靡鸿渐。

耶稣山返，心中虽有枪林，亦不愿辜负朵颐，在里约街头喝咖啡，在路边摊吃烤肉；纵是三日客，亦作常居状，在球场看传射，在海滩上跑步；穿过老城的葡式街区，去看朋友装修的铺。

感谢永杰同学的同学青田籍企业家陈超南先生到里约机场接机并以巴西烤肉款待，陈先生的金句是：你是永杰同学就是我同学。

海内存知己，天涯若比邻！

2019 年 10 月 20 日

8　五星巴西的足球江湖

写此文时，中国队 1∶2 输给叙利亚，近年来中国队正赛没赢过这支小国寡队，本来也没什么，对方在战争废墟边练球，机敏异常。只叹我金元之师扬鞭万里，却弄出“乌龙甫输球，主帅挂印走”的尴尬局面，可知队伍内部早已危机四伏，片雪即崩，归化十一个巴西人或许有用，一两个转中国籍仍是独木难支。

国家队员基本是靠联赛的质量维持自身技战术水平，我虽对中超极少关注，但对欧冠英超意甲西甲却知之甚多，放眼天下，联赛强则国家队必不弱已成客观事实，反之亦然，国家队强则联赛必不弱，当然，那种大部分球员都在外国踢球的，那就得看客居国的联赛强不强了。中国队目前只有武磊一人在五大联赛踢球，绝大部分球员来自中超，现在的情况是因为球迷群体庞大球队老板多金喜抛，中超已成世界为之折腰的金元联赛，球员价格普遍高估，个个腰缠万贯，文身争奇斗艳，就是不会好好踢球。国家队队员平常收入逆天，水平却一代不如一代，营养过剩，连腹肌都没了，比赛成绩惨比车祸现场已成新常态，大国之体面在足球一项被挥霍殆尽，国家队经常直播被花样打脸，眼圈打成熊猫一样。

中国足球与巴西很有缘分，20 世纪 90 年代，以巴西为师，健力宝少年队承载着家乡父老的重托来到圣保罗浸染桑巴足球多年，2002 年中国队第一次冲进世界杯，又是和巴西分在一组，在韩国的西归浦和群星璀璨的巴西硬怼。后来巴西因为五次夺得世界杯，胸前五颗星，我们国脚因为国旗天生五颗星，偶尔进一球低头一吻就是五星，四星德国意大利、两星法国阿根廷统统不在话下。中国队第一个归化球员是巴西人，第二个也是。

10月份去足球王国巴西，两件事体会颇深，一是圣保罗公园初试江湖足球，二是里约马拉卡纳殿堂级巴甲分享。

那一日打了个优步到圣保罗独立公园，博物馆即皇宫在整修，穿过花园、独立广场到独立纪念碑前，可见熊熊燃烧的圣火和一面巨大的巴西国旗。纪念碑是在1922年为纪念巴西独立100周年而建成的，碑上的人物和铜像是纪念为巴西独立作出贡献的佩德罗一世和其他巴西著名人士。纪念碑地下室还存放着佩德罗国王和王后的灵柩。纪念碑的圣火终年不熄，与迎风飘扬的巴西国旗遥相呼应，在纪念碑前，一对热情的巴西情侣在接吻，几位中国来的老人对着圣火拍照。回望博物馆，因为有一条长长的坡道，有几个青年驭着滑板如极限特工一般逶迤而来，这实在是很巴西的地方，感觉都够当零千米这样级别的地标。

独立纪念碑右侧的空地上，三个巴西青年在练球，这三个小伙子自带训练器材，绕杆运球定向传射全部要一遍，态度认真，还有那么一些仪式感，应该是经常参加比赛的业余球员。练完规定动作，他们倒脚玩球，球往我这边飞，我截住球踢回去，他们看我会两下，就邀我一起玩，虽然语言不通，但踢球者之间沟通很容易，一个眼神一个手势就全明白了。

我头顶脚踢试了下老身手，感觉很不错，像回到二十年前的时光，对面的小伙子拍拍自己的胸脯，指指我，旁边两位也跟着拍胸，如同三位信誓旦旦的合伙人，我看那球飞过来的架势是叫我试试胸部停球啊，赶紧后退几步，但球还是高了，从头上飞过去，落在纪念碑旁，南半球的暖风带着夏天的味道吹向我脸庞，这曾芬芳我的少年梦想打湿我青春眼眶的巴西足球，滚向圣火的方向。五星巴西的国家公园片刻的足球体验无意之间打开了我的心门，似乎是告诉我一个答案：为什么你会在去南极之前来这里？天下所有的情愫，也不

巴西的石头

圣保罗足球博物馆

过就是“念念不忘必有回响”几个字。苏格拉底、济科、罗马里奥、贝贝托、罗纳尔多、罗纳尔迪尼奥、里瓦尔多、卡洛斯……这片神奇的土地涌现的足球大师纵贯了我的成长岁月，圣保罗独立公园意念召集令出，一支穿云箭，千军万马来相见，他们便从巴西各地赶至我的脑海里，齐刷刷站好，互道一句“Ola”。

我用三个葡语单词走巴西，当我向三个小伙子示意要走时，把第二个词也用了，“Chao！Chao！”挥手道别，我们分属不同的半球，赤道分彼此，季节颠倒；隔着本初子午线，昼夜亦反。却在这一刻邂逅，论球局，他们抑或是三缺一，而我肯定是一缺三，没有任何计划地相聚，搓了一把叫“足球”的麻将，火星撞地球，用头与脚对话，用葡语道“江湖再见”。有时候命运赠送的礼物并不会暗中标好价格，比如南半球的阳光、南极洲的空气和巴西街头的足球。

2019 年 10 月 20 日

9 冠军的殿堂

弗拉门戈庆祝解放者杯夺冠的游行照片，足够震撼，想象一下人类还有什么事能这样集聚？不打不砸不抢没补贴无奖金也没个诉求就为高兴？这红与黑，是弗拉门戈的颜色，他们在两日之内，夺了队史上第二座南美解放者杯和第N次巴甲冠军，里约街头沉醉不知归路，人们将红黑的球衣穿在山顶的耶稣身上；同样的镜头出现在前三年的马德里，每一年夺得欧冠，全城都是银河般的白衣间黄，皇马的丝巾围在丰收女神的脖上；我参加过一次这样的盛会，2016年7月的里斯本，葡萄牙队举着欧洲杯游过全城，在足球公园驻停欢庆，沐浴香槟与欢乐，我喜欢这些琴瑟琵琶八大王一般头面的快乐场景，那是人类文明的希望之路、自由之歌与和平之门。

地球如此之大，集会常有伤悲，巴黎的黄马甲、香港的黑衣人，抑或一体育场P2P的受害人，拿起的是石头，放不下的是嗔怨，降油价、撤条例、盼回本，希望有人为物价涨、特权寡、福利少、人心恶乃至为自己的不好好读书埋单。多么具体的民生，一地痛苦的鸡毛，将城市与胜地捣乱、把阶层与族群撕裂，姑且不论是与非，街上的伤疤秀场与权欲角斗场毕竟有碍观瞻，阳光之下，谁愿意整天看一个魑魅魍魉四小鬼各自肚肠的废青或是油腻中老年群？

足球起源于人文精神达到巅峰以至于灭国之后因为文明源头的折坠而痛惜，继承人缟素三日的宋朝，崖山之后无中国，日本人继承了精致的宋朝和开放的大唐，近百年民间无数遣巴西使东渡西归，维护全民族的素质，反对贪污、崇尚民主，踏实做局，配置优秀的足球底层资产，不整那些没用的东西，把现代足球弄成亚洲第一。窃以为人类文明发展到销毁核武，谈判不下去一球定输赢的和平模式下的新丛林法则时，日本的战力依然很强，你这边还在争说普通话好、广东话好，还是闽南话好，坦然承认一切文明源自中国，将汉字书法练飞起来的日本早已雄霸球场，都懒得看端午祭申遗的韩国一眼，兀自以让人心碎的青犹胜蓝之姿往王座而去。

回到巴西。弗拉门戈（Flamengo）是我会用的第四个葡语单词，它的主场马拉卡纳球场曾经是世界最大的足球场，座席向天空狠狠生长，直到像魁地奇球场一样魔幻。该运动场是为 1950 年巴西世界杯而兴建，当时可容纳 20 万人看球，有外星球一样的主场气氛，以至于和东道主巴西进入决战的乌拉圭中场队员真被吓尿。历史太无常，吓尿的乌拉圭队在一球落后时完全解脱，最后竟然两球逆转，痛失冠军的巴西随后陷入多年的彷徨与抑郁，甚至有说还因此导致了首都迁出里约。

与此“马拉卡纳惨案”相比，中国国家队那些惨案基本不值一提。懂得了无常之后的巴西最终迎来了马拉卡纳的疗伤剂——三夺世界冠军的球王贝利，贝利一生代表巴西队在马拉卡纳球场踢了 22 场比赛，共打进了 30 粒进球，不仅他的第 1000 粒进球诞生于此，更是在此完成了职业生涯的告别赛。他的故事被拍成电影《传奇的诞生》，于 2018 年上映，开头就是马拉卡纳惨案，然后 10 岁的迪科（贝利原名）看着比他哭得还伤心的父亲，说：“爸爸，我会为巴西赢得世界杯。”——看这部电影根本不需要任何足球常识，就是看人家导演用特写、慢动作等镜头语言讲述身心淬火，方能书写传奇。贝利本人担任这部电影的监制，还客串了一个角色，当我在巴西街头闲逛之时，时常会想起这部片子，电影和足球的魅力交织出一部传奇。

10 月 20 日，周日的马拉卡纳一片节日气氛，弗拉门戈主场迎战同城弗鲁米嫩塞，我和一班世界各地的球迷聚在球场后的小巷喝啤酒聊天，难以想象与巴西人 Raul 在网上约好在离此三站路的地铁站会合，辗转来到这里的

与弗拉门戈执行董事 Marcelo（右一）等朋友

与弗拉门戈主席 Rodolfo Landim

与世界球迷在一起（马拉卡纳球场外的小街）

有这么多人，Raul 给一群人帮忙买票并负责带路再管一瓶啤酒加足球陪聊，有一对波尔图来的情侣、曼彻斯特来的小伙子、三个纽约来的姑娘和一位洛杉矶来的专业度较高的球迷，我们海阔天空地聊了一通，其中有两位来过上海的深以为来过魔都为荣。我在与后来遇见的来过上海的弗拉门戈俱乐部的朋友和乌拉圭的水晶店老板的交谈中都深刻地感受到上海在外国朋友眼中的魅力，一位来自纽约的姑娘因为在上海工作过一度成为话题中心。

与世界球迷团一起入场后即分道扬镳，因为巴中经贸促进会秘书长 Oscar 和弗拉门戈足球俱乐部执行董事 Marcelo 的精心安排，我被安排进了 VIP 区看比赛，中场休息时 Marcelo 先生带我去见弗拉门戈俱乐部主席 Rodolfo Landim，我对弗拉门戈在德比战中领先表示祝贺。主席很愉快地与我合影留念。未来的中国足球可以与巴西足球再度携手，为什么不呢？

一个月后，弗拉门戈时隔 38 年第二次夺得南美解放者杯，而后时隔 10 年再度夺得巴甲冠军。2019 的马拉卡纳，成为双料冠军的殿堂。

感谢圣保罗朋友陈勇龙先生和 Oscar 先生听闻我去马拉卡纳看球之后跟进的安排，使我得以进入弗拉门戈的中心，陈先生也是永杰同学的同学。在巴西，我还拜访了中国银行圣保罗分行，了解了中巴贸易和中国企业在巴西的状况。中国银行圣保罗分行的张广华行长是我温州中学学妹徐亦行的大学同学，他们都是上海外国语大学的优秀毕业生。徐亦行毕业后留校任教，现为西方语系副主任兼葡语教研室主任，2015 年 5 月，葡萄牙总统席尔瓦委托葡萄牙驻华大使若热·托雷斯·佩雷拉向徐亦行颁发了恩里克王子勋章，徐老师是席尔瓦总统在任期间第一位获得此勋章的中国人。我学葡语的第一个老师是徐老师的学生，徐老师还送了她编写的葡萄牙语教材给我，在此一并谢过。只是我学葡语的起点虽高进步却慢，在冠军的殿堂中游走，用不上几句，十分惭愧。

2019 年 10 月 21 日

10 当我们到达南极时，我们讨论什么？

2019年10月22日上午，布宜诺斯艾利斯霍尔赫纽贝里机场，我在AR2888航班的登机口拿到2019南极低碳行的会议手册和行程手册，我们即将飞往世界最南端的城市——阿根廷的乌斯怀亚。世界尽头冷酷仙境，因为南美的春寒料峭显得更加让人期待，清冽的空气在风中等着我们，行程确是低碳的，吐纳必是加量的，当我们肺中澄清一片、眼中一片澄明时，我们会想些什么？

同机的极友有多位是二刷甚至是N刷南极，为什么去过了还要去？这是第一次去南极的我心中的一个谜。几乎是一个不可言传的事，在之前的南极论坛相关活动中，一问再问三问，众说纷纭，你也找不到答案。唯一靠谱的是你自己去，将你被魔都帝都澳门香港海外洪炉渐渐炼出的丹心（抑或是黑心）意识涤荡在南方之南的纯白与蔚蓝里，调动你已经麻木多年的感官，有人说万年冰泡的茶会让人与自然融合在一起，但是融合之后，你是有大的悲喜有的放矢还是有小的尘埃无处可惹一概不得而知，看你的造化与机缘。于是每一个人，在对自己十天的视听盛宴期待之余，也对自己一旬的灵魂之游满怀憧憬。

同船的有德全的领导、望重的前辈、常施法雨的高僧、魔术师般的艺术家、袅娜的舞者、天籁的歌者、圆通的医者、练达的传媒人、宇宙硬核的科学家、江湖游刃的企业家，亲切的老友、温暖的新朋，几乎是一个行走着的美丽中国和五彩缤纷的国际社会。

翻开会议手册，2019南极低碳行的主题：我们想要的世界——如何构建并推进人类命运共同体。在多次的行前会中，暮秋的雪龙号、初夏的西郊、仲夏夜的金鸡湖，记录着太多关于怎样的世界、怎样的生活、怎样的商业、怎样的未来的思考与碰撞，三人行必有我师，因为这些亦师亦友的同道让我常怀感恩，尤其记得与两位金融界泰斗的午餐会和玉佛寺的素斋，在入世与出世之间，指了一条慎思笃行的求是之路，大学中庸世相千秋，道经德经黄帝内经，承载了共同利益、共同责任、共同发展主题的南极论坛，会是一次身体的逍遥游和思想的化蝶飞么？答案就在每个人的同船渡里。

手册上除了我们想要怎样的……即对南极的探索思考和我们当前的商业社会的关系议题之外，还有南极与人类生存状态的关系、南极和人类科学发展的关系、南极探索和人类精神的关系、南极和人类发展哲学的关系等总共五个关系的议题，既有科普又有人文探索，甚至还有南极之外的商业讨论，上次午餐会刘主席披露将在南极与我们分享关于粤港澳大湾区一体化的研究，这是当下多么务实而艰深的课题！在探讨人类未来的直抒胸臆中，这些堪比南极洲极低湿度的干货同样值得万分期待。

南极无界，南极冻结了各国的领土主张，成为一个地球物理、勘探未知矿藏、天文学、环境科学等科学技术的竞技场，由于除了科考站，没有人类居住，准太空的极地环境异常神秘。美国在南极点、俄罗斯在南极磁点、中国在南极最高冰盖各建了科考站，极地科考貌似无界实有高边疆，所以南极论坛探讨五大关系，堪称神来之笔，关系是有交集的边界，以上各种关系都是交集与边界共存、对撞与融合齐飞，在南极空灵的环境中讨论真实鲜活的话题，是南极论坛独到的创新。

我对南极论坛一直抱有敬意，一是跨界太大不容易组织，二是南极实况与群众所知极度信息不对称导致论坛推广时需要扫盲好几遍，三是议题既要志存高远又要扎根大地也不容易确定。能够办到这样的层次与规格，实为中国公共外交之骄傲。南极终将会有界，《南极条约》不否认之前各国提出的领土主张，在 2041 年条约有效期满，下一代也要直面这个问题。如果中国在长达二十多年的未来时空中在南极问题方面默默无闻，又如何交棒到 2041 年以后那一代手里？只有不断地用声音刷新中国的存在，他们的而立之年，才不至于措手不及。

南极论坛的远见还在于与欧美科学家与艺术家进行对话，当我们到达南极时，我们讨论科技与人文艺术，科技是有界的，而人文艺术往往无界，就像前一日在布宜诺斯艾利斯看的探戈，那就是人类情感的摇曳之姿，我们共欢乐，我们怀着同一样的爱，不需要更多的语言。

2019 年 10 月 22 日于布宜诺斯艾利斯飞往乌斯怀亚的航班之上

11 当你多得一个夜晚时，千万别忘记收下日出

乌斯怀亚之所以特别，是因为别号“世界尽头”。南美洲越南越窄，到了乌斯怀亚变成了一个苍茫的奇点，再南就是连接两大洋的比格尔海峡，再向南是德雷克海峡。迄今为止，这里仍然是有人类聚居的最南方，是南美洲的边城、火地岛的浪子，转头是安第斯山脉潘帕斯草原，回眸六千里到布宜，仰面是海峡，举目千六里达南极。当我到这里之前，南极行程只安排我们在乌斯怀亚盘桓半日，午时抵达戌时登船。地球上最装深沉的遗憾，是我们跑过全世界，即将登陆地球上最大的荒原，却未能在世界尽头酣睡一晚。

这时，神秘的庞洛先生出现了，我们被告知日丽号邮轮在智利……这时我们很不愿意听到智利两个字，就像梅西不愿在美洲杯看到智利一样。去年南极行，即将成行前三天，日丽号在智利海峡撞坏了螺旋桨；今年智利不太平，圣地亚哥作乱，比香港加泰尤甚。世界的弱相关变成强相关被我们称作无常，黑天鹅灰犀牛乃至日常所见的交通事故，见过的事多了，对人生常怀敬畏，感世道之多艰，叹平安最重要。

乌斯怀亚的红嘴海鸟、白头雪山、彩色木屋、带有企鹅图的邮戳、被清蒸的蜘蛛蟹、爬到银行楼顶的猫、16：45 不由分说就打烊的博物馆、非比索现金不卖的门票，在高纬度的冷漠夕照中，给人以无名的淡淡的哀伤，在世界尽

头的小镇点一杯咖啡，当苦涩的温暖进了肠胃，顿悟冷酷仙境不是一个传说。

组委会工作人员神秘地忙碌着，叶秘书长神情凝重，这是一场筹备了两年的盛会，经历过改期延后一年的无常，不容再有任何闪失。我们第二天得知，当日我们在港口眺望雪山，犹豫要不要离团去吃蜘蛛蟹的时候，一部笔记本电脑在老叶面前打开，日丽号终于过了智利海峡，离我们只有20海里。

正是这迟到的20海里，改成了次日辰时登船，给了我们在世界尽头酣睡一晚的机会。我们对突发的多得的一晚颇感意外，来不及多虑即被安排分别上了不同的大巴，世界尽头的小镇猛然多了192名住客，就像承接了一场名人的闪婚，着实考验了接待能力。

在颠簸了将近一个小时以后，我进了一个叫作Los后面不是Angeles的酒店，房子建在山地上，房间在大堂以下，下了电梯再下楼梯，舟车劳顿即使住在地心也无所谓了。因为宾馆构造复杂，有极友推开了本以为是自己的房间，面前站着一脸懵懂的异国女子，只好落荒而走。

躺下时已经是子时，不知次日寅时起床卯时出发意味着什么？酣睡自然是不存在的，但世界尽头地心居住的体验让我甜美地进了盗梦空间，在闹钟的浅吟低唱中睁开眼睛，七荤八素已不知今夕是何年，撩开窗帘，一缕有着混沌初开般气质的霞光扑了进来，如两记情人的轻薄耳光打在脸上，娇嗔一句：人家等你一晚了！

乌斯怀亚向来都是以日落为专长，当我们看见这白雪上的红霞时，知道我们将领略老乌不轻易示人的日出，就是这看似意外实则蓄谋已久的一招儿让我们给跪了，轻熙轻攘轻奢的过客中，我们算是不多的有缘人，看到了极光般的霞光，我那远在北极附近的瑞典的亲妹，急速在我发的朋友圈评论：“极光啊？”同行的极友也不知安排住在哪里的莲花公主急速点赞，立马将我这边极光般的霞光图捧场地发在她的朋友圈上，那边的点赞估计也是三位数了。

两朵螺旋桨一样的云缓变成俯冲之姿，冲向白头雪山，远处红霞绽放，眼前湖面反射出橙红带黑的色彩，结界的感觉油然而生，这日出真是会搞事情

乌斯怀亚日出

乌斯怀亚日出－周雪摄

乌斯怀亚

乌斯怀亚红嘴鸥

啊！这图再发朋友圈，就比较欺负人了，朋友们难免轻嗔一句：过分了，这样真的好吗？然后狠狠忍住就不点赞了。

面对豪华的日出吃了个简单的早餐，遗憾的是正东面无山遮拦，加之高纬度的日出是以地球本身为道具追光的，蛋黄般的日出自然是没有了，佐餐的是满窗的金黄，喷射在洒落世界尽头的192位极友身上，不管你身在哪个酷冷的角落，都将你置于仙境之中。

2019年10月24日

12　碧浪清波：穿越最凶的海峡去看最大的荒原

一觉酣睡，醒来见三团极友在群里发“可以看到浮冰与冰川了！”心中一震，往窗外一望，果然，一座雪山离邮轮只有几百米之遥，应该是到南设得兰群岛了，名震历史书和朋友圈的晕船界的扛把子德雷克海峡已经被我们穿越了？

幸福来得如此突然，一直担心会在德雷克海峡吐到挂，却因为参加一场集中全部功力倾听的音乐会和接着一场快闪拍摄的合唱团训练课累到困，竟然还没有与德雷克好好道别，就分手了。

有关向阳红 10 号的纪录片描述过这个传说中的魔鬼海域，非常适合小朋友借机完成“成语”作业：一言不发，二目无光，三餐不食，四肢无力，五脏翻腾，六神无主，七上八下，久卧不起，十分难受。想不到这次造句只有“一言不发”用上了，当我们首次登陆，踏上半月岛的一刹那，我一言不发。南极洲太美了，即便是边界的一个小岛，依然有最大荒原的味道。默对荒原，心想我们只用两晚便完成了古人在两千年的漫漫时空中不曾做到的事，连个呕吐都没安排上，是不是不太讲究？

当我们听上海公共外交协会会长、本届论坛的联席主席胡炜先生在论坛开幕式上说，因为我们提前一天到达长城站，包围长城站的浮冰被一阵狂风给吹开，一条理想的航道已然开启……我们按捺不住充满敬畏的惊喜，鼓掌之余遥望窗外晶莹剔透蓝光暗藏的冰山，一个难免多心被动骄傲的第六感油然而生：会不会有一种神秘的力量护佑着我们的行程？

在首次登陆的青涩动作里，在初见冰山的欣然雀跃中，我们还思忖着如此之快到达长城站，合唱团的排练仅有十二时辰。有一种遇见，叫来不及好好准备，就贴面了。在七名世界级的中外艺术家同台的开幕音乐会谢幕之时，此次论坛的节目总监陈光宪先生与马婷女士上台与演出者拥抱握手致意，一个无须多想心中有数的体会扑面而来：可以工作到凌晨四点的能量之源往往在于我们与自然同样高深莫测的内心。

上海音乐学院的资深教授李晓燕女士和凤凰卫视的魅力台长黄海波先生是合唱节目的教练与编导，当我们即将踏上乔治王岛的土地，依偎我们心的长城（站）前，我们在邮轮上高歌“我亲爱的祖国我永远紧依着你的心窝，你用你母亲的脉搏，和我诉说”，我们在半月岛上步入探险队员辛苦出来的“路上一道辙”，远眺冰雪中的阿根廷科考站时，心中在自由哼鸣“袅袅炊烟，小小村落”；亚投行高级顾问正面看像马克思侧面像圣诞老人的史蒂芬致辞并和我们预报他的海洋环境讲座前后，在邮轮的三层活动中心和四层演出中心的转场之间，我们居然完成了“我和你心连心同住地球村”的排练。

公元前 384 年出生于古希腊的全能型学霸与先哲、千古一帝亚历山大大帝的老师亚里士多德，最先提出“南极”概念，他认为既然北半球有这么大块的陆地，从对称的角度思考，地球南边一定也有一块与之相对的大陆，他将这块大陆称为“南方大陆”。

1480 年出生于葡萄牙波尔图的斐迪南·麦哲伦践行了亚里士多德的一边一陆理论，1520 年麦哲伦团队到达南美洲拉普拉塔河口，而后找到了一条通往“南海”的峡道，即后人所称的麦哲伦海峡。1519—1522 年，麦哲伦率领船队，穿越大西洋、太平洋和印度洋，返回欧洲，完成了环球航行。

麦哲伦的船队航行到南美洲大陆最南端时，发现了一个岛屿，命名为火地岛。当时的人们以为，火地岛就是“未知的南方大陆”的边缘。10 月 22

冰山

庞洛邮轮日丽号

日我们曾在“未知的南方大陆”的边缘浅睡一晚。

人类在古希腊先哲理论构建的黑甜之乡中梦游将近两千年方才发现火地岛,而发现火地岛后近三百年,才于1820年首次发现南极大陆。为何人类在近三百年的时间里,竟然不能穿越火地岛到最南端的乌斯怀亚,应该算是一个谜。在过去的很多个世纪中,乌斯怀亚面前的海峡只有鸟才能飞得过去,就像有一个横着的大气层把真正的南方大陆包裹起来,我们把南极洲称为准太空是所言不虚的,这个横着的大气层就是南半球的魔鬼西风带,它盘踞在德雷克海峡上,每每给人类的航船迎头痛击,直到人类逐渐成长,才被渐次打开。

德雷克海峡是以16世纪英国私掠船船长弗朗西斯·德雷克的名字命名的,据说是因为一次乌龙,在驶向麦哲伦海峡时,大风把德雷克的船从大西洋吹到了太平洋里。这个踢向太平洋的乌龙球证明了火地岛并不是什么南方大陆的边缘——往南,是一片汪洋。

南极论坛就是穿越这片最凶的汪洋去看地球上最大的荒原,在船上把所感所想交流了、讨论了、升华了,形成一个公约,抑或建立一个共同俱乐部。

日丽号邮轮是射往横着的大气层的火箭,对邮轮方来说,是一次格外周全的远航,而对有众神护卫的论坛参与者来说,却是碧浪清波的心中之歌。

2019年10月26日凌晨四点于到达长城站之前

13　大雪前后的我和你——将思想内核呈现在浩宇苍穹之间

10 月 27 日晨，想到六楼前甲板找一处地方写东西，刚出电梯，正好碰到凤凰卫视摄影师杜德基老师拿着器材从甲板回来，头上还有些未融之雪。我一惊，杜老师喜形于色，用粤普说：“厉害吧，下大雪了。”

昨日朱丹伉俪拉琴的窗外，已经雪满船舷，天尚未全亮，雪在下，风在吼，南大洋在咆哮。我赶紧下去拿冲锋衣，路遇探险队回来，正好碰见探险队员兼邮轮翻译官饶鑫鹏，他说外面风力 45 节，这地方不可能登陆，得另外找个地方，大家等通知。早餐的时候广播告知我们正在杰拉许海峡巡航，此地因比利时人杰拉许 1897–1899 年在此地成为第一个在南极过冬的人类而命名。一百多年后，我们在南极冬天刚过去的时候来到这里。于我们，大雪是锦上添花，平添一抽屉南极飘雪之照或是几个 G 的雪中美图文件夹，收获邮轮堆雪之欢、天水冲茶之喜；于他，也许又是暗黑的极地铁拳，雪上加霜，费掉更多炭火，盘算剩余的口粮与能源，祈祷夏天尽快来临，但也可能他明白这是温暖来临的前奏、太阳军团将至的预兆，寒冷已是强弩之末，兴许他穿上丝路来的鲁缟，亦在雪中狂欢。Who knows?

当此空间我们有极友跃入甲板泳池之时，百年前的勇士不再孤独。王寅教授既是采雪冲茶人亦是室外砺泳者，王教授精研《黄帝内经》，称南极为极

暴风雪来临

长城站

企鹅之舞

阳之地，此番挑战一下极地寒流亦当小贺。大雪之后的几小时，我们从尼克港登陆，触摸南极大陆，有极友穿比基尼在雪地荒原拍照。人类挑战自己，不是非得有空前绝后之举，自愿离开舒适度即非庸常，经常挑战自我突破自己可称豪强，其中成就卓越者善于独立思考并勇于将其分享给众人那就是英雄了。

大雪之前的几个小时，南极论坛的首次演讲由明康先生主讲，题目是“中国市场展望”。明康先生不太高兴我们称他为刘主席，不过我也实在不好意思按他的要求直呼其名，我们在健身房或是电梯相遇，我便改称刘先生。学高为师，刘先生有众所周知的执掌银监会的辉煌经历，有过将三万亿不良资产逐渐化解的不世之功，偏偏还是位谦谦长者。他的报告务实求真严谨，中国经济的正反面均不夸大也不无视，只是摆事实讲数据，更多的是向我们展示让数据说话的功夫，提示一下让我们自己去思考。

长城站合唱，右一为作者，右二为长城站站长刘雷保，右三、右四为本届南极论坛联席主席马利、胡炜

长城站大合唱指挥李晓燕

长城站演奏的钢琴家张浩天

刘先生的报告可以延伸出很多子报告，似乎每一个子报告都能构成中国市场经济的一个侧面，就像前日被我们邮轮绕着巡航的冰山，每个角度都不同，有坚若磐石处，亦有裂缝开口处，有细部展日月光华之美，亦有局部呈分崩离析之危，有明有暗有浓有淡，语焉不能详，他讲了一些，推理了一些，展望了一些。南极科普多次，我们已经基本懂得冰山的水下部分还有六分之五或者七分之六，这些得我们自己去思考了。

第二位主讲的是世界自然保护联盟（IUCN）海洋与极地首席科学家 Garl Gustaf Lundin，这位喜欢穿着冲锋衣在甲板上吃饭的老兄给我们讲海洋环境，哥伦比亚大学专注南极海冰及其与全球气候关系的袁小军教授担任翻译，我们得知海洋变暖是不争的事实，海洋生物的生存空间变小、密度加大，捕鱼变得更容易。人类对海洋的干扰加剧，塑料和微塑料进入海洋。听得我们怪心疼海洋的，我把他的 PPT 拍下来回头再研究。

26 日上午，参加南极论坛的极友如愿在长城站前合唱了《我和你》，长城站历史性地迎来一批墨镜版的刘欢和红色冲锋衣版的莎拉·布莱曼，嗓音大都是业余的，但咏叹都是真情的。指挥晓燕老师、导演海波台长、雪地钢琴伴奏青年钢琴家张浩天，这样的巨鲸组合，协助团队瞬间完成了协同力的提升，将“我和你，心连心，永远一家人”的思想内核完全呈现在浩宇苍穹之间。

身着黄绿冲锋衣的探险队员在不远处严密关注长城湾上浮冰的动静，浮冰如流，只是在风力的作用下给我们打开一条冲锋舟上岛的通道，这也可能只是一个时间窗口，我们得于窗口关闭之前回到邮轮上，不然我们可能需要陪伴长城站的 13 名工作人员住到十二月雪龙号到来之时……清华本硕的探险队员小李这样对我们说。就这样，在四周遍布黄绿瞭望哨的长城站前我们时而分部轮唱，时而合唱，唱完了《我和你》。

南极论坛讨论什么？引用我们三团团长吴大卫先生的总结，讨论三个关系：我和我、我和你、我和它。分别是人的自我反省、人与人之间（亦指国与国之间）的关系建设与提升、人与自然的和谐共处。

本文始于尼克港，时船到天堂湾，匆匆收笔。

2019 年 10 月 28 日

14　丹克之巅一笔造界，吞舟之鱼不游枝流

10月28日，登丹克岛，探险队员一早上去把路开好，长长的之字布在雪原上，应该还粗夯过，局部有台阶状，山舞银蛇原驰蜡象的丹克岛，突然出现唯一的路，像临时构建出来的华山。有大量金图企鹅散布在这个岛上，海里还有企鹅不断游上来，我们在橡皮艇上目睹此波澜壮阔的企鹅界之“诺曼底登陆”，登岸望去，企鹅的黑背在雪原中连成一条颤动的墨迹线，如同《千里江山图》开篇时雄笔，一划即造界！雄笔回峰处，一群企鹅已经靠近极远处的丹克之巅，那里应该什么都没有，不知道它们要去那么高的地方做什么？

丹克岛不是我们首选的目的地，本来就是一个人迹罕至的地方，许多三刷南极的极友也没上去过，加之我们是今年第一班到南极的邮轮客，因为天气原因我们才辗转来到这里，南极的夏天，这里仍是飘雪时空，充满天地玄黄宇宙洪荒的味道。早餐时我向清华大学法学院教授高西庆先生请教攀岩的技巧，同座的明康先生对于类似华山鹞子翻身处的倒悬攀岩也极有兴趣，他还介绍高先生一家都是单板滑雪的高手。此时高先生一定在意念中想过攀上丹克之巅，然后单板滑下来。2021年2月，高先生在极友群中分享了GISS爱上雪的报道《为热爱竭尽全力，“野雪小子”高大礼瞄准2022北京冬奥会！》，他真是一位幸福的爸爸。

五个时辰后，高先生在论坛主讲“中国企业走出去的经验与启示”，作为

企鹅群

曾经的中国证监会副主席，在华尔街从事律师工作多年的杜克大学法律博士，他给了很多建议与启发，并阐述了美国金融危机中大家感兴趣的话题。走出去是攀岩，应对危机是滑雪，不知道有没有人这样想过？南极以宏大给人以宏大的思考方式，以包容给人以包罗万象的胸怀之基。

我们沿着探险队开辟的冰道上到半山腰，那里有更多的企鹅聚集，它们的社会人类无法想象。两个小时后的邮轮午餐时，我和丁敏芳教授讨论企鹅如何在不断的海陆转换冬夏交替和子女成长的过程中仍然准确地找到自己的另一半？这是一个完全不同的宇宙，连日月盈昃，辰宿列张都看不太清，又如何能那么无误地标记自己？

丁教授 1983 年毕业于北大地球物理专业，在普林斯顿大学获得博士学位，是哥伦比亚大学 Lamout-Doherty 地球观测研究所的资深气候科学家和主要负责人，我们讨论的六个小时后，她在论坛上主讲“南极为什么重要？”南极是地球气候的稳定器，亦是地球变化的记录员，冰芯之中藏有地球气候变化的数据，美国的研究发现我们看到的红嘴金图企鹅数量不断增长，而我们在半月岛看到的唯一一只阿德利企鹅是数量骤减的，还记得那只阿德利孑然而立，如黑头的风清扬站在路旁，它是要告诉我们什么？

与三团名誉团长高西庆（右二）合影

当我在丹克岛上抬望眼，仰天未啸之时，忽见一座巨大的山峰屹立在海上，积雪掩盖不了的苍怀，云雾烘托出来的激烈，她的左前下方是一块巨大的长方形冰山，如一个横放了紫电青霜的剑匣，右前下方是日丽号邮轮，几乎与剑匣等身，那里有我们十天远航的一切信息，四层的演出大厅更是南极大讲堂、天堂音乐会的所在，此刻竟显得那么盈盈一握。这个气势恢宏的峡湾令人永生难忘，坐下便放下，躺倒即万物互联，耳畔是四个小时后在四层演出大厅朱丹先生演奏的“匈牙利圆舞曲”“梁祝”和“卧虎藏龙”，是陈光宪先生导听的捷克斯美塔那的“我的祖国”和贝多芬的“欢乐颂”。

28 日下午，看到虎鲸，“吞舟之鱼，不游枝流”（作家狄马先生给小极友张评逸寄语时择《列子·杨朱》中的名句）。此 29 日上午六点三刻，船到夏古港，雪白皑皑的山头上，还有法国探险家夏古在南极过冬的木屋，是法国人的朝圣之地，亦是我们潇潇雪歇凭栏之处。

2019 年 10 月 29 日

15 来吧，朋友！伸出你的手

归程，晕船。

德雷克海峡展示了它正常的一面，浪高五到八米，足以让一多半人卧床了。10 月 30 日我们红队冲击夏古港未果，因狂风暴雪撤回大船，正遗憾万分之际，忽见右舷有一海豹稳躺冰山之上随波逐流不亦快哉。此时榻上的我们深感行路之难，即便想做一只躺赢的海豹亦不容易，至少你得克服晕船啊！

南极归来，由于有探险队的讲解和实地勘察，关于海豹我们已知之不少。最难见到的威德尔海豹我们看了五次，最容易看到的锯齿海豹反而没看到。传说锯齿海豹常被豹海豹痛打，深陷暴力。威猛的雄象海豹有 60 只左右的雌性海豹配偶，但最后都因力衰被后生海豹逐出领地，一个象海豹王朝大约存续六到七年，而崩于失败的一天。海豹常被海豚科最大最猛的虎鲸围剿，而企鹅尽管有吃不完的磷虾，但亦常生活在被海豹生啖的恐惧之中，岸上的生活会悠哉一些，但也要提防猛扑下来的贼鸥掠去辛苦产下的卵。

南极对人类来说是最大的荒原，但对南极生物来说却是完美的生态系统，物竞天择，生生不息。天地不仁，以万物为刍狗。天地之间，其犹橐籥乎？虚而不淈，动而愈出。南极有大道，大道而不言，这种沉默的公开公平公正的世界观常使我们心生敬畏，天地对万物不加干预而任由其自生自灭。看

登陆归来

靠近冰山

天堂湾晚霞 – 刘涛摄

似冷漠，其实正是最好的态度。人在此中，油然而生不以物喜不以己悲的感觉，多言数穷，不如守中。

我们想要的世界是一个怎样的世界？自然的法则是对待世间万象一切平等；人的世界至少也应如此，人是万物之灵，在人类自身的塑造中甚至更应完美，人类同住地球村，智者引领科学，仁者建构社会，音乐、绘画、建筑大道同源却五彩缤纷，人类自身应该充满慈悲怜悯，保护环境、护佑弱者，穷则独善其身，达则兼济天下。人类文明如果不及一个荒原的文明，又有何存在的意义？

此行最美处，乃是天堂湾。无风无浪，冰山幽蓝，天边橙黄。几条冲锋舟游弋在海上，发动机熄了火，可以听见水中气泡轻爆的声音。香槟起封时，混沌打破，如天地初开，杯中气泡与水下气泡共鸣，天边亦呈香槟色，凝视杯中酒，竟是一乾坤！揽浮冰而返，置于盆中，两个时辰后化为两杯水，偈云："佛观一钵水，八万四千虫。"南极之大千世界，大千世界之南极，尽在一冰中。

很多极友捉到了天堂湾的彩蛋，当我在聆听天堂湾音乐会之时，夜晚九时多的天堂湾出现彩霞，海波极友妙手偶得之佳作"天堂湾彩霞"被大面积分享，我和我的朋友说，这是我老乡拍的，当时，日丽号在天堂湾被彩霞罩着，四层大厅在开音乐会，我被音乐的彩霞缭绕着，顶上还有彩霞飞天。

朋友说："你太会吹牛了，我们要自己去看一看。"

来吧，朋友！伸出你的手。

2019 年 10 月 31 日过德雷克海峡于峯船之中

16　乌斯怀亚雨后清晨：以极友为师可知贤者之德

乌斯怀亚用一个雨后的清晨来迎接我们这些十日远航归来的客人，尽管这一路没什么灰尘，但她还是坚持给我们洗尘。以日出壮行，用细雨接风，这个世界尽头的小城对我们这个今年南极的首航团献出了她双份的爱。

白头雪山再一次湿润了我们的双眼，十日之前，两对爱到白头年届金婚的老极友在这里找回了初见时的感觉；四年半前莱昂纳多在这里拍摄《荒野猎人》最后七分钟一举拿下奥斯卡；四年前同车的台湾导游在这里娶了一个玻利维亚姑娘，小城故事多，充满喜和乐。从万古荒原归来再看世相风景，忍不住要流泪。没有被南极美哭，也会被人情打动，看似一幅画听像一首歌，人生境界真善美这里已包括。被南极纯净的水荡涤过的眼，再经雪山浸润回到人间，已经变得透明；被南极纯净的土地渲染过的心一方面软得可以化一方面又变得少而又少的坚定；被南极纯净的空气滋养过的鼻子在心有猛虎之时仍可以细嗅蔷薇。

回忆昨夜告别的闭幕晚会，最佳分享奖指挥全团代表在长城站成功演绎《我和你》的晓燕老师念了一首自己创作的诗："我一生最向往的是纯净，纯净的爱、纯净的友谊、纯净的心灵……纯净是沉淀、是信念、是大自然的恩赐，更是瞬息万变的永恒，珍贵得少而又少不变的坚定！"——多么好的诗！在变与不变之间,定格了永恒、珍贵与坚定。

获最具才华奖的青年钢琴家坦言自己是个宅男的张浩天,在冰雪中完全释放了自己,长城站外雪地坐弹,红袍连帽赤手御冰,像一位少年高僧在二次元空间坐禅,天堂湾音乐会没有歇过的伴奏,与小提琴与大提琴与二胡与萨克斯与女高音与众人之嗓的交汇,怎一句才华了得!

最佳发现奖哥大袁小军教授和我聊过一件几年前的事,如果有人发现南极海图上没有标注过的岛将以发现者的名字命名,现在出航都是一船的人,所以通常都是船长或在船上的首席科学家得此荣耀,每个人的名利心不同,当船员发现一个新岛赶紧去叫首席科学家时,科学家已经获得这个岛的命名权了。也有朋友在梦里被唤醒,愠怒言:我不去,我要睡觉。能当首席科学家的必然有几把刷子;发现新岛的船员赶紧去报告可见具有大局观;名利当前,仍以睡觉为第一需求的,可谓纯真如上古之人,无岛可名亦成美谈。

最佳摄影奖给了创立并赞助全部奖项的知名企业家卫平,卫总得奖后有点不好意思,因为满船皆是摄影师:有给中央领导拍摄过照片,还给我们团一人照了一张标准照的王保胜大师;有拍出天堂湾雄片的汇特传媒集团的刘涛兄;也有在丹克岛一笔造界处见到的不知名的扛长焦炮筒目光坚定的拍照大姐;给我们讲中国开辟北极航线节省一半路程的航运界巨子李绍德先生亦是摄影名家……可当获奖作品在大屏幕上出现之时,我们大呼名至实归,卫总抓拍的是小提琴家朱丹伉俪在六层船头甲板合奏的瞬间,双弦合璧逆光飞扬冰山映印琴声似水,几乎在平面上仍能感受到船头飘飞的旋律,我们在饱览南极中不免有些小小的惆怅,有些许自然之壮色大过人类之美的沮丧,想不到最后还是依靠卫总这样瞬间才情爆发的抢拍才为人类之美挽回了一点局面。

这次论坛安排了一个上海交响乐团原团长陈光宪先生和小提琴家朱丹先生的关于音乐的对话。我认识朱丹多年,也现场听过朱丹参与的大型音乐会,因自身音乐修养之局限,实在也难深谙其道,此次听陈团长与朱丹的对话有初窥门径,武陵人入桃花源之感,缘音符之溪行,忘路之远近。忽逢桃花

南极论坛大合影

小提琴家朱丹伉俪 – 卫平摄

林,夹岸数百步,中无杂树,芳草鲜美,落英缤纷……听到无我处,更有问今是何世,乃不知有汉,无论魏晋之乐。朱丹这次将他美丽的夫人斯洛文尼亚小提琴家 Polona Karen Zhu 带到南极,两人珠联璧合的演奏,更是极地之佳话。

闭幕式由论坛联席主席马利女士总结致辞。马总是中国互联网发展基金会理事长,人民日报社原副总编辑、人民网原董事长。马总的致辞声情并茂字字珠玑,她谈到大自然的力量,谈到蓝脸鸬鹚上接狂风暴雨下抵深海巨浪,谈到美哭了众人的天堂湾……谈到去掉所有繁华……谈到直面自己的渺小,谈到培育更大更宽的格局……总结了南极论坛作为公共外交平台、人文思想平台和人类命运共同体践行平台的意义,最后她呼吁让南极论坛的精神照亮你和我,探索、寻求生命中美丽的天堂湾!

这一路,与贤者同行,得益良多,192 位极友,聚是一团火,散是满天星(马总语),共同经历过如此漫长遥远瑰丽的旅程,我们在布宜诺斯艾利斯夏天的万圣节说再见,我们回到北京上海杭州香港……回到纽约温哥华吉隆坡圣彼得堡……回到各自的生活,但乌斯怀亚雨后的清晨将深深地镌刻在我们的记忆里,以南极为师,可知天地之道;以极友为师,可知贤者之德!祝大家安好!

此文起笔于乌斯怀亚,基本完成于科洛尼亚,修正完稿于布宜诺斯艾利斯。

2019 年 11 月 3 日

17　乌拉圭的落日与灯塔，科洛尼亚的历史纠缠

科洛尼亚是乌拉圭与阿根廷最一衣带水的城市，她在南美地图上蛰伏多年，靠我们极友的口碑秒红。

布宜诺斯艾利斯去科洛尼亚水路只要一小时，码头在布宜地标中国工商银行的边上，与希尔顿酒店很近，步行 15 分钟即达。港口很像九龙的中港城，从拉普拉塔河口横穿过去，也有一个像伶仃洋大小的水面，过了这南美洲"伶仃洋"就到了科洛尼亚，就像从香港到了澳门。拉普拉塔河是阿根廷与乌拉圭的界河，入海口宽阔无比，靠近科洛尼亚之时，一座白色的灯塔映入眼帘，这条大河先纳百川一路至此波浪甚宽，已完全是大海的胸怀。

"拉普拉塔"在西班牙语中是"银子"的意思。拉普拉塔河是南美洲第二大河流，全长 4100 千米，她汇集了巴西、玻利维亚、乌拉圭、巴拉圭和阿根廷几条重要的支流，巴拉圭河、乌拉圭河、巴拉那河因为向往大海，所以汇入"银河"，在灯塔之东风平浪静地往大海而去。拉普拉塔此刻沉稳坚定，甚至让你认为她就是海。从这里溯巴拉那河北上可至上游巴西、阿根廷交界的伊瓜苏，那里有世界最宽的伊瓜苏瀑布，雄伟壮丽不可方物，此时三十多位极友正驾艇向三千尺直下的飞流而去，想必水声笑声呼声震耳欲聋，极友们用各地方言大喊过瘾；而处巴拉那河终极入海口的我们安静地排队进闸，将随身

的小包过下安检进去找英语服务。生活充满了多样性，即使同在一条河流。

历史有惊人的相似，地理亦然，和澳门一样，科洛尼亚也是个不大的小城，澳门在珠江入海口东南望太平洋，科洛尼亚在“银河”入海口东望大西洋，都是大航海时代葡萄牙人到过并实际控制的港口。踏上三百多年前葡萄牙人用参差的石头铺就的街道，沿着元青花模样的葡式瓷砖路牌寻访古城的过去，如见一艘亦军亦商的舰从里斯本“陆止于此，海始于斯”处启航，穿越大西洋，漂泊数月，发现巴西。葡萄牙人在巴西经营近百年后，沿巴西海岸南下，在离拉普拉塔河口不远处靠岸登上科洛尼亚，宣布主权，此地成为葡萄牙殖民者在乌拉圭的第一个居民点。

“银河”对岸的西班牙人也没闲着，1535 年西班牙在拉普拉塔建立殖民据点，次年控制阿根廷，他们稍晚于葡萄牙人发现巴西但早于葡萄牙人创建里约，1680 年葡萄牙人在对岸乌拉圭登陆宣誓主权，原本卧榻之旁岂容他人鼾睡，但那时葡萄牙引领大航海时代，极其富强，西班牙人忍气吞声观望了一百多年，1750 年葡萄牙人赶走了剩余的法国势力，基本控制巴西全境。而西班牙则坐稳了阿根廷。

历史有无常，1755 年，葡萄牙大航海时代到达巅峰之时，突然发生一场大地震几乎毁掉了整个里斯本，地震动摇了殖民帝国的核心，帝国露盛极而衰之态。1776 年西班牙设立以布宜诺斯艾利斯为首府的拉普拉塔总督区，次年，西班牙人乘虚而入夺取科洛尼亚，乌拉圭人“惶恐滩头说惶恐”，沦为西班牙殖民地。留取“乌心”照汗青的西班牙人实际控制乌拉圭四十年后，“伶仃洋里叹伶仃”的葡萄牙人卷土重来，再次占领了乌拉圭，并将其于 1821 年并入巴西。1822 年巴西脱离葡萄牙独立，1825 年乌拉圭趁势脱离巴西帝国独立，可谓一直被争夺，突然得解放。

科洛尼亚在漫长的葡西争霸战中有大小战役七次，城头变换大王旗，乌拉圭在反反复复之后独立，而科洛尼亚终于因为特殊的历史背景而成为南美洲历史文化名城，老城区于 1995 年成为世界文化遗产，历尽沧桑容颜不改，终于等到了南极论坛的小批量极友到来。老城中葡萄牙人建的街道是石头

科洛尼亚日落

直接铺就的，一条路是一个平面；西班牙人建的街道两边略高，大概是人行道的意思。葡萄牙人建的房子往往是红色的矮房子，西班牙人就用其他颜色建高一些。西班牙人作风很低碳，除了葡萄牙人的总督府他们没要之外，葡萄牙人建的房子包括教堂都留着，只是教堂前面加盖了门楼，更堂皇了些。

那个白色的灯塔应该是历史最悠久的，是大航海时代的见证，上去需另付一美元，登上塔顶放眼如海一般的“银河”，只见“上下天光，一碧万顷，沙鸥翔集，锦鳞游泳，岸芷汀兰，郁郁青青”。此南美洲“岳阳楼”也！无酒临风亦宠辱皆忘，深感不虚此行。乌拉圭人爱运动，水面上虽无渔歌互答，但浮光跃金，帆影夕照，动影沉璧，其乐何及！

下到地面，走了下黄昏的街道，居然发现了以法国探险家夏古命名的小酒店，是哪个法国人或是法国女婿在用命名酒店的方式委婉地告诉我们法国人在此地曾经的存在？似乎我们红队在南极冲击夏古港未果之后，夏古先生

乌拉圭人约黄昏

乌拉圭银河日落

的大名就反复出现了，先是探险队长在邮轮上向我们介绍 2021 年即将远航北极点的破冰级邮轮指挥官夏古号，然后我在千里之外的乌拉圭见到夏古酒店。今晚习主席和夫人在上海豫园会见法国总统马克龙和夫人布丽吉特，他们会聊到夏古吗？

每个民族都有自己的骄傲与沉浮，科洛尼亚的日落璀璨无比，几乎可以媲美乌斯怀亚的日出，旦夕之间，有我们豪掷一天的光阴记录，也有煌煌大历史的存在与虚无。乌拉圭没有太多名人，但即使是科洛尼亚这样的小城，仍可以折射人类群星闪耀之时的余晖。

2019 年 11 月 7 日

丝路行

SILU XING

18 梁家河：有大学问的地方

在 2.8 万名赴延安插队的北京知青中，出了一位国家领导人，使得“梁家河”这个在中国地图上最平易的地名分外近人起来，我们到达南泥湾机场之后，与“延安精神永放光芒”八个大字匆匆合影，便直奔梁家河而去。

车子在黄土高坡上疾驰，两边有不少窑洞闪过，虽然有一些薄薄的绿洒在沟沟壑壑上，但黄土黄依然是延安的主色调，即使是第一次来这里也不会陌生，这种味道在中学课文《挥手之间》中领略过，这种土黄在贺敬之的《回延安》中朗诵过，比《温州一家人》中阿雨的父亲和哥哥到陕北打油井时多了点绿，但基调仍是执拗的黄。

同车的林总此番二刷延安，她和我聊 15 年前来延安的见闻，翻山越岭、路遇“丐帮”、卫生条件极差的小学、拼命刮土的雨刮器……那时的梁家河不太为人知，想必还在积蓄历史的能量，以待今天与我们相见。我正在脑海信天游之际，忽闻鞭炮大作、唢呐浩荡，不由心中一颤：交大 CEO 俱乐部影响力如此之大。

下车仰头一望，但见“黄土味道”四个大字高悬楼顶，一旁一堵粉墙上画了上万知青，一位女知青欢快地举牌过顶，牌书“这家店要天天来”！原来是到了午饭时间，在此打尖，适逢陕北婚礼，抑或是绥德的汉子娶米脂的姑娘，方知刚才想多了。一行人在“黄土味道”中满满两桌坐定，延安市招商局的郭科和小刘作陪。小刘在我这桌，小伙子穿得挺潮，人也精神，给我们介绍了一下陕北菜，我问起当地婚嫁状况，亦为了解一下民生。得知如今 5G 时代自由恋爱，年轻人想法与世界同步，黄河对岸“小二黑结婚”时的情境自然是不存在了。我们离开“黄土味道”时，门外的唢呐仍震天响，不忘提醒我们这是在良辰吉日来到梁家河。

梁家河村离“黄土味道”很近，因为来考察学习的人多，已经建了大停车场和接待服务中心，既有几分 5A 级景区的派头，又有高铁进站的安保级别。梁家河参观是免费的，大家排队刷身份证进场，秩序井然。我了解了一下，这个程序还是很有效果的，今年就查到了几名犯罪嫌疑人，其中还有吸毒者。不过我们也有想不通的地方，你说被通缉还去看张学友演唱会也就算了，那是娱乐，你还敢跑来梁家河学习，这心得有多大？难道还想考公务员？

我们这批有身份证的人顺利地过闸坐上了电瓶车，电瓶车一人 10 元，路程想必有 3000 米左右，果不其然，车子开了有 5 分钟才到村庄，想当年这里只有羊肠小道，北京知青们挑着家当（自我修炼要求高点的主要带的是书）来到这里，现在这条电瓶车小道当年就是五百杀威棒啊，在这个还没通电，连牙膏都是稀罕物，交通基本靠走通讯基本靠吼的地方，在正常孩子读高中和大学的年岁里，于此生活 7 年，与跳蚤黄土油灯为伴，还能获得乡亲们的认可，离开时 13 名村民自发相送到县城，众筹 5.5 元合影一张，不能不说是知青界的里程碑事件。

在村史馆外的邮局购得陕西人民出版社出版的《梁家河》，村民工作人员熟练地给盖上邮戳，映入眼帘的是一句真诚而带悬念的话：“我人生第一步所学到的都是在梁家河。不要小看梁家河，这是一个有大学问的地方。”

上海学员分析，这句话有三层含义：“人生第一步”可见初心；“不要小看”即样本意义，一村治则天下治；“有大学问”则含人在天地间谋事做事成事的三才密码，学员千千万，各自管好自己的家事工作事乃大学问。梁家河的大学问在哪里？村史馆里找答案。

灵魂拷问之一：梁家河为啥穷，为啥吃不饱饭？答案是水土流失、好地太

少。解决办法：打淤地坝。实施步骤：规划选址、科学论证、做思想工作动迁、施工部署带头干——成事！

灵魂拷问之二：能为改变梁家河的面貌做些什么？吃饱饭还要好生活。答案是引进新能源、新水源。解决办法：建沼气、打井。实施步骤：考察学习、宣传试验、归纳难题、逐个解决、知行合一——成事！

灵魂拷问之三：怎样让乡亲们过上好日子？答案是选择经济作物、提高生产效率、多种经营搞好市场。实施步骤：科学分析抓重点，咬定青山不放松。具体有：根据延安的资源禀赋，种经济价值最大的苹果，1000 元原材料投入 3 万元产出（现在全国 9 个苹果就有 1 个产自延安）；根据市场需要发展养殖业，梁家河出的鸡蛋一度占到文安驿镇出品的 100%——成事！

16 岁时的心是赤子之心，依靠看书自学获得的知识专心投入在那个当年远离政治中心与经济中心的梁家河，10 次递交入党申请书终获批准，而后当选村支书用党交付的小平台为老百姓干大实事，让大家一起早日过上小康生活，那就是初心了！

看完村史馆，我们去了知青窑洞，许多学员都很兴奋，竞相拍照沾一沾福气，1975 年 10 月 8 日，那位从这里走出的青年，已经是这个国家的领导人，在这里，我们看到他读过的书、走过的路、爱过的梁家河百姓。

我们在村史馆前的小广场合了影，因为此地不允许学员拉个性化的横幅（党旗是可以的），我们主要靠气质地说，梁家河，我们来过了！今天的到访也许在冥冥之中早就注定，有一句很网红的话："每个人的气质中，都藏着读过的书，走过的路，爱过的人。" 物理学就结缘的解释是量子纠缠，那么，当我们有缘在此感悟初心，自然也不会忘记使命。

"我的家乡陕西，就位于古丝绸之路的起点。站在这里，回首历史，我仿佛听到了山间回荡的声声驼铃，看到大漠飘飞的袅袅孤烟……" 习主席的话回响在我们耳边，开启了我们的丝路行。

2019 年 7 月 22 日

19　鸿门宴：举重运动员搞不过长跑运动员

丝绸之路是西汉创始的，有必要回顾一下汉的建立，史书煌煌，不必多言，但是鸿门宴作为最著名的影响中国历史的饭局有必要说一说，这个饭局距今已有 2226 年，仍然历久弥新。

2009 年去了一次西安，商务活动之余，当地的朋友赵先生一定要安排去鸿门宴遗址看看，从兵马俑回来去华清池的路上，问了好几次路，才找到那地儿。

这是一个相对冷僻的景点，只是西安市的文物保护单位，比兵马俑的档次要低很多。进门就是鸿门宴人物的群雕，但雕功不怎么样。几处碑文还有别字，“胜券在握”刻成了“胜卷在握”，“再次”刻成了“在次”，几乎让人怀疑是个山寨版的鸿门宴，可能是当时刚刚开放，来不及校对。

这个地方，两千多年前是通往古新丰的大道，由于雨水冲刷，愈陷愈深，南北洞开，如同门状，故称鸿门。这样的地方在黄土漫漫的陕西其实并不少见，少见的是拥兵四十万所向披靡的项羽在这里宴请拥兵十万抖抖豁豁的刘邦，而项羽的本意是干掉刘邦。要是刘邦被干掉了，就没有了汉朝，当然也没了汉语和汉族的说法，历史的车轮将梦幻般地飘移，不知魂归何处了。

项庄本是无名小辈，自鸿门舞剑以后，便名垂青史了，因为他那会意在沛公。

沛公刘邦用了最寻常不过的手法：尿遁，却造就了最不寻常的茅坑。鸿门宴配套的“洗手间”如今被玻璃罩了起来，对着一个铁门，而铁门外，据说就是老刘尿遁不还的路。

从鸿门宴的故事发展看，项羽缺谋，刘邦缺勇，项的谋臣范增几次示意动手，项羽视而不见，感觉到手的鸭子飞不了。项庄舞剑过来，刘邦小便失禁的可能都有，情急之中打开那谁给的锦囊，锦囊里一张白纸，画了株桃花，也许是二三月份下了二十天雨突见太阳的咏春之作，可刘邦一见便知道桃花的意思是“逃”了，可见能做皇帝的人对逃都有深知灼见，很多江山都是逃出来的。

刘邦逃时还能召回持剑带盾进入鸿门宴现场护驾的樊哙，堪称奇迹。估计项羽喝得有点高了，他发现老刘跑掉时，居然刘邦已去四十余里，相当于跑了半个马拉松了。不过不是马拉松，是马拉邦。

鸿门宴遗址供着一尊老者形象的观音，那也和老刘逃跑有关，传说路上一老者给指引了方向，这老者既然不是卧底，自然是神明了。

这里也有项羽的雕塑，名曰“霸王举鼎”，讲的是项羽当年单手举鼎绕场一周以振军威的事迹。

鸿门宴告诉我们一个事实：在政治和军事上，往往举重运动员搞不过长跑运动员，韧性比爆发力重要。而丝绸之路是一个跨越很多个朝代的基础设施，它的背后代表了持续的改革开放，是不停歇的跑步，它的核心就是专注和坚持。

2019 年 7 月 29 日

20 二刷碑林

上一次来碑林是25年前了，时光如流，似乎一个响指，就是四分之一个世纪。

这一次出发之前在上海连宴两日，31年未见的同学又聚在一起，阔别三十又一春，回忆旧时光。

8月8日正值立秋，适逢七夕加一，半月如梳，银河鹊桥气场犹在，七位女同学曲院踏荷而来，凌波仙子一般驾临海上，共忆雁山云影瓯海潮淙，席间合一曲“上下古今一冶，东西学艺攸同”荡气回肠。

37年前，我等以温州各小学三甲之身入读朱自清填词校歌的第一中学从此结缘，走过青葱不居的岁月友谊反而历久弥坚，即便后来天各一方，也从来都记得石坦巷尾温中门前那魁星点斗的一幕，那张写满两百名字的榜单确是我们少年派的开始。

海上温情群群主老布将一首原本凄厉的《北风》温情脉脉地唱完，与同学一一握手后六个多小时只管南下故乡去了，己亥年最强的台风“利奇马”与老布擦肩而过，从故乡北上，经过山洪暴发的永嘉楠溪和被淹没的临海老城，粉碎七夕月色醉人的荷塘，直抵结界抵抗的魔都。

在无常的天象之前，海上温情群的铁杆们又做了一次义无反顾的聚集，这一次是在新华别墅，台风的雨夜，已经看不清新华路法国梧桐身上的文身，连门牌也看不大来，七仙女居然到得比月朗风清的前一日更早！夜雨狂风中有英语诗朗诵，有异域歌舞，葡萄美酒喝得我陶醉，仿佛为我第二天的丝路之游饯行，在台风中穿过小半个长宁，才找到一辆车回家。

8月10日，虹桥火车站取消了去浙江的所有车次，杭州东站出现了车站建成以来第一次被动停业，甚至丝路起点的西安也取消了开往上海的班次，所幸从上海开向西安的G360正常行驶，火车逐渐驶离大风大雨，当我们在朋友圈看到被淹到有点吓人的上海中环线时，火车进入了午后阳光的西安北站。

二刷碑林将碑林的排序提到了丝路第一站，出了西安北站立即排队打车到碑林，寄存好行李便去朝圣。一刷碑林的记忆有点模糊了，看到碑林与文庙在一起还略见陌生，只记得当年的出租车司机说他小时候碑林是可以随便进去的，常骑在驮碑的赑屃头上玩耍，脑中浮现小儿无赖卧碑剥莲的场景。现在有仪式感了，见过文庙的牌坊，过了安检才是这东方文化的宝库、书法艺术的渊薮、汉唐石刻精品的殿堂。

适逢苏州碑刻博物馆与西安碑林博物馆合办“千年书乡——苏州文庙府学历史碑刻拓片展”，就进去看了看。苏州府学即苏州文庙加苏州中学，乃北宋名相范仲淹于公元1035年创建，苏州中学由此让天下中学皆望其项背，因此有“天下之有学自吴郡始”的说法。拓片有天文图、地理图、平江图，有一堆勉励好好读书的御碑，字有竹有鹤，句有“思无邪、公生明”……一圈看下来自然十分景仰。想当年温州中学也与籀园在一起，籀园在胜昔桥边，是上世纪初为了纪念温州籍大学问家教育家孙诒让而修建的，“籀园”二字为南通籍末代状元张謇所题，现籀园已经是温州教育史馆，于某年孔子诞辰之日开馆，相当于现代文庙，所以中国读书的好地方规制大体相同。记得当年籀园旁边有个小摊，卖猪油炸的糯米粉裹糖霜的名唤“口舌”的小食，一毛钱一根，隔着学校的门缝一收一递钱货两清这般交易，是读书郎下课即奔去要吃的美食，从心头到舌尖，籀园在我们的少年派时光里，记录了不少小欢喜。

“千年书乡”开胃菜之后，进入碑林的饕餮盛宴，迎客第一碑是国宝级文物《石台孝经》，后面有堪称中华文化原典的刻满四书五经的《开成石经》，还有柳公权书的《玄秘塔碑》、集王羲之字的《大唐三藏圣教序碑》、颜真卿书的《多宝塔碑》、欧阳询的《皇甫诞碑》、怀素《藏真帖》等书法至尊之作，亦有康熙、林则徐、左宗棠等政界人物之墨宝分享，还有五岳真形图、《孔子庙堂碑》……碑林七室八亭，扛着煌煌中华。后来当了国家副主席的王岐山同志自1971年起在碑林讲解员的岗位上先后工作了6年，这6年与古圣对话，向今人布道，想必也不会太寂寞。

比较意外的是在碑林看到了昭陵六骏，上月我去礼泉的一个生物质电厂考察，爬到那个电厂的锅炉边，能看到昭陵的金字塔尖，玄武门之变贞观之治大量的信息涌来，最终停留在秦王李世民开国征战的六匹骏马被阎立本画刻于昭陵的画面，不曾想其中四骏入了碑林，而另两骏被掳至宾夕法尼亚大学博物馆，那两匹叫“飒露紫”和“拳毛騧”的骏马恐怕是再也回不了故土了。宾大是特朗普的母校，可能这位推特治国的老兄比我们一般中国人更熟悉“飒露紫”和“拳毛騧”，而将流失两骏和“特勒骠”“青骓”“什伐赤”“白蹄乌”等眼前四骏倒背如流，分分钟能镇住特朗普的，无他，岐山也。

出了碑林，便是西安古城墙南门永宁门城楼，全中国难得一见保存完好的明城墙，据说1958年、1981年两次差点被拆掉，第一次被时任国务院副总理的习仲勋坚决拦下来，第二次又被重回国家领导人岗位的习老保护住，现在应该很安全了。城墙上可以骑车，可览古都胜境，走了一段回望，夕阳西下，一楼巍峨，遍地金光，近前一看，原来是在整修中的魁星楼，建在城墙之上的魁星楼不多见，应是与文庙碑林配套，亦称文昌阁。魁星信仰盛于宋代，从此经久不衰，有说魁星即钟馗，是封建社会读书人崇信最甚的神，而农历七月初七为魁星诞，原来我们齐声高唱“英奇匡国作圣启蒙”的前一晚，路人皆知是情人节，不料更是魁星诞。

愿孩子们读好书，碑林拾贝，魁星点斗。

2019年12月15日

21　半个香港

25 年前，我第一次去陕西历史博物馆，那时网络刚刚有，网速 14.4k，速度不到现时的百分之一，要上网还需到邮电局办一个备案证，没有抖音没有“摔碗”没有无人机灯光陪衬的西安，陕博自然也是不红的，既不像现在这么有名，也没有太多人去，导游也比较好请。

如今就不一样了，虽然说是免票，可你没有计划没有耐心没有攻略基本上是约不到的，而且免票的看不了唐代壁画看不了大唐遗宝，电视上天天在播的完全是美剧《反恐 24 小时》节奏的《长安十二时辰》，我当然不会甘心在长安就待十二个时辰还错过整个唐朝，好在老婆事先不知道从哪里加了西安资深导游的微信，预约了一个一起看陕博的群。提前到了小寨东路陕博对面的小旅馆门口集合，交了身份证，领了耳机，调好频道，然后一群人跟着一个高个的小伙子导游穿过马路到了陕博门口，小伙子一边给我们发实名制的门票，一边解释这是陕西历史博物馆，不是陕西省历史博物馆，意思是这是国家级的博物馆，地位与国博差不多，不是省里的单位。

25 年前享受专人导游的待遇自然已经没有了，只记得当时那位戴眼镜的三十多岁的矮个子讲解员带着我们侃侃而谈，到了“镶金兽首玛瑙杯”前，说这个号角状的杯值半个香港。我看着这个中西合璧，造型源于西方“来通”，气质又很大唐，口鼻部镶金，双眼圆瞪似牛非牛，通体玻璃光泽的奇奇怪怪的玛瑙物件,心想这家伙一定是《我的1997》听多了,信口开河吧!1994年香港GDP是上海的6倍,半个香港相当于三个上海,这杯子能装进三条黄浦江么?

陕博是从史前文明开始说起的,蓝田人生活在115万年前,比北京人早数十万年,头骨展示;然后是旧石器时代的大荔人,又有头骨展示;再有新石器时代的半坡遗址,已经是一个母系氏族村落的遗陈了;然后才到远在5000年前的华夏始祖炎帝与黄帝,其实还有蚩尤,是当时中原的三大势力。《山海经》描述中疑似三拨外星人的战斗,据说黄帝与炎帝打了三场战役,但和蚩尤打了五十几场不分胜负,一度彷徨求助九天玄女,最后胜出。黄帝手下仓颉造字、伶伦制作音律、隶首发明算盘,黄帝与岐伯等人的对话被整理成18万字的《黄帝内经》,这个团队上古黑科技太多,我是相信他们来自外星文明的,神仙打架是华夏文明的源头。

陕博有个很奇特的现象,好像很多文物都是通过量子纠缠而面世的:一个叫"鸟盖瓠壶"的青铜器是1967年在绥德一废品收购站偶然发现的;上过《国家宝藏》栏目的战国兵符"杜兵符"是农民在犁地时发现的,废品站还不肯收,后来碰巧遇到考古专家才得以现世;汉高祖皇后吕雉的玉玺竟然是在1968年夏天的某个夜晚,咸阳韩家湾公社一个13岁的学生在放学路上发现的;"大跃进"时期农民放牛捡到一个小物件进而发现了一个上千年的匈奴王墓;当然,最猛的还是西安修地铁,据说已经挖出400余座古墓了,这个有点强行干预量子碰撞的意思。

量子纠缠俗称"缘分",何家村遗宝事关一个震惊世界的文物奇缘。1970年10月5日,国庆21周年的余庆还没过去,在西安城南何家村省公安厅下属的某收容所内,基建施工人员在挖地基时挖到一个大陶瓮和一个提梁罐,里面一堆金银宝物,公安系统内,自然马上上报,第二天就有专业指导挖掘,又起出第二瓮,就这两瓮一银罐,里面俄罗斯套娃一样宝物套宝物,一共有1000多件工艺精湛、富丽堂皇,既有大唐风范又具外域风格的金银玉琉璃玛瑙器皿现世,铺陈开来就是现今面积不小需个把小时端详的大唐遗宝馆。

这个不知何来的天外藏家收纳手法之高明、收藏品位之专业让人惊叹不已，其系统归类思路清爽仿佛还活着一般。此人对炼丹饶有兴趣，还收藏了一整套唐代炼丹的器皿。选的宝物可以用八个字概括——“全球智慧、大唐品位”，比如无论你用什么西洋技法倒腾出一个西式的金碗，我只管吩咐在碗上刻一对鸳鸯！极强的中华文化自信，超级开放的兼容并蓄能力，思古抚今此处可有泪两行。

何家村遗宝与西方著名的考古发现“阿姆河遗宝”相对应，成为 20 世纪中国重大考古发现，与 19 世纪末敦煌发现藏经洞有得衔接，令人惊叹的是古物吸取了莫高窟的教训，在国庆节后上班时间从公安局的地界冒了出来，而不是荒漠流沙无人照应的地方。古物长没长脚真不好说，高祖皇后玉玺在小学生放学路上出现，常理很难解释。

论常理何家村是唐长安城兴化坊所在地，该坊北过两坊为皇城，东隔一坊为朱雀大街，西北不远是西市，倒是皇亲国戚或者朝野大咖极为便利的藏宝地，这个题材被《长安十二时辰》捉到，提及大将军郭利仕偷盗宫中金银器，最终在兴化坊下落不明，杜撰得非常接地气。另一考证，公元 783 年，泾阳兵变，征税大臣因接受叛军招安被处死，“税务局长”家住兴化坊，先埋珍宝再投降事后被处死从而宝藏线索断了的可能性极大，瓮顶离地面不到一米，似乎也印证了当年匆匆埋宝的可能性。

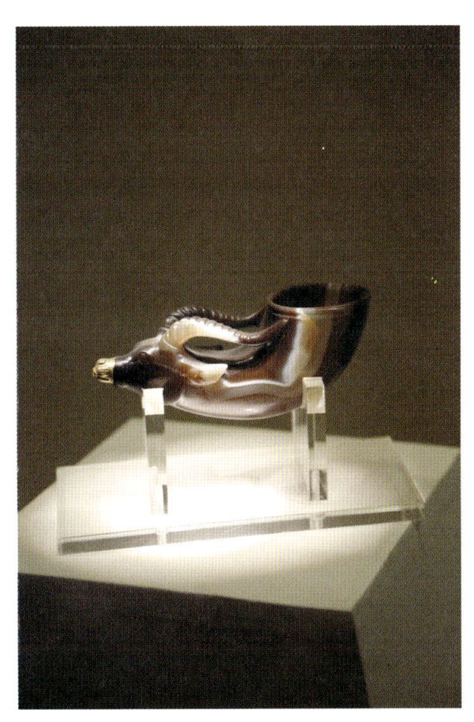

“半个香港”

廊回路转，当年那个号称值

半个香港能装三条黄浦江的“镶金兽首玛瑙杯”又出现在我眼前！原来它就是出自何家村的，何家村扛把子、镇馆之宝。25年前没有专门的何家村遗宝分展，因此没注意到何家村这个名字。正感慨一样的国宝前面站过相隔25年的我，只听到高个子小伙子在身后轻轻地说了一句：这个兽首玛瑙杯值半个香港……

你……你是当年矮个子眼镜导游的徒弟么？半个香港又是什么梗？竟然流传了四分之一世纪？！2018年香港GDP是上海的八成，半个香港相当于上海的四成，兽首玛瑙杯还能装下一条苏州河吗？小伙子娓娓道来，铁娘子撒切尔夫人访华参观兽首玛瑙杯说过这样的话：如果把这个“镶金兽首玛瑙杯”给我，我就会提前归还香港。所以民间都说这个东西值半个香港。

原来如此啊！香港倒是如期拿回来了，玛瑙杯也成为首批禁止出国（境）展览的国宝级文物，在中西文化交融方面，香港和兽首玛瑙杯有异曲同工之处，那就保护好相当于两个玛瑙杯的香港吧，赋予她极强的中华文化自信，超级开放的兼容并蓄能力，刻一对鸳鸯！

2019年11月13日

22　雪都

西安有直飞阿勒泰的航班，算是不负丝路起点之名。2019 年 8 月 11 日，从西安出发，3 个小时的航程，飞越 3000 千米，到达阿勒泰时，已是晚上 7 点多，阳光依然耀眼，仿佛日正中天。几个小时的微时差，竟然也有穿越时光隧道的感觉。

机场很小，却有一个“中国雪都”的招牌，进了行李提取处，还有“人类滑雪起源地，Welcome to ALTAY”的广告牌，用易拉宝撑起来——“约在冬季”“冬季去哪玩？”“滑雪大冒险”，对于从七夕台风天挣扎出来，辗转来到此地的我们，顿有北半球跃入南半球之穿越地心来看你之心跳反射。

出了机场，有位皮肤黝黑的小伙子早已候着，接我们到租车公司去，路上山青水绿，还是夏天不假，只是一块大牌子仍然执拗地跳出来：“冰天雪地也是金山银山！”还是在提醒我们这里是中国雪都没跑了。夏天的新疆是我记忆中的新疆，我来过乌鲁木齐十多次，从来没想过冬天来新疆，可是甫到贵境，这个阿勒泰一直在用各种手段喊我冬天来，貌似在下一盘很大的棋。

我们的计划很简单，一是到福海看朋友，二是去传说中的喀纳斯湖，我甚至连攻略都没做，这一路的雪都提法让我陷入了沉思：为什么我们不把冬奥会放在这里呢？那才是一盘更大的棋。这里空间上是丝路重镇，时间上很恍惚，几千年变化并不大，但高铁已经修到了乌鲁木齐，离此人类滑雪的起源地不远了，只是人类 ×× 运动的起源地得有联合国认证，如果搞冬奥会，能捎带办了。问开车的小伙子，冬天来有什么玩的，答曰“车子可以开到喀纳斯湖上”，就这一句话，把我给震撼了。歌声响起：“这一生一世，这时间太少，不够证明融化冰雪的深情。”哦，错了，那是贝加尔湖，是霍去病刻字留念的“瀚海”，而我们要去的是“福海”。

定的车子刚刚还到租车公司，都来不及清洗就准备交给我了，看来租车的生意不错。前面的租车人都还没走，我们聊了聊喀纳斯湖，说一路太好走了，安全、路况佳、天气好，我听了放心了些，印象中新疆动辄跑 500 千米远中间没有人烟，万一中间出来个劫道的或是搞恐袭，还是让人担心的。人家一句话就释疑了：“到处都是摄像头，可不能超速。怕你们被罚款，有时警车还限速压着路开……”我的脑中立刻闪出后来被评为 2019 年最有人气的微信表情：捂脸。

租车店的老板是个汉人，很会做生意，我这一单其实也是他电话争取来的，之前我想过找一导游包一辆车，后来发现包车不适合我们，尤其没有大漠孤行的范儿，何况这一身全球自驾的成熟技艺也太浪费，就在网上找租车自驾的，后来找到“悟空租车”（原来用的几个租车网站貌似不行了），也是第一次用，感觉他那店好评不多又不在机场，怕麻烦，下了单又撤了，人家立马电话过来表态接机和周到服务，并解释了下新店刚开，车子很新，我才又下了单，后来发现这个“悟空租车”在丝路基本好使，毕竟是大师兄代言啊！

不过加油浪费了点时间，前租车人图省事留了点残油就还车了，接机的小伙子带我们去加油，那阵势把我吓了一跳，检查后备厢，检查身份证，加油站设了停车场专用的杆子，保安检查完一按遥控，车子才可以进去，加油的时候还要刷一下身份证，新疆之行的关键词跳出来了——“验证”“安全”，后来几天的行程不断证明了此关键词之靠谱。

2020 年 1 月 11 日

23　日月光华，欣荣黄金海岸

事前本来打算像时下流行的重走玄奘之路一样租一辆越野车，觉得吉普与大漠才配，“悟空”哥说没必要浪费钱，去喀纳斯都是纸平的路，如果不是拍照用的话，轿车性价比高些。我猜想可能他们的越野车都租出去了，否则给交易对手推荐性价比高的货，这觉悟得有多高？

于是租来的小本田上了阿勒泰机场去福海的高速，适逢古尔邦节第一天，高速公路是免费的，第一次享受新疆穆斯林文化带来的福利，据说这一天，穆斯林都精心打扮，宰杀牲口，邀请亲戚朋友前来做客，同时还举行各种文艺活动。将近晚上九点了，太阳还没落山，时有飞鸟掠过，是百鸟归林还是两百爪联欢不得而知。时维七月，序属立秋。热气消而戈壁清，草原静而暮山紫。高速公路上没几辆车，我不知传说中的“天眼查”严苛到什么程度，驱“骖騑”走戈壁，岂敢超速？即使转入了县道也恪守限制。但见大漠孤烟直、长河落日圆，到达福海黄金海岸时，已近十点，太阳是完全地沉下去了，心中一片茫然，略为惋惜。

友方的吴总早在福海景区门口张望，我从不起眼的“骖騑”上下来和他打招呼，他有些意外，因为我之前电话说订了一辆越野车，不用派车接我们，所以他一直盯着吉普车看呢！我们如此低调，福海迎接我们的排场却大过天际，我以为太阳已收摊，小酌一番便好休息，不料福海里面有我此生未遇之胜景，日落如剧终，霞光似彩蛋，此雄彩华章奇幻之处，唯有三个月后南极天堂湾之晚霞堪堪能敌。

刚下车，即受指引向福海奔去，暗黑天幕透出迷人的橙黄，映得海水如黄金一般，远处的岛仿佛是天人之旧馆，如另一个平行世界中的景物，通过时光之门传送过来。波澜万顷，上接重霄；小亭流丹，下临无地。鹤汀凫渚，穷岛屿之萦回；霞光九重，即冈峦之体势。无垠的大漠中，怎会有如此碧浪之海？福海之地处四国之交，西望哈萨克斯坦，北接俄罗斯，东看蒙古，南抵天山，四国为一小世界，如四大部洲，那黄色山峦金光之岛，不就是须弥山么？须弥山又称宝山、妙高山、妙光山，居小世界的中心，妙光一词，足以震撼我心。

能不能这样算——以福海“妙光山”为圆心、1000 千米为半径画一个圆的四国小世界，再乘以 1000 就是小千世界，乘以 1000 的二次方即中千世界，乘以 1000 的三次方就是大千世界，感觉“妙光山”随时可以腾空而起到达 8.4 万米高空，福海外溢将四国领土变成飘海之洲；抑或整个福海就是悬浮的！我们在小世界披夕照，俯澄波，浪滔旷其盈视，川泽纡其骇瞩。遥想共工争帝，怒而撞不周之山；天倾西北，祝融败天河之水。鸿均遣徒，女娲承命。五色与金丝齐飞，七彩共雅丹一色。地平水住，响穷乌伦古湖，日月光华，终于欣荣黄金海岸。转头见到福海边的女娲神像，福海边那些被奋勇举升的石头唤作金丝玉，竟然是娘娘补天之资。

这个小世界有指引者也有背叛者，补天之女娲，也许是万象之由，亦可能是终结之末。俄顷，日月将霞光彻底收去，福海渐渐变得伸手不见五指，唯有涛声依旧。乌市来的朋友在等着我们，好酒好菜，还有新鲜的灌在桶里的驼奶，我们共庆余年。

2020 年 1 月 17 日

24 阿勒泰记

汉据西域，唐列北庭。阿山玄武，天山朱雀。襟冰川而带古河，控玉兹而引旧蒙。金夫逾万，皇光射牛斗之墟；银发一束，左公定大清新疆。大漠雾列，俊采星驰。台隍枕四国之交，宾主尽东南之美。创天栾兄之雅望，棨戟遥临；乌市新友之懿范，襜帷暂驻。台风东至，魔都西行；陕博求是，碑林问古。腾蛟起凤，王学士之词宗；魁星点斗，长安十二时辰。丝路飞天，暑期研学；童子何知，躬逢胜饯。

时维七月，序属立秋。热气消而戈壁清，草原静而暮山紫。俨骖騑于上路，访风景于崇阿。临福海之滨，得天人之旧馆。波澜万顷，上接重霄；小亭流丹，下临无地。鹤汀凫渚，穷岛屿之萦回；霞光九重，即冈峦之体势。

披夕照，俯澄波，浪涛旷其盈视，川泽纡其骇瞩。共工争帝，怒而撞不周之山；天倾西北，祝融败天河之水。鸿均遣徒，女娲承命。五色与金丝齐飞，七彩共雅丹一色。地平水住，响穷乌伦古湖，日月光华，欣荣黄金海岸。

遥襟甫畅，逸兴遄飞。晨雾醒而清风生，湿地糯而白云遏。天鹅交颈，气凌乌岛之樽；雁阵掠湖，影舞临川之笔。驼似峰，羊如云。穷睇眄于雪峰，极娱游于天水。天高地迥，觉宇宙之无穷；兴尽悲来，识盈虚之有数。望北疆于眼下，目南港于报间。特权极而哀怨深，诉求显而格调远。屿山难越，谁悲失路之人；萍水相逢，尽是他乡之敌。怀国恩而不见，奉英室以何年？

福海

嗟乎！时运不弱，国事多舛。卫青不老，去病已封。屈张骞于匈奴，非无圣主；留班超于疏勒，岂乏明时？所赖君子见机，达人知命。老当益壮，宁移白首之心？穷且益坚，不坠青云之志。酌贪泉而觉爽，处涸辙以犹欢。北海虽赊，扶摇可接；东隅已逝，桑榆非晚。董首高洁，空余报国之情；卷发猖狂，岂效穷途之哭！

呜呼！胜地亦常，盛筵可再；观鱼亭春，冰天雪地。金山银山，幸承恩于伟饯；仿滕王阁，是所望于福海。借王名句，恭疏短怀；四韵不成，不敢言赋。为阿勒泰记，以谢好友亲朋。

2020 年 1 月 18 日

25 震泽

己亥岁末，极友再聚震泽古镇。此地属苏州吴江区，与苏之同里、浙之南浔相望。古镇不大，却盛产着中国最好的丝绸和桑蚕丝，至今还在沿用着古法养蚕、制造丝绸。丝绸之路地理上的起点是西安，而生物学上的起点应该在这里，艾青先生曾写过："蚕在吐丝的时候，没想到会吐出一条丝绸之路。"这古镇，"质朴自然，安详闲适"，有一条400米长的宝塔街，街尽头的宝塔始建于赤乌年间，与上海静安寺同龄，亦算是完成长三角一体化的孙权，在这里给妹妹孙尚香建了这座塔，孙妹登高思刘，故称望夫塔。一座悬挂蟠龙金框圣旨匾"钦若师俭"的徐家老宅穿过宝塔街，街西是别具匠心、低调奢华的府堂庭院，街东是豪华的米行和丝行的河埠头，那纵贯千年的悠悠蚕口吐出来的丝绸盛唐即是从此类大小码头启航，进入京杭大运河，从此无问西东。

吴江自古商贸繁华人杰地灵，现有上市公司十几家，更有几家进入中国500强，南极会杨宗贤副会长正是吴江人氏、震泽乡贤、2013年极友；夫人蒋总，2019年极友。他们创业26年，员工数千，成就斐然。以服装、阀门、环保为主业，经历过欣欣向荣的春天，亦扛过冷风骤雨，青田企业目前是最大的校服生产商之一，社会贡献甚大。极友18人会于青田企业，有从澳洲赶来的邢总（2013年极友，亦是震泽人），有从澳门飞来的汪总，还有书写十米长卷《大乘妙法莲华经》将赠玉佛寺收藏的桂老先生一家……时值寒冬腊月，杨兄亲自泡茶,大家备感温暖。我们讨论一个共同的话题:作为中国公共外交之经典案例的南极论坛是否需要一个常设会址?是否可以将“我们想要的世界”这一宏大的命题先收敛到“我们想要的社区”?

我们在宝塔街8号看了震泽古镇的未来规划,这个北临太湖、南壤铜罗、东靠麻漾、西接浙江的宝地已经有一个不俗的规划,桃李春风中的古镇水乡让人心醉,未来虹桥火车站出发的高铁到此只有21分钟,建设中的高铁站就在北麻漾湖的对岸,下车上船,荡漾过来几分钟,是何等麻麻的感觉!高铁已经成为一个低配版的传送门,片刻间可将上海的都市风华与水乡的质朴古风左右传送,虽还不够量子速度时空扭曲那样随意穿越,但基本也已经是地表最强。对于南极论坛、世界自然保护联盟、哥伦比亚大学的国际友人来说,或许震泽的体验比上海更震撼。准确地说,上海震泽的组合比单纯的上海甚至单纯的南极都更梦幻,这个生物学意义上的丝绸之路的起点最终将连接到世界上最大的荒原,我想起《大雪前后的我和你——将思想内核呈现在浩宇苍穹之间》中的那一段:大雪对于杰拉许,“也许又是暗黑的极地铁拳,雪上加霜,费掉更多炭火,盘算剩余的口粮和能源,祈祷夏天尽快来临;但也可能他明白这是温暖来临的前奏、太阳军团将至的预兆,寒冷已是强弩之末,兴许他穿上丝路来的鲁缟,亦在雪中狂欢。”——庚子年的桃李快发了,春蚕又将开始吐丝了,不是么?

腊月廿四这一天,按我们老家的习俗,是祭拜灶王爷的日子,灶王爷要上天向玉皇大帝汇报这家人的善恶,从今天起到除夕日这段时间,民间称为“迎春日”。极友算一个大家庭,我们在震泽讨论“我们想要的生活”,也聊“我们想要的商业”“我们想要的未来”,其中的善意和期待或许能上达天庭。给大家拜个早年!

2020年1月19日

26　凌晨四点的悲伤——纪念科比

大年初三凌晨，北京时间四点，在看那不勒斯与尤文图斯的比赛直播时，得知科比意外去世，篮球巨星的噩耗击碎了足球世界，感觉看不下去比赛了。C 罗在赛后马上更新了 INS：“科比是位真正的传奇，激励过无数人。”（C 罗本人一定是这无数人中的超级被激励者，本场赛事尤文输掉了，但他一个人狂奔、一个人夺旗完成八连杀，完全是科比的风格）；梅西发 INS：“一位少有的天才离我们而去。” 科比欣赏小罗，是巴萨的粉丝，科比穿红蓝的视频立刻出现在网络；科比穿红黑的视频同时刷屏，只因他与 AC 米兰也交好；晚一个小时开战的大巴黎与里尔的比赛中，内马尔打进点球以后，先是做出 24 的手势，再一手指天，纪念他的偶像科比……纪念名单中还有齐达内、萨拉赫、林加德、博阿滕等足球界的新老明星，名单很长，如果对两边的圈子不熟悉，你甚至会误认为科比是位足坛巨星。

篮球界的纪念就更深刻了，这位鼓励了无数人的人在刚刚鼓励完超越他纪录的人之后离开了这个世界，被他鼓励的詹姆斯和曾经鼓励过他的乔丹，无不扼腕，乔丹说：“语言无法表达我的痛苦，我爱科比就如自己的兄弟一样。”（很荣幸在 90 年代见识过乔丹的公牛王朝，迈克尔·乔丹的肆意飞翔扣篮和一次次绝杀，他们真的很像，连外貌、气质、体型都很像）詹姆斯直接泪洒机场，美国篮坛近三代传承猛然断篇，一个五次 NBA 冠军、两次奥运冠军、20年湖人的统治者陨落，直升机坠落之时，一颗流星划过地球，消失在天际。当科比和13岁的女儿吉安娜坠机遇难的消息确认后，NBA多场比赛用24秒违例和8秒违例来悼念这位曾经穿过24号和8号的传奇球员。

科比对中国很友好，多次来过上海，我居然偶遇了两次！有一次在波特曼，还有一次在静安香格里拉，眼见门口一群年轻人穿着24号球衣，穿着科比球鞋，举着牌子，深感偶像的伟大之处，如果中国年轻人都是听了“四点钟的洛杉矶”而变得勤奋，这该有多大的功德？少年强则国强，我喜欢这些有梦想的孩子，也热爱上海这种开放的姿态和国际化的感召力，每当这个时候，我都很想再做一回少年，在那里等待这个单场能拿下81分的英豪，与“篮球之神”合个影，或是拿到一个签名，把梦想的力量带回家。科比每一次中国行的广告语都很具感召力，“活出你的伟大”“打出名堂”“雄心不熄伟大不止”……对于平凡的少年来讲，很需要这些鼓励。习主席曾亲临NBA看过科比打球，获赠湖人队服和有科比签名的球鞋。科比的中国行渐成常态，甚至吉安娜开始学中文，有说差不多学了五年了，可以给爸爸当中文翻译了。

今天突然发现这些再正常不过的偶遇永远也不会再有了，很大一批地球少年失去了偶像，这个春节真是太沉重了，窗外是下了数天不停的雨，春节假期被推迟至2月9日24点结束，我在窗前远望楼下公园中空无一人的篮球场，不知我见到的那些少年，以何种方式寄托他们对科比父女的哀思？安放逆流成河的悲伤？

在丝路行中间，出现了不该出现的科比，也算是一个特别的纪念吧，“雄心不熄伟大不止”，或许可以作为丝路群英共同的座右铭。

2020年1月27日

27　福海

大寒，整个福海被冻住了。

“须弥山”亦可亲近，甚至可以开一辆奔驰 G63 故宫自由款抵达山的脚下，这里有平民冬捕的盛会，在这个时间窗口中，天上的街市掉落凡间，只要你敢在这个时间光临，夏天所见之天人之旧馆，就是此时人族之乐园。

福海也叫作乌伦古湖，水域面积 1035 平方千米，一望无际可以充海了，当地人也称其“大海子”，冬天的冰面厚达 1 米，与《囧妈》里面秋明的湖没大区别，不但可以背着老人在冰上行走，估计坦克都可以上去，冬捕又称踏雪寻鱼。

去年夏天，我在福海县城住了一晚，第二天再进福海看白天的景观，在门口买了一块金丝玉，被景区负责旅游开发的唐总带着在周围跑了一圈。看天鹅在野湖中成双，见骆驼在草肥处聚团，成群的大雁飞过安静的湖面。在沿湖公路开车，几乎听得到车轮与柏油马路摩擦的声响。在一条岔路边停好车，换乘越野车进了一个小沙漠，攀到沙丘的顶上，可以看乌伦古河如一幅十里长卷铺陈开来，风动丝绸一般漾出鳞鳞波光，几只水鸟掠过水面，几处点刹，貌似微微表示敬意。

福海区域方圆几十千米，中间要改造一座桥，为了便于游轮通行，将来会在四处建几个码头，游客在大漠中体验海上航行的味道，想象冬天福海被冻住的样子，不失为人间特别值得的体验。福海让新疆有了夏日风情、冬之恋情，让一条如此干涸枯燥的丝绸之路有了海洋般的滋润，让贸易有了度假的味道。

立秋的福海，我们从沙丘上下来，换车奔喀纳斯而去。

2020 年 1 月 28 日

28 辛弃疾与草原丝绸之路

福海去喀纳斯大约300千米路程，按照限速慢慢开的话差不多需要六七个小时，中途在布尔津吃午饭。布尔津是阿勒泰地区最发达的城镇，服务业的表现也可圈可点，一家店里，既能做好吃的新疆大盘鸡，也能做定神的家乡番茄蛋汤，吃饱了上国道，阳光正好微风不燥，繁花早已开至荼蘼，再不去看想看的湖，就有些晚了。

路上的车多起来了，来阿勒泰玩的人没有不去喀纳斯的。前一段听一个教授说朝鲜战争的意义，称中国通过朝鲜战争在国际丛林社会立住了脚跟，苏联把雅尔塔会议划分好的已经在嘴里的部分势力范围还给了中国，包括大连旅顺和喀纳斯一带的领土。边开车边想这些陈芝麻烂谷子的事，翻过了一山又一山，路过多个可以停车吃饭的村庄，经过多个半真半假的景区而未入，时常看到风力电站慢慢转动的风叶和山谷草地上成群的牛羊。

去喀纳斯的路很好，但只有两车道，超车就在来车奔跑的道上，所以还是有一些小风险的，遇到一些太面的司机，实在忍受不了慢慢吞吞地跟在他们后面，就需要一顿猛如虎的操作，所以也不是特别轻松的旅程，心里还要想着8点前得进山啊，万一赶不上景区内的大巴，后果不可想象。

趁开车无聊回答一下朋友提出的问题：为什么你走的丝绸之路和我们知道的不一样？怎么有海又有湖的？朋友们的地理水平绝对可以！我都还没

说到霍去病,不是没想到搬出霍去病将军,而是这条路根本不是汉代丝绸之路南北线中的一条,而是东起阴山,经蒙古高原西南偏南翻越阿尔泰山进入阿勒泰草原,沿乌伦古河、额尔齐斯河西行,经准噶尔盆地西北部、哈萨克斯坦丘陵,越中亚平原到黑海的草原丝绸之路。

不是蹭热点,历史有记载。唐至辽、元,此道为商旅往来络绎不绝的通道,唐诗人岑参、元使臣刘郁,还有早些年路过临安牛家村的丘处机真人也从此路走过,比丘道长大八岁、武功略逊但文采殊胜的辛弃疾老师,也走过这条草原丝绸之路。

“八百里分麾下炙,五十弦翻塞外声。”——大漠是肯定去过了,戍边肯定也戍过了,辛弃疾没跑了!再查下去,《青玉案·元夕》——“东风夜放花千树。更吹落、星如雨。宝马雕车香满路。凤箫声动,玉壶光转,一夜鱼龙舞。蛾儿雪柳黄金缕,笑语盈盈暗香去。众里寻他千百度,蓦然回首,那人却在,灯火阑珊处。”

说的是豪华春假的最后一天,正值元宵佳节,美人头上都戴着亮丽的饰物,笑语盈盈地随人群走过,身上香气飘洒。我在人群中寻找她千百回,猛然一回头,不经意间却在灯火零落之处发现了她。——后世考证,美人身上的香气为龙涎香气,龙涎香来自海上丝绸之路。

2020 年 1 月 29 日

29　喀纳斯

丝路上走过独行的玄奘，孤身匹马偷越玉门关，以白骨马粪为路标前行，就凭念经加徒步走到梦中的西天。岑参诗云：“沙上见日出，沙上见日没。悔向万里来，功名是何物。”玄奘不曾动摇自己的信仰，还感化了边关叫王祥的守将、瓜州叫孤独达的刺史、高昌赠往还二十年所用之资的国王，从长安非法出境时只有 28 岁，回到长安时已经 46 岁了，受到唐太宗盛情召见，并提议还俗辅政，坚辞，建大慈恩寺，翻译经典终至圆寂。

丝路为何瑰丽？是因为走满了故事，我到的阿尔泰山，玄奘没到过，但丘处机到过。成吉思汗差不多成为上帝之鞭时，邀 73 岁的丘道长去见他，丘道长以为翻过长城就能见到，但都在路上了，才知道成吉思汗打到葱岭另一边的阿富汗了，再走完全靠信仰了，好在成吉思汗派了人一路保护架着他走，走了差不多两年，见到成吉思汗时都快 75 岁了，就成了成吉思汗的顾问，成吉思汗在一个冬天三次召见他，并称他“神仙”，丘处机最终成就一言止杀救苍生的伟业。后世写的《元史》和《长春真人西游记》均有描述。

“谁知西域逢佳景，橙橙春水一池平”，谣传是丘处机经过喀纳斯湖的时候写的“喀纳斯印象”，实际是耶律楚材写的！成吉思汗远征西亚曾亲自路过并驻足于喀纳斯，喀纳斯还有很多他的传说。

喀纳斯是草原丝绸之路最精华的地方，也是新疆最美的地方之一。十年前我去过天山天池，那是西王母的小世界，当然也很美，但美得让游客有些拘谨，仰望与祈福的心态大于恣意享受自然的美。喀纳斯是属于苍生的，你只要在晚上八点之前赶上景区内的最后一班大巴，被送到观鱼台方圆几里的地方住下，那个有酒吧、民宿和宽带的人间乐园便是你的，那些雪山下的秋千、可以上去“凹造型”的拖拉机、花丛中的篱笆、在风中猎猎作响的五星红旗和亭子上空的明月都是你的。

民宿有自己的生态，餐厅是共享的，我们在晚饭的时候遇到一群从南京开车过来的人，还有一对从西安直飞喀纳斯的情侣，知道了各式各样不同的到达方式，深深地为接地气的喀纳斯惊叹，我虽然在很多年前就知道了她的名字，拖到现在才来，竟然觉得有些歉意了。民宿的条件自然差了一些，倒是真的让你体验到这个雪山之下四国交界之处的真实生活。第二天，我们到游客中心寄存了行李，坐大巴到观鱼台站开始攀登，喀纳斯景区面积1万多平方千米，比上海还要大很多，但对于我们这些才住一晚的游客，观鱼台和附近的三个湾就是喀纳斯的全部，其他的你可以借助想象的翅膀或者在你的心头复制粘贴。

当你爬上1076台阶之上的观鱼台时，如弯月一般的喀纳斯湖就呈现给你，这个平均水深有90米的因冰川强烈刨蚀、冰石堰塞而成的深水湖，自然有一个不可名状的水底世界，凡夫在观鱼台上自然是看不到鱼的，除非你有一对“黄金瞳”；但是俗子亦有阿尔泰山的雪峰可以慰藉，可以勾起心中对冰川天女的些许回忆。20世纪80年代从同学家借来梁羽生写的《冰川天女传》，欣喜地走过那座叫“万里桥”的青石板桥的那个下午，与观鱼台的时空对接上了。

2020年1月30日

30　立春

今日立春，己亥年终于正式过去了，新年新气象，希望春光能一扫疫情的阴霾，大家早日繁花与共。春节假期快延长到半个月了，除了中间开车到南浔遇“风能进雨能进，外地车不能进”，长叹一句“此生无悔入浙江，只是今日不能进”之外，都在家待着。

和最远的乌鲁木齐的朋友通了电话，去年丝路行从喀纳斯出来，经阿勒泰机场飞到乌鲁木齐，那西域是何等的繁华景象，朋友安排了车来接，出了机场上了高速，车水马龙中，遥见天山白头，影影绰绰立于高架尽头，海市蜃楼一般。

在大巴扎闲逛，始于1881年的二道桥，将始于清朝的热闹，都推送给你。一条琳琅满目的步行街上，有馕，有马肠，有驼奶，有沙棘，有雪菊，有沙漠玫瑰，有绿萝花，有葡萄干，有和田玉，有新疆的歌舞。

2019年8月14日上午，新疆二道桥大剧院里洋溢着节日的气息，一片欢歌笑语。300余名来自全国各地的各族麦西来甫舞蹈爱好者快乐聚会在一起，以欢乐的舞姿，喜迎第四届全国麦西来甫大联欢，为共和国成立70周年献礼。“麦西来甫”是维吾尔语“欢乐的广场歌舞聚会之意”，是维吾尔族群众在生产生活中创造的一种以歌舞和民间娱乐融为一体的娱乐形式，以舞为主，配以歌唱，节奏明快、热情奔放。由于其内容丰富多彩，并且对参与人员没有限定,从而被天山南北各族群众所喜爱。可能是影响力确实大,北上广选手成绩不错,竟然这次比赛是上海选手拿了冠军。

二道桥是丝绸之路的活化石,历经千年的风吹雨打、大浪淘沙,今天依然呈现出多元文化交汇的魅力,尤其成为新疆民族民间文化的窗口和载体。二道桥大剧院的穹顶就是新疆歌舞之乡麦西来甫宴会厅的文化建筑符号和制高点,穹顶的巨画,是维吾尔族哈孜老师一家人历时一年多创作的巨幅歌舞之乡油画。可以说,世界上没有比这幅民族舞油画更壮观,更能代表新疆麦西来甫这样一种多姿多彩魅力的了。

2020 年 2 月 4 日

31　党河的敦煌

从乌鲁木齐到敦煌，可以选择高铁，不过高铁到的是柳园站。季羡林在他的散文中是这么描述的："一离开柳园，也是平野百里，禾稼不长；然而却点缀着一些骆驼刺之类的沙漠植物，在一片黄沙中绿油油地充满了生意，看上去让人不感到那么荒凉、寂寞。我们就是走过了数百里这样的平野，最终看到一片葱郁的绿树，隐约出现在天际，后面是一列不太高的山冈，像是一幅中国水墨山水画。我暗自猜想：敦煌大概是来到了。"——可见柳园到敦煌市还有百八十千米，为了节省时间，我们还是直飞敦煌了。

敦煌是个县级市，机场离市区很近，敦煌又是一个沙漠中的城市，在飞机上看下来就是沙漠中的一个绿洲，而打的去酒店的路上，可以看到季老所说的不太高的山冈，其实是一排排沙丘，这样的城市即使有两千多年的历史仍然还带有科幻感。酒店在党河的边上，没有党河就不存在绿洲，也就没有敦煌，也是，一般的河也不敢叫党河啊！

党河上有矴步，在北方的沙漠中看到这种南方简易实用的过河设施，还是有些惊讶。初秋的敦煌，也有江南的味道，在悠久的敦煌历史中，常有内地兵荒马乱的片段，此地便成了孤悬塞外的文人避难之地，带来一些技术和思想，怀念故乡的种种，在丝绸之路遥远的地方复刻一个心安之处，这矴步，兴许就是这样而来。

敦煌鸣沙山

党河的水量不小，夕照下踩着矴步过河，远远望去，一个个铁掌水上漂的样子。狗儿在一旁骄傲地渡河，流鼻血的孩子用棉花塞住鼻孔，赶着狗儿往前。那点生活气息，竟然与江南无异，我们上到党河对岸，在一排地方特色的餐厅中，找了一家灯火辉煌人气鼎盛吃黄牛肉火锅的店，大快朵颐。吃得有些撑时，在敦煌的街头漫步，街的中心是此地的城标——反弹琵琶的飞天，这位西天极乐世界的娱乐之神，已经把整座城都拉伸得有几分茅台镇的味道。

2020 年 2 月 5 日

32　泛爽之泉

泛爽这个词很怪，应该是一个生造出来的词。禁足三日，出门即泛爽；大病初愈，喝粥即泛爽；疫情解除，世间齐泛爽；苦闷不解，醍醐灌顶为泛爽；胸怀奇志，得道多助为泛爽；山穷水尽，柳暗花明为泛爽。

在月牙泉边看到这隶书的“泛爽”二字，题于鸣月阁入口的匾额之上，落款是张继，无从查证是哪个张继，不过时己亥七月十六，中元初秋，如若在这鸣沙山住下，唐人张继的千古名句“月落乌啼霜满天”赋景于此，想必也很贴切。

沙漠清泉、姑苏枫桥，山川异域、风月同天，万古悲秋、终归泛爽。“醉卧鸣沙月泉侧，千沙万泉无颜色。”——应该是后人泛爽后的抒怀了。

鸣沙山堪为神州胜景，如果没看过沙漠，建议把第一次留在这里。月泉湾、响沙坡、沙丘链、浅丘、戈壁，如天地沙盘、沙漠盆景，沙丘链有着优美的曲线，有可以亲近的能够爬到顶上的沙脊，可以一口气滑到底的沙坡，只是这时节沙子还有些烫脚，讲究的旅行者穿着齐膝的橙色鞋套在沙海中漂移，队形整齐的骆驼被人牵着从沙漠中走过，到处都能够拍出沙漠主题的风光大片，两位大妈相互帮衬着爬上刻着“鸣沙山”三字的石头，取出彩色的丝巾，逆风飞扬，俗世种种，在半年后席卷神州的疫情之下，都成难得之美。

鸣沙山因可听沙鸣而闻名，“沙岭晴鸣”为敦煌八景之一。因为游客太多，自然不要奢望能听见沙鸣。月牙泉是沙漠中的奇观，号称天下沙漠第一泉，千年不涸，想必地下与党河相通，祁连山的冰川是沙漠第一泉的终极金主，那不曾间断的涓涓雪水或明或暗地流淌了几千年，因周围特殊地形地势的保护，新月之处积水成湖，底部水路泛爽，水面涟漪荡漾。

月牙泉滋润了鸣沙山，山另一端的危崖之下，是丝绸之路的思想总部——莫高窟，那里的艺术之花、人文之光颐养了整条丝绸之路。

2020 年 2 月 6 日

33 莫高

前秦建元二年（366年），僧人乐尊路经敦煌三危山，忽见金光闪耀，如现万佛，于是便在金光之处岩壁上开凿了第一个洞窟。——开窟是沉默的吹哨，是不说话表现自己的思想，是静静的呐喊。

“莫高”的意思是功德无量，意即没有比为众人抱薪者更高尚，没有比修建佛窟更高的修为了，莫者，不可能，没有也。沙漠之中，夜黑得彻底，因此星辰也特别熠熠生辉。莫高窟里载道的经文，点亮了一个民族，莫高窟像1650多年来的长明之灯，光耀着一带一路上的美丑善恶，将其收敛于一窟一窟的彩塑与画卷，在后世斑驳的手电筒光的照射下，又发散给人间。

我国敦煌学开创人之一、清华导师王国维先生曾说：“凡事物必尽其真，而道理必求其是。”他是一个求真到固执己见的人，是敦煌学研究领域中前无古人的拓荒者，最终给世间留下“经此世变，义无再辱”几个字自沉于颐和园昆明湖，留给历史一片愕然。

将近一百年过去了，真正不思悔改的恶习还充斥着我们的社会，芸芸开窟人，也只是有信仰的普通人，他们不想这个世界只有一种声音，他们在沙漠中表达自己真实的想法，只为捍卫心安之处的故乡，捍卫自己本已艰辛的生活，应该不曾想过要拯救地球，但地球终将记住他们。我们参观过的莫高窟第61窟开凿于五代时期，是规模最大的洞窟之一，是五代晚期河西归义军节度使曹元忠及夫人开凿的功德窟。这个洞窟的供养人画像保存较为完整，供养人是开窟人背后的金主，也可以说就是开窟人，这样的人有很多很多。第61窟也被称为“文殊堂”。洞窟的西壁绘有巨型的五台山图，长13.5米，高3.5米，被认为是莫高窟最大的佛教史迹画。它是以五台山的真实地理位置和现实生活为依据创作。其中，还详细描绘了从山西太原途径五台山到河北镇州（今河北正定县）方圆250千米的地理形势。

古时候的敦煌到底有多繁华？打个形象的比喻，正如著名敦煌学者王惠民此前接受采访时所形容，“古代敦煌就像现代的深圳一样”——诚丝路示范区也。我们游莫高窟的次日，也就是2019年8月19日，习总书记也来到了敦煌，有报道称，正在参观游览的群众看到总书记来了，激动地欢呼起来，纷纷向总书记问好。习近平主动走上前去，同大家热情握手问候，问大家都从哪里来、路途远不远、费用高不高，并祝大家旅游愉快。一位游客告诉总书记，他们专程带孩子从江苏过来看莫高窟。总书记笑着对他说，很好啊，一路上可以多看看，孩子们可以长见识。

我们看报道上的习总书记去过的地方基本和我们早一天去过的差不多，和大家握手的地方正是在九层楼外，九层楼位于莫高窟上寺石窟群的正中，里面供奉的是世界最大的室内盘腿而坐的泥胎弥勒菩萨的造像，是敦煌打卡的必到之处。我们有点遗憾行程快了一天，要不然赶上和习总书记同游敦煌，乃是一大幸事。不过因为我正好晚一天在朋友圈发敦煌照片，还是有同学惊奇万分地问：你和他握手了？

2020年2月7日

34 阳关

庚子月初圆，小楼共婵娟。不曾想会是这“在家中待着也是战斗”的光景，守望了一个漫长的假期，自觉禁足共筑围城，围城外面是故乡。线上开会之余，断断续续地写丝绸之路，今天写到了阳关，到阳关那一日正是己亥年中元节，今日是庚子年的上元，正好半年时间。这半年里，我先是走了一回丝路，再经北美、南美到南极，集齐了七大洲、五大洋的行旅，得以在这自成一统的小楼里，凭借文字造界自由穿越时空，算是对被动禁足的反击。

阳关曾是中原和西域的边界，关门一封，神州成一统，西出阳关无故人。王维诗云：“绝域阳关道，胡烟与塞尘。三春时有雁，万里少行人。”——后两句倒是与当下的中原大地有几分相似，不存在你的阳关道和我的独木桥，大家都在一条船上，南北同炎凉，千里共婵娟。

阳关是汉代的重要关口，当时汉武帝设置了“列四郡，据两关”，其中两关就是玉门关和阳关，两关相隔五十六千米，都在敦煌市辖内，从玉门关出发，是丝路的北线；从阳关出发则是丝路的南线。张骞出使西域从阳关出发；“匈奴不灭，何以家为”的霍去病多次出兵，常走阳关；玄奘从玉门关偷渡出，回来时从阳关隆重入，堪称经典的世相风景；比玄奘更早的高僧法显从阳关出，后世的马可波罗从阳关入；宋代名相寇准作《阳关引》——“且莫辞沉醉，听取阳关彻。念故人，千里至此共明月”……

走进阳关故址，留给我们的是只剩一个烽燧的废墟，关城早已不在，大漠之中有块石头新刻了“丝路古道”几个字，再看那古道，漫漫戈壁千万堆沙，确是极好的冷兵器时代的战场。闭上双目，可听萧萧马鸣；打开天眼，可见旌旗蔽日，蝙蝠振翼，朔风凛凛，一望关山泪满巾。

阳关烽燧前，想起唐代钱起写的《送张将军征西》一诗，开篇是“长安少年唯好武，金殿承恩争破虏”说的是金殿领命，意欲报国；“沙场烽火隔天山，铁骑征西几岁还”说的是战争爆发；而“战处黑云霾瀚海，愁中明月度阳关。玉笛声悲离酌晚，金方路极行人远”四句则是战场中形形色色的视听感受；“计日霜戈尽敌归，回首戎城空落晖。始笑子卿心计失，徒看海上节旄稀”描写的是战后情境和心理建设。

钱起是盛唐中唐之交的诗人，吴兴人（今浙江湖州），在大历史中虽名不比李杜王维，但他在省试的命题作文中写出“曲终人不见，江上数峰青”的名句，不仅成为“高考状元”，也奠定了他的诗坛地位，这两句神来之笔成为

阳关

后世诗人苏东坡、秦少游解析楚辞“湘灵鼓瑟”的蓝本，影响深远。不过我难以考证他是送哪一位张将军征西？从行文的内容看，这位张将军显然不是第一次征西，是再度出征。送别之时，金殿承恩、力争报国的小张早已成为功名在身、饱经风霜的张将军。克敌制胜的张将军人生中有多少个“战处黑云霾瀚海，愁中明月度阳关”的时刻？阳关上的明月，又照耀了多少古往今来的人？

今日元宵，不能和千里之外的亲人相聚，如阳关明月愁照下的张将军，心中一片悲凉。春节取消了各种约会，看着年前寄到的护腿板，本来正月初四到初六要参加温州四校的校友足球比赛，会是这个春节与往年不一样的地方，结果是我们都被四校之一瑞安中学的张文宏校友的金句“在家中待着也是战斗”的号召闷在了家里。

原定今天与极友桂老先生一家同去玉佛寺，桂先生书写十米长卷《大乘妙法莲华经》赠玉佛寺收藏，我们同去祈福，玉佛寺住持觉醒大和尚是书法人家，辞旧迎新常书写“越来越好”这样祝福赠善信，遗憾今日不能赴震泽之约，在此恭祝朋友们越来越好，在自由的天空下早日相聚。

2020 年 2 月 8 日

35 嘉峪关

在敦煌盘桓了两日，2019 年 8 月 17 日乘坐 D2759 次动车去嘉峪关市，2 小时 25 分钟到达嘉峪关南，CRH5G 车型，老版的和谐号动车，但也给丝绸之路带来了崭新的气象。古道西风和谐号，日正中天，自由人在天涯。——现在想来那真是天堂般的日子，做丝绸之路上的游侠，即使丝巾蒙面，也只为些许风沙，何至于如今惶惶，N95 装备好，还要提防气溶胶。

嘉峪关是明代建的，虽也号称“天下第一雄关”，比山海关还早建九年，其实是很不争气的，关城虽然豪华，却是闭关锁国之具。连敦煌、莫高、阳关、玉门一并放弃，关门一锁，九州自封，西边关禁东边海禁，把祖宗辛辛苦苦干出来的一带一路尽数埋了。朱明王朝治军无方，吏治堪忧，腐败盛行，剥皮都挡不住，贪官抓不胜抓，直至无臣可用，一度出现罪臣戴镣铐上班的奇观。依靠锦衣卫东厂等一班鹰犬，四处镇压百姓，宦官当政，排斥异己，最终被只有几十万人口的清所灭；当然疾控也没有做好，官员坐等出事，科学界比政界更乱，后期鼠疫盛行也是明朝迅速衰落的主要原因。

没安排在嘉峪关市住，计划是当晚再坐火车到张掖，只是嘉峪关南站也没个行李寄存处，只好拉着行李出来再说。出了车站，打了辆出租，司机不错，一听我们的安排，就建议我们 200 元包半天车，行李就可以放车上。我一看这省很多事，马上成交。司机介绍我们买联票，先从天下第一墩开始看

（明长城最西端的关口），再爬悬壁长城，最后嘉峪关城收尾。依计而行，十年前我到过明长城最东端的虎山长城（在丹东），那边也有个长城博物馆，与天下第一墩的博物馆相仿，只是这天下第一墩临危崖阔峡，更有西部之壮色，非常值得一看，以前总以为万里长城是从山海关到嘉峪关，实际是从虎山到第一墩，加上中间张家口的大境门，三点一线，这次终于给集齐了。

悬壁长城也是意外之喜，是踏踏实实让你爬一遍的长城，烽火台、垛口、墩台一应俱全，城墙似从山上倒挂而下，有诗赞："万里长城万里关，迭嶂黑山暗壁悬。"悬壁长城扼石关峡咽喉，长城脚下有一组丝路人物群雕，张骞、霍去病、班超、玄奘、马可波罗、林则徐、左宗棠，这一组历史人物有史可考，当年都经石关峡出入过西域诸国。群雕边上有卖西瓜的，巨幅广告写"祁连山雪水，冰镇野西瓜"，威武如长城。吃了野西瓜，上了候着的出租车，没走多远，又看见一座长城，感觉有点怪，师傅主动说了："这个长城是新建的，以前好多野导游就把游客拉到这里。"这……可真是有点乱啊！"现在不让开放了。"——我想应该是打黑的功劳吧，打假估计都不够分量。这样看来，那西瓜应该也不是野的吧？

2020 年 2 月 9 日

36 去病

丝路行写到了最后一站张掖，张掖别名“甘州”，若论此当为甘肃之首，张掖拥有世界上最大最古老的军马场——山丹军马场，由第一任场长西汉名将霍去病亲手建立，自汉朝之后，凡是统治河西走廊的政权，无不在此驯养战马，山丹军马场方圆 2100 平方千米，占地相当于三分之一的上海，是个存续了两千多年的央企和国防资源部门，班固《汉书》卷所云“明犯强汉者，虽远必诛”靠的就是帝国的骑兵和军马场的底子，绝非一句空洞的嘶吼。

霍去病是个快乐的青年，十七岁追随大将军卫青，率领八百铁骑深入大漠，大破匈奴骑兵，拜骠骑将军。公元前 121 年春天，率一万骑兵，大胜进迫河西的匈奴，河西归汉，这个十九岁的年轻人，率军直捣单于城，在焉支山前大破匈奴浑邪王；接着翻越焉支山，千里奔袭休屠城，一连击溃匈奴五个部落，斩首八千，俘九千。可怕的是，当年夏天又发动河西战役，大扫浑邪王残部，歼四万，俘四万。同年秋，奉命迎降匈奴浑邪王，降众叛乱，率几人在匈奴军中斩杀变乱者。公元前 119 年，率军北进两千多里，歼敌七万，乘胜追杀至狼居胥山（今蒙古），祭拜天地，兵至瀚海（今贝加尔湖），刻石留念。匈奴自此远遁，漠南无王庭。匈奴为此悲歌：“失我祁连山，使我六畜不蕃息；失我焉支山，使我嫁妇无颜色。”——这可能是匈奴唯一传世的文学作品了，可见灾难与挫折确实能激发创作的灵感。两年后，霍去病去世，时年二十四岁，这个青年战神从此永远留在了汉人心中。

我翻看《史记》《汉书》《资治通鉴》,关于霍去病的死因都是一笔带过。霍去病死于长安,野史有说因战地水源污染导致的瘟疫传染而死,可是《史记》并无当年有瘟疫的记载,何况从战场归来至去世有两年时间,什么样的病毒有这么长的潜伏期?鉴于这个青年有如此的战力和功勋又突然消失,我在掩卷之时,不免怀疑他可能来自于另一个时空,带着相对两千多年前的西汉来说的黑科技,我宁愿相信他在公元前 117 年那天回去了他的时空。我 25 年前去茂陵瞻仰过“汉骠骑将军大司马冠军侯霍公去病墓”,那里可能埋藏着汉武帝独享的秘密。

当我们需要战神榜样的时候,时常会想起霍去病。很庆幸我们有如此漫长的历史和传统的文化,无论在何时,只要我们需要,总有合适的英雄人物能穿越历史的长河重回我们的世界,给我们力量,哪怕跨越两千多年。而在我们这个时代,也会产生英雄,于未来的世界,只要后辈们需要,也可以赋能于他们。

2020 年 2 月 10 日

37 酒泉

这两天,朋友圈开始在立扫帚了,说是来自 NASA 的研究,足见群众还是尊重权威的。14 年前,我去过 NASA,感觉设施都比较陈旧,印象较深的是挑战者号殉难的宇航员墓地,就在工作区,旁边车来车往,树下,墓碑上,是一面飘扬的美国国旗。国旗是美国人喊"加油"的方式,相当于日本人的古句,而我们在非常时刻立起了扫帚,也算是一种"加油"吧,这么多天闷在家里,一个个房间飘过来飘过去,确实很像不能出舱的宇航员。NASA 确不曾蛋疼地说过今天可以立扫帚,这个剧的始作俑者已无从查证,不过称之为"超级传播者"亦不为过。

酒泉相当于中国的 NASA,是中国最早的航天中心。2008 年 9 月 25 日,神舟七号飞船从酒泉发射升空,中国航天员翟志刚出舱作业,完成了中国航天历史上第一次太空漫步。当时股市比较低迷,航天员从太空传来的"我已出舱,感觉良好"被借用成了股市出仓套现跑路的金句。所以立扫帚这事不能怪老百姓媚外,你要说酒泉说今天可以立扫帚,立马有人微信给酒泉的朋友,就穿帮了;而说 NASA,没有中国朋友,没法求证啊!将信将疑之间,就传播完毕了,所以设局者有巧思、懂浅深。

酒泉是汉代河西四郡之一,丝路重镇,要知道卫星发射中心都已经在内蒙古了,仍叫酒泉卫星发射中心;扛着"敦者,大也;煌者,盛也"之豪名的敦煌实际是酒泉市辖下的县级市。这里还流传着霍去病获胜后得了汉武帝赏赐的美酒，兵多将广不够分，就倒酒入泉，众饮共醉的传说，据称是“酒泉”之名的由来。但酒泉仍十分低调，低调到你很容易在丝绸之路上错过她。

酒泉卫星发射中心 2017 年 3 月 28 日被原国家旅游局、中国科学院推选为“首批中国十大科技旅游基地”，2018 年 1 月 27 日，入选中国工业遗产保护名录第一批名单。酒泉卫星发射中心对外开放参观的场所主要有发射中心历史展览馆、载人航天发射场、东方红卫星发射场、两弹结合试验旧址、东风革命烈士陵园、问天阁和东风自然公园。

在酒泉，航天员出征太空前生活、工作、训练的地方叫“问天阁”，酒泉中心发射了“神舟”“天宫”“悟空”“墨子”，酒泉有浓浓的中国味，是很有文化底蕴的地方，也是“可以多看看，孩子们可以长见识的地方”。

希望很快可借酒泉之名，集体呼喊“我已出舱，感觉良好”，不是叫你股票出仓，是走出家里的“太空舱”，浴乎春日，风乎舞雩，咏而归，大家都是英雄。

2021 年 6 月 17 日清晨，神舟 12 号载人飞行任务航天员乘组出征仪式在酒泉卫星发射中心问天阁广场举行。6 时 32 分，中国载人航天工程总指挥、空间站阶段飞行任务总指挥部总指挥长李尚福下达命令，聂海胜、刘伯明、汤洪波 3 名航天员领命出征，即将开启为期 3 个月的飞行任务，并将成为中国载人航天进入空间站阶段后的首批太空访客。我注意到聂海胜少将的航天服飞行荣誉标一栏缀有两颗星，代表他已飞天两次，这个设计必将激励他和他之后的年轻人，一次飞天如同捧回一次世界杯。聂海胜少将也是首位以将军身份进入太空的中国航天员。丝路之上，古有“飞将军”戍边扬威，今有“飞将军”三问苍穹，酒泉的威名看来真瞒不住了。

初稿完成于 2020 年 2 月 12 日

修正完稿于 2021 年 6 月 17 日

38 张国臂掖

在丝绸之路上，有一座叫“张掖”的城市，汉元鼎六年（公元前111年），取“张国臂掖，以通西域”之意，置张掖郡。在大航海时代来临之前，西域之西就是全世界。所以当我写到这里，深深为先汉的胸怀和远见打动，张国臂掖就是拥抱世界，就是讲改革开放，就是在讲人类命运共同体，这比“虽远必诛”更温和、更人性、更积极稳妥，当我们需要世界拥抱我们之时，可曾想过我们之前是否做好了“张国臂掖”，是否韬光养晦，是否将“犯我强汉虽远必诛”作为底线放在心里而不是招谁惹谁，整日里警告这个警告那个，不首先给予文明的拥抱和拥抱文明？

公元609年，隋炀帝经青海，入扁都口穿越祁连山到张掖，路遇奇怪的六月飞雪也可能是瘟疫，老杨的随从冻死一大片，其中包括两个心爱的妃子，但是杨广先生仍然在“张掖加油”的鼓励下在这里成功举办了中国历史上首届万国博览会，登山丹焉支山，参禅天地，接见和招待西域27国使臣。史书记载：“西域诸胡多至张掖交市。”隋代张掖由民间互市发展到官府组织的“交市”在中外交往中占有十分重要的地位，这是隋朝基于政治、经济、军事、文化、外交等各方面综合考虑和大影响的一种策略。大唐实际上是继承了大隋的改革开放，更猛地“张国臂掖”，最终迎来了盛世中国。隋朝建成的大运河，至今仍是我国内河航运的重要基础设施。

去年到张掖，住在大佛寺旁，拜塞上禅林大佛寺和关帝庙（在山西会馆内，与大佛寺相通），目睹此城悠久的历史和灿烂的文化，被优美的自然风光和独特的人文景观所吸引，此地自古就有塞上江南和金张掖之美誉，古人有诗曰："不望祁连山顶雪，错把张掖当江南。"既然如此，何不再游？

昨天在同学群聊及河西四郡，有人搞戈壁穿行，从此地穿过；也有人惦记7月在鸣沙山下的比赛，有人说想抓紧去圆梦，也有人正在无一例确诊的大酒泉隔离；还有同学大学时曾在这里放了一个月的气象气球，测气温、高度、风速、湿度等，然后去了美国，现在时时关心中国……这个貌似已经古老得和我们没关系的河西，已经被金九银十金角银边等现代概念冲刷得几乎让人想不起的"金张掖银武威"，竟然与我们还有那么多关联。

2020年8月19日，拜张掖大佛寺，大佛寺因寺内有中国最大的室内卧佛涅槃像而得名，是丝绸之路上的一处重要名胜古迹群。殿前有联：卧佛长睡睡千年长睡不醒，问者永问问百世永问难明。大佛视之若醒，呼之则寐。殿内四壁为《西游记》和《山海经》壁画。据说此壁画比《西游记》小说更早。大佛寺除了有闻名于世的经藏，也有不为人知的秘密，元朝开国皇帝元世祖忽必烈和末代皇帝元顺帝妥懽帖睦尔均出生于大佛寺。

南宋小皇帝宋恭帝降元以后，被元朝封为瀛国公，后在大佛寺出家。南宋最后灭亡实为被奸臣瞒报军情所害，当时朝廷宰相贾似道当权，这货为着自己的乌纱帽，秘密封锁元军的进攻消息，以至于襄阳城被围困6年，朝廷却不知晓。直到1273年襄阳城破，南宋门户大开，1274年20万元军长驱直入，横扫江南。

襄阳加油失败，临安自然就顶不住了。听政的太皇太后做主，年幼的宋恭帝小赵就降了元，后在大佛寺工作，发挥了极强的阅读和翻译经典的能力，成为一代高僧。元时，意大利旅行家马可·波罗来到张掖，被大佛寺的精美塑像、宏伟建筑和张掖的繁华所吸引，曾留居一年之久，故他俩应有交集。卧佛半醒，看人间百世流转，听俗尘千年一叹，有些事永问难明，何妨心照不宣。

2020年2月14日

39 祁连

“雪皓皓山苍苍，祁连山下好牧场。这里有成群的骏马，千万匹牛和羊，马儿肥牛儿壮，羊儿的毛好似雪花亮。”——《青海青》这首歌不知作于何年，但从1981年春晚张明敏唱红它到现在也已经快四十年了，当时的张明敏就像现在在日本工作，参与在捐赠物资上引用美句创作引发全中国思古之悠情的华人一样，为同胞打开了一扇人文地理之窗。祁连山在我的心窗前这么多年，直到前几年在青海初见，在张掖再见。在西宁时是在山中，而在张掖，是远眺，不在此山中，方识真面目。

祁连山是丝绸之路上的神山，没有祁连山的冰川雪水，黑河、疏勒河、党河都不会存在，河西走廊就没有绿洲，河西四郡更无从谈起。祁连山脉从西北贯穿到东南，从甘肃连到青海，东西长800千米，南北宽200～400千米，像斜躺着的盘古，丝绸之路从他身上一路向西。

祁连山的名字是匈奴起的，“祁连”是天的意思，没有比天更高的赞誉了。2100多年前，匈奴被汉朝打败，分成南北两部，南匈奴融入大汉势力版图，北匈奴被汉朝军队赶到了里海，匈奴为争夺生存空间，向西多次攻入东罗马，由此推动将近200年的欧亚民族大迁徙。匈奴是1.0版的“上帝之鞭”，大半个欧洲成了匈奴失去祁连山的新寄托，从而影响了整个欧洲的历史进程。“失我祁连山，使我六畜不蕃息”，被霍去病赶出了河西的匈奴人，在对祁

祁连山

连的崇拜与思念中，不断完成对欧洲的进击，反过来可知河西的伟大，祁连的崇高。

张掖的湿地公园是黑河水滋养出来的，黑河也叫弱水，发源于祁连山。湿地之秋色中，有长得袅娜的荷花和苍茫的芦苇，一望的尽头便是巍巍祁连，如无锋的重剑横亘天边。从天山到祁连，吾等这一路向东的丝路之行，如在盘古的躯干上挪移，感觉中原的三山五岳，竟有些像盆景了。

我煌煌中华，敦敦丝路，太多的历史人文，辉映着无穷奥妙。我们被历史的大潮裹卷着前行，没有人能置身事外，在痛苦之时，倾听一下丝路传来的声声驼铃，在彷徨之余，想象那一刻大漠深处的袅袅炊烟。

家是我们永远的绿洲。

2020 年 2 月 15 日

平路易行

PING LU YI XING

40 本菲卡雄鹰

2月15日晚，葡萄牙足球超级联赛本菲卡队同布拉加队的比赛在里斯本光明球场举行。两支球队还共同举行了特别的开场仪式，两队22名球员和44名来自中葡两国的球童携手入场，见证中葡友谊。

本菲卡是葡萄牙唯二的夺得两次欧冠的队伍之一，1961年和1962年，“雄鹰”接连击败巴萨和皇马，蝉联欧冠冠军。2018年8月21日，我怀着对本菲卡的景仰在里斯本本菲卡队的主场看了一场他们对希腊塞萨洛尼基的欧冠附加赛，当时左腿跟骨骨折没多久，坐着轮椅去买票，人一看就给打了折，安排了轮椅区的位置。

这是我第一次知道球场还有专门的轮椅区，从室外到场内轮椅区全是平路，没有台阶不用坐电梯。本菲卡在各方面都考虑了行动不便球迷的需求，除了专用的轮椅位之外，还有陪同位，我身旁两位大爷，都是七八十岁的样子，一位坐轮椅上另一位坐边上陪同位，陪同中间还帮轮椅大爷买东西，推到边上看进球回放。难怪本菲卡在2006年成为全球付费会员最多的足球俱乐部，创了吉尼斯世界纪录，而会员数字在后面的几年中还不断保持增长。

本菲卡球场在哥伦布购物中心的对面，球迷们通常早到，熙熙攘攘地向体育场汇集，也有从哥伦布购物完了或用完晚餐过去的，哥伦布还有本菲卡的专卖店，大家互相当配套，很和谐。因为主队队服是大红色调，所以球迷们

去本菲卡看球

作者与本菲卡鹰

像一个个移动的红包。体育场外有一处在修路，坡道尽头是一个 30 公分的“断崖”，我正犯愁，马上来了四个“红包”年轻人将我连人带车一起抬了，放至地面，这球迷素质和助人为乐的精神真没话讲。

我四处找尤西比奥的雕塑，入场的人多，看看时间也很紧，就罢了。尤西比奥与贝利齐名，资格还略老，江湖大名是“黑豹”，是速度奇快的前锋，也是葡萄牙的民族英雄。1961 年、1962 年尤西比奥帮助本菲卡队夺得 2 次欧洲冠军杯冠军。1963 年、1965 年和 1968 年本菲卡队获得 3 次欧洲冠军杯亚军。除此之外，尤西比奥共为本菲卡队夺取 13 次全国甲级联赛冠军，5 次全国杯赛冠军，为葡萄牙国家队夺得 1966 年世界杯季军并荣膺最佳射手。尤老 2014 年去世，享年 71 岁，2016 年葡萄牙夺得欧洲杯，决赛时 C 罗受伤而哭泣，一只飞蛾飞来停在 C 罗的眉毛上，据传是尤老的化身，鼓励葡萄牙队，寓意飞蛾化蝶，葡萄牙队终于如愿！

8 月 21 日那场球最终收获了平局，8 月 30 日本菲卡在客场又先失一球，情况十分不利，但最终他们完成对塞萨洛尼基的四球大逆转成功晋级欧冠正赛，又是尤老护佑？尤西比奥当年以主导大比分逆转成名，1962 年对皇马，就是 5∶3 反败为胜，气吞万里如虎。

本菲卡有个著名的“古特曼诅咒”的故事。1962 年率队在欧冠决赛中击败迪斯蒂法诺、普斯卡什等巨星领衔的皇马后，教练古特曼向本菲卡董事会要求涨薪，但遭到拒绝。一气之下，离队之际匈牙利人发出“恶毒诅咒”：“从现在开始，100 年内本菲卡夺不了欧洲冠军”——这个诅咒已经坚持了快 60 年了，居然已经时间过半，诅咒够狠，光阴也够匆匆！

2020 年 2 月 17 日

41 皇马：众志成银河

2月17日周一凌晨4点，西甲第24轮，圣地亚哥·伯纳乌球场，皇家马德里VS塞尔塔的比赛之前，我看到“众志成城”四个字。“众志成城”四个字，本就是皇马成功的精髓，如果皇马是一所大学，那“众志成城”就是校训，与厚德载物、行胜于言等可以等量齐观。

我看了好多年的皇马比赛，特别是C罗在的那几年，见证了欧冠三连冠、西甲联赛冠军、世俱杯冠军、超级杯冠军等几乎所有比赛，当我拄着拐杖站在13尊列如长城垛口的欧冠奖杯之前时，对于众志成城四个字，还是深有同感的。

2018年8月7日，我利用威尼斯飞波尔图经停马德里的空档，半小时闪电探访了皇马伯纳乌球场。皇马的球场经理得知我行程紧迫，迅速安排参观博物馆，并安排了员工通道直接进入球场，全程各段均有不同的员工接待，从从容容中，正好半小时看完。

不愧是世界第一的俱乐部，球场接待系统大气、友好、专业，十三冠无言而立，随行经理静候观瞻，一句废话没有。到球场时，陪同的保安是个帅气的有点像卢卡斯的“90后”小伙子，一问果然是卢卡斯的粉丝，和他开玩笑说其实我们戴了尤文的帽子来踢馆的，他和善地笑笑，说C罗走后，贝尔有更多机会成为新的C罗。天不从人愿，贝尔终于没能成为新的C罗，但在威尔士国家队，他始终是脚踏祥云的大圣。2021年6月17日零点开始的土耳其对威尔士的比赛中，他两次精彩助攻斩土耳其于云下，倒是让我期待威尔士能在欧洲杯上再次与葡萄牙相遇，像在欧冠比赛中一样，贝尔和C罗各来一次惊天动地的倒挂金钩才好。

后来我总结了一下：好的俱乐部，应该是以科学的配置武装球队，以正确的舆论引导球员，以高尚的精神塑造球星，以卓越的成绩鼓舞球迷。赛场外立德立言、无问西东，赛场内自然众志成城、所向披靡。

皇马与塞尔塔的比赛最终给人绝平了，比赛中齐达内还被人撞翻在地，他是老皇马球员，但作为教练被撞倒还是第一次。今年皇马开局不佳，马失前蹄，但我仍然看好皇马能夺得本赛季的西甲冠军，看好齐达内带队的凝聚力和由他合成的银河战力，虽然C罗转会去了尤文给皇马带来火力上的重大损失，但这个危急时刻仍然众志成城的俱乐部，终将收获他们的西甲第一名！

2020年7月，皇马完成了联赛10连胜的壮举，提前一轮夺得西甲冠军，本泽马成为皇马新的C罗。本届欧洲杯，“笨马”终于被祖国召唤，进入了心心念念的法国国家队，并将于2021年6月23日的夜晚在欧洲杯上与C罗相逢。因为法国队在昨天被匈牙利队1∶1逼平，而葡萄牙队虽然有C罗首开纪录的梦幻开局和零角度腾飞的助攻收尾，但终因自己的乌龙和决堤的后防被觉醒的德国队4球逆转，所以这次“笨马”与C罗的重逢将成为天王山之战，如同昨日的阿宽（托尼·克罗斯）与C罗遭遇一样。

我特别欣赏皇马旧将的重逢，四孩儿的C罗与三孩儿的阿宽两位老战友、老父亲各为其国搏杀之后牵手拍肩，在硝烟未尽的战场上一叙别情，而更老的父亲皇马旧将佩佩的加入更让我几乎落泪，佩佩为小女儿系鞋带的样子又闪现出来，谁还能将当年球风凶悍有“武僧”之称的佩佩和这一届二孩儿的温柔佩佩联系在一起呢？欧洲杯遇到父亲节，祝踢球的父亲和看球的父亲节日快乐！家国平安！

初稿完成于2020年2月18日

修正完稿于2021年6月20日父亲节

42　尤爱同舟：逆境之王向死而生

昨晚，欧冠冠军的赔率出来了，在英超连续 N 场不败的利物浦是最大热门，可是我还是看好排在中下游的尤文图斯，12 倍的赔率，完全不被群众看好。人必须有点逆向思维，今晨的欧冠八分之一决赛首回合，大热的利物浦与大巴黎全部折戟沉沙，利物浦居然一次射正都没有。

当然逆向得有理由，我是看好阿涅利家族的战略，和他们在战略眼光下从皇马引进的逆境之王绝境之魔 C 罗。

周日意甲第 24 轮，尤文图斯坐镇主场迎战布雷西亚。C 罗在创造连续十场联赛进球的纪录后选择了休息，但斑马军团仍然 2∶0 战胜布雷西亚，布冯扑出不少险球。尽管萨里不受球迷待见，但尤文依然重回了意甲榜首。这些年，跌跌撞撞打到顶峰的球队更具可看性，挫折是人生的常态，而向死而生是王者的选择。

出于对葡萄牙人 C 罗的支持，我在去皇马之前先去了都灵，火车经过曾经探访过的拥有意大利之夏名模裙裾飞扬记忆的圣西罗球场，没有在米兰停留直接到了都灵，从都灵火车站出来打的直奔尤文图斯的主场安联球场，到尤文博物馆徜徉一番，尤文因球衣黑白相间而被称为斑马军团，拥有过普拉蒂尼、罗伯特·巴乔（昨天生日，也 53 了）、齐达内、内德维德、皮耶罗、因扎吉这样的明星球员，他们的战斗中饱含了我很多的青春记忆。2018 年 8 月 7

尤文图斯主场

日，虽然是第一次到都灵，但也算是我的怀旧之旅。

尤文博物馆很意大利，也很文艺，记录着他们过往的辉煌与悲伤，1978年世界杯尤文向意大利国家队输送了9名球员，1982年6位，最近8年，尤文在意甲连续称霸，某种意义上说很长一段时间里，尤文是意大利足球的精华版。尤文总共拿过2次欧冠，最近最接近欧冠的一次是在决赛中被C罗领衔的皇马击败。球队的门将布冯年纪轻轻就拿了世界杯却从未得过欧冠，为了欧冠去了大巴黎未果又回来当替补冲欧冠，当然尤文最大的手笔是从皇马引进了个过去夺得4次欧冠的C罗。

这是一笔赚到的买卖，C罗有2亿粉丝，是体育界最强的明星，也可能是跨所有界最强的明星，据说尤文卖球衣就赚回了成本，股票涨的都是赚的，要是再拿欧冠，那就赚大发了。

特地去了尤文的专卖店，布局有点像ZARA，东西价格还算公道，黑白搭很容易配衣服，我买了围巾和围脖。值得一提的是，这个套头的围脖特别好用，我带去了南极，正合了“尤爱同舟”之意。

2020年2月19日

43 翡冷翠的一夜

佛罗伦萨是文艺复兴之都，是资产阶级新文化运动的摇篮。文艺复兴为欧洲资本主义的产生奠定基础，最终催生了英美这样轮番领导世界前行的国家，从佛罗伦萨开始，到16世纪一直传播到欧洲其他地区，其影响力在艺术、建筑、哲学、文学、音乐、科学技术、政治、宗教以及智力探究等方面都得到了体现。文艺复兴时期的学者在研究中采用了人本主义的方法，并在艺术中寻找现实主义和人类情感，肯定人的价值与尊严。

2018年8月4日，我们一行七人从罗马到佛罗伦萨，先在火车站寄存了行李，换车去了比萨，游完比萨回到佛罗伦萨已经是傍晚，在托斯卡纳的夕阳中分坐两辆出租车到了事先租好的公寓，坐看出租在老城穿梭，非常庆幸没有租车自驾前来，这完全是一个文艺复兴时期的城市，步行是最好的选择。我第一次描述租住的公寓，实在是觉得太有范，配色大胆，雕塑、油画、现代画相得益彰，还有一个小天井，大门在一条老街上，进来后是两户人家共用的走廊，有点昏暗，出去不远就是新桥，夜色未阑珊，河上还有划艇，健壮的艇手操桨划向老式的廊桥，就是《情迷佛罗伦萨》中的镜头。

这是个贵族的城市，与罗马的王权完全不同，靠资本主义发达起来的贵族，在佛罗伦萨的日常好像就是聊画画、找画家、听风评、吹牛皮、收藏画，到最后，宅第里已经汗牛充栋摆不下了，就建博物馆，直到这里的乌菲齐美术馆震烁古今。最显赫的美第奇家族出了诗人小说家洛伦佐，洛伦佐的次子成了教皇，一举把达·芬奇、米开朗基罗、拉斐尔带进了梵蒂冈创作，这个出了多个教皇的家族最后将所有的艺术藏品都留在了佛罗伦萨。

要说对这个城市的印象，公寓里画的三个不同肤色的女子、《情迷佛罗伦萨》中的古典足球、裸体的大卫是最直接的；乌菲齐收藏的宗教题材的《亚当与夏娃》和波提切利突破宗教题材的《春》是印象深刻的。

佛罗伦萨共和国乃至托斯卡纳大公国几百年后的一次“张国臂掖”，是文艺复兴之都对丝路源头的一次拥抱。几座充满艺术气息、宗教信仰和人文关怀的城市接纳了很多华人华侨，离佛罗伦萨不远，同样处于托斯卡纳艳阳之下的普拉托，就是电视剧《温州一家人》中阿雨成长与生活的城市，那里的制衣、皮革、制鞋和餐饮业活跃着许许多多温州人，时间关系这一次没能去看看，但我想下一次我会将普拉托列入我的行程。

2020 年 2 月 20 日

44　美第奇的宝藏：万紫千红世界巅峰

《佛罗伦萨的拥抱》中提及美第奇家族最终把收藏全部留在了佛罗伦萨，其中大部分宝藏在乌菲齐美术馆。那个绕着一个古建筑排队的人三圈打底的地方就是乌菲齐美术馆。

因为我的轮椅和拐杖，加上扶老携幼的实情，一行七人全部享受了特殊通道，而且在票价上还给予了大幅减免，看上去乌菲齐有系统的接待行动不便人士的操作流程，在这个四百多年历史的宫殿中，加装了多处专门举升轮椅的电梯，高低错落的厅廊完全变成平路易行。

在多样性方面，乌菲齐与包罗万象的世界四大博物馆没法比，它走的是文艺复兴的精品路线，“为了艺术，为了工作，也为了乐趣”——这是乌菲齐博物馆设计师瓦萨里的名言，也是乌菲齐的座右铭。要是论文艺复兴单项，那乌菲齐可是甩“四大”几条街，估计可以把“四大”甩到佛罗伦萨火车站附近。乌菲齐广场上有贴心让游客拍照发圈的大卫雕像（原作在佛罗伦萨美术学院博物馆），是天才雕塑家米开朗基罗的作品。米开朗基罗是美第奇家族一力扶持的艺术家之一，也是美第奇家族最后一位教皇克莱芒七世的发小，他的艺术巨作《创世纪》和《最后的审判》在梵蒂冈，是献给美第奇家族的最后作品。

批量呈现波提切利、达·芬奇、拉斐尔、米开朗基罗、提香等人作品的地方，全球唯有此地，可以溯源至1560年由美第奇王朝科西莫一世动念之时，经过两代人基本建成。1389年诞生的老科西莫国王也是家族二代创始人科西莫·德·美第奇有一句名言："我懂得这座城市的心情，美第奇家族……会被赶走，但这些东西会留下。" 1591年，就有人参观了这里写了留世的笔记："万紫千红……世界巅峰……"

1815年，乌菲齐美术馆收藏了波提切利的帆布蛋彩画《维纳斯的诞生》，它是16世纪中期在卡斯特罗的一个乡村和波提切利另一幅名作《春》一起被找到的，这幅画的来源和订画人现在还未知。这个乡村让我想起了长安何家村，在历史的长河中，总有那么一些大隐于村的人，神秘而有能量，同时又具备极其高维的审美能力，机缘到时，他们的收藏会横空出世，而他们仍然不被世人所知。

《维纳斯的诞生》原名叫《从海中升起》，当我站在画前时，看到维纳斯裸体站在一个大贝壳上，随着浪的鼓动慢慢向前推进，动力可能来自旁边的相互拥抱的风神泽菲鲁斯和奥乌拉，春之神霍拉在岸边迎接她。与万紫千红的《春》相比，《维纳斯的诞生》画面更轻快、更开放，就是世界巅峰！

2020年2月21日

45　百花之城：历史潮流滚滚向前

圣母百花大教堂是佛罗伦萨的地标，世界五大教堂之一，1295 年开建，后烂尾，再后由科西莫·乔凡尼·德·美第奇出资续建，前后历时 175 年。

这位美第奇应该就是上文《美第奇的宝藏》中二代创始人的父亲，他扶持一位十八线贵族子弟科萨一路进步成为罗马教皇约翰 23 世，从而接管了教皇的账本，美第奇家族因为“上帝的银行家”身份跻身佛罗伦萨精英集团，二代美第奇去世时，被热爱他的佛罗伦萨市民尊为“祖国之父”。

大教堂最有特色的是巨大的直径达 45 米的穹顶，传说天才设计师布鲁内莱斯不画草图，不留计算稿，完全凭心算和空间想象指挥施工，整个工程变为他一个人的秘密，当这座高 91 米的与罗马万神殿之穹相映成辉的百花之顶呈现在世人眼前时，又一个大神被文艺复兴的浪峰推至潮头。

米开朗基罗也自叹不如，他后来在梵蒂冈建的圣彼得大教堂有一个比这个更大的圆顶，但他也承认做不到这样的美。文艺复兴的伟大之处在于天才不拘一格地涌现，布鲁内莱斯可以向 1400 年前的万神殿的设计者学习，而米开朗基罗可以向布鲁内莱斯借鉴，佛罗伦萨这座城，营造了一种酩酊又可控的创作氛围，放任这些天纵之子肆意传播灵感，荟萃建筑、科技、艺术、文学、金融、僭主政治的精华，在人类历史上留下与神亲近的篇章，而圣母百花大教堂便是文艺复兴的遗存与见证。

但丁、彼特拉克、薄伽丘、布鲁内莱斯、米开朗基罗、拉斐尔、达·芬奇、伽利略……或者在这里出生或者成长或者工作，阿尔诺河静静流淌，他们在老桥上看过夕阳听过歌唱，看着教堂向天空生长，仰头在穹顶下作画，在小巷自我隔离创作“神曲”，人类文明至此，忽然有了灵感爆发的三百年，得以把整个欧洲带出黑暗，把世界照亮。

1295 年，佛罗伦萨的圣母百花大教堂奠基之年，威尼斯共和国商人马可·波罗走悬壁长城石关峡（见《嘉峪关》）从中国回到威尼斯，他在扬州做过官，在张掖大佛寺待了一年做调研（见《张国臂掖》），回国出版了《马可·波罗游记》，详细叙述了中国和东方各国的风土人情和物产文明，盛赞中国和东方各国的富庶繁华。此书被翻译成各种文字，广为流传。地理大发现前一阶段的重要人物，几乎都读过《马可·波罗游记》，此书是当时唯一的东方攻略、中国指南和丝路路书，揭示了开辟新航路的可能性，同时也推动了欧洲人的思想解放。

佛罗伦萨日落

时间再往前 40 年，葡萄牙王国军队攻克阿尔加维，将摩尔人的势力彻底驱逐出葡萄牙的国土，完成了再征服运动和国家的统一，为集中并调配强大的人力物力和财力来进行探险的地理大发现创造了条件。时间再往前 13 年，郑和结束了 7 次下西洋，成了航海界的上古大神，明代领神旨一般关闭了海上丝绸之路，而改变世界的大航海活动悄然发生。

大航海活动和文艺复兴在时间上可以说是基本重合的。文艺复兴在佛罗伦萨最兴盛的时期就是洛伦佐·美第奇的时代，洛伦佐·美第奇死后6个月，哥伦布发现了新大陆，洛伦佐的次子乔瓦尼成了教皇里奥十世（见《翡冷翠的一夜》），在他任内的1517年，马丁·路德在德国维滕贝格城教堂大门上贴出《九十五条论纲》，就此引发了宗教改革，之后发生了“罗马浩劫”，文艺复兴的中心转向威尼斯。

有意思的是文艺复兴大神们最活跃的15世纪到16世纪，托斯卡纳地区参与大航海的人也出奇得多。阿尔诺河穿过托斯卡纳，流经卢卡和比萨两市，在比萨附近，流向大海。佛罗伦萨在意大利语中的意思是花之都，花都中心，圣母百花大教堂就那么伫立着，山川异域，百花同母；大河上下，不失滔滔。

历史潮流滚滚向前。

2020年2月22日

46 佛罗伦萨没有英雄：大道废有仁义

我用轮椅和拐杖在亚平宁半岛行走之时，与文艺复兴一样，意甲也是我心中的指引，15 世纪被人杰滋润的佛罗伦萨和 20 世纪 90 年代被意甲荡涤的春风中国，都是我难以忘怀的梦。难以忘记所向无敌的“米兰三剑客”，难以忘记那不勒斯大杀四方的暗黑球王，难以忘记佛罗伦萨的紫衣战神，更难以忘记 1997 年 2 月 19 日一位巨星的殒落，以及一位曾经光耀上海而后只被追光五年的政治明星。在只有人民的儿子而没有英雄的年代，人类群星闪耀之时，无论亚平宁之路还是 90 年代之路，都分外易行。

今晨看了一场最平常不过的意甲联赛，都灵的尤文图斯跑去威尼斯边上的费拉拉市踢了一个客场比赛，2∶1 胜了斯帕尔。但是尤文的 7 号 C 罗创造本人千场比赛和意甲 11 连胜的纪录，11 连杀追平了 90 年代巴蒂斯图塔创造的纪录，而巴蒂斯图塔就是上文所指效力佛罗伦萨队的紫衣战神。巴蒂在佛罗伦萨的时候，曾经一场比赛进球后，双脚开立抓住角旗杆，做出了一个威风无比的动作，像极了古代的战神，所以就叫战神了。

有明星没有英雄的时代是最好的时代，当我走在佛罗伦萨的浩宇苍穹之下，观赏灿若星河的人文之作，深为物质与精神的甜蜜交融而打动，瓦萨里走廊上的金铺、菲拉格慕的第一家鞋店、宝格丽源于波提切利之《春》出品的奢侈品百花之链、Giulio Gianninie Figlio 的皮具，甚至“只知道吃”的朋友喜欢的托斯卡纳的火腿、羽衣甘蓝和鸡肝酱、牛肚三明治、佛罗伦萨牛排都是俗世灿烂的非凡之品，可以给人以富足安全之感，有这些就可以了。太上，不知有之；好的社会需要明星不需要英雄。岁月静好如一定要有人负重前行，那一定是哪里出了问题。

2020 年 2 月 23 日

47 路过伽利略的母校

比萨在文艺复兴时期是佛罗伦萨公爵的领地，现在也还是一个小城，2019年8月3日，我们一家人坐早上8点多的动车从罗马到佛罗伦萨再转到比萨的绿皮火车，到达比萨后在火车站吃了顿麦当劳，才刚刚中午。从火车站步行到比萨大教堂的时间也就半个多小时，在那里主要是围绕大教堂和斜塔拍拍照灌灌水，再走回火车站，回到佛罗伦萨天色都还不晚。

千百年来在比萨出生后来最有名的孩子是伽利略，1564年，伽利略在比萨横空出世。他的父亲是位鲁特琴手、音乐家，而他在物理、数学、天文学和哲学方面都表现出很强的天赋，迅速成为了学霸，当然同时他也成为一个鲁特琴手，天才往往可以让别人的专业成为自己的兼职。年少时他向父亲提出要去比萨大教堂当传教士，而他父亲坚持要他去比萨大学学医。看到这里，天下多少父母会有共情，我一位好朋友的孩子硬是不肯去北大学医，而到复旦学微电子，一样的心路历程。儿子的比萨大教堂和父亲的比萨大学推送到我等看官面前了。

比萨大教堂可不是等闲的教堂，比萨斜塔的真实身份其实是比萨大教堂的钟楼，它为响彻天空的召唤而存在，也为等伽利略的实验而存在。伽利略虽然没以自己最初的理想中比萨大教堂传教士的身份登斯塔矣，也没成为父亲心中的医生，但他终以科学家和实验者的身份登临此地。伽利略和比萨的关系相当于鲁迅与绍兴的关系，一旦进入中小学课本，他们的家乡就成了大家想去的地方。

我们从火车站去比萨大教堂的路上，是经过比萨大学的，我以为只是一所可能会排名很后的大学，都没来得及进去拍张照，想不到它原来是伽利略的母校，我太孤陋寡闻了。

比萨大学创建时间为1343年9月3日，但是其历史可上溯到11世纪。比萨大学拥有伽利略这样的科学巨匠，还出过两位意大利总统、五位教皇、五位意大利总理和三位诺贝尔奖获得者。根据上海交通大学的研究统计，比萨大学被评为意大利第一的高校，这个我始料未及，这是一所与牛津、剑桥差不多历史的学校啊，人类教育史上又一座灯塔。比萨大学积极参与马可·波罗计划，并向中国学生提供大量名额。我顺便查了比萨机场的航班，上海飞比萨可经伦敦、慕尼黑、莫斯科、阿姆斯特丹中转到达，机场全名是比萨伽利略机场。

据说伽利略在比萨大学里面刻意回避了一段时间数学，因为学医比较赚钱，赶快学会治流感治肺炎也可以为社会多做贡献，所以他坚持不玩数学。但后来他偶然听了几堂几何课就收不住了，随后向他父亲要求准许他改修数学与自然哲学，据史载，他父亲极不情愿地答应了他。

搭上了数学才华爆发，毕业没几年，伽利略就被任命为比萨大学的数学主任，当时他25岁，但是24岁时他竟然还在佛罗伦萨的素描美术学院担任讲师，主讲透视法和明暗搭配，大神的世界我们真的不懂。佛罗伦萨美术学院也是名校啊，西方美术史上最值得夸耀的男性雕像“大卫”就收藏在他们的博物馆里。

我的轮椅翻过阿尔诺河上的桥，这河从佛罗伦萨流过来，在比萨边上流进地中海。伽利略去佛罗伦萨美术学院教素描，又回比萨大学教数学，也许就是从这儿上的岸。

走着走着就看到比萨斜塔了。想起伽利略说过的一句话，科学唯一的目的是减轻人类生存的苦难，科学家应为大多数人着想。

2020年2月24日

48 比萨斜塔：世无敲钟人，万古如长夜

伽利略 25 岁时发现上古大神亚里士多德的一个著名理论在逻辑上的矛盾,亚神曾经断言:物体从高空落下的快慢同物体的重量成正比,重者下落快,轻者下落慢。亚里士多德提出这个理论横亘两千年无人撼动,却被一个相当于现在的“95 后”青年用常识推理得像比萨斜塔一样歪了,矛盾是颠覆的钟声,在斜而不倒的钟楼一并敲响。

伽利略提出一个假如就从逻辑上奇袭了亚里士多德的理论,这个“假如”就是:假如将一大一小两块石头捆在一起,按照亚里士多德的理论,本来小石头下落的速度比大石头慢,捆 道,大石头被小石头的慢速度拖累,那么一起落下时就会比大石头自个儿落地要慢了;但是大小石头捆在一起时,明明就变成了一块超大石头,那么也按亚神的观点,超大石头的速度会更快才对。

亚里士多德在 1900 多年来积攒了无数的忠粉,他的著作构建了西方哲学的第一个广泛系统,包含道德、美学、逻辑和科学、政治、玄学。在伽利略之前的十多年里,有意大利数学家和荷兰物理学家也提出过质疑,有说达·芬奇也传过颠覆亚神理论的“谣”,均不了了之,自然有人不买伽利略逻辑推理的账,这太影响学术维稳了,官方辟谣说亚神理论可防可控,自由落体不会石头传石头。这时伽利略想到了要做实证实验,实践是检验真理的唯一标准。

“伽利略将不同重量的球从光滑的斜面上滚下。这种情况类似于重物的垂直下落，只是因为速度小而更容易观察而已。伽利略的测量指出，不管物体的重量是多少，其速度增加的速率是一样的……当然，一个铅垂比一片羽毛下落得更快，那是因为空气对羽毛的阻力引起的……”以上是霍金在《时间简史》中对伽利略的实验过程的简单解释。霍金认为伽利略没上比萨斜塔做过实验，但殊途同归的斜面实验是百分百做过，他认为伽利略的测量后来成为牛顿力学体系的基础。

人们宁愿相信伽利略是做过比萨斜塔实验的，知道我们去比萨斜塔，我弟弟开玩笑问那里让不让带一大一小俩铁球上去扔一下，可见当年小学课文《两个铁球同时落地》都学得太好。我们宁愿相信当时教堂方面同意这位青年上塔顶做实验，先他一步提出质疑的意大利数学家故里的钟楼太直，荷兰物理学家家乡的风车太矮，比萨斜塔简直是专为铁球实验而斜！总之伽利略一定是想到拿不同重量的铁球在同一高空扔下来给大家看看效果的，作为比

比萨斜塔

萨大学的数学主任，他已然是一个专业的学术吹哨人，我们希望他未受训诫，反而得到了一个带球登顶斜塔的机会。

公元前 355 年，世界古代史上伟大的哲学家、科学家和教育家之一亚里士多德在雅典办学；公元 1589 年，伽利略给学生们讲宇宙，并告诉他们，宇宙中没有任何东西是一成不变的，这与亚里士多德的学说正好相反。他还告诉学生，所有东西、所有原子、所有星球都在运动。1609 年，伽利略成功地研制了世界上第一架放大倍数为 33 倍的天文望远镜。在这架天文望远镜的帮助下，他发现月球表面并不像亚里士多德所说的那样平滑，而是呈现不规则的凹凸起伏……爱因斯坦曾高度赞扬伽利略的成就以及获得成就的方法，并指出："伽利略的发现以及他所应用的科学的推理方法是人类思想史上最伟大的成就之一，它标志着物理学的真正开端。"

伽利略与亚神相隔 1900 多年，在挑战成功之前都在鄙视链下端。坐在比萨斜塔之下，遥想 400 多年前的情境，世无敲钟人，万古如长夜。

2020 年 2 月 25 日

49　比萨斜塔实验是否真实存在？——实践是检验真理的唯一标准

好不容易到了比萨斜塔，却听到一个煞风景的观点，说没有直接证据证明伽利略在比萨斜塔上做过扔铁球的实验。那个年代没有照片、没有视频，最关键的一点是说伽利略自己没怎么提到过这个实验。创造了这么大的里程碑式的事件，怎么不写一下日记？或者用古老的方式写几封信寄出去？今天开始有中国的朋友收到2019年11月1日我从南极邮轮上寄出的明信片了，走了快四个月，收到的朋友都很欣喜，文艺复兴时期的车马邮速度，置入5G时代，充满了历史感，穿越程度如同伽利略发了个朋友圈。

伽利略做斜坡实验时的场景是有很多人记录的，没有照片么，人家还画了场景油画。据说霍金在《时间简史》中的看法是伽利略没必要上斜塔做实验，斜坡实验足够证明他的观点，足以颠覆亚里士多德的理论，为什么还要费那个劲上斜塔？我现在也怀疑是有人假借霍金之名质疑。20世纪90年代在温州谢池商城楼下的一个小书店买到一本《时间简史》，感觉字字珠玑又艰涩无比，虽有图有真相但不算很科普，好像没地方八卦伽利略上没上斜塔做实验，因为疫情，图书馆还没开门，没法去比对。光靠百度，那是真相与谣言齐飞，雌雄莫辨，连斯洛伐克的总理有没有患新冠肺炎都有不同的说法。不过有个巧合倒是要说一下，伽利略是1642年1月8日去世的，而霍金是

1942年1月8日出生的，要说是人类科学史上最惊天动地的接力，隔了整整300年，够壮观。

有好事者说科学史学者基本证实，当初伽利略在反驳亚里士多德“物体下落速度和其重量成正比”这一观点时，使用的是“思想实验”，即通过计算和推演证明结论，没有上过斜塔扔铁球。但这恰恰与伽利略的行事作风完全不同，伽利略是实证派的，他能造33倍的望远镜观察月亮从而反驳亚神提出的月亮表面是光滑的观点，为什么不能和斜塔即比萨大教堂钟楼的管理员打个招呼上去做个实验呢？后者要简单得多，以他当年和父亲说要去比萨大教堂当传教士的经历看，他对比萨大教堂很熟悉，他小时候攀爬比萨斜塔的难度应该不会高于我到人民广场攀爬消防塔楼的难度。我看了周边环境，第一，这里离比萨大学很近，便于教授学生来看；第二，这周边没有塔了。有杠精说后人只说伽利略上塔实验没特指是比萨斜塔，难道伽利略会叫辆大巴把比萨大学的师生拉去圣母百花大教堂的钟楼看铁球落地？还有，这斜塔的造型确实适合扔铁球，即使不做科学研究，扔个苹果也可以致敬牛顿。

比萨斜塔始建于1173年，在伽利略实验之前的416年里，它只是大教堂的附属钟楼；而伽利略实验之后，大教堂变成比萨斜塔边上的教堂，斜塔变成可以独立的景观。当伽利略和他的助手抱着两个不同重量的铁球，走完293级台阶，在斜塔顶上探视的时候，时间后拨429年，下面就是仰着脖子的我们和一众用不同的造型通过视觉上的重叠效果与斜塔或拽或拉或推或就的世界人民。

斜塔管理员是条汉子，他给了伽利略一个平台，可能是个斜台（因为腿伤未愈，我没能上去看看斜塔顶上的地坪），伽利略和他的助手带着两个大小不一的铁球上了这个台，几秒之后，一投成名。铁球落下，同时着地。

比萨斜塔北侧高55.22米，南侧高54.52米，根据自由落体公式，现在小朋友能够很快算出铁球飞行冲向地面的时间。而这个“很快”在429年前，是长达1900多年的等待。真理在破晓之前，往往经历漫长无边的黑夜，而挑战者出发的时候，有时候只是需要管理员一个点头。当不能成为挑战者的时候，做一个给挑战者机会的管理员是多么有意义的事。

比萨斜塔实验的故事由伽利略的学生维维安尼记下来，他在写《伽利略》时，提到伽利略当年在有其他教授、哲学家和全体学生在场的情况下，从比萨斜塔的最高层重复做过多次实验，证明轻重物体同时落地。

当然，如此大规模的考证活动，也可能不是管理员一人点头能够搞定的，如果还涉及教堂主教、比萨市领导，一并点赞！斯人已去，斜塔常在，有空大家自己去看看，分析一下伽利略有没有在这里做过众所周知的实验。

2020 年 2 月 26 日

50　初见罗马

2018年7月31日,我们乘坐MU787于罗马时间18点多抵达费尤米西诺机场,从上海出发,10个小时飞越传统的丝绸之路,到达终点站罗马。

罗马民宿的房东帮我们预约了车子来接站,司机是一个长得有点像托蒂的很意大利的中年人,穿白衬衫浅色西裤,彬彬有礼,帮我们将行李车推到停车场,一路都有小斜坡供Movinglife(以色列产的电动轮椅)上下,我的疑虑略松一点,要是罗马古城都像机场一样处处为行动不便人士着想,那罗马三日就是享受了,否则在这个只适合步行的古城会很受罪的。

“托蒂”开一辆七座车,后面的行李空间也大,我们刚刚好坐满,19点24分车子离开机场前往公寓,公寓靠近火车站,大约开了40分钟,路过古老得有点过分的罗马市区,在夕阳中抵达公寓,路边纵向停满了车,只有一个仅能停菲亚特或MINI的小车位了,但“托蒂”似乎觉得运气还不错,高兴地轻踏油门让前轮上了马路牙子,来了个纵向侧停,解决了问题,几个行人一看人行道给临时霸占了,也没有说什么,非常体谅地绕过车尾走了。

我很庆幸没有采纳租车的方案,就这样紧张的停车局面,开着车在罗马逛无异于找麻烦啊!车费是72欧元,付了“托蒂”80欧元,他很高兴地走了,可见某网站的境外接机罗马要价800元人民币是比较贵的。高价的回报就是有一个提前确定的司机,如果是会说中文的司机,可能还要贵一些。

房东的人已经在楼外等候，帮我们拿行李的同时，还适时地告诫我们这里是传说中的罗马火车站附近，一定要看好孩子和财物，一下把戒备状态提升了两个级别。在我们哦哦声中他推开了大楼的大门，这楼估计也有百年以上的历史了，大门里面还有二门，中间放着垃圾分类的大箱，比较拉风的是垃圾箱上方一幅很震撼的古典风格的罗马全景图，将七丘之城的浓郁味道展现给大家。

我们来不及细细看就上了四楼，交接工作有点复杂，大约进行了 20 分钟。罗马需要支付每人 3.5 欧元的进城费，晚上 8 点以后交接也要另外收 20 欧元。房子是老户型，有长长的过道，家具是古典欧式的，房东注明里面的摆设不能动，还有一架爷爷级别的老钢琴，孩子们上去玩了玩，说和家里钢琴的最大区别是踏板少两个。

这时，快 9 点了，太阳才落山。我们辛苦了一天，各自睡觉。

2020 年 2 月 27 日

51 罗马的早晨

罗马就是这样一个地方,她是许多现代思想的起源或者发轫。2019 年 8 月 1 日一早,我 4 点多就醒了,国内已经是 10 点多,朋友圈有不少“中国人民解放军万岁”等建军节的贺词了,我翻了翻 Kindle,看到在讨论军队的重要性时,古罗马历史学家塔西陀是这样说的:“伟大的帝国不是用谦卑来维持的……虚假的和平比真正的战争更加危险。”

我第一次来到有无数先哲的罗马,盐野七生写的《罗马人的故事》看了一多半,对这个城市还是充满期待的。网上有热心的网友画的罗马三日步行路线,恰好还是住在火车站附近的,我便截了张图,当作参考,一家人吃过早饭便出发了。

时值三伏,酷暑未消,但罗马上午的温度仅在 26 度,非常适合步行。我们先走到火车站,我坐轮椅,后面两根拐杖放在专配的支架上,远看像京剧人物背上插的旗子,人行道与马路相交的地方都有小斜坡, Movinglife 行走无碍。罗马中央火车站叫作“Stazione Termini”,外古内新,入口门上的巨幅 LED 屏幕一早就开始播广告,给人很时尚的感觉,有点米兰的味道,Movinglife 还带来很多好奇的目光,一路都有注目礼。

我们从侧面的门出去,就是 Via Cavour,在 Google 地图上设置了斗兽场,路并不远,空气也好,走几步见到一个大教堂在晨辉中熠熠发光,有两个对称的罗马式穹顶，门前的方尖碑告知我们规格不低，只是我之前没做攻略，算是偶遇，说不上来名字。孩子们见广场上空无一人，鸽子倒有不少，兴奋地跑了起来。教堂在路东南，有点小逆光，我们拍了几张照，继续前行。回去查资料方知此为罗马圣母玛利亚大教堂，是天主教的四座特级宗座圣殿之一。传说在公元 4 世纪的盛夏，圣母玛利亚托梦给教皇利伯略，让他在下雪之处建立一座显示圣母荣耀的教堂，结果第二天早晨此处即 Esquilline 山丘就下雪了，教皇即命人在此建教堂，故教堂又名圣母雪地殿。

既是山丘，必有越过。Via Cavour 在圣母雪地殿往西南，开始下坡，Movinglife 的斜坡驻停没有一点问题，只是人行道有几处没有小斜坡，需要抬一下轮椅。我拄着拐杖待家人帮忙之时，见一个十几岁的小姑娘拄着简易的短双拐大幅度摆臂前行，估计是运动中伤了腿，但不改灵动本性，双拐飞扬，阳光之下朝气逼人，她妈妈推着轮椅在旁亦步亦趋地跟着。我身旁还有一个老先生推着老太太的轮椅过去，在去往罗马竞技场的路上突然邂逅这一老一少行动不便人士，不禁让我有些感慨，我的装备是最好的，还有一群上下协助的家人，很感恩了。

身旁还有四个站在平衡车上的青年快速走过，古有条条大路通罗马一说，今日见到种种助步器通竞技场了。根据路标在一个路口向南，看到在罗马所有景点中排名第一的圆形竞技场了（俗称斗兽场），意大利语叫“Colosseo”，翻译过来就是“体育场”，然后是一段长长的上坡路，旁边的人行道不是很好，我只好将 Movinglife 调到最高速的 6 挡，在路边一溜停好的车辆外侧像摩托车一样前行，路过一个天桥，上面很多人在对着竞技场拍照，也有顺便居高临下拍我的，我不忘初心砥砺前行，终于到达竞技场的北面山坡。

2020 年 2 月 28 日

52 建设吧，公民！——两千年前的基建狂魔

从北面看竞技场有四层，因为我之前在山坡上看竞技场，所以拍过去是二层以上的位置。公元 80 年建成这样可以容纳 5 万人的竞技场真的是举世无双，罗马人是 1.0 版本的基建狂魔，今天在股市中逆风飙起的新基建板块也不过就是大罗马建设的升级版。经过上坡再下坡下到地面，多角度仰望竞技场时这种感觉尤为强烈。近 50 米高的石柱拱廊，有 80 个出入口，不愧是永恒之城罗马的伟大象征。游客排队很长，考虑到台阶甚多，轮椅诸多不便，我放弃了进去参观，围着竞技场走了一圈，拱廊都可以透视的，前前后后看得也差不多。

古罗马人的生活一是竞技场看运动，二是大浴场聊社交。国家发展策略是引进先进文化，大力发展基础设施，明确公民政策，符合条件的外国人甚至外来奴隶也可以成为罗马公民。归纳起来一句话：这个国家安全富足好玩，欢迎有本事的人加入。竞技场就是国家名片，角斗士每天都上演真人秀。这里是丝绸之路的终点，东方天虫吐丝织造的圣品装点了罗马人，经过丝路贸易，从长安出发的丝绸到罗马增值百倍，比黄金还贵，罗马公民穿上比黄金还贵的丝绸，坐在竞技场中眉来眼去，是两千年前全球最上品的高端生活了。

竞技场的西南面是君士坦丁凯旋门，约有竞技场的一半高，上面集合了罗马不同时代的雕塑，可以想象君士坦丁大帝凯旋通过毗邻竞技场的凯旋门

是何等威风。看游行也是罗马人的生活乐趣之一,坐拥条条大路的终点和丝绸之路的零坐标,时常可看万国团队的进城式岂不快哉?据说后世拿破仑到罗马时,见到这座凯旋门脑洞大开,以此为蓝本抄作业建了巴黎的凯旋门。君士坦丁凯旋门前的石板路已经坑坑洼洼了,石板之间是倔强的小草,路上很多道辙,轮椅是没法过了,我只好从边上绕了一圈往古罗马废墟方向去了。

废墟就像是考古现场,让 Movinglife 自如地进入太不现实,选了几根还算挺拔的罗马柱拍几张照片就算打过卡了。这里有曾经高耸的蒂奥斯库雷神庙,萨图尔诺农神庙、维纳斯女神庙、罗莫洛神庙、恺撒神庙、和平神庙,我是站在哪个神庙前呢?那些孑然兀立的石柱、光秃秃的庙墩基座和斑驳脱榫的石梁,承载了 2000 年前的繁华景象和尚品生活。我随意驻停处曾是人类活动的中心,传说中的祭坛就在不远,祭司点燃祭坛中的圣火,神庙的大门会自动开启,面对神灵的直视,罗马公民集体欢呼与朝拜,仪式感爆棚。

从竞技场出来,两个迷彩服的军人见我开着 Movinglife 靠近,主动将门口禁止通行路障移动了一下,示意让我过去,我便享受了领导的待遇从中间过去了。从地图上看,此处最近的景点是“真理之口”,2000 米不到,在 26 度的微风里还是可以走过去的。于是全家依着 Google 地图的导航向真理进发。有一段路人行道不行,我只好沿着车辆外侧拉到 6 挡行驶,后面有公交车跟上来,嘀了两声喇叭,我以为是抗议我占了公交车道,正好旁边有个空挡可以拐回到人行道上,我就拐进去了,公交车还在后面嘀着,我停下轮椅,看着司机,他大声用意大利语冲我喊着,我搞不清状况,旁边一位小店的老兄抢出来对我说“Bag、bag”,我低头一看,果然不见放在 Movinglife 的踏板上的背包,原来是一路颠簸丢路上了,公交车师傅是喊我回去拿呢!还好提醒得及时,这条路也没什么行人,包还在路上,不然很难说能捡回来,包里还有钱包、证件,真是谢谢这位师傅还有那位隔空翻译的老兄,让我在临近真理之时,遇到好人好事。

2020 年 2 月 29 日

53 真理之口：让人民说话

台伯河是罗马的母亲河，穿城而过蜿蜒向西注入第勒尼安海，河中央有一个岛叫“台伯岛”，与黄浦江的复兴岛很像，都是流经城区唯一的岛屿，形状也很像，都是船形，只是复兴岛更大一些。公元前 291 年，罗马曾发生大瘟疫，罗马人组织了一个使团到外国去请神来罗马驱邪。一天，罗马使团的船载着神像正沿台伯河而上，突然看到一条很大的蛇游向这个小岛，于是人们认为这是船上的神显灵，就决定在岛上为埃斯库拉皮奥神建立一座庙，并把这个岛修筑成船形。埃斯库拉皮奥（Asclepio）是一位与太阳神阿波罗（Apollo）关系密切的神，他掌管着医疗之术，是医药之神。

“真理之口”就在台伯岛边上，“真理之口”完全是因为 1953 年奥斯卡获奖影片《罗马假日》带来的流量，在罗马的景点中人气稳居前三。在《罗马假日》里格里高利·派克佯装把手伸进“真理之口”中手掌被咬断，把奥黛丽·赫本吓得花容失色的黑白镜头就在我随身的 2010 年出品的老 iPad 里，去罗马的人谁的 iPad 里没有一部《罗马假日》呢？其实“真理之口”原是一只古罗马时代的井盖，1632 年在教堂外墙边发现的，这个井盖都可以看出古罗马作为“基建狂魔”大而雅的人文内涵。

这块靠在科斯梅迪圣母教堂走廊墙壁上的一块雕刻着台伯河河神头像的直径不到两米的圆盘，估计每年可以迎来上百万次的伸手。凡来罗马旅游者都会来体验一下可能被河神咬住手的刺激。因为排队的人太多,连说话的时间都没有,也就没有说谎被咬的风险。大家嘻嘻哈哈地做各种惊恐状,如同在比萨斜塔做推塔状,都是应景的人间姿态,虽都不能免俗,却给我这行动不便的人一个小小的感悟:和正常人一样去体验一个传说原来也是莫大的幸福。“真理之口”边上做了栏杆,外面有个门,进去有台阶,已经是殿堂级别,再不是《罗马假日》中那种江湖中的景象。我将 Movinglife 开到栏杆边,静候家人们一个挨一个排队上去摆 pose 拍照,隔着栏杆给他们拍视频,这时候,团队不够强大的话,是双拳难抵四手的,正好我的双手空出来,不用去想面对河神说什么话、伸哪只手。

《罗马假日》中的真理之口

下一次再去罗马时要去“让人民说真话”的“真理之口”伸个手,然后去对面的山上探访一下马耳他骑士团修道院,在意大利的国土上,透过马耳他骑士团修道院门口的钥匙孔,看骑士团修道院庭院里的林荫道的尽头梵蒂冈圣彼得大教堂的穹顶。那是罗马著名的景点,在万众瞩目的“真理之口”之下,可以顺便拜访的“一孔看三国”。务必还要摆驾台伯岛,瞻仰一下埃斯库拉皮奥神庙。

2020 年 3 月 1 日

54 万神殿与许愿池

从“真理之口”到威尼斯广场只有几百米，这个广场最有名的是绰号“打字机”的大理石建筑——维托里亚诺纪念堂，是 1911 年建成的新古典主义建筑。16 根圆柱形成弧形，我看也很像如今的饼屋出品的夸张的堆花蛋糕。建筑的台阶下有两处喷泉，左边的象征亚得里亚海，右边的象征第勒尼安海，都曾经是罗马帝国的“家海”。中间骑马的维克多埃曼纽尔二世，正是他完成了意大利的统一。建筑物的上方有两座巨大的青铜雕像，左边代表“劳动的胜利”，右边代表“热情祖国和胜利”，前面还有无名烈士墓。

看完“打字机”已是正午，阳光猛烈，举步维艰。我们在威尼斯广场对面的侧街找了一家餐厅，点了些牛排、比萨和沙拉，吃饱喝足，老人累了想先回去，就叫了辆优步，让老大陪他们先回去了。然后我们步行去万神殿。万神殿很近，走在古城的小街上，路过一个法拉利专卖店、一个卖冰淇淋的移动铺子，转到一个有方尖碑的小广场上，就到了。

万神殿其实是罗马最值得看的景点，因为它是现有保存最完整的古罗马帝国的古迹，是公元前 27 年至公元前 25 年建的，名为“Pantheon”，“Pan”在古希腊语中意为“全部”，“theon”意为“神”，即“供奉罗马所有神”的意思。正面是希腊式的石柱和门廊，接着是罗马式的穹顶，融希腊庙宇和罗马建筑为一体。庙宇内部为圆形，四面无窗，有一个底部厚 6 米上部厚 1.5

米的穹顶，顶部有一个直径 9 米的圆形天窗。在殿内仰头，可以看见白云从顶上飘过，阳光如柱洒在殿内的某神身上，就像舞台上的追光灯。360 度依次洒过去，众神皆有沐，整个殿堂与宇宙息息相关，即使是芸芸众生，在殿中亦能感受阳光雨露，难怪米开朗基罗称万神殿为“天使的设计”。万神殿是开放式景点，不收门票，只有一级台阶，我拄拐进去走了一圈，在熙熙攘攘中抬头望去，三点钟的斜阳像瀑布一样。

想起了三句话：阳光之下，万物有灵；众神护卫，做好自己；遇难呈祥，逢凶化吉。

2019 年 8 月 3 日，罗马第三天，走路去许愿池。许愿池官名叫“特莱维喷泉”，意大利语“特莱维”就是三岔口的意思。去“特莱维喷泉”路过一个古老的菜市场，坑洼的石板路把我轮椅后面的拐杖震下来两次。我老家温州的三十六坊原本与这老城的风骨有得一比，可惜的是温州三十六坊基本都推倒重建了，而罗马依然如故。

万神殿的“追光灯”

众神皆有沐

听到水声,知道喷泉就在眼前了,可真正见到,还是震撼了一下。这种感觉,在平路易行全程中仅出现两次:一次是从威尼斯火车站出来,面对大运河;还有就是这次在坑洼的石板路上车震出来,猛然看到巴洛克风格的许愿池。两次感觉的相同之处是自己走进了画中,或者说是神造了个界,把我们置了进去。

许愿池喷泉中间立着的是海神尼普顿,两旁则是水神,海神宫的上方站着四位少女,分别代表着四季。喷泉的设计者是沙维(Salvi),喷泉于 1762 年才完工,虽是罗马喷泉中比较年轻的一座,却是最著名的一座。希腊神话中海神叫波塞冬,罗马人改为尼普顿。和我们将维尼修斯改成“为你写诗”一样,可能觉得更有品?意大利人被称为欧洲的中国人,文化方面不是盖的,玛莎拉蒂车标中的三叉戟,就是其所在地意大利博洛尼亚市的市徽,海神尼普顿手中的武器——这是真的。

许愿池是力量的象征。罗马人有一个美丽的传说,只要背对喷泉从肩以上抛一枚硬币到水池里,就有机会再次访问罗马。许愿池也是爱情的象征,传说当情侣一起向池中投入硬币,爱情就会永恒。似乎每个人都可以借力海神巨大无比的能量,看着自己投掷在喷泉中的三枚硬币发着光。要求有得,要喜福会,要爱不离,要人间值得。

祝大家心想事成,许愿必达。

2020 年 3 月 3 日

55 七月先生与八月先生

罗马历史上，有两个最著名的统治者，恺撒（Gaius Julius Caesar）和屋大维（Gaius Octavius Augustus）：前者是罗马共和的巅峰，人们将他的名字Julius命名为7月，即英文中的7月（July）；后者是恺撒的养子和甥孙，古罗马帝国开国皇帝（公元前27—公元14），元首政制创始者，在他去世后，罗马元老院决定将他也列入"神"的行列，用他的名字奥古斯都（Augustus）来命名8月，即英文中的8月（August）。

我们在2019年7月最后一天到达罗马，在8月初的前几天在罗马转悠，我的轮椅所到之处，太多这两位"月份先生"的伟业之果，在谛听历史的潮声之中，也少不了一些思索，亦有很多感悟，人类将以何种政治前行？

在去圣天使堡的路上，即将翻越台伯河桥之时，路过奥古斯都的墓地，墓地在古城边上，围起来了，周边在改造，看图纸和氛围，周边可能要搞成上海新天地这样的亦古亦今的景观。元首制实际上是披着共和外衣的君主制，奥古斯都是罗马威权第一人，但历史风评相当不错，相比"七月先生"风流潇洒武功盖世的人格魅力，"八月先生"更善于运筹和隐忍，处事机智果断、谨慎稳健，罗马在他治下向西完成对西班牙的征服，向北推进至多瑙河、莱茵河一线。"八月先生"审时度势、进退有节，他所采取的一系列顺乎形势的内外政策，开创了相对安定的政治局面，为帝国初期的繁荣打下基础。他开创并被后任延续的那一段历史被称为“罗马和平”时期，这一时期，罗马的经济、文化、军事、艺术都达到了前所未有的高峰。

早一天我在许愿池右侧的小坡上驻停，没法下去扔三个硬币许三个愿，按规则“再来罗马”必须是其中一愿，我在“罗马新天地”补了一课，等我再来时，会到这里走走，不，沿着奥古斯都的地盘跑一跑，再跑过台伯河上的桥左拐沿着河边一直跑到圣天使堡，在桥上看看天使，一直跑到梵蒂冈。

2020年3月4日

56 大天使的剑

圣天使堡（Castel Sant’Angelo）,古罗马时期在老城的最西端,又称哈德良陵墓（Mausoleo di Adriano）。公元2世纪罗马皇帝哈德良（Hadrian）设计并亲自指挥建造,作为他自己以及其继承者的安息之地,排场要胜过奥古斯都陵墓。皇帝也是一样,借了罗马和平时期的光,手头宽裕了,难免就奢侈一些。只是天道有评分,“八月先生”以后,罗马再也没有“九月先生”。

6世纪,教皇格利高里（Gregory）一世在圣天使堡顶竖立持剑的大天使雕像,用以“对抗”当时流行的黑死病,遂有圣天使堡之名。

圣天使堡是美国最著名畅销书作家丹·布朗的著名小说《天使与魔鬼》中的重要场景。圣天使堡是光照派的秘密集会场所,也是光明之路的终点,天使堡内的地道与梵蒂冈相通,2009年被拍成电影。圣天使堡可谓历尽人间社会需要的多项功能:始为陵墓,西哥特人和东哥特人入侵时当要塞用,然后是作为监狱,最后改建成一座华丽的罗马教皇宫殿（所以地道通梵蒂冈可信度很高）。《罗马假日》中,记者带公主来这里,堡外河边是跳广场交谊舞的地方,现为国家博物馆。

我的轮椅进出圣天使堡不方便,就在门口走一圈。圣天使堡前横跨台伯河的圣天使桥是罗马城中最美的桥梁,桥上有12尊天使的雕像,每个天使手上都拿着一样耶稣受刑的刑具,其中10尊天使出自贝尔尼尼及其弟子之手。

圣天使城堡

为了看圣天使堡的内景，加看了一遍《天使与魔鬼》，万神殿中的拉斐尔墓，警察口中米开朗基罗设计的圣彼得大教堂和贝尔尼尼设计的圣彼得广场，贝尔尼尼不曾被忘记。

过了圣天使桥是一条餐厅、纪念品店遍布的小街，在街上一家中国人开的餐厅吃了顿意大利比萨，感觉老板是温州人，但没有展开聊，匆匆打开轮椅去梵蒂冈了。

2 月 19 日，来自日内瓦消息：欧洲核子研究中心首次测量到反物质中的量子效应……2009 年美国上映的《天使与魔鬼》开头就是日内瓦核子中心科学家在高度机密的实验室中首次合成了强大而神秘的能量——“反物质”。

《天使与魔鬼》中哈佛大学符号学教授申请了10年没能进入的梵蒂冈档案室中，有伽利略写的《真理图解》孤本，其中有一首诗是用英文书写的，而在那个年代，英语是不被罗马教会成员所重视的市井语言，伽利略恰恰利用这一点，给出了指引线索的内容，而又使其能够瞒过神职人员的眼睛。伽利略虽然是一名科学家，但他也是虔诚的天主教徒，他认为宗教与科学不是敌人，而是盟友。这就是为什么我要反复提到伽利略的原因，即使在罗马，也不可能避开如此伟大的人物，除非你不仔细阅读罗马。

2020年3月5日

57 惊蛰之梵蒂冈

“宗教的不完美是因为人的不完美。”——教皇选举侯；“教皇是连接神界与现实的人。”——教宗侍从。写到梵蒂冈的时候，正是这个宗教王国惊蛰的夜晚，《天使与魔鬼》中的两句台词亮了。

圣天使堡到梵蒂冈只有一步之遥，抬头可见米开朗基罗设计的圣彼得大教堂的穹顶。教堂最初是由君士坦丁大帝于 326 年至 333 年在圣彼得墓地上修建的，称老圣彼得大教堂。在文艺复兴时期，历时 120 年重建，拉斐尔和米开朗基罗先后担任过建设总监，大教堂于 1626 年建成。大教堂正前的露天广场就是闻名世界的圣彼得广场，建于 1667 年，主持设计施工的是一位那不勒斯人贝尔尼尼。

暑假是旅游高峰，大教堂外人山人海，队伍的尾巴在哪里都不容易找到，没有工作人员，只能远远看到穿着黄蓝相间古典制服的瑞士侍卫。不知道为什么很多地方还铺了木板，外围的游客就站在木板上排队，这个局面完全不适合行动不便人士，我在广场上转了一圈，就到左边的大理石柱廊里面休息。感谢贝尔尼尼的贴心设计，弧形的柱廊不但将广场衬托得伟岸庄严，又有让朝圣者休息片刻免于暴晒雨淋之功。广场上骄阳似火，我便在此冥想一会，几只鸽子在柱廊中穿过，亦很有听经沐慧的范儿，像遨游太空的小飞船。

梵蒂冈是世界天主教的中心，圣彼得是第一任教皇，教皇也是这个宗教国家的元首，现任教皇方济各（Pope Francis），1936 年出生于阿根廷布宜诺斯艾利斯，是第 266 任教皇。教皇方济各父母都是意大利人，父亲马里奥是一名铁路工人，母亲雷吉纳是一名家庭主妇。作为一个真正的阿根廷人，他曾是阿根廷首都圣洛伦索足球俱乐部的球迷。

梵蒂冈回来的第二年暑假，在丝路行的第一站西安碑林（见《二刷碑林》），看到过一座相当特别的“大秦景教流行中国碑”，了解到公元 635 年，大秦（即罗马）派阿罗本来中国宣教，唐太宗李世民予以大礼，派宰相房玄龄出长安迎接。后在义宁坊出资建寺，帮助翻译圣经，鼓励传教。但不称教堂，称“大秦寺”，“寺满百城，法流十道”，后来大唐方面还送了五幅唐朝皇帝的画像置于大秦寺中以表政治正确。

古今多少事，都付笑谈中。

2020 年 3 月 6 日

58　免罪天使

《万神殿与许愿池》一篇说过，威尼斯和特莱维喷泉一样，都是很惊艳的。条条大路通罗马，河海交融威尼斯。

坐火车从都灵经过米兰，“况且况且”到了岛外的威尼斯站，停车两三分钟，再次启动时已经上了跨海轨道，直抵萨卡菲索拉岛。岛上的圣卢西亚火车站是亚得里亚海中的“特莱维”（三岔口），铁轨连大陆，水道接机场，步行可达圣马可广场。许愿池是蚁族的威尼斯，威尼斯是巨人的许愿池，海神尼普顿将三叉戟用出如意金箍棒的功效，既可造潮长长长长长长长长消的巨灵踏水之界，又成全云朝朝朝朝朝朝朝朝散的蚁民望天之想。

从火车站出来，一排台阶之下是站前广场，广场前面一条大河波浪宽，波浪连接的彼岸有一座文艺复兴风格的教堂，希腊柱式的立面，高耸的绿色大穹顶，穹顶有雕像，按这大穹顶的规格足以建一个小一号的圣母百花大教堂，但此处穹顶之下没有铺陈，教堂占地面积与穹顶的面积相当，看上去穹顶似天外飞来盖在希腊神庙之上，望之有“顶从何处飞来？”之问。

早有思想准备，威尼斯是没有机动车的城市，水巷千桥，平路易行是不存在的，但眼前一座大桥着实让我们犯难。斯卡尔兹桥（Ponte Degli Scalzi）如《清明上河图》中的单拱，一跨如虹，桥面是一级一级的台阶，船到桥头自然直，人到桥头忧轮椅。最壮的人拄拐，老幼自顾过桥已是不易，这轮椅虽可折叠成箱型，但奇重无比，要几个人抬，还有一堆大小箱子。

这时一位穿着背后印着 Porter 字样橙色马甲的印度人拉着一辆有挡板的两轮车过来了，这个搬运服务太需要了，感谢旅途中的这种相遇，这种平凡岗位上的橙马甲、小红帽、司机、船夫、棒棒军、快递员和外卖小哥，于他们只是一份普通无比的工作，却常常成为我们需要时不可或缺的摆渡人。那些自己行走如飞的日子，能一手提溜一个大箱的时候真没怎么注意到他们，难路好修行，常怀感恩心。

租的公寓是顶层复式，过桥即到，站在房顶的露台上几可端详“飞来顶”上的天使，不敢高声语，恐惊天上人。拥有别样穹顶的圣西门小教堂建于 18 世纪中期，顶端围柱灯台立有免罪天使的雕像，就是我们威尼斯的初见了。教堂三角浮雕描绘圣西门和圣犹太的故事。这座教堂于 1738 年落成，是威尼斯最后一座宗教建筑。第一次世界大战期间，教堂门口的柱子有一根被炸毁。人间的值得与不值得，都在天使的眼里。

2020 年 3 月 7 日

59 看不见的城市

很多人去真正的威尼斯前都去过假的威尼斯,我也是先去了拉斯维加斯和澳门的威尼斯酒店,还看过大连一个仿威尼斯的地产项目,而后千辛万苦,请人帮忙将轮椅搬过赤足桥,住进了圣西门小教堂边上的公寓。

当我在公寓顶上眺望这个城市时,看到那个无数次在别的地方出现的钟楼,真是感觉所有过往,皆是序章了。都知道钟楼本尊就在圣马可广场那儿,而天亮之后我会去那里。

这两天在看意大利人伊塔罗·卡尔维诺写的《看不见的城市》,作者肆意想象忽必烈与马可·波罗在元帝国的宫殿中关于世界城市的对话。从威尼斯回来后第二年也就是去年的暑假我到过元世祖忽必烈出生的地方——张掖的大佛寺,马可·波罗到张掖时被大佛寺的精美宏伟和张掖的繁华所吸引,曾居留一年之久,应是忽必烈给办的"外国人居留手续"吧!

在《看不见的城市》中,当马可·波罗说"汗王,我所知的城市都讲过了"时,忽必烈说:"还欠一个——威尼斯"。马可·波罗说,"我讲的每一个城市,都是威尼斯"。忽必烈不为马可·波罗思维所动,"你每一个旅游故事就该由出发点开始,如实地描述威尼斯,整个威尼斯,不该隐瞒你记得的任何事物"。马可·波罗投降,"感恩大汗! 也许我不愿意讲述威尼斯是害怕失去它。也许,讲述别的城市的时候,我已经正点点滴滴失去它"。

我的家乡是个0号威尼斯，当年郭璞在城内开伏龟、雁池、浣纱、潦波和冰壶五个水潭，各潭与河相通，最后注入瓯江。于是，温州城“山分九斗，水城阡陌”的建筑格局从此形成，城中最为休闲的游览胜地是雁池。雁池坊昔日门前流水，花柳饰岸，荷花飘香。“小船停桨逐潮还，四五人家住一湾。贪看晓光侵月色，不知云气失前山。”——南宋“永嘉四灵”之首徐照诗中所描述的，就是旧时的雁池坊。这样假舟楫者户户临水的生活场景，始于公元323年郭璞建城之时，比威尼斯最早的历史还要早130年，如今我扛车拄拐万里来访的威尼斯人的“理想家园”也是我故乡千年前的景象。

北宋知州杨蟠规划的三十六坊中雁池坊坐落白鹿城之西南隅，即如今南起小高桥，北至蝉街，原乘凉桥一带。予生也晚，生在雁池畔蝉街，少时每天经乘凉桥走去小高桥小学上学，“雁池”被填没之时我尚年幼，如今想来不免唏嘘。每每念之白鹿水城，与威尼斯总有勾连，只是威尼斯以亚得里亚海为盾，以泻湖大岛为本，持艺术与建筑之牛耳，面向世界；又得圣徒马可加持，有商人传统、宗教信仰和总督制下的法制流传，得以璀璨千年。江南小城，碰上几届没文化的领导，河道阡陌，填了也就填了，一汪雁池，埋掉也就埋掉了。大道至简威尼斯，但凭几百年潮起潮落，看世间处处繁华流动，安宁营生。而白鹿水城南门外无限风光，每经过此立多时的隽永美景，只能留在书画中了。

威尼斯的朝霞

威尼斯没有平路

《看不见的城市》中，大汗已经在翻看另一些绘在噩梦和咒诅中吓人的城市地图：艾诺克、巴比伦、耶胡兰、布图亚、勇敢的新世界。他说："如果我们最后只能在地狱城上岸，那么，一切努力都是白费的，而它正好就在那里，也就是海潮牵扯我们卷进去的、不断收缩的旋涡。"马可·波罗说："活人的地狱不一定会出现；要是真有的话，它就是我们如今每日在其中生活的地狱，它是由于我们结集在一起而形成的。我们有两种避免受苦的办法，对于许多人，第一种比较容易，接受地狱并且成为它的一部分，这样就不必看见它。第二种有些风险，而且必须时刻警惕提防：在地狱里找出非地狱的人和物，学习认识他们，让他们持续下去，给他们空间。"

2020 年 3 月 8 日

60　当你穿过暴风雨，就不再是原来那个人

威尼斯之所以富甲一方，成为欧洲最强大的海上帝国，正是源于它控制了阿拉伯商人运到欧洲的香料。后来阿拉伯人威胁要中断香料供应，于是威尼斯发动了人类历史上最为野蛮、也是最堂而皇之的掠夺战争——1204 年的第四次十字军东征。“9·11” 事件爆发后小布什发动反恐战，一时不慎，引用了十字军东征一说，舆论对美国不利，后再也不提这个说法，好在也没人深究，也就蒙混过去了，倒是有人批评美国发动石油战争与香料战争一样可耻。

十字军进行东征时曾在圣马可广场集结，位于教堂右侧的珍宝馆收藏、陈列有 1204 年十字军东征从君士坦丁堡带回来的战利品。从 1075 年起，所有从海外返回威尼斯的船只都必须缴交一件珍贵的礼物，用来装饰 “圣马可之家”。威尼斯人把圣马可事迹做成了不同主题的镶嵌画，装饰在了教堂五个拱门的上方，军事的、财政的、宗教的看点都在这一处，钟楼、飞狮和教堂上方十二星座的刻盘，以及广场中间卖面具的小摊和周边卖墨鱼面的餐厅构成我们此行的圣马可印象。这个被拿破仑称为欧洲最美客厅的地方，也曾是征战和屠杀开始的地方。

正如香料战争在人类历史上留下的刀光剑影、欺诈与谎言，石油战争一样也不缺这些。“石油有机说” 被精心编造，几乎为世人所接受，我也曾深信

圣马可广场

不疑，直到有一次听到“石油无机说”，即“石油生成于地幔之中，取之不尽用之不竭，地球晃一晃就生成”的观点才猛然一惊。这一理论被传统石油地质学驳斥为无稽之谈，但石油却似乎的确越来越多。“石油无机说”指出一旦摘下西方“石油有机说”的假面具，石油的价格就会像当初的香料一样，难以继续维持高价位。而戴着面具的石油商一直在广场上狂欢，直到今天暴跌到比水便宜许多。

威尼斯派出军舰，从法国招募雇佣军，从圣马可广场出发去攻占君士坦丁堡，自然是批着宗教外衣的打砸抢。但技术层次和精神层面高一些的西方人通过和东方的接触，从穆斯林和犹太人的医学中学到了包括外科手术在内的新医术，从而推动了西欧医学的发展。战争也促使人们去研究地理、绘制地图，丰富了地理知识，并激发了欧洲人去亚洲探险、旅游的热情，以致出现了后来流行于欧洲的《马可·波罗游记》和开辟新航路的活动，直到大航海时代和文艺复兴时代的来临。

这世界不会崩，太阳底下没有新鲜事。那位说“今天不想跑，所以才去跑”的作家，和说“当你穿过了暴风雨，你就不再是原来那个人”的是同一个人。

2020 年 3 月 10 日

61　威尼斯：一座孤岛

威尼斯最著名的一次封城是1374年黑死病蔓延之时，威尼斯共和国命令所有即将靠岸的船只拴在岸边，船员连同货物一起要在海上滞留40天，以避免瘟疫的传入。“40”的意大利语是quaranta，英语中的“隔离”（quarantine）即由此演变而来，威尼斯变成一座孤岛。

威尼斯上一次的封城是我们到达威尼斯的三个月前，威尼斯当地政府为防止游客大量涌入当地决定安装封城闸门限制游客，在Ponte di Calatrava和Lista di Spagna安装了两处封城闸门。这两处闸门均由当地警方决定时间段开启，而当地居民进出则需要刷卡，从而导致了来威尼斯旅游的游客直接被拒绝在外。两年前因为游客太多，威尼斯又变成一座孤岛。

威尼斯时常发大水，彼时圣马可教堂浸水5至10厘米不等，整座拜占庭建筑就像长在海中一样。每年有许多次暴雨洪水，船夫都是吹哨人，或者是发哨子的人，威尼斯人最懂水能载舟亦能覆舟，这些年威尼斯下沉了30厘米，据说80年后威尼斯会被淹没，浮沉有时，尽人事、听天命。因为天气不好，威尼斯也会再次进入孤岛模式。

好在我们去的时候，天公作美，人也不算太多，威尼斯刚刚从孤岛模式切换成自由的水城模式，圣马可广场的河埠头横七竖八地停泊着供游客扬招的非敞口船。因为上次去威尼斯时人多，我们没有坐贡多拉，从圣马可广场回圣西门公寓，坐的是出租游艇，也叫 TAXI。从亚得里亚海转回大运河，在水上看各家各户的码头和水门，经过一座座著名的桥，夏日午后的阳光照在脸上，像经过盗梦空间中的斗城，从望江门进古城，万岁里、百里坊、瓦市巷、墨池坊、招贤巷、祭酒坊、五马街、四顾桥、蝉街、乘凉桥、雁池坊、小高桥，仿佛前生相识今生再见。

2020 年 3 月 11 日

62 马可·波罗游记

2018 年 8 月 7 日，我们离开威尼斯飞波尔图，从圣西门公寓去马可·波罗机场最好的方法是坐船，小码头就在圣西门小教堂旁边，小艇能坐 10 人，我们 7 个人上去，加上几个大箱，一部轮椅，也还宽敞。威尼斯早晨的阳光还有丝丝清凉，小艇往大海方向驶去时带动的微风让人激动，就这样从河里开到海里吗？

当小艇冲出大运河河湾进入亚得里亚海海域之时，我不由地低呼一声，水的颜色只是有些轻微的变化，但波浪和风瞬间加了量，历经千年的水上城市马可·波罗的故乡已经在我身后越行越远。1271 年，马可·波罗 17 岁时跟随父亲和叔叔前往中国，他们就是从威尼斯进入地中海，然后横渡黑海，在中东上岸，从巴格达到霍尔木兹，没搭上去往中国的船，改走陆路，越过波斯沙漠、翻过葱岭（成吉思汗见丘处机的地方见《喀纳斯》），经喀什、和田，穿过塔克拉玛干沙漠，从敦煌、玉门关、石关峡（见《嘉峪关》）穿过河西走廊，1275 年夏天到达元上都。马可·波罗的父亲向忽必烈呈上了罗马教皇的信，并介绍了马可·波罗，忽必烈赏识年轻聪明的马可·波罗，留他们在元朝任职。《看不见的城市》中忽必烈和马可·波罗关于城市的对话就是据史实衍生出来的，作为一个青年，马可·波罗对于地狱城的看法十分“深顿”。马可·波罗在中国供职 17 年，1295 年回到威尼斯，1298 年在与热那亚的战争中被俘，在狱中口述东方经历由狱友作家写成《马可·波罗游记》,游记很快成为网红。“东方”是马可·波罗带的最大的货,大航海时代的探险家人手一本带货王口述的《马可·波罗游记》。

西方不断有人质疑马可·波罗是否真的到过中国,甚至有人到威尼斯采访一些老人,八百多年前的事实也很难找到直接的证据,但马可·波罗机场在那儿,代表了政府和民间的态度,证明马可·波罗不是一个假的传说。去年的五一假期,我到扬州游玩,扬州有马可·波罗纪念馆,据介绍,马可·波罗曾经在扬州为官三年,为当地的宣传、文化等方面做过不少贡献。

2020 年 3 月 12 日

63 朗朗乾坤，杜罗河上的空钩钓月

波尔图是葡萄牙北部的中心城市，是人类第一次环球航行的操盘手麦哲伦的出生地。虽不像里斯本那么有名，但干货也是非常多的，常常收获意外的惊喜。1480 年斐迪南·麦哲伦出生于波尔图，40 岁时麦哲伦率团队到达南美洲拉普拉塔河口，而后找到了一条通往“南海”的峡道，即后人所称的麦哲伦海峡。1519—1522 年，麦哲伦船队穿越大西洋、太平洋和印度洋，返回欧洲，完成了环球航行。麦哲伦的船队航行到南美洲大陆最南端时，发现了一个岛屿，命名为火地岛。当时的人们以为，火地岛就是“未知的南方大陆”的边缘。去年 10 月 22 日我曾在麦哲伦发现的“未知的南方大陆”边缘的乌斯怀亚浅睡一晚，第二天从那里登船去南极（见《碧浪清波：穿越最凶的海峡去看最大的荒原》）。

13 世纪末，马可·波罗的游记引起西方到东方寻找黄金的热潮，然而奥斯曼土耳其帝国控制了东西方陆上的交通要道，对东西方贸易肆意盘剥，丝绸之路几尽停摆。1249 年，葡萄牙阿方索三世将摩尔人（阿拉伯人）赶出葡萄牙，葡萄牙完成了统一，当时北方的经济中心波尔图的商业和手工业已经相当发达。13 世纪末葡萄牙语取代拉丁语，正式成为国家的书面语言，经过两百年左右的励精图治，15 世纪初，葡萄牙进入全盛时期，拉开了葡萄牙探险家航海时代的序幕。前些年，IWC 出了一款经典的大航海时代纪念腕

波尔图杜罗河钓月

波尔图杜罗河畔

波尔图日落

波尔图铁桥

杜罗河入海口——波尔图

表,以“葡萄牙”命名,卖到现在销势不衰。

杜罗河在波尔图穿城而过,注入大西洋。整个城市沿杜罗河峡谷而建,山水相逢,十分魔幻。河上有三座铁桥,跨在中心城区,一路向西即刻入海,和黄浦江流经上海中心城区要走很远并且先入长江再归大海不同,杜罗河是高呼着大海的名字飞奔而去拥抱大海的,大西洋就在她可以看得到的地方,以不息之川流投无垠之怒海,你自然可以想象这个城市的孩子麦哲伦是如何有了大航海之心的。

杜罗河西奔入海,所以最好的时光是黄昏,当黄昏走过河上的铁路桥,忽然发现自己也被涂上了一抹金色,走到河湾回望,铁桥之上一个个小金人,像行走的奥斯卡奖杯。这座铁桥叫玛丽亚·皮亚桥,高出水面 60 米,修建于 1877 年,设计者是 45 岁的埃菲尔,设计了此桥十年之后,他设计了巴黎的埃菲尔铁塔。奖杯们在桥上举目远眺,杜罗河尽头的一抹夕阳,将波尔图变成镀金的城。

今晨美股再现行为艺术,开始玩向上熔断了,镀金的华尔街啊,让我想起了杜罗河上的空钩钓月。

2020 年 3 月 14 日

64　波尔图“黑店”——巨龙脚底下的成长

地缘关系加上惺惺相惜和互补协同，使得皇家马德里与波尔图两家俱乐部一直保持友好的关系。波尔图在欧洲足坛有“黑店”之称，由于语言的优势，葡萄牙足球，尤其是波尔图俱乐部，成了巴西、南美乃至拉美球员到欧洲的第一个目的地。近 30 年，波尔图的模式就是低价吸纳天才球员培养成才高价卖出，从头部俱乐部接收尚且能饭能战的廉颇球员，维持战力，还用他们以老带新。

皇马功勋门将卡西利亚斯 2015 年转会波尔图，一直打到上月在波尔图退役。2016 年欧洲杯期间我在里斯本听辛特拉足球俱乐部主席詹亮先生（也是永杰同学的同学）说起皇马没有收转会费还补贴卡西工资，对波尔图俱乐部谈生意的本事之景仰简直如滔滔江水，当然也明了皇马并非卸磨杀驴没有人情味的俱乐部，不然遇事也不可能如此周全。

波尔图给了“昨天所有的荣誉已变成遥远的回忆，勤勤苦苦已度过半生”的廉颇们“看成败人生豪迈，只不过是从头再来”的机会，接着从皇马过来的还有 C 罗当年的小伙伴且同为 2016 年欧冠欧洲杯双料得主的佩佩。所以皇马元老队喜欢找波尔图队打慈善赛不是没有道理的，心若在梦就在，天地之间还有真爱。

多说几句“黑店”的事，去年齐达内重掌皇马后，第一个从波尔图“黑

C 罗欧洲杯夺冠庆祝

店”引进的是他眼中加强版的马塞罗——巴西球员米利唐，引进时间是 2019 年 3 月 14 日，上一个白色情人节。1998 年出生的米利唐出道于巴西圣保罗，2017 年 8 月加盟波尔图，转会费为 400 万欧元（一说为 700 万欧元）。波尔图不愧为著名的欧洲“黑店”，经过波尔图转手后，米利唐的身价一年半翻了 10 倍多，5000 万欧元卖给皇马。

值得一提的是，在巴西和圣保罗俱乐部瑜亮之争的弗拉门戈似乎在战略上亦有成为“南美洲黑店”之意。承蒙巴中经贸促进会秘书长奥斯卡先生的安排，我在里约马拉卡纳足球场看巴甲比赛享受了贵宾待遇，陪同的俱乐部执行董事马塞罗对我说：“我们的好球员很多，中超你可以推荐啊（见《冠军的殿堂》）！”他们应该也能够培养加强版的马塞罗吧！巴西回来不久，弗拉门戈时隔 38 年夺得南美解放者杯冠军，弗拉门戈主教练若热·赫苏斯（Jorge Jesu）是葡萄牙人，回到 2018 年夏天的葡萄牙，再过一周我在里斯本看葡超时他是葡萄牙体育的教练，纳尼是队长，赫苏斯接手弗拉门戈不到半年，连夺巴甲冠军和南美解放者杯。波尔图和葡萄牙体育这些俱乐部承接了南美足球人才的溢出，从而参与造就了欧洲足球最辉煌的五大联赛。

波尔图俱乐部的标志是一个魔幻的巨龙，巨龙取得过两次欧冠，1987 年决赛击败拜仁夺冠，2004 年成就人气最旺的教练狂人穆里尼奥击败同属黑马的摩纳哥夺冠，两次都是一黑到底，震惊全世界。波尔图闯入欧冠 16 强的

波尔图巨龙球场

次数很多，欧冠赛场成了波尔图历练阵容锻造新人的最强熔炉，也是欧洲最大“黑店”的底气所在，来自自己梯队的天才和抄底捡漏来的天才在巨龙脚下成长，最终成就更多人的人生豪迈，然后波尔图“黑店”从头再来。今天是消费者日，但波尔图“黑店”不仅找不出毛病，更让人叹服。

2016 年夏天葡萄牙在巴黎夺得欧洲杯冠军，90 分钟的比赛一路平局，三场小组赛全平，三场淘汰赛平局，一次点球决胜，两场加时获胜，唯一一次常规时间的胜利是 2：0 赢了威尔士，在世人怀疑的目光中登顶欧洲。两年后葡萄牙在世界杯八分之一决赛被乌拉圭淘汰出局，当全世界将葡萄牙的崛起等同 1992 年欧洲杯昙花一现的丹麦神话时，去年 C 罗领衔的葡萄牙队夺得首届欧洲国家联赛的冠军，其本人也在不断的质疑中完成千场职业赛事和意甲 12 连杀的壮举。

波尔图巨龙球场就是去年欧洲国家联赛决赛举办地，2019 年 6 月 5 日，C 罗在巨龙球场为葡萄牙国家队打进第 86 个进球，时光倒流 15 年，2004 年

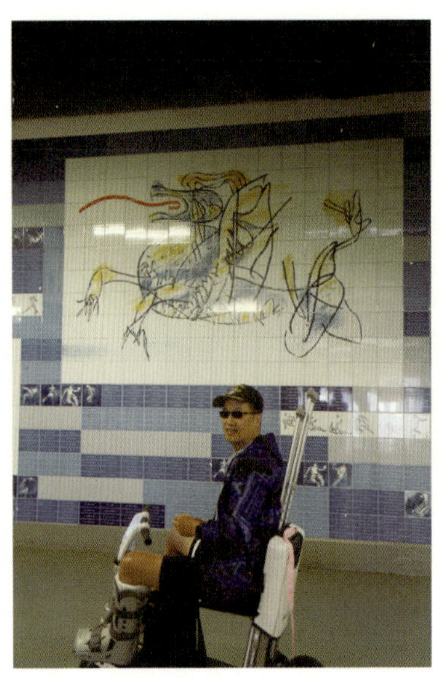

波尔图巨龙球场

走近波尔图俱乐部

6 月 12 日他在巨龙球场的欧洲杯比赛中完成他在葡萄牙队的第一个进球，15 年巨龙脚下 C 罗成长，到今时已经为国托盘 99 次，破阿里代伊的全球个人国家队进球纪录指日可待。

巨龙球场坐落在波尔图市中心，体育场的顶部是半透明的，是由 280 吨金属来支持木材建成的。球场专为举办 2004 年欧洲杯而修建的，由波尔图足球俱乐部主管。2003 年落成，在球场举办的第一场比赛中如日中天的波尔图队赢了巴萨。2004 年欧洲杯揭幕战在此举行，葡萄牙 1∶2 被希腊击败，但 C 罗打进了人生国家队首球，2004 年葡萄牙最终闯进欧洲杯决赛，竟然再次憾负希腊痛失冠军。C 罗的国家队生涯就在这种悲喜轮换中不断向前，经历葡萄牙体育、曼联、皇马、尤文四个俱乐部，波浪式前进、螺旋式上升，直到成为欧冠之王，欧洲杯和欧国联的双冠王。

2020 年 3 月 15 日

65 这是在一所魔法学校里吗？麻瓜世界十分纠结

巨龙球场名称的由来和杜罗河有关：由于周边有非常富饶的矿产，杜罗河被称为“黄金之河”。在葡萄牙有一个古老的传说，有一条巨龙想要霸占杜罗河两岸的矿藏，它时常喷吐烈焰，所有人都对它无能为力。但是，聪明勤劳的波尔图人最终用杜罗河的河水浇灭了巨龙的火焰，被降服的巨龙成了波尔图人的仆人和保护者，还帮助波尔图人击退了很多次敌人的侵略。从此很多波尔图人也说自己是龙的传人，并用“巨龙”为他们的体育场命名。

在平路易行考察的五个俱乐部中，波尔图是最惊艳的，论欧冠奖杯数，他们不如皇马和尤文，与本菲卡并列，但球队的博物馆做得太用心了，历史感最强、艺术性尤佳，还有一些魔幻色彩。如果你看出一些哈利·波特的元素，一点都不用惊讶，J.K. 罗琳在这城市待得够久，她当时的男友是个记者，波尔图俱乐部博物馆有一个传媒发展史的篇章，这里是必到之处，想必是看过老巨龙球场之后创作了魁地奇。J.K. 罗琳 20 世纪 90 年代在波尔图大学教书，波尔图大学的校服包括过膝的黑袍、白衬衫、深色的裤子或裙子，还有黑皮鞋，学生穿戴整齐，就是哈利·波特里面魔法师的样子。

波尔图有个 Livraria Lello 书店，有“世界最美书店”的盛名，门面是哥特式的，门口游客成百上千，排队盛况与当下欧美飞中国的候机队伍无异。

莱罗书店

我因为有轮椅护体，免了排队，但门票也是要买的，书店买门票，我也是第一遭。我进去转了转，买了本葡萄牙人写的诗集（用门票可以抵扣部分书资），文豪们的丽辞雅句暂且不说，到这个书店主要是拍照。书店面积不大，有上下两层，中央精美的木旋梯和楼上五彩玻璃的天窗是亮点，旋梯上木雕纵横交错，旋梯本身体态优美，感觉随时能够扭动，如有生命一般。J.K. 罗琳在二楼咖啡馆写下《哈利·波特与魔法石》第一章，《哈利·波特》中哈利、罗恩和赫敏去买书的丽痕书店，应该就是出自这儿的灵感，霍格沃茨魔法学校会动的楼梯也可以溯源到此。

2016 年夏天这里还举行过《哈利·波特》新书的首发式，J.K. 罗琳成名之后，顺带也把书店带火了，以前书店也很美，只是不容易被世界发现，而现在的情况是你不容易避开她，你到波尔图老城转转，最火的就是这里。

愿魔法保卫这座城市，巨龙护佑它的主人。

2020 年 3 月 17 日

66 瓷砖之上，缘分早已注定

在杜罗河边住了一周，开着 Movinglife 沿河走到波尔图老城是每天的基本操作。老城就在埃菲尔铁桥旁边，从铁桥边一条长长的坡道下去，再右拐沿坡上去，就进入老城的中心了。一路上都有人在唱歌跳舞，这个城市不缺文艺；海边静静地泊着载波尔图红酒桶的船，这儿也不缺美酒。找了家在城堡门里的餐厅，吃饭的时候一抬头，可以看见城墙上的游客，游客也看着城下用餐的我们。

Movinglife 不愧是以色列人的发明，其上坡时可以随时驻停，松了动力就牢牢抓地，没有刹车的说法，非常容易操作，也很安全，设计不到位或者质量不过关的话，真没法挑战波尔图老城，老城依山而建，路路有坡，好人逛街也不容易，更何况轮椅拐杖侠。Movinglife 进中国市场后，被毫不客气地仿造，他们有一个团队蹲在深圳打维权官司，仿造的车子在普通场合可以凑合用，但坡上驻停玩不转，我的意见是仿品千万不可拿来在波尔图老城用。波尔图老城的官方称呼是“波尔图历史中心”，1996 年被列为世界文化遗产。

圣本托火车站（Estacao San Bento）建于 1916 年，是葡萄牙最有名的火车站之一，建在高高的山坡上，离牧师塔和莱罗书店不远。火车站是一座像外滩的银行大楼一样的建筑，穿过两万幅青花瓷画装饰的大厅就可以上车了，没有检票口一说，也没看到晃动的电子屏幕，除了火车是新时代的，其他的都很老派。这里的瓷砖画绝对是一大亮点，天青色等烟雨，它也在等你，色白花青，釉色温润，典雅中有豪放。2016年夏天,我去位于里斯本的葡萄牙国家瓷砖博物馆时已经被葡国的瓷砖文化打动,在葡萄牙行走,时常会有各色瓷砖映入你的眼帘,这个国家在瓷砖运用上可谓独步天下。如果说中国是陶瓷的故乡,那瓷的传人葡萄牙对瓷的运用绝对不亚于亚洲同学日本,山川异域青花同瓷,一点都不夸张。

葡萄牙的瓷砖是中世纪的穆斯林带进来的,葡萄牙语瓷砖"azulejo"是从阿拉伯语演变而来。公元716年,穆斯林军队入侵伊比利亚半岛,直接将西班牙和葡萄牙并入阿拉伯帝国的版图,而后数十年,北非的摩尔人(阿拉伯人的分支)大举移民伊比利亚半岛,人数甚至超过了近东来的阿拉伯人。阿拉伯人统治了葡萄牙700多年,直到阿方索·恩里克斯1139年击败摩尔军队,1143年,葡萄牙才正式诞生。

128年后的中国,忽必烈建立元朝。元朝最有名的艺术品就是元青花,最有价值的发明应用是指南针在海运中的使用,元朝政府首次将海运辟为国家的漕运航路,就是指南针的应用使然。阿拉伯人最擅长引进之术,虽然被阿方索·恩里克斯以及他的后代赶出了伊比利亚半岛,但他们对欧洲的发展做出了不可磨灭的巨大贡献,除了瓷砖,后来还将指南针和火药都引进了欧洲,在技术上启动了大航海时代。

圣本托火车站的瓷砖画展现了1140年的Valdevez战役,12世纪时Egas Moniz骑士和阿方索·恩里克斯的会议,以及1387年葡萄牙国王约翰一世抵达波尔图的盛况。约翰一世娶了英国Lancaster第一公爵的女儿菲利帕,促成了葡萄牙和英国之间的长期军事联盟,这个联盟是世界上最古老的军事联盟,即使英国脱欧,英葡联盟仍然有效,英葡人民友好往来,相互在对方国家定居,J.K.罗琳在20世纪90年代初从英国到葡萄牙工作并定居,其实在瓷砖之上缘分早已注定。

波尔图主要的历史事件都在这些精美的瓷砖画面上一一呈现出来,瓷砖上的人物逼真而传神,服饰装扮聪灵生动、眼神姿态栩栩如生。

2020年3月18日

67 海权，只有大海知道

里斯本最具国家荣耀的地方是发现者纪念碑，纪念碑是在航海家恩里克王子逝世 500 周年之际建的，为纪念恩里克王子并表彰他的功勋，葡萄牙政府于 1960 年在特茹河北岸建起了这座“献给恩里克和发现海上之路的英雄们”的纪念碑。这座巨大的白色纪念碑就建在贝伦区的港口，在达·伽马们当年出发的地方，向全球最早的海上霸权司令部致敬。纪念碑高 52 米，正面造型是一把出鞘的剑，顶天立地；侧面的造型如同一艘葡萄牙传统的卡拉维尔帆船。大航海时代的总设计师恩里克王子站在船头，带领两边各 16 位在地理大发现中最具影响力的葡萄牙人，有航海家、导航员和传教士，发现好望角的迪亚士、绕过好望角达到印度的达·伽马和开辟环球航线的麦哲伦都在其中。就是这三个葡萄牙人和一个意大利人哥伦布组成了大海航时代功勋版的 F4。

我上过纪念碑的顶部，夏日的微风中远眺特茹河的出海口，河对面山上有耶稣张开双臂的圣像，另一边过了马路是热罗尼莫斯修道院，这个修道院的建设资金来自当年新航路开辟后香料贸易缴纳税款，按税款的 5% 提取建设基金。1498 年，瓦斯科·达·伽马（Vasco da Gama）绕过好望角，抵达印度的卡利卡特，成为历史上第一位从欧洲航海到印度的人，从此葡萄牙开始和印度的香料贸易。香料贸易头号功臣达·伽马的墓地就在修道院内。修道院附近有世界上最早的蛋挞店，挤满了东方来的打卡吮指之人。在将近 20 层楼的高度俯瞰地面，可以看到地上的大理石世界地图上站了许多人，地图上标记着大航海时代葡萄牙的丰功伟绩，当时葡萄牙殖民的势力范围差不多就是1.0版本的日不落帝国。

我下去找到了澳门的标记，写着“MACAU 1514”，1514年应该是葡萄牙人首次登陆澳门的时间，葡萄牙人从明朝广东地方政府取得澳门居住权是1557年，最终殖民合法化是1887年的《中葡里斯本草约》《和好通商条约》，葡萄牙在归还澳门的过程中表现得非常友好和配合，澳门至今仍发挥葡语地区与中国交流的桥梁作用。

看过几处“世界尽头”，最早去三亚的天涯海角，繁花似锦；最近去的乌斯怀亚，雪山白头；而那一年去的罗卡角，风雨交加。

罗卡角，位于北纬38° 47′，西经9° 30′，那里有一块石碑，葡萄牙国宝级的诗人卡蒙斯在此吟诵“陆止于此，海始于斯”，在没有发现美洲之前，这里是名副其实的“世界尽头”。我们从欧亚大陆最东端的上海，到达最西端的罗卡角，适逢一阵疾风骤雨，点点在心头。深色的大西洋边乱石穿空，惊涛拍岸，卷起千堆雪，“江山如瓷，吹弹得破”的感觉油然而生。

葡萄牙的人居历史可以追溯到公元前6000年，3000年前北方的凯尔特人融入，然后是希腊人和迦太基人融入，公元前1世纪，此地被一路向西进攻的罗马人征服。在里斯本至今还有古罗马皇帝奥古斯都修建的罗马剧院遗址，特茹河北岸屹立着罗马人在2000多年前所建的圣若热古堡，罗马柱在后代建筑中也被广泛使用。罗马在这里统治了近500年的时间，罗马是最早的欧共体，亚平宁半岛上的风风雨雨很快就能吹到这里。罗马人使用的拉丁语经过简化，逐渐替代了原来的方言，成为当地人的日常用语，并在此基础上形成了葡萄牙语。罗马法随着罗马人的统治传到伊比利亚半岛，成为今天葡萄牙和巴西法律的基础。公元前29年，奥古斯都大帝正式征服了伊比利亚，并将其分为三个省，终于鞭及欧洲尽头，将最西端的罗卡角收入罗马版图。

2020年3月22日

68 葡萄牙复兴之路上的独裁者，强光有些刺眼

论及大航海时代，葡萄牙的四大天王已经全在发现者纪念碑上，恩里克王子、迪亚士、达·伽马、麦哲伦是一大批杰出的航海家代表。从15世纪初直至16世纪，葡萄牙帝国在亚非拉夺取和占领的殖民地是本国面积的110多倍。在长达500年的殖民活动中，大量的财富流向里斯本，葡萄牙在这一时期达到全盛。

从纪念碑可以步行到贝伦塔，这个塔建于曼努埃尔一世（Manuel I）时期，整个塔身全部用大理石打造，1500年初建时是扼守里斯本门户的要塞，后作为地理大发现的起点，19世纪被用作海关、电报站、灯塔，甚至作为监狱使用，现在是博物馆。贝伦塔在1983年被列入《世界遗产名录》，是里斯本的标志之一。我第一次见到贝伦塔时，坐在行驶的车上，看见500多岁的贝伦塔映衬着塔外草坪上一群十几岁的踢球的孩子。贝伦塔见证过无数少年的出发，“那时的我们，就像今天的你们”。

葡萄牙足球每一次向巅峰冲击之时，媒体都会搬出大航海时代，有时候还会调用一下贝伦塔作为背景，从尤西比奥、黄金一代直到2016年C罗领衔的绿茵军团成为欧洲冠军，大航海时代都影影绰绰在那儿。世事如棋局局新，属于葡萄牙的全盛时代已经过去了500多年，如今葡萄牙只是欧盟27国

之一，要说全面复兴全盛时代几无可能，沧海桑田令人感慨。但是在某些局部，一些星火般的璀璨，仍可以让人们想起她的花样年华。1998年里斯本举办了世博会，2016年葡萄牙人在巴黎夺得欧洲杯，我在里斯本足球公园参加过葡萄牙人庆祝夺冠的盛典，500多岁的贝伦塔在电子屏幕上一闪而过。

俄罗斯修宪让普京可能连任到84岁，普京48岁执政，如干到84岁，将创下执政36年的纪录。不过太阳底下没有新鲜事，在普京之前，葡萄牙人安东尼奥·德奥利维拉·萨拉查曾经统治葡萄牙36年，他也在总理、总统、总理间不断转换角色，从上任时即宣布国民联盟为葡萄牙唯一的合法政党，实行以他为首的一党专政开始，家长制被作为理想价值观大肆宣传，上帝、祖国、家庭都被用来作为政权号召民众的工具，通过秘密警察实现对全国的严密监控和修建大型公共基础设施拉动经济，通过大型公共工程的包装，直至为葡萄牙塑造出一个令民众满意的貌似强大的政府。萨拉查于1970年去世，他所建立的长达几十年的独裁统治在四年后的“康乃馨革命”中崩溃。

有意思的是，2007年葡萄牙广播电视公司的一个节目发起的两个活动中，评选葡萄牙历史上“最伟大的人”和“最糟糕的人”，萨拉查在两个截然相反的投票中全部高居榜首。引用一位高中生的话说：“很多时候问题并非在于过度关注黑暗，而恰恰在于我们过度热爱光明了——乃至让这种强光损害了我们的视力。”对于以一个复兴为名义的统治者，不同角度的视角会得出完全不同的结果。

2020年3月21日

69　春光仍现，见怪不怪

阳光是大自然对里斯本的恩赐，里斯本是地中海式气候，受大西洋暖流影响，气候良好，冬不结冰，夏不炎热。1 月、2 月平均气温为 8℃，7、8 月平均气温为 26℃。全年大部分时间风和日丽，温暖如春，舒适宜人。春季更是阳光充沛，只有少量时间降雨，气温大约是 10℃至 27℃。刚刚过去了温和多雨的冬天，在炎热干燥的夏天到来之前，怎舍得放弃明媚的春光呢？欧亚大陆这一头中国长三角的老师在油菜花田直播，另一头的里斯本显然也没有投降。飘风不终朝，骤雨不终日。孰为此者，天地。天地尚不能久，何况于人乎？

罗卡角边上是辛特拉山，山谷中遍布皇家宫殿与贵族庄园，北京西郊有三山五园，圣彼得堡有夏宫，概念差不多。蒙塞拉特庄园 1995 年被列入世界文化遗产，庄园很大，要走很久，主建筑是奇特的摩尔风格，有点像祈年殿和清真寺的合体。庄园是英国人建的，18 世纪的欧洲流行过一种诡异的园林风格，据说源头还是中国的岭南园林，新、奇、巧、怪，当时的中国只有广州的十三行与外国做生意，英国人做完贸易在岭南转悠，把偏门当作正道，学去在辛特拉发扬光大也可以理解。

所以就有了这么一座建于 19 世纪神秘的庄园，庄园里隐约能看到海，阳光好得睁不开眼，这里离里斯本 20 多千米，不知道算不算“短途出行，享受户外时光”的范围？这个景点是我们去辛特拉王宫买25欧元的联票时包进来的，也算是意外的收获，后来查国内出版的旅游指南推荐指数和观光指数都只有三颗星，显然是被低估了。联票还包括贝纳宫，王宫辉煌，但衬王权冷酷；城堡浪漫，却带几分肃杀；庄园轻松，然最像家。

只是这个英国人打造的家太有个性。庄园具有“诡谲园林风”，有一人高的芦荟、成林的独木、造型很魔幻的树，脚下绿苔、头上藤萝，耳畔还有水声，要不是我们一行八人浩浩荡荡且时不时被阳光洒满一身，习惯了小桥流水、舞榭歌台、隽永退思的江南园林，猛一看会觉得这是谁在搞怪啊！据说这个庄园深受英国艺术爱好者、小说家和怪人贝克福德的喜爱，贝克福德以写哥特式小说《瓦提克》（*Vathek*，1786）出名，小说中的魔幻场景一定在辛特拉找到共鸣了。英国诗人拜伦还在此短住过，在诗中盛赞其为“辉煌的伊甸园”。英葡拥有世界上最古老的军事联盟，关系老铁，从这个庄园也能看出端倪。

2020年3月23日

70　上帝之鞭与基督教之盾：整个欧洲像经历了一场噩梦

丝路行写了22篇，平路易行写了44篇，两行路交叉过数次，如果说马可波罗是一个贯穿东西的人物，那么匈奴则是无问西东的群体。在漫长的历史岁月里，欧亚两个板块大多数时间是平行的世界，最经典的时光是西方有罗马，东方有汉，而匈奴和两边都打团体赛。张艺谋拍了部《长城》，请来了马特·达蒙，希望用故事把两个平行世界连起来，但看得人乏味，就是电影的历史内核太空洞了。

《去病》写到的霍去病，公元前140年出生，17岁奇袭匈奴，封“冠军侯”，19岁指挥两次河西之战，歼灭和招降河西匈奴近19万人，把匈奴彻底赶出河西走廊，后漠北之战又消灭匈奴左部主力7万余人。匈奴连失祁连山、焉支山，分裂为南北二部，南匈奴融入大汉，北匈奴被逼西进，击败东、西哥特人之后多次攻入东罗马。434年，匈奴在其国王阿提拉率领下第一次劫掠西罗马，452年，再度逼近罗马，西罗马看看实在打不过，就派教皇利奥一世去和匈奴讲和，恰逢匈奴军队内部发生瘟疫，终于罗马得以保全。利奥一世去世1000年后，教皇尤利乌二世命拉斐尔负责在梵蒂冈教皇宫的墙上画一组《教廷创始及巩固》的壁画，其中第四幅是《伟大的利奥一世会面阿提拉》。453年，阿提拉去世，匈奴帝国随之瓦解。但匈奴因为驱逐了包括日耳

布达佩斯

曼民族在内的各民族而引起各民族的大迁徙，而被称为“上帝之鞭”，鞭锋所及，苏维汇人、阿兰人被迫迁往伊比利亚半岛，也就是现今的葡萄牙和加利西亚地区。苏维汇人定居葡萄牙后不久，被西哥特人征服，西哥特人成为葡萄牙的统治者。兼容了苏维汇人、阿兰人、西哥特人和伊比利亚先民的西哥特王国成为第一个得到罗马帝国承认的“蛮族”王国，也是葡萄牙在后罗马时期埋下的历史伏笔。

2014 年，因为工作关系，我去了好几次匈牙利，在布达佩斯英雄广场留下了和横刀跃马的阿提拉雕像的合影，去了布达佩斯大教堂，对匈牙利的历史有了全面的了解。公元 1000 年，伊什特万一世正式皈依基督教，并被教宗加冕为第一位匈牙利国王，原本流散于草原上的游牧民族正式成为基督教世界的一分子，成了欧洲抵挡蒙古和伊斯兰的中坚力量，被后世称为“基督教之盾”。

在离布达佩斯不到17千米的农场里，拍到一群奔跑的野鹿，天苍苍，野茫茫，恍若回到那个没有工业文明痕迹的时代，站在古原之上，匈奴人厉兵秣马的情境自动接通。几次去布达佩斯，我特地换了不同的航线，分别在德国、波兰、荷兰、卡塔尔转机，在航线图上不同角度看着当年匈奴的进击之旅。有时候我不禁问自己：如果没有霍去病，是否就没有“上帝之鞭”？没有霍去病，还会有500年后阿提拉吗？没有阿提拉，葡萄牙甚至都不是现在的样子。霍去病只活了24岁，突然就走了；阿提拉活了47岁，在他去世前3年，匈奴帝国版图到了极盛的地步：东起咸海，西至大西洋，南起多瑙河，北至波罗的海。而他死后，这个帝国迅速消失，整个欧洲像经历了一场梦。

2020年3月24日

71 明天的我们与今日大不相同，有信仰的人为明天战斗

确实,欧洲像经历了一场梦。

如果说让我写这两年两条最短之路的游记,我想有两条很有仪式感的朝圣之路可以和大家分享。里斯本和里约热内卢各有一尊基督像,很多人猜测曾经的宗主国葡萄牙的基督像为正宗,里约的为追随。实际情况相反,里约的基督像落成于 1931 年,高 38 米,双手张开达 28 米;里斯本基督像建于 1959 年,高 28 米,下方有一个 82 米高的门形底座。两个基督像的造型都是基督张开双臂的造型,远远望去像一个十字架,里约的基督像在山上海边,里斯本的基督像在海边山上。

去年,我上里约的科科瓦多山看基督像,从山下乘坐老火车上山,这条铁路是以前为把建雕像所需的大块石料运到山顶建的,石料经此轨道上山,变成了圣像。我穿过雨后森林中的绿洞逶迤而上,虽然还是凡夫俗子,但精神也抖擞了许多(见《里约热内卢的心中枪林,上帝之城云海里的基督》)。再早的时候,在里斯本码头,坐摆渡船到对岸,换乘巴士上一座小山,走到基督像下,可以回望发现者纪念碑和圣若热城堡,这种眺望可以将过去的自己置身其中,当我在发现者纪念碑上对着特茹河南岸的圣像挥手的时候,也是向明天登上那里的自己致敬。

《人类简史》的作者尤瓦尔·赫拉利，上周末在《金融时报》发表了一篇长文，他说："是的，风暴将过去，人类将继续存在，我们大多数人仍将活着，但将生活在另一个世界中。"没错，明天的我们与今日大不相同。"当跑的路我已经跑尽了；所信的道我已经守住了。"——有信仰的人永远会为明天战斗。

2020 年 3 月 25 日

72 国若城堡，处于一片惊悸的防御之中

今年 1 月 11 日，联合国秘书长安东尼奥·古特雷斯在他的家乡里斯本举行的“欧洲绿色之都 2020 开幕式”上发表讲话。在获得“2020 年欧洲绿色之都”奖后，里斯本正式启动了由欧盟资助的可持续未来计划。安东尼奥·古特雷斯在推特上写道：“祝贺里斯本成为欧洲 2020 年的绿色之都。我为我的家乡成为一个更可持续、更包容、更绿色的经济而进行的转型感到非常自豪。”

很想念在欧洲绿色之都“易行”的日子，里斯本圣若热城堡是全城的制高点，也是老城各路散步者最终可以汇集的高处，住顶层公寓的好处是除了能看海一样的特茹河之外，回头就能看到城堡。里斯本和温州一样，也是七丘之城，不过没温州那么多风水讲究，七座小山还能连成北斗状，他们的丘比较难以识别，整个城市有很多斜坡，可能我就住在其中一个丘上。我第一次去里斯本就在城中一个很豪华的五星级酒店让前台工作人员帮我在地图上标注一下“七丘”，结果把他难倒了，他比较确定的是圣若热城堡下的这个“大丘”，当然这个我也看得出来，其他的丘我看不出来，他也看不出来。

路过位于 Santa Justa 街上的圣朱斯电梯（Elevador de Santa Justa or do Carmo），很多人在排队要乘坐这部 100 多年前的蒸汽时代就开始运行的电梯到位于半山的 Carmo 广场去，那里可以轻松走到圣若热城堡。但是完全步

行也是很有趣味的，路上可以看到很多梦幻般的小旗，阳光在老房子的缝隙中洒下来，那种夏日午后的恍惚让人着迷。许多游客坐在各自认为最美或承托他们乏力时休息的身躯的台阶上拍照，每走完一批台阶，就会上到一条小街上，街上都是纪念品店和咖啡馆或者酒吧、餐厅，如此几番，就到了圣若热城堡。

从圣迪尼斯时期到曼努埃尔时期，城堡一直被作为王府，它先后被罗马人、西哥特人、摩尔人和基督教徒占据，多次被当作葡萄牙的军事、政府和行政机关中心，现在这里还有城墙、炮台、花园、池塘、天鹅或孔雀，还有很不错的餐厅，是游客散步，俯瞰里斯本古城和特茹河两岸风光，抚今追昔的好地方。1940 年，萨拉查下令拆毁曼努埃尔以后的一切建筑。我们今天看到的城堡大部分是萨拉查时期建造的，城楼和城墙是用原城堡留下的石料修建的，原城堡还保留了一部分特别古老的城墙，那是西哥特人建造的。当年欧洲各民族被阿提拉的匈奴大军挤压到大西洋边，在上一次上帝扬鞭之时，这里曾经也处于一片惊悸的防御之中。

2020 年 3 月 26 日

73 凭实力做过的牛事，总有人凭运气帮你记得

2018 年 8 月 17 日，坐轮椅到访葡萄牙体育（之前叫里斯本竞技）俱乐部，相比于本菲卡红的霸气，里斯本绿显得十分清凉。

这家俱乐部是以足球为主的综合性体育俱乐部，有拳击金腰带得主，也有奥运田径奖牌得主，甚至还有乒乓球冠军 Chen Shi Chao（陈仕超）。足球方面，他们没有得过欧冠，但是在近 20 年培养出两位世界足球先生，相当引以为豪，入门处即有菲戈和 C 罗的大幅海报。21 世纪初的 C 罗成为俱乐部历史上唯一一位在同一赛季同时参加 5 个不同级别赛事的球员，这一纪录似乎预见了葡萄牙新球王的诞生。

因为轮椅拐杖加持，俱乐部安排了一位华人小伙子专门带我及家人参观俱乐部，小伙子是位“90 后”的香港人，在香港大学读商科，喜欢足球，上网查发现葡萄牙体育有招实习生，就报名了，和他同批来实习的还有一位澳门姑娘，各自在网上报的名，之前并不认识，大家相会在葡京。

小伙子普通话说得可以，五大联赛熟稔的，中超基本不看，对内地很陌生，我们边走边聊。聊到晚上的葡超联赛，他说纳尼 7 月回来了，现在是葡萄牙体育的队长，那我说马上买票，并请他一起看，顺便可以一起聊聊球。为了联系方便，他还专门下载了微信，我们加了好友。

在葡萄牙体育俱乐部看到一对情侣狮，是1978年葡萄牙体育（里斯本竞技）足球队访问刚刚改革开放的中国赠获的礼物。为纪念破冰之旅40周年，这家以狮子为徽的俱乐部设置了专门的区域叙述当年历时半个多月的访华故事。1978年6月，由里斯本竞技俱乐部等组成的41人葡萄牙代表团抵达北京开始访问，里斯本竞技先后2∶0胜国足、0∶0平北京队、2∶0胜昆明队、5∶1胜澳门队，在北京工体的比赛有8万观众到场，他们展示了被逼平一战的主队北京队的队旗。1979年2月，中葡两国建交。

在葡萄牙体育的荣誉殿堂中看到北京队的队旗就像看到葡萄牙乒乓球运动员陈仕超的照片一样，非常亲切。低调的人生不算什么，在岁月的长河中那些凭实力做过的牛事，总有人凭运气帮你记得。

陈仕超，广州人，作为20世纪70年代中国有名的乒乓球运动员，曾在国家队与现任中国足协主席蔡振华并肩作战。后来，陈仕超出国打球，在葡萄牙的召唤下，陈仕超最终决定留在里斯本生活，为当年的里斯本竞技队夺得不少荣誉，退役后当教练，在1989—1990年到1994—1995年赛季率队夺得过6次国际比赛冠军、5次葡萄牙杯冠军，后来还夺得2014年乒乓球欧冠冠军。

陈仕超的夫人是入选过中国体操队的钟妍碧，两个儿子陈佳裕和陈佳宏在里斯本出生。大儿子陈佳裕在2016年成为自中华人民共和国成立以来，第一位生于海外且改籍成功的华裔足球运动员，现效力葡萄牙科瓦彼达迪足球俱乐部；小儿子陈佳宏子承父业打乒乓球，在2013年葡萄牙全国青年锦标赛取得亚军，2014年的南京青奥会，在男子单打比赛中闯入了1/8决赛，2017年陈佳宏在奥地利赢了中国全运会冠军周雨。

2015年陈佳宏还获得葡萄牙总统颁发的恩里克王子勋章。恩里克王子荣誉勋章，用葡萄牙历史上著名的恩里克王子（亨利王子）（见《海权，只有大海知道》）命名，是葡萄牙国家评审体系中最有声望的奖项之一，专门奖励对葡萄牙做出贡献的本国和外国体育文化领域的人士。

2020年3月27日

74 纳尼：僚机的花样年华

在2016年的欧洲杯上，葡萄牙球员纳尼进了三个球，是葡萄牙夺得欧洲杯的大功臣和C罗的亲密战友。这一届欧洲杯波诡云谲，夸雷斯马（1983年）、C罗（1985年）、纳尼（1986年）交相辉映气象万千，最终齐登绝顶。这三人是少年时的朋友，2016年欧洲杯最终成了他们阔别N年又一春，归来仍是少年的聚会。

纳尼和C罗都出自里斯本青训，同时效力过曼联和葡萄牙国家队。纳尼前天还在对媒体说："克里斯蒂亚诺·罗纳尔多，他脚下很快，花招很多，都是在青年队的时候我教给他的。"——相信这不是吹牛，一来C罗本来就好博采众长，二来纳尼身体素质特别好，创新动作确实多。纳尼在曼联每次进球后都会做出一连串的空翻动作庆祝，英国媒体将其称为"死亡之舞"，这个动作相信全葡萄牙队没人敢学。

C罗目前在葡萄牙的164场国家队比赛中打进了99粒进球，本来应该是100个，纳尼在2010年对西班牙的比赛中在越位位置立功心切顶头冒进，将C罗射门马上过线（有说已经过线）的可能成为当年最精彩的进球补了一下而被判进球越位，成了一个帮倒忙的公案。不过朋友之间这些都是一笑而过的事，2016年欧洲杯比赛，纳尼充当了C罗的僚机，结果C罗3球3助攻，纳尼3球1助攻，C罗将因助攻数多而获得的欧洲杯银靴送给了纳尼。

里斯本

里斯本球场与香港实习生

欧洲杯夺冠游行

葡萄牙体育主场看球

当天，我在里斯本足球公园参加夺冠庆典，看到他俩在台上和教练桑托斯在嘀咕，不知道是不是扯这事？

所以我一听说纳尼回葡萄牙体育立马要去看比赛，2018 年世界杯纳尼没有入选国家队，葡超联赛应该也是看一场少一场，果不其然，在里斯本看完纳尼的比赛不到半年，他转会去了美职联奥兰多城队，签约三年，准备住贰代公寓养老了，这是后话。

话说 2018 年 8 月 18 日晚，我到了里斯本何塞·阿尔瓦德拉球场，和香港小伙子约好在某个门见面，我们从一个工作人员走的门进去，票也是需要验的，包括工作人员的票，位置不错，出入方便，连工作人员扮演的吉祥物——一只行走的狮子的脸都看得很清楚。坐定不久，球员入场，纳尼是队长，还是穿 17 号，这也是他当年在国家队的号码。教练席在我位子的下方，2019 年率弗拉门戈队夺得解放者杯的若热·赫苏斯先生当时坐在那儿（2019 年 10 月 20 日在马拉卡纳球场里约热内卢同城德比中我又遇到他，见《冠军的殿堂》)，调度有方，他遣上的 77 号热尔松·马丁斯活跃灵动，和前辈纳尼一样，也是佛得角出生，拥有佛得角和葡萄牙双重国籍，像更年轻的纳尼。纳尼进的第二个球，就是马丁斯右路助攻，纳尼头球破门得手。一个多月前，马丁斯参加了俄罗斯世界杯，大有后浪推前浪，前浪倒沙滩的势头。

这场比赛的对手是塞图巴尔，客队属于葡超中游球队，但发起狠来和本菲卡也能打平。纳尼本场比赛发挥甚佳，第一个进球是接队友边线传球，倒脚之后个人突进，转身在禁区左侧一个对方两人夹击中很别扭的位置完成射门，身体的柔韧性秒杀全场。第二个球是头球抢点，中间还有一次爆射击中门柱，作为第二次归来葡萄牙体育的新队长，这场梅开二度的比赛亦有几分昔日重来的味道。

这场比赛最终以葡萄牙体育 2∶1 塞图巴尔收场，应该是教练若热·赫

在里斯本看欧洲杯决赛

苏斯比较满意的比赛,对备战下周里斯本德比想必很有价值。此战一周后我已经回到上海,葡萄牙体育客战本菲卡,第 64 分钟,依然是纳尼首开纪录,在胜券在握的情境下,在第 86 分钟被替补上场的本菲卡小将若奥·菲利克斯绝平,当时菲利克斯在葡超联赛的出场时间总和还不到 20 分钟,同时这个 1999 年 11 月出生的孩子也创下了里斯本德比最年轻进球者的纪录。

为什么我这么看好 2021 年欧洲杯葡萄牙卫冕呢?看一看纳尼的 2018 年就知道这些年轻小将的成长。欧洲杯整整延后了一年,对于年轻人来说,正好是更成熟的一年,而岁月在 C 罗的身上没有那么明显的痕迹,纳尼退出了,但新的僚机群在生成之中。

2020 年 3 月 28 日

75　007的诞生——从卡萨布兰卡到卡斯卡伊斯

007是英国的象征之一，就像《无暇赴死》片花中说的一样，是这个国家重要的资产。2012年伦敦奥运会开幕式中，英国女王与007共同出演了一部“微电影”，女王还带上她的两只爱犬一起出镜。但从某种意义上说，007和哈利波特并无分别，都是英国人的创作，前者是麻瓜世界的英雄，后者是魔法世界的巨子。哈利·波特小说诞生在波尔图，而007始创于里斯本，确切地说是里斯本大区的卡斯卡伊斯市（Casicais）。

卡斯卡伊斯市位于葡萄牙首都里斯本市以西30千米，从里斯本坐火车可达，从罗卡角回来也正好可以路过，旅游业发达，是葡萄牙著名的海滨旅游胜地。邦德系列小说的作者伊恩·弗莱明在“二战”期间是英国著名的特工，卡斯卡伊斯是他工作的主要地点。弗莱明的多部007小说包括开篇之作《皇家赌场》就在卡斯卡伊斯的“太阳酒店”里完成。

卡斯卡伊斯曾是一个渔村，后世有007小镇之名。“二战”期间的葡萄牙是为数不多的几个欧洲中立国之一，偏安一隅的卡斯卡伊斯便成为各国特工窃取情报的集散地，当时的卡斯卡伊斯被称为“间谍中心”，是名副其实的“谍都”，此处谍影重重、扑朔迷离，在灯红酒绿中隐藏着刀光剑影。奥斯卡著名电影《卡萨布兰卡》中，里克对伊尔萨的深情让他选择牺牲自己的幸福成全爱人，在卡萨布兰卡的机场，里克击毙了阻止维克多和伊尔莎离开的德国少校，目送着自己最爱的女人奔向自由。那架飞机的目的地就是里斯本，英格丽·褒曼主演的伊尔莎显然将随夫前往卡斯卡伊斯。

卡斯卡伊斯的核心区步行可以走遍，从火车站走过去即可，正好是饭点，路过一个广场，边上有许多餐厅，鳕鱼加点橄榄油，餐后再吃个冰淇淋，非常惬意。里斯本的氛围和其他大城市比，已经够放松了，但到了卡斯卡伊斯，还得再减两挡，更慢生活一些。镇上还有马车，和貌似肌肉网上跑下来的跑步者，笑评“应该不是特工，不然这么招摇很危险”。广场上可以看到远处的城堡和近处的沙滩，沙滩对着大西洋，拾步就到，与酒店的私家沙滩不同，此处人气很旺，路过戏水的人多，有一些很上镜的怪石。

从沙滩边上上去就是古镇的小街，穿过小街走到大路上，有摩托车在古堡边上飙过。古堡建于 16 世纪，是当时的国王菲利普一世为保护卡斯卡伊斯而建造的，是保卫里斯本的堡垒之一，可以进去参观。卡斯卡伊斯还有一个海洋博物馆，虽以海洋之名，展品也是有偏重的，有各式船的模型，毕竟 007 是英国人的创作，而大航海时代，才属于葡萄牙人自己。

2020 年 3 月 29 日

76　比葡萄牙 F4 更早的大航海家

葡萄牙殖民帝国的年表是从 1415 年到 1999 年。从 1415 年若昂一世和恩里克王子亲自率领军队征服非洲西北角的休达（今塞卜泰）开始，到 1999 年 12 月 20 日退出中国澳门为止，长达 584 年。

殖民步伐和大航海发现同步，基本上是船走到哪殖民就到哪，和我们郑和七次下西洋沿途送景德镇瓷器的作风完全不同。郑和下西洋始于 1405 年，终于 1433 年，历经 30 多个亚非国家和地区，最远到达非洲东海岸和红海沿岸，是当时世界航海史上空前的壮举，非洲东海岸距离好望角只有一步之遥，绕过去可以反向到里斯本了。1405 年郑和第一次下西洋时，从太仓刘家港出发，62 艘海船（称为“宝船”）首尾相连长达 10 里，随行水手、士兵 27800 人，规模远远超过葡萄牙大航海时代的船队而且武力强大，但中国船队从不侵略更不殖民，每到一地，先向当地的国王、酋长宣读明朝皇帝的诏书，然后送礼。天朝大国的谱一摆好，面子上当然没话说了，各地小邦得了实惠，虽然也有回礼，但似乎送多回少。送去丝绸、瓷器、铁器和金属货币，交换些香料、珠宝和珍奇异兽回来。七次下西洋，应该花了不少钱，永乐盛世自然承受得了这些费用，后来财政吃紧，也就不再下西洋了，像做了一场航海的梦。

葡萄牙航海家迪亚士发现好望角归来，再次出发发现巴西后返回时四艘船被海浪淹没，自己也牺牲了；达·伽马船队第一次到达印度途中饱受坏死病的折磨，回来的船员不到出发时一半；而麦哲伦本人死于首次成功的环球旅行的途中。与以上情况相比，最早出发的郑和先生华服威仪，舰队从容不迫，补给充分，几乎都是歌舞升平，三保太监似乎掌握了航海的黑科技，每次都是高高兴兴上班，开开心心回家，连抗疫都是第一名。郑和船队虽然花了些钱，但成果也是卓著的，在其到达的30多个国家和地区中，大多数向明朝派遣了使团，甚至还有国王亲自来的。1417年，苏禄国三王率眷属及侍从340人访问中国，回程途径德州时，权力最大的领导核心东王意外病逝，直接就安葬在德州了，他的部分家眷就住了下来，至今还有后代在德州北部生活。

2005年我从北京自驾回威海，特地在德州住了一晚，第二天一早去苏禄王墓看了看，这是一个非常冷门的景点，没有配套的停车场，神道也当行车之用，车子可以直接开到神道尽头。苏禄王墓仿明制，但神道、御碑亭比之明朝皇帝陵墓配置都小了两个号。鉴于苏禄王国是伊斯兰教国家，还贴心地给配建了清真寺，没有看过当年苏禄王递给明成祖的《金缕表文》，应该有称臣之意吧！

郑和是云南昆明晋宁人，2010年我到昆明考察项目，特地去了晋宁郑和公园，公园建在山上，有很高的台阶，园内有“郑和纪念馆”和“郑和父亲马哈只墓”。郑和是回族人，祖父和父亲都是穆斯林，曾到达麦加朝圣，被人们尊称为“哈只”（阿拉伯语意为虔诚而有教养的人）。“郑和故里项目计划书”提到要建一个“1421环球航海广场”，是因为英国退休海军军官加文·孟席斯出了本书《1421中国发现世界》，他认为中国人最早绘制了世界海图，郑和船队最先到达美洲大陆，郑和是世界环球航行第一人。孟席斯先生1937年生于中国，后加入英国皇家海军，1968年担任“鳐鲸”号潜艇艇长，被授予海军中校，执行全球航行访问任务。在皇家海军的服役期间，他曾率舰沿着世界上伟大的航海家哥伦布、迪亚斯、卡布拉尔和达·伽马的航线行遍世界。退伍之后，他曾多次走访中国与亚洲各国，专注于中国明代郑和航海的调查与研究，他的主要证据是航海图，并运用了考古学和人类学等新的研究视角和方法参考。他前后研究了 14 年，足迹遍及 120 个国家，访问了 900 多家图书馆、博物馆和档案馆，按照他的论证，郑和舰队确实反向绕过好望角到达过里斯本。孟席斯先生现住在伦敦北部，祝愿他一切安好。

2020 年 3 月 30 日

77 发现巴西：世事一场大梦，史海几番浮沉

葡萄牙是每一次航海都满载而归，每一次靠岸都是殖民的前奏，每一次先予必是后取或者直接就取，都是实打实毫不客气地收割，如此反复，收割了多年的韭菜之后，就顺理成章地成了世界第一大国，从巴西、印度源源不断地运回黄金、香料，从非洲运回奴隶，这些一本万利的事，竟然乐此不疲地干了几百年。

上篇说到F4之外的航海家卡布拉尔，1500年率领13艘舰船和1200名船员，沿着达·伽马开辟的印度航线前往印度。不料，他们在绕过好望角的时候，为避开杀人的海浪，企图兜远一点，正好遇上强烈的东南海风，竟然飘到了南美。在中国航海史上也发生过类似的事，唐朝鉴真第五次东渡日本时，被风吹到海南岛。大难不死，必有后福，鉴真第六次终于东渡成功，754年3月2日在盛大隆重的欢迎下进入日本首都奈良，山川异域风月同天的故事得以圆满。而卡布拉尔的结果是发现了欧洲人从来不知道的巴西，葡萄牙最终拥有了一个可以收割几百年的宝库。

卡布拉尔在巴西东海岸的塞古鲁港竖起了有葡萄牙王室徽章的十字架，回去复命，王室立即派了一支部队，以确保葡萄牙对巴西的占领。此后大量葡萄牙人移民巴西，在巴西出口巴西木、种植烟草和甘蔗，攫取了大量的财富。

1578年，葡萄牙因国王塞巴斯蒂安发动“三王之战”企图占领摩洛哥后失败，元气大伤，塞巴斯蒂安在战争中溺死于马哈赞河（民间传说他只是失踪）。由于没有合适的王位继承人，1580年6月，葡萄牙被西班牙乘乱占领，殖民大国被邻居抄了后院，这亡国奴一当就是60年。1640年西班牙加泰罗尼亚地区发生叛乱，葡萄牙人亦趁乱竖立塞巴斯蒂安必将回来的信念发动独立战争，取得胜利。17世纪末到18世纪，巴西黄金的发现给了刚刚从西班牙的统治下独立出来的葡萄牙复兴的机会，德佩罗二世立即宣布黄金国有，黄金的开采带动畜牧业、捕鲸业、烟草种植业、制糖业的发展。迎面撞上黄金时代的葡萄牙王室甚至都有将首都迁往里约的想法，每年巴西开采的黄金占了世界黄金产量的一半，葡萄牙踏上国运昌盛之路。

葡萄牙每年从巴西掠走17000千克黄金，这使葡萄牙王室一夜暴富，也使里斯本成为欧洲各地商人和投机家冒险的乐园。里斯本港口通常有400艘至500艘货船停泊在那里，很多船由于找不到泊位不得不驶向桑托斯港，由此可见里斯本当时港口贸易之兴盛。在航海时代的全盛时期，葡萄牙不仅在亚洲、非洲、美洲拥有大量的殖民地，而且在经济、政治和文化发展上也远远超过欧洲其他国家，成为首个海上强国。

巴西黄金资源枯竭以后，又发现了钻石，王室的奢华富裕又延续了很多年，里斯本布满巴洛克风格的富丽堂皇的建筑。马弗拉宫殿群和科英布拉大学图书馆成为这一时期优秀建筑的代表。若昂五世建了规模庞大的罗马高架引水渠把山泉引进里斯本，为自己赢得了“心胸宽广者”的称号。里斯本继续以其世界性的航海贸易、殷实的财富和虔诚的宗教信仰著称于世，成为与伦敦和阿姆斯特丹齐名的大都市，也是当时欧洲最大的城市之一。

至1755年，里斯本已有40所大教堂、90个所道院、121所教会和150个宗教场所。高耸的圣保罗大教堂、圣尼古拉斯大教堂、热罗尼姆斯教堂等夹杂在大厦中间，这一场景是里斯本作为宗教城市的真实写照，但上帝还是安排收走了一切。1755年11月1日万圣节，一场突如其来的大地震和海啸降临里斯本。地震有感半径达200千米，导致的海啸浪高30米，英、德、法三国海岸带均受其害,巨大海浪甚至到达北美洲东岸。破坏里斯本房屋 1.5 万所,占全市房屋的 3/4。这是人类史上破坏性最大和死伤人数最多的地震之一,死亡人数高达 6 万至 10 万人。

虽然现在走在里斯本城中,依然能感受到大航海时代葡萄牙的辉煌与荣耀,但已很难找到拥有 260 年以上历史的完整的建筑,可谓世事一场大梦,史海几番浮沉。

2020 年 3 月 31 日

78 灾后重建，让一切美好回来

“七丘之城”里斯本的两个丘是很容易辨别的，除了圣若热城堡之外，爱德华七世公园（以到访葡萄牙的英王命名）也在一个高坡上。公园顶上有一面很大的葡萄牙国旗迎风招展，公园尽头是里斯本重要的环形广场庞巴尔侯爵广场，广场中央一组群雕托起一根巨大的圆柱，顶部是庞巴尔侯爵的铜像，一只狮子在他的身边，侯爵面向庞巴尔下城，长 1.2 千米宽 90 米的自由大道一直延伸到光复广场（为了纪念 1640 年葡萄牙摆脱西班牙 60 年的殖民统治而建），然后到海边。

庞巴尔侯爵在 1750 年至 1777 年任葡萄牙首相，1755 年地震发生之后，里斯本处于一片惊慌之中，许多人只是混在这个欧洲大都会蹭口饭吃，没承想见证了历史。因为地震造成的损失太大，连国王也是“活久见”，不知如何应对。葡萄牙没有“多难兴邦”的典故可以说，教会认为是上天给所有民众的惩罚，因众业使然，故人心惶惶。有着“改革者”称号的若泽一世其实没太多主意，他看着满目疮痍的城市，一度想要迁都。直到侯爵将复杂问题简单化，归纳出两条重建真言：“妥善安葬死者，保全并安置生者。”若泽一世得以从一团乱麻中理出头绪，放心将灾后重建工作交给首相庞巴尔侯爵处理。

灾后社会动荡不安，各个阶层都有不同的应对方式。举家迁出的富人有之，趁火打劫的恶人有之，工商业者为复产忧心，教会和贵族们为安置工作四处奔走……侯爵首先派人灭掉城中的大火，下令抢救伤员，将地震中的死者全部搬运到几艘大船上进行水葬，并派人清理城内的废墟并消毒，以防暴发瘟疫。实施半军管，军队驻扎在城郊维持秩序，防止老百姓四处奔逃；为了震慑不法分子，侯爵在市中心立起几个绞刑架，几十个抢劫犯被处决，随即控制了混乱的局面。

侯爵就像当年彼得大帝建设圣彼得堡一样，拿出新建一个首都的姿态，一个崭新的城市从王宫、政府办公楼、商业中心、居民楼乃至公共厕所、排水管道均详细地描绘在新里斯本的宏伟蓝图之上。他在原王宫的地址上修建了贸易广场，把有知遇之恩的若泽一世骑马雕像放在广场中央。广场北面建了奥古斯都凯旋门，顶部中央是“荣耀之神”，手持两顶冠冕，分别为两侧的“美德”和“勇敢”加冕。顶部雕像的下方是葡萄牙王室的徽章，徽章两侧，从左至右分别站着抵抗罗马扩张的领袖维利亚托、航海家达·伽马、主持灾后重建的首相庞巴尔侯爵和葡萄牙的独立英雄佩雷拉。左右两旁还斜卧着特茹河河神和杜罗河河神。我多次来到这里，一次是从这里步行到世博区的海洋馆；一次是欧洲杯的时候这里是一个露天的观赛场地；还有夜色阑珊之中从步行街走出来，不经意就凯旋了。这个凯旋门是寓意好又很亲民的，在门对面的特茹河上，大型的游轮也可以靠岸。

庞巴尔侯爵主持灾后重建时派人对各地的地震情况展开调查并做了详尽的纪录，他掌握了一手的数据资料，做了妥当的分析和推理，被视为现代地震学的先驱，许多启蒙运动的思想家如卢梭、康德、伏尔泰等，都对这场地震十分关注，推动了现代地震学的诞生和自然科学的发展。

此役胜，照汗青。庞巴尔侯爵的雕像不但上了凯旋门，而且单独站在了爱德华七世公园前的环形广场，在他站立的圆柱下面，是一组群雕，有人挣扎着从废墟中爬出，一边的男子拉着载重的马车前行，另一边的女子拉着两头复耕的牛，还有一位女神举着什么立于船头，显然是重建生活的场景，侯爵身旁的狮子顺从地站着，这是国王赋予他的权力象征。庞巴尔让里斯本从废墟上站了起来，城中新开了很多的商铺，把老王宫变成了贸易广场，一个贵族的城市变成了资产阶级自由化的城市。当君主信任他的时候，他几乎成了独裁者，甚至可以为推行改革措施实施恐怖政治；而当若泽一世去世之后，他立即失去了权力。一切都尘埃落定之后，最欣慰的还是站在凯旋门上的自己，与贤者同立，以河神为邻，看日升月落，听海潮之声，在他头顶左上方“荣耀之神”给灾后重建中表现出的“美德”和“勇敢”加冕，“重建这一切”是他一生中最高光的回忆。

2020 年 4 月 1 日

79　葡国魂：愤青、诗人、国父

十年前的秋天，我带父母游历澳门，正巧那天是澳门特别行政区政府总部开放日，就进澳门民政总署大楼参观了一番，瓷砖和绿色点缀的老大楼里面有个小花园，花园里有葡萄牙国父卡蒙斯的雕塑，在和他合影时，粗心的我并没有发现他只有一只眼睛。

很快三年时间过去了，在里斯本开满了蓝花楹的五月，我第一次去葡萄牙，当穿过著名的罗西奥广场时，发现了一个小广场，老朋友卡蒙斯站在那儿，整座城市被源自南美洲的蓝紫轻雾环绕，像一首诗，填满了越洋而来的浪漫。

这一次知道了卡蒙斯是个诗人，那一年去罗卡角，看到他写的诗被铭刻在石头上："陆止于此，海始于斯。"哦，原来他还被誉为葡萄牙诗魂。那么问题来了，卡蒙斯既不是开国元勋，也不是政治革命领导人，他凭什么成为葡萄牙国父？难道仅仅是因为文学成就？

卡蒙斯的墓在葡萄牙最具传奇色彩的热罗尼莫斯修道院（见《海权，只有大海知道》）内，1755 年里斯本大地震发生在周末上午所有天主教徒作弥撒的时间，当时葡萄牙王室的全体成员也在这里从事宗教活动，热罗尼莫斯修道院在地震中安然无恙，保全了在那里的诸多教徒的生命，若泽一世才有命任命庞巴尔侯爵主持灾后重建。

也是十年前的秋天，时任中国国家主席的胡锦涛在里斯本访问时专程前往热罗尼莫斯修道院，向葡萄牙著名诗人卡蒙斯的石棺敬献花环，胡主席在仅有一天的行程中，安排去卡蒙斯墓前敬献花环，可见对葡萄牙国父的重视程度。在热罗尼莫斯修道院内，卡蒙斯的石棺就在达·伽马石棺的对面，达·伽马因为大航海的贡献成为民族英雄，而卡蒙斯真的就是因为文学成就成为葡萄牙的国父，他是达·伽马的粉丝，但他比达·伽马更享尊荣。

他最著名的诗作《路济塔尼亚人之歌》被看作是现代的一部人文主义的史诗，是一部兼具写实和浪漫主义手法的作品，像《荷马史诗》描写特洛伊战争一样，诗中主要描写了达·伽马远航印度的事迹，歌颂了路济塔尼亚人（葡萄牙人）不惧艰险的精神，写到众神对人间生活的介入，追溯路济塔尼亚的历史，描绘沿途的风光，记录场面恢宏的战役，卡蒙斯因此已经成为和莎士比亚、但丁比肩的人物。《路济塔尼亚人之歌》的名字来自于传说中的英雄路苏斯，据说他随奥德修斯到达今天的葡萄牙并将这个地方命名为路济塔尼亚，它将神话与基督教联系到了一起，对战争和帝国表达出了矛盾的情感和对家乡的热爱、对探险的向往，是葡萄牙文艺复兴时期最杰出的作品。

《路济塔尼亚人之歌》中文译作《葡国魂》，相传卡蒙斯于澳门白鸽巢公园的石洞内完成了《葡国魂》的一部分，那个公园我 16 年前去过，曾经是东印度公司澳门办事处所在，其他印象不是很深了。卡蒙斯 1556 年来到澳门，并升为军官，他在澳门生活两年，完成《葡国魂》。1558 年他带着他在澳门认识的中国女友（Ti-Na-Men）回国途中，乘坐的船在湄公河上失事，他依靠浮板得生，并救得了他的手稿，但 Ti-Na-Men 不幸遇难。

卡蒙斯的青年时代极为生猛，他考入科英布拉大学攻读历史和文学专业，20 岁大学毕业，在首都文坛崭露头角，后与王后的侍女坠入爱河被驱逐出里斯本，为出人头地，自愿报名到北非服兵役。他在摩洛哥战场上失去了右眼，回国后愤世嫉俗，常妄议朝廷，在一次与宫廷官吏不服来战的决斗中刺伤对手，被投入大牢。出狱后在多个殖民地奋笔疾书颠沛流离，直到在澳门安定下来，完成《葡国魂》并于 1572 年发行出版，但是仍无人气。幸运的是年轻有为的国王塞巴斯蒂安在阅读《葡国魂》之后大为赏识，授予他一份丰厚的养老金。但是，随着国王于1578年在征服摩洛哥的战役中落水溺亡（见《发现巴西：世事一场大梦，史海几番浮沉》），卡蒙斯的这份养老金也就停了。两年后，他在穷愁潦倒中去世，陪伴他的只有那位从澳门一直跟随他的中国仆人Jao。

就在卡蒙斯去世的1580年，葡萄牙亡国了，在后来的60年中，他的《葡国魂》焕发出巨大的“正能量”，这部重塑了葡萄牙民族之魂、呼唤葡萄牙民族意识的巨作焕发出难以置信的生命力，映射了葡萄牙人不屈的灵魂，从而他的形象在人们心目中也越来越高大，几乎成了葡萄牙的象征。1911年，葡萄牙建立共和国之后，政府决定将卡蒙斯的忌日（6月10日）定为葡萄牙国庆日，1989年，葡萄牙和巴西联合创立葡语文坛最高荣誉奖——卡蒙斯文学奖，1982年，澳门大西洋银行发行的50圆澳门币钞票正面为卡蒙斯肖像，澳门市民俗称“单眼佬”。

2020年4月2日

80 咖啡物语

昨夜美股的焦点是瑞幸，跌了 75.57%，这家一直送优惠券请国人喝咖啡的公司市值一夜之间跌成了零头。我看了朋友发来全文 32000 字的浑水做空瑞幸的尽调报告，动员了 92 名专职和 1418 名兼职人员做调查取证，看了 11260 小时的门店流量监控，收集了 25843 份客户收据，做假实锤，且锤锤到胸口，基本是能碎大石了。

瑞幸的花式营销卖咖啡是一种在虚构场景中的暴力打斗，有人中意这口便宜，将瑞幸捧作只割海外资本的韭菜有劲往外使有钱就补贴消费者的“良心公司”，也有人指责瑞幸以一己之私作假陷广大中概股于不义，实在罪大恶极。

不过瑞幸是 To C 还是 To VC 都不重要，今天只说咖啡的味道和性价比，葡式咖啡才是真正的业界良心、咖啡之光、举世无双。

里斯本阳光明媚，早午晚都适合在街角坐享一杯咖啡，何况在欧洲旅行，不太容易找公共厕所，大门脸大场面的星级酒店也不常见，咖啡店倒随处都有，进去上个洗手间，顺便买杯咖啡也正合适。里斯本虽然是大都市，但物价很低，一杯咖啡 0.8 欧元到 1.5 欧元，和 1.8 折到 2.8 折优惠券的瑞幸价格差不多。不用补贴不用薅资本市场羊毛，杯杯浓香，是中世纪风格千店千样的实体店中腾挪的舌尖之舞，窗外或身旁一群鸽子飞过，含蓄得一触即发的力量藏在杯中的世界。

葡萄牙语与意大利语有三四成相同,咖啡也差不多有一半相似,但和深度烘焙的意大利咖啡豆比,葡萄牙的烘焙程度浅一些,口感更顺滑,对喝惯了拿铁的我来说更容易接受。葡萄牙咖啡与意式咖啡比烤制的炭香味更足,不苦一些,但和中式的咖啡比,又重口多了。加之可以匹配的蛋挞,任你全世界走遍,也找不到第二处这么好的混搭。

葡国的浓缩咖啡叫 Bica,还有叫 Uma bica 的,口感更强烈一些,喝完最好再喝杯水,和亚洲市面上那种感觉直接进涮锅水的咖啡比,要厚道太多。对于想要品尝最纯粹咖啡香味的人来说,这种装在小瓷杯里的醇香液体是有乾坤感的,和诗人的葡萄牙、航海家的葡萄牙、法多艺术家的葡萄牙甚至是足球明星的葡萄牙是相通的,一花一世界,杯中的咖啡像一个黑洞,加一小圈牛奶,就成了凝视世界的独眼。

里斯本几乎所有餐馆和咖啡厅甚至街边的小摊都可以品尝到 Bica,可见咖啡在葡萄牙人的政治、经济、历史、人文和社会生活中都占了相当重要的地位。在这里,星巴克是弱势的,被葡萄牙人的文化和品味挡着,最多只是旅游点的一个帮衬,工业文明的连锁咖啡在此低调存在帮助我们从另一个角度思考问题:是否一定要成为流量之王才算成功?小而美的 Bica 不香吗?

2020 年 4 月 3 日

81 知耻、明理、奋进，不自由毋宁死

若论“大闹一场,突然离去”,在葡萄牙历史上,佩德罗四世不遑多让。七年前,我到里斯本的第一站便是在罗西奥广场上吃午饭,当我大啖海鲜饭之时,不知道那位就在餐桌不远处位于城中最中心的广场核心,默默立于柱子顶上的葡国人(也是巴西人)会成为今天的主角,我是随缘写到他。

佩德罗四世出生于里斯本,后成为葡萄牙王储,却担任起巴西独立运动领导人,成为巴西的第一任皇帝(1822 年 10 月 12 日—1831 年 4 月 7 日在任),在巴西则称佩德罗一世;1826 年 3 月 10 日至 5 月 28 日回葡萄牙继任大统,由此兼任葡萄牙国王,所以在葡萄牙称佩德罗四世。这让看惯了中国宫斗剧的看客十分不解,咱是夺权上位,人家是任性纵横,江山本就是他的,他又造反闹独立做甚?

这要从 1807 年拿破仑横扫欧洲,占领葡萄牙,葡萄牙王室不得不逃难到其最大殖民地巴西说起。到巴西后几经周折摄政王若昂六世宣布将巴西升格为王国,与母国葡萄牙组成联合王国,这招倒是颇具政治智慧,因为这样就不算流亡政府了。拿破仑彻底倒台后,葡萄牙王室还于旧都,若昂六世即王位,葡萄牙议会开起历史的倒车,又要搞削藩一套,企图将巴西降格回殖民地。

留任巴西总负责的佩德罗太子不干了,爆出了“不自由,毋宁死!”的

名言，于是巴西人公推佩德罗为巴西皇帝佩德罗一世，新生的帝国立刻向母国葡萄牙宣战，佩德罗一世领导人民开启了以“坑爹”为目的的独立战争。佩德罗绰号“士兵国王”（O Rei-Soldado），很能打仗，加之议会的一些做法若昂六世也不认同，老爹也不想和儿子来真的，结果佩德罗就赢得了巴西独立。若昂六世郁郁而终后，按照继承法，佩德罗成了葡萄牙国王，巴西独立“向上熔断”了。

佩德罗是条汉子，没干屁股指挥脑袋的事。按理说他当时两头当元首，倒回去搞联合王国可能也成，但他既然已经出了“不自由毋宁死”的金句，就不食言再搞合并。当然，可能也出于审时度势因时而变的考虑，总之他做到了好马不吃回头草。相反，因为葡萄牙人反对巴西皇帝兼任本国国王，他就把葡萄牙国王的职务给辞掉了，这一招，绝对豁达得一塌糊涂。

佩德罗把葡萄牙王位传给他女儿玛丽亚二世。过了几年，玛丽亚二世执政经验不足，被摄政王米格尔篡位了。佩德罗又辞去巴西皇帝一职，回葡萄牙担当起了领导自由党人事业的重任，在自由党的基地亚速尔群岛的特尔塞伊拉岛组织了一支数千人的远征军，先攻克波尔图后拿下里斯本，直到将米格尔赶出葡萄牙，帮女儿夺回了权力，自己当摄政王。

佩德罗于1834年9月24日在他出生的地方——克卢什宫去世，以摄政王身份走完了一生，终年35岁，可谓大闹一场，突然离去。佩德罗被称为“皇帝国王”（O Rei-Imperador）和“解放者”（O Libertador）。罗西奥广场也叫佩德罗四世广场，佩德罗四世站在高高的石柱上面，底下是澳门议政厅前同款的海浪波纹马赛克地面，连到广场上1890年从巴黎运来的喷泉。佩德罗雕像石柱底部有四个女性小雕像，分别代表正义、智慧、力量和节制。

罗西奥广场西北角的宏伟建筑是里斯本中央火车站，古典爆款的车站楼上能看到圣若热城堡；北边则是希腊新古典主义风格的玛丽亚二世国家剧院，沿着罗西奥广场南端的街巷往东，就到了菲盖拉广场。

2020年4月5日

82 春光明媚，为爱驰援

昨天，两个小师傅上门来装充电桩，小区已经比较常态化了，物业配合得也不错，装好拍照，上传新能源办，申请车牌用。今天开着充好电的车去了趟辰山植物园，看樱花的人有不少，很多人在樱花树下野餐。去年今日，和清华五道口金博班的同学在日本京都相聚，樱花漫天飞舞，写《金汤博学记》以备忘：

此地有崇山峻岭，茂林修竹，又有清流激湍，映带左右，引以为流觞曲水，列坐其次。虽无丝竹管弦之盛，一觞一咏，亦足以畅叙幽情。是日也，天朗叶清，惠风和全。仰观宇宙之大，俯察品类之盛，所以游目骋怀，足以任视听之娱，晓可乐也。

道无古今唯其时，言之高下在于理，群贤毕至、口吐莲花，少长咸集、以指为剑，文英武雄、曲水流觞，魏晋之明光昔在兰亭、今在东瀛。

与同学泡有马之温、聚京都之盛，刹那花开、樱歌艳舞，或取诸怀抱，悟言一室之内；或因寄所托，放浪形骸之外。虽趣舍万殊，静躁不同，当其欣于所遇，暂得于己，快然自足，不知老之将至；及其所之既倦，情随事迁，感慨系之矣。

于银阁寺旁横山书院得缘悟道，遇大师开三心二意四好五未必之示，向

奥比都斯

之所欣,俯仰之间,已为陈迹,犹不能不以之兴怀,况修短随化,终期于尽！古人云:“死生亦大矣。”岂不痛哉？虽世殊事异,所以兴怀,金汤博学,其致一也。后之览者,亦将有感于京都之协议、会稽山下之首约。

永和九年之今日,暮春之初,古圣先贤会于会稽山阴之兰亭,兰亭成序于三月三。三月三、生轩辕。黄帝命仓颉造字,成最灿烂之人文,遂有不朽之中华;地母让金汤翻滚,成最慈悲之自然,荡涤几间瘟与尘;春天让樱花飞舞,却未必独占芬芳,霜华老圃亦见精神。金博之学,始于道口、终往道去。

——己亥三月初三日为记

除了大家都戴口罩,樱花如旧,只是时间过去了一整年。

开着车在上海郊环上回城之时,已现拥堵。虽在假期,大货车已然络绎不绝,被我频频超过的都是经济复苏的希望啊！感觉爱驰车操控感很佳,这款同时在欧盟销售的中国造电动车,满满的德系基因,让我回想起年轻时候开奥迪 Q7 的那段时光。汽车人打造的互联网车和互联网人打造的电动车完全不同,我考察过爱驰在嘉定的研发中心和在江西上饶的工厂,可以感受到这帮汽车人要实打实干出一件大事的情怀。法拉利跑车 ENZO 和 ROSA 的设计者奥山清行助力设计,又让爱驰车有了做国产新能源车颜值担当的底气。爱驰的投资人和创始人中,有我很尊重的领导和朋友,所以我很看好爱驰。

假期前最后一个工作日,爱驰公司特地在我家楼下举行了一个交车仪式,这个仪式来得晚了一些。原定春节前交车让我开回温州参加四校元老足球赛的计划因时而变,这几个月,世界发生了巨大的变化。在车联网的设计方面,可能要为驾乘者提供更为实用的信息;作为在欧盟销售的新能源车,我甚至建议当我们的华侨车友回国之时,应该在中国给他们提供在欧洲使用的同款车,赠送多少个小时的免费用车,就像通过传送门将他的爱车送到中国一样。

春光明媚,为爱驰援,作为一辆车,完全不能局限于它只是一辆车。

“为爱驰援”是一个动人的爱情故事。坐落在里斯本往北 100 千米的小城奥比都斯，是葡萄牙国王唐阿方索送给他的妻子伊莎贝尔的结婚礼物，现在成为浪漫的结婚圣地。直到 1834 年，它一直都是葡萄牙王后的私人财产，它的城墙、鹅卵石小路、路旁种的迷迭香、艺人唱的“法多”以及 14 世纪的古朴风貌都使奥比都斯成为葡萄牙最浪漫的场所，葡萄牙人，甚至全世界的情侣都纷纷把奥比都斯作为婚姻的起点。

1282 年，唐阿方索从摩尔人手中夺回这个村庄，为爱驰援。

2020 年 4 月 6 日

83　人类极简史，地理小发现

2020 年 4 月 7 日，周二。

清明小长假过后，春光不可阻挡地明媚起来。“平路易行”之欧洲部分已经写到第“大结局”。

“南方有昆仑”这个微信公众号是 2019 年 10 月 7 日中华人民共和国成立 70 周年国庆长假最后一天设立的，专为参加南极论坛 2019 南极低碳行活动写随笔而设。次日，中国人的南极考察史迎来 35 周年。

南极论坛创立于 2012 年，由世界自然保护联盟、哥伦比亚大学、联合国教科文组织等多个国际组织和机构联合发起，宗旨是“思考人类文明，关注地球环境，推进均衡发展，实现共同价值”，致力于打造一个促进国际交流互融的公共外交平台，探讨人类共同利益、终极价值的人文思想平台和构建人类命运共同体的践行平台。

在这个对很多人来说（包括美英欧首脑）都寒冷凄惨的冬天过去之后看，南极论坛创立的初衷很有前瞻性，总有某些事件会在人类命运共同体前面加了一个大大的负号，而我们现在需要一个绝对值符号，将数值归正。这个符号不是一个国家一个组织能够做到，需要全人类的努力，需要搁置疆土和人种观念，需要交流和共进，就像人类在南极研究中体现搁置主权的智慧一样。

达·伽马大桥日出

南极行加上阿根廷巴西乌拉圭，“南方有昆仑”总共17篇随笔，深受极友鼓励和好评。去冬今春，遂整理南极行之前两个月丝绸之路的行程笔记22篇和2018年夏天带着轮椅和拐杖的亚平宁半岛和伊比利亚半岛之行44篇，加上2021年初夏写的“觉醒”3篇，总共86篇，也算是一个金融工作者的历史观，加上五大联赛、欧洲杯、世界杯、南美解放者杯的研究心得、一个行动不便人士的社会考察，杂七杂八四处穿越，蓦然回首竟然已有十几万字。之后还有一个跑步系列，凑成“平路易行”小小的四部曲。

从南极洲的长城站、昆仑站写到丝绸之路上的长城和昆仑，从天山、阿尔泰山又写回祁连山，从西安写到罗马，从里斯本到罗马再到北非又回到里斯本，从太湖写到瓯江，从梁家河和碑林中的人物开始写到鸿钧、女娲，从辛弃疾写到霍去病，成吉思汗和丘处机、唐太宗和玄奘、忽必烈和马可·波罗、僧人乐尊和张骞、郑和到大航海F4，从亚历山大大帝、汉尼拔、恺撒、奥古斯都、阿提拉到拿破仑，从亚里士多德、伽利略、牛顿、爱因斯坦到霍金，从达·芬奇、米开朗琪罗、拉斐尔到贝尔尼尼，从C罗、纳尼到穆里尼奥，从卡蒙斯到佩德罗四世，从中概股危机到走出国门的新能源车，政治、军事、科学、宗教、文学、艺术、体育、经济，实在是一部上下五千年带引号的《人类极简史》和纵横数万里诚意十足力有不逮的“地理小发现”。因为不太有把握驾驭这么大的时空，所以只好默默地在最年轻的公众号写，没好意思在资历久远的朋友圈和微博发，连点“在看”也免了，读者甚寡，因此特别感谢几位亲朋好友的陪

里斯本达·伽马大桥

里斯本达·伽马大桥

伴，在世界不同的地方支持我元气满满地写完，今日终于可以掷笔大笑。

“平路易行”之欧洲部分是从里斯本本菲卡俱乐部2月15日的比赛说起，回到里斯本结束，前后写葡萄牙的有22篇，基本涵盖葡萄牙的大历史；写意大利的21篇，并交叉写中国的交往，应该也算全面了，尤其在地理方面比葡萄牙更全面，涉及城市更多。以上当作两国的旅游攻略看，一定也是不虚的。

言归正传，世界上第一个崛起的海洋帝国是葡萄牙，1998年里斯本举办了主题为“海洋、未来的财富”的世博会。1998年是达·伽马开辟印度航线500周年，也是联合国“国际海洋年”，联合国正式提出“可持续发展”的理念和纲领，号召人们保护地球家园。2016年12月12日联合国大会上，第九任联合国秘书长安东尼奥·古特雷斯宣誓就职，他用母语葡萄牙语向大会表示了感谢，葡萄牙总理科斯塔表示，这是整个葡萄牙共同努力取得的巨大的外交成果。

“平路易行”之欧洲部分的终点在里斯本世博园区，很适宜人类居住和跑步的地方，再次祝大家一切安好！

初稿完成于2020年4月7日

修正完稿于2021年6月18日

84 觉醒年代之敬告青年

中国历史上，陈独秀是一个特殊的存在，他是《新青年》杂志等诸多刊物的创办者，中国最早期的马克思主义传播者，新文化运动的发起人，五四运动的“总司令”。电视剧《觉醒年代》中，毛泽东出场时在雨中奔跑一段堪称经典，在场景、配乐的烘托下，军阀、卖孩子的人、汽车里的小公子、流民、盲人、乞丐，还有路过的鹅和牛，一一展现，“二十八画生”仿佛跑过了一整个旧时代，腋下宝贝般护着的，就是花一个月的生活费买来赠友人的《青年杂志》(后改名为《新青年》)，并称之为“淘到的宝贝”“救命的药”和“头上炸出来一道惊雷，醍醐灌顶，有此书足矣，浑身都是劲儿”。在早稻田大学读书的李大钊看了《青年杂志》后，做“一出手就是惊天大炸雷”“在秋天闻到春天的味道”之评价，“岛上两月，中原千年”，在日本的书就念不下去了，急忙赶回中国干革命。《觉醒年代》若内测谁是开启了“觉醒年代”的人，陈独秀的得分恐怕会高得惊人。

回望百年前的7月，陈独秀当选为中国共产党建党的中央局书记，缺席一大仍当选为总书记可谓众望所归！陈独秀连任中共二大、三大的中央局执行委员会委员长，四大、五大的总书记，总之一把手当了多年，却在1929年被开除出党，但这并不是他第一次被开除。1897年陈独秀成为求是书院第一届学生，是浙大最资深、最正宗、场面搞得最大的学长，但是1899年被求是书院开除，浙大没毕业；1917年蔡元培刚当上北大校长，即请陈独秀去当北大文科长，《新青年》亦移师北大，他风风火火干了两年，而后又离开。胡适曾经陈述，陈独秀如果不离开北大，北大那群“自由主义”者，会把他保护得好好的，后面的事情便都不会发生。因此，离开北大是陈独秀个人人生道路的大转折，某种意义上也是中国现代历史的大转折。

胡适评价陈独秀是一个“终身的反对派”，可能也是性格决定命运，陈独秀因此有极为丰富的人生经历，留学、建党、创刊、办校、私奔，监狱五进五出。《觉醒年代》中有陈独秀大儿子陈延年参与背诵的一段：“世界文明发源地有二：一是科学研究室，一是监狱。我们青年要立志出了研究室就入监狱，出了监狱就入研究室，这才是人生最高尚优美的生活。从这两处发生的文明，才是真正的文明，才是有生命有价值的文明。”——这是陈独秀第二次入狱时对自己彪悍的人生所做的一段小小的回顾和注解。《觉醒年代》播出后，许多新新青年成了陈独秀的粉丝，和百年前一样，陈独秀在5G时代再度以实力圈粉。据说在一次电竞活动中，爆出金句“陈独秀都没有你秀”，一下被新新青年们传播开，乡贤小方创办的物外社发行2019年挂历，6月份就是“陈独秀都没有你秀”这句金句当班。

正巧在2019年6月中，我又一次去安庆瞻仰了陈独秀先生之墓，与2015年秋天不同，这一次是在去天柱山的路上，顺道来看一下“德先生”与“赛先生”之父。门口的陈列室在修缮，锁了。我记得2015年秋天，第一次到访这里，看到陈独秀的一些书法作品，写得和《觉醒年代》中“每月两百大洋润笔”的字不一样，不是曾国藩、孙文那种圆润端正的字体，也不是李鸿章、蒋中正那种有风骨但仍被正统包裹的字体，更不是毛润之之狂草，他的字很有个性，有些不羁、有些落寞，有一种写的时候还不知道写出来是什么样的，在不可预知中创作的感觉。他有两种不同的写法，一种像变形的魏碑，一种点墨重弯钩浓，似黑练缠绕，有些纠结。《觉醒年代》中，陈延年质问父亲时说：“你这个人太贪心，既想要家，又想爱国，若要爱国，则必舍家，否则将给家庭造成更大的伤害。”似乎也是从一个当事人的角度说出了革命者的无奈和觉醒者之两难。

真正让我们一行记忆深刻的还不是书法，而是陈独秀的爱情，他的前两任妻子是姐妹俩，陈列室里资料详尽，大家阅后颇有感慨。陈独秀 17 岁参加科举考试，不但中了秀才，还是头名，按现在的说法是安庆高考状元了。陈家长辈选中了安徽统帅部副将高登科的长女，大他两岁的高晓岚，包办了婚姻。高晓岚是旧式女子，不识字，纵是举案齐眉也是意难平。而高晓岚的妹妹高君曼小他七岁，就读北京女子师范，到安庆看姐姐，陈独秀与小姨子情投意合，顶住巨大的社会压力和精神压力，私奔到上海。后陈到北大任职，高君曼以陈夫人身份亮相，帮助编辑出版《新青年》杂志，也帮陈独秀做了很多革命工作，甚至一起坐过牢。

陈独秀这一生可谓不羁放纵爱自由，"原谅我这一生不羁放纵爱自由，也会怕有一天会跌倒"，如果他穿越到 1993 年，听到这首歌，一定会有共鸣。他去医院看病认识了小他 22 岁的女医生施芝英，恋爱了，甚至在总书记任上失联一个月和恋人在一起。这段历史直到十一届三中全会以后才水落石出，当时有三个在新疆工作的年轻人写信给有关方面，说他们的母亲叫陈虹，外祖母叫施芝英，外祖父是陈独秀。

陈独秀的第四任妻子潘兰珍是他在大革命失败后隐居在上海岳州路水兴里时认识的，还是陈独秀的救命恩人，小他 30 岁，也是在陈独秀贫困交加的晚年陪伴他、照顾他直到生命终点之人。值得一提的是，陈独秀在最潦倒的时候仍然拒绝了国民党的资助，彪悍的人生没有在金钱面前跌倒，真豪杰。陈独秀的遗愿是和原配高晓岚合葬在一起，这方面他是传统的，正如他在《觉醒年代》中说的一样，他提倡科学与民主，但绝非全盘反对传统。他把尊孔分为政治尊孔和学问尊孔，他反对三纲五常，但对于学问中的孔孟之道又甚是喜欢，认为在故纸堆里安度晚年也是幸福，集斗士、情圣、学者、革命家于一身的他终于思归。于是，几经波折，现位于安庆独秀园内已列为全国重点文保单位的陈独秀墓是他和第一任夫人高晓岚的合葬之墓。

墓前有敬告青年的石刻：一、自主的而非奴隶的，二、进步的而非保守的，

三、进取的而非退隐的，四、世界的而非锁国的，五、实利的而非虚文的，六、科学的而非想象的。一百多年了，这六句话加上青年毛泽东在《觉醒年代》中增补的一句“健壮的而非体弱的”仍然可作为中国青年的明灯，既可以纪念那些过去的光辉岁月，也能够面向未来的海阔天空，无论在悬崖之上还是在平路之中，或是在振臂高呼“无体育不清华”之时，都可以被照亮。

85　觉醒年代中的追梦人

若内测谁是开启了“觉醒年代”的人，孑民先生（蔡元培）的得分恐怕会比仲甫先生（陈独秀）更高，因为孑民先生是觉醒年代中的追梦人，他是最早有中国梦的人之一。他没有活到新中国成立，甚至都没有等到抗战胜利，但不可否认在北洋治下的旧中国，他接手的北大，确确实实成为了新文化运动的中心，成为众星云集的新文化运动的共享平台。

《觉醒年代》中，蔡公（仲甫先生对孑民先生的尊称）三顾茅庐请仲甫出任北大文科长。“一顾”时他刚刚被总统黎元洪任命为北大校长，他从公文包里取出，给陈独秀看的委任状，在位于上海华山路 303 弄 16 号的蔡元培故居陈列馆中被我看到时，时光已经飞逝了 105 年。那个“二十八画生”雨中跑过的割地赔款、主权沦丧、全民精神萎靡的旧中国已经变成世界第二大经济体、世界第一贸易大国、世界第一大外汇储备国，新中国全面消除了绝对贫困，高铁高速通行全国，自己建造的航母已然在线，在南极洲最高的冰盖上建设了昆仑站，登月问天亦不在话下。中华民族岿然屹立于世界民族之林，正向民族复兴的伟大梦想稳步迈进。

每一个中国梦的实现者无一直接或者间接受到五四精神的影响。华山路 303 弄弄口刻着习近平主席《在纪念五四运动一百周年大会上的讲话》中的一段：“五四运动以全民族的力量高举起爱国主义的伟大旗帜。五四运动，孕育了以爱国、进步、民主、科学为主要内容的伟大五四精神，其核心是爱国主义精神。爱国主义是我们民族精神的核心，是中华民族团结奋斗、自强不息的精神纽带。五四运动时，面对国家和民族生死存亡，一批爱国青年挺身而出，全国民众奋起抗争，誓言‘国土不可断送、人民不可低头’，奏响了浩气长存的爱国主义壮歌。”

蔡元培生于清朝同治年间，绍兴府山阴县笔飞弄一户殷实之家，相传右军在此地的时候，一老妪常求题扇，有一日，右军不胜其烦，怒掷笔，笔飞去，笔飞弄因此得名。孑民先生出生地与书圣有关，读书科举也很顺利，光绪十八年 25 岁时，经殿试中进士，被点为翰林院庶吉士。殿试策论成绩为二甲三十四名（等于全国统考第三十七名），故居中有他当年殿试的策论卷，上面还印有礼部郎中和主事的名字，让我大开眼界。

策论的内容是“西藏的地理位置”，孑民先生是如何成为西藏专家的我不得而知。从史料上看，他在 65 岁时还获聘为中华民国参加 1933 年芝加哥世界博览会筹委会审查委员会主席。当时围绕着芝加哥世博会，日本大肆进行伪满洲国政治合法性的宣传，而美中则借斯文·赫定复建热河小布达拉宫的“金庙”，在博览会现场直观鲜明地展示了满洲、蒙古、新疆、西藏的领土归属中国。故居陈列馆中有仿热河行宫的喇嘛庙及内景的照片，还有蔡元培的出国护照。

《觉醒年代》中蔡元培在观看学生演出时提到他在德国留学的时候见过女扮男装的演出形式，德国莱比锡大学于 2009 年 600 周年校庆之日专门举办了校友蔡元培生平展，展示了蔡元培当年的留学申请、录取通知书、课堂笔记、明信片等珍贵史料的图片，蔡元培在莱比锡大学 3 年留学期间，研修了哲学、心理学、教育学等众多学科，翻译了教育学家弗里德里希·保尔森的《伦理学原理》。德国求学的经历为他后来在北大实践的办学理念打下了坚实的学术基础。蔡元培 1917 年任北大校长以后，提出了“思想自由，兼容并包”的办学理念，使北京大学从一所封建学堂变成一所充满民主和学术自由风气，率先招收女生的现代大学。他被尊称为“永远的校长”，从科举的优等生到杰出的海归，他个人的变化领北大的变化之先，和浩浩荡荡的世界潮流同步，与“人民有信仰、国家有力量、民族有希望”的中国梦不谋而合，所幸中国有这样的人，北大有这样的校长。

在识人用人方面，蔡元培将不拘一格做到了极致，在觉醒年代里，学贯中西的他，却始终谦卑而坚定、低调而果敢，他如此坚定地请确实没有大学毕业的陈独秀出任文科长（相当于北大副校长）；提携还没有拿到博士学位的胡适；他与李石曾、吴玉章等发起组织华法教育会，后来的周恩来、邓小平等均得益于华法教育会的帮助留学法国。胡适的老师，美国著名哲学家、现代教育学创始人之一约翰·杜威评价蔡元培：“除了蔡元培之外，再没有第二个人能够通过办一所大学来引导一个国家和时代的变迁。”

蔡元培并不信仰马克思主义，但在“思想自由、兼容并包”的教学理念指引下，他能力排众议，使马克思主义学说得以在北大自由讨论，客观上给了中国历史做选择题的机会。北京大学学生罗章龙、邓中夏等发起成立马克思学说研究会，他还应邀出席成立大会并发表演讲。他是文化强国、教育强国梦的追梦人，他一力革新的北大启蒙了中国青年的思想，许多觉悟者由此走上了民主与革命的道路，中国共产党应运而生。没有共产党就没有新中国，更没有现在的大国崛起。建党百年，当我们在此刻回望觉醒年代之时，自然会感慨万千。

历史车轮滚滚向前。

86　觉醒年代之中国的文艺复兴

《觉醒年代》中陈独秀先生在北大的演讲“文学革命论”振聋发聩:“近代欧洲文明从何而来？源于文艺复兴！将来我文化兴盛从何而来？我斗胆预言,必源于今日之文学革命！”在“平路易行”了欧洲,走过了文艺复兴和大航海时代两年之后,在《觉醒年代》的北大讲坛之上,听到这两个“源于”,真有“时空幸会、生命觉醒”之感！特此做“觉醒”三篇之《中国的文艺复兴》。

在线上学习和视频教育如此发达的今天，B 站知识区活跃用户超过 1 亿,相当于年高考人数的 9 倍,以陈独秀为代表的新文化运动的前浪们字字珠玑的演讲甚至让我觉得觉醒年代不是一个过去时,而是平行世界中的进行时,通过一根数据线就可以和先生们交流。先生们就像 B 站上温暖的亲朋,从克明峻德、格物致知的文化中走来,向现代化的变革走去,他们的语言既有文言文之雅,又有白话文之达;有辜鸿铭点的温良,有周树人赞的勇猛,一百年都未曾老去。

5 月 10 日陪同原人民网、中国投资有限责任公司领导一行在 B 站考察,哔哩哔哩董事长兼 CEO 陈睿先生介绍传统文化复兴的群众基础时提到 2020 年 B 站上传统文化爱好者即国风新青年达 9603 万。这些“90 后”群体和 100 年前的“90 后”群体胡适、毛泽东、邓中夏、陈延年一样可以对话。

中国互联网发展基金会马利理事长在考察中特别谈到优秀的党史教育样本《那年那兔那些事儿》，这部热血高燃、备受好评的漫画及后期改编的动漫，觉醒了一代中国年轻人。《那年那兔那些事儿》在B站的点击量已经接近7亿人次，它和先生们的故事始于同一个时代，又照亮了同一个百年之后的时代。

新文化运动最宝贵的是对自由争论的包容和对思想碰撞的支持，陈延年、陈乔年和毛泽东相遇的时候，以同志相称切磋的却是无政府主义，而毛泽东在随同李大钊考察和实践中逐渐深刻认识了马克思主义；陈独秀讲“文学革命论”的时候，胡子都美如画的守常先生（李大钊）和豫才先生（周树人）同坐在一排，而从他们中间站起来走上台的钱玄同，虽然因为提出要取消汉字的偏执想法而受到大多数人的抵制，然而也是他，匪夷所思地催逼周树人写出了中国文学史上第一部白话文小说《狂人日记》，从此周树人变成了鲁迅。

钱玄同，浙江湖州人，是五代十国时期吴越国武肃王钱镠的后人。2019年，全国重点文物保护单位钱镠墓被盗，昨日杭州警方宣布破获盗墓案，175件被盗文物全部追回，该事件再次提高了吴越王的知名度。钱老师的吴越王家族基因和新文化助攻力均很强大，他在简化汉字、推广普通话和推行拼音方面完成了汉字的标准化尝试。他说：“全世界之现代文化，非欧洲人所私有，不过欧洲人闻道较早，比我们先走了几步。”所谓闻道较早就是文艺复兴，而我们后走的路就是新文化运动。

如果说欧洲用文艺复兴走出了黑暗的中世纪，那么中国则是用新文化运动走出了暗黑的半殖民地半封建社会，新文化运动和文艺复兴在思想启蒙方面殊途同归，觉醒时代的主角们大都轻物质、重情义、有信仰、爱读书，这在今天看来尤其难能可贵，主角们大力圈粉，我想重点说一下前文说的新文化运动第一助攻手钱玄同两边的胡子都美如画的先生。

李大钊布衣素服，平易近人，不管是萍水相逢的工人、上门求助的学生还是意气相投的战友，他无不慷慨解囊，捐款捐物上当铺，这方面做到了让蔡元培不得不提醒助理将他薪水的15%扣下待大钊夫人到时当面补发给夫人，以应对守常先生守不住常态的生活。李大钊在家里自己砌炕，在北大自己装修图书馆，尊敬蔡元培、关照毛泽东，在“新青年”是大家最贴心的战友，在长辛店是带年货给工人朋友过年的贵人，自告奋勇赴北大解聘风波之谈判，冲锋在前营救因上街演活报剧被抓的学生，他对巴黎和会前的国际形势的洞察、对十月革命之庶民的胜利的影响力的预判都达到顶流社会学家的水平，情商智商战斗商全部在线，堪称觉醒年代最佳良师益友。

守常先生还是20世纪初我国思想文化界的一位杰出人物。他留下大量著作、文稿和译著，内容涉及哲学、经济学、法学、历史学、伦理学、美学、新闻学、图书管理学等诸多领域，为20世纪中国的思想文化建设作出了重要贡献。王沪宁在纪念李大钊同志诞辰130周年座谈会上的讲话中提到的六个表率：信仰坚定、对党忠诚，坚守初心、为民造福，勇于担当、敢为人先，敢于斗争、善于斗争，坚持真理、实事求是，清正廉洁、品德高尚。《觉醒年代》都表达出来了，正如鲁迅先生所说：“他的遗文却将永住，因为这是先驱者的遗产，革命史上的丰碑。”

再说说鲁迅先生，鲁迅先生的事我在去年7月写的三篇“绍兴记”中多有提及，不再重复。我想再说三件事便于大家更了解鲁迅这位文化大师，说说除了在中学课本中了解到的鲁迅，在近年的江湖行走以及在《觉醒年代》中，我对鲁迅新的认识。鲁迅是一位自身战力超群绝伦的人，是一位可以独立作战又有很高文化品位的人，他一个人、一支笔就可以造一个界，这个成长的界能够把铁屋子顶破，《觉醒年代》浓墨重彩地展现了他创作《狂人日记》的过程，拍出了独孤九剑的感觉。

大家都知道鲁迅以前是学医的，可他设计的北大校徽之大气隽永，一百年都不曾落伍。他不遗余力地倡导中国新兴版画运动，为此倾注大量心血，被誉为中国新兴版画之父，《觉醒年代》片头片尾均由版画连成，历史感爆棚，当然也是致敬鲁迅。他在书法方面的造诣亦是震撼世人，我有一次问上海著名书法家张森先生对鲁迅的书法怎么看？他毫不犹豫说了两个字“天才”,都知道他尊崇鲁迅,索字层次最高的就是“横眉冷对千夫指,俯首甘为孺子牛”。虹口的鲁迅纪念馆和绍兴的鲁迅纪念馆我都去过多次,越深入了解鲁迅,越会发觉他的厉害,发现作家只是他的身份之一。

2021 年 4 月 28 日与 5 月 5 日,参加了章翔先生发起的两场浦江叙党史活动,活动上,多次有朋友谈到《觉醒年代》,都认为拍出了那个年代文化力量中蕴含的革命力量。中国共产党诞生于新文化运动之中,而新文化运动相当于中国的文艺复兴,在先烈们为新中国开辟的平路之上,在新中国逐步获得大国崛起成就的背景之下,希望我们能带着一些问题和思考,继续易行。

2021 年 5 月 13 日

跑步

PAOBU

87　四行仓库：一寸河山一寸血

今年的电影市场形势，万达以 20 多亿美元收购的 AMC，如今市值仅剩 2.51 亿美元。内地影院于今年初疫情严峻暂停营业，原本新春档上映的电影如巩俐主演的《夺冠》不见踪影了，原定去年 7 月份上映的《八佰》，即使有七位影帝三位影后助力仍然不能如期和观众见面，近期连《囧妈》这样的转成电视播放的机会都没有。

《八佰》取材 1937 年淞沪会战期间史称“八百壮士”的中国国民革命军第三战区 88 师 524 团的一个加强营，固守苏州河畔的四行仓库、阻击日军的故事。这个故事很特别，这种全城沦陷后的一隅坚守于淞沪会战的惨败战局并无任何扭转乾坤的意义，但是放在蜿蜒曲折的历史长河中，却很是能展现中国人在民族危难之中的家国情怀。

四行仓库战事发生在远东经济中心上海的闹市区，苏州河对岸就是租界，四百壮士（八百是当时迷惑日军报的数字，注水了）向全世界展示的战斗是一场血与火的真人秀，表明了“中国不会亡”的态度，这个态度是鼓舞了很多人的。当时的中国同胞最近距离看到了抵抗、目睹了牺牲，不能估量它对抗战的最终胜利有何巨大的助益，但是四行仓库作为上海永存的战争遗址，始终是一个能量场，昔日是最后的堡垒和城市之光，如今是低调的爱国主义教育基地和沿苏州河跑步开始的地方。

从外白渡桥沿着北苏州路进来，经过邮政大楼、上海总商会遗址、西藏路桥，从光复路转到晋元路上，仰头可见四行仓库斑驳的高墙，墙上的弹孔历历在目。沿苏州河有跑步道，刚跑几步就上了西藏路桥（抗战时期叫“新垃圾桥”），在桥上可以更清楚地看见四行仓库。这个仓库创建于 1931 年，原是大陆银行、中南银行、金城银行及盐业银行的联合仓库，大陆银行在九江路现上国投大楼，中南银行总行在汉口路 110 号，与大陆银行背靠背……我在汉口路 110 号的大楼里工作过五年时间，在那里设计和主持实施了中国第一个信托计划，那时也经常去后面的上国投大楼，两座楼地下室都有很具民国味道、历史悠久的金库，当时并不知道这两座历史保护建筑与四行仓库（全名叫“盐业、金城、中南、大陆银行信托部上海分部仓库”）有这么亲密的关系。

过了西藏路桥就是以前的租界了，抗战初期日本人不犯租界，所以在租界观看四行仓库战役成了这边的居民见证奇迹的举动、见证抵抗外族入侵时国军之忠勇的基本操作。四家银行的联合仓库最终成为淞沪会战的浓缩点，有位叫陈树生（《八佰》中郑恺饰陈树生）的敢死队员身捆手榴弹从五楼纵身跃入敌群与敌同归于尽的情景经沈寂老人的回忆而再现，让人肃然起敬。沈老是上海著名作家，浙江奉化人，2016 年 5 月病逝于上海，但他于 2015 年 7 月 1 日写的亲笔字还留在四行仓库纪念馆内，1937 年的时候，他还

跑步：四行仓库

是个 14 岁的少年,家住新闸路口,是这场战役的目击者。

四行仓库因为是国军的战役,在大陆还是相当低调的。1975 年台湾高调拍过《八百壮士》,林青霞演横渡苏州河送国旗给守军的杨惠敏。40 年后轮到大陆高调拍《八佰》了,片花都出来了,已经被很多人列为 2019 年必看之片,呼之欲出时,被撤档了。只能期待来年,而来年到时,全球电影公司、电影院线破产潮又开始了,一部片子要上映,竟然像夺取抗战胜利一样艰难。跑过河滨大楼时,“宅家休息少外出,避免聚集要牢记”的标语依旧高悬,顺丰速运分拨站的门口,只有一个小伙子蹲着在抽烟。

跑了 4000 米,回到四行仓库西面,这个位置位于光复路与晋元路交界处,前者寓光复河山之意,后者以四行仓库守军首领谢晋元之名命名,一寸山河一寸血,上海始终没有忘记。

2020 年 4 月 17 日

88　卢沟桥事变：两代人的高考日

参观四行仓库，是从卢沟桥事变说起的，对卢沟桥我不陌生，我在桥上跑过步，桥下跑过马。记得 1988 年高考前刷作文题，班主任赵老师让我们写 1987 年上海高考卷之神题作文《有感于 50 年前的今天》，那些年高考都是从 7 月 7 日开始，碰上这样的命题，历史拎得清的同学都知道写卢沟桥事变。后来高考日改到了 6 月 8 日，也就没有了抗战纪念日之风云背景。今年高考日又推迟到 7 月 7 日，2002 年左右出生的孩子高考延迟了一个月，风云再起的高考日，还与父辈神同步了。

话说戊戌岁末，我赶到浦东泰园参加交大 CEO 俱乐部的年会，泰园园主收藏吴湖帆、陆俨少、程十发、刘旦宅等海派画家作品，一段段可以自由穿越的岁月挂之于墙；茶室古色古香，更有几分手谈的氛围。我到的时候，陈师兄正和园主讲到"那一年中日围棋擂台赛，他赢了日本风头最劲的依田纪基半目，但是，没有人认识他……"我的思绪猛地一撞，看着杯中岩茶之涟漪，仿佛跃入时间之门，一下回到少年。

1989 年，我已在温州大学读书，第五届中日围棋擂台赛烽烟再起，在 1988 年中日围棋擂台赛上出任日方先锋，连胜六场的日本新人王依田纪基继续担任日方先锋出战，而中国派出了比依田更年轻、"没有人认识"的杨士海作为中国围棋队的先锋。依田出生于日本北海道，士海生于乐清东海边，在北海道与东海道的大碰撞中，士海半目险胜依田，一战成名天下知！而第一个采访杨士海的媒体记者便是陈师兄。

1995 年，我当时在温州国际信托投资公司工作，于古风尚存的北京城，在朴初老笔力遒劲的“中国棋院”四个大字下，第一次见到杨士海。作为温州经济电视台的兼职记者，我和电视台的同事海兵、《温州晚报》的周琳，计划将所有现役的温籍体育明星都采访一遍，节目名称经领导审定叫“瓯越骄子”。1995 年的国庆长假和 11 月份的双休日，我们全部用来到北京和杭州采访温籍明星了（“瓯越骄子”的故事详见“跑步附录”《京都纪事》三篇和《在西子湖畔》，1995 年 10 月至 12 月陆续发表于《温州晚报》）。

棋院合影的第二天，杨士海参加“五牛图杯”比赛，我们正好需要比赛的素材，就进去采访拍摄一顿猛操作，组委会不知就里，还说温州人就是气派大，你们一个棋手参加比赛，就专程上来一个记者团，牛！但我们真正的目标

作者与杨士海

不是五牛图,而是卢沟桥。当时我们也觉得国内的比赛不重要,打赢中日擂台赛最重要。既论抗日,我们就选了卢沟桥做外景地,拍摄杨十海专访,采访的内容和卢沟桥上的狮子一样,二十多年过去我数不太清了,但我依稀记得我在卢沟桥上慢跑看狮子,和士海在桥下干涸的河床上聊聊人生,畅想了一下未来,我去和“卢沟晓月”的御碑照了张相,还骑了一会儿马。

泰园的茶好,陈师兄的故事在年会开启前结尾:杨士海去年在香港开了“杨士海棋院”! 士海去香港我是记得的,1997 年香港回归时他升了八段,2003 年士海来上海参加围棋赛我们吃过一顿饭,然后我们便没有再联系,君子之交淡到快从记忆中消失了。而我的行程刚巧是在年会开始一个半小时后去香港,我觉得这次正好去拜访一下士海。

我问陈师兄要了杨士海的微信,在去香港的路上与杨士海联系上,他告知我如何到达在九龙巧明街上的棋院,那时香港街上太平,很快我就出现在棋院,与老杨久别重逢。杨士海棋院有一百多名学生,这在围棋普及度远不如大陆的香港已经是非常可观的规模,士海常常带队去日本比赛,不知道后来他和依田有没有在日本相遇? 依田后来拿过世界冠军和棋圣三连冠,从年少时的鲜衣怒马到中年的坚忍顽强再成日本棋界不老的传说。我对照我与士海相隔两轮十二生肖的合影,我们又何尝不是从年少时的鲜衣怒马到中年的坚忍顽强? 我们比依田年少,但青丝也已染霜。

从卢沟桥跑到四行仓库,一晃已经四分之一个世纪过去了,在士海的朋友圈常常可以看到他带队去日本比赛的照片,以棋会友,361 格的棋盘,也是 360° 的“战场”。这一点,围棋与足球相似,都是和平时期的“战争”游戏,但就战力而言,中国围棋的水平比中国足球高出太多。

2020 年 4 月 18 日

89 丰岛美：美有方向

几年前从神户坐船到过一回四国，在濑户内海的风平浪静中经停小豆岛坂手港，没有登陆，只是远远地看了一眼20世纪30年代《二十四只眼睛》的故事发生地，在船上买了三小瓶小豆岛产酱油带回上海，当时就想这么纯朴正和的日本小岛得空须来跑跑步。

现在看地图见坂手港可远眺壶井荣文学馆与《二十四只眼睛》电影村，本州来的船靠停处离小说中的田浦分校只有一步之遥。小岛于日本而言就像故乡之于中国，养育了一批作家。小豆岛于壶井荣，就像乌镇之于茅盾、绍兴之于鲁迅、福州之于冰心，冰心在“我所认识的日本女作家”还提到过在东京与壶井荣见面时的情况，那时的作家爱怎么写怎么写，没有今时这样的社会压力。壶井荣在孤岛上创作反战小说，以平民的遭遇写出战争的痛苦，一字一句质疑日本昭和时代前期的军国主义，是控诉战争罪恶之不可多得的批评者。

小说和电影都获得了成功，但还是不够的，后来旅游业发掘包装了小豆岛连同附近的几个小岛上几个名头不小的美术馆，让相对人迹罕至的四国有了些召唤神龙的底气，在春秋航空不遗余力地推和朋友圈潮涌之下，中国游客终于成了四国之神龙一般的存在。在网红打卡之地，偶遇春航机友是大概率事件，高松的“一鹤”原本只是做在大中国默默无闻的烤鸡，但当你现在路过的时候，会怀疑是否南极仙翁的座驾降落这里引发吃瓜群众参观进博会一般的排队。

真正让我大开眼界的是离小豆岛西部土庄港半小时船程的丰岛东部唐柜港（船票仅收 480 日元）附近那所著名的丰岛美术馆（简称“丰岛美”），对于日本艺术家敢于戏要四国九州乃至大东亚推及世界人民的勇气表示由衷的钦佩。丰岛确是离岛旅游欺负人的杰作，东瀛当代艺术界做梦也会笑醒的成功典范。

以现象论，点评“一鹤”不好吃可能压力不大，但“丰岛美”足以让露怯的探索者一头雾水，当说好的势力大大超过说差的，许多人会默默地跟进去，麻木地点赞。所谓言论自由可分三个层次，从低到高分为评吃喝玩乐自由、评艺术体育自由和评社会时政自由，说“一鹤”之好吃为一，言丰岛美之好看为二，论福岛（核泄漏）抢险之领导有功则为三；反之亦然。

上午 9 点 10 分在唐柜码头登陆，往左是“心脏音”，往右上山是“丰岛美”，往右上山 20 分钟的步程，适合慢跑，路上一只老鹰在天空慢慢地飞，像个无声的向导，路遇一个戴口罩的日本老人，对我神秘又不失礼貌地微笑，山路坦荡又不失矜持地弯了几弯，“丰岛美”到了。

10 点开馆，正想休息一下，一对先到的日本恋人到售票处探了探，兴奋地说现在就可以进去了，对于担心赶不上 10 点 50 分的船的我，也是好消息，门票 1540 日元，旁边还有个貌似基金会捐款的箱子，感觉应该有点东西可看。和别处套路不同的是，售票员指着游客示意图先和你介绍一通，为了节省时间，她让我身后的几个欧美游客一起先听，示意图上只有两个圈，大圈叫 Art Space，小圈是 Cafe & Shop。

然后进入游步道，就是一个三角弧形的环馆小径，可以看到远处的大海，草地上有蒲团和不锈钢的凳子，景色不错，估计有人会坐那面朝大海冥想春秋花开发朋友圈的。前面一对恋人幸福地疾行，羽绒马夹丢在小径上毫无觉察，呼之不应，只好将衣服挂在路边的树上方便他们回头可见。一分钟不到，两人又急急从我身旁杀过，依旧呼之不应，恋爱中充耳不闻的大境界啊！

高松:美有方向

看到那个白色圆顶时知大圈已到,一位长得有几分像松江(《二十四只眼睛》里的 12 个小朋友之一)的工作人员站那儿,检票,告知小心里面地上的展物,不能喧哗拍照,要求脱鞋入内。终于进入了盛名之下的丰岛美中心——“大圈”,这是一个有两个椭圆形洞的穹顶,左右洞互搏状,罗马万神殿的创意被完全洗白。椭圆形天窗之外,是瓦蓝的风声与棉花状白云,“风之声,云之状”“着色的桨翻起水波”,天窗之下是一小摊一小摊水!左边天窗下有一人在沉思,右边天窗下有一人在打坐,清风徐来,都是懂很多的样子。

后面的老外跟进来,被气势震慑住,我正想说“我去”,工作人员见口形即做出嘘声的姿势,我一口气纳回丹田,这时那对恋人进来了,羽绒马夹已经找回穿在女孩身上,大惊小怪地嘟囔了几句日语,我一分神,感觉脚后跟一凉,怕是踩到一小滩 H_2O 展品了,好在工作人员顾着看日本恋人了,我得以从容走向右边的天窗。地上的水珠有点花头,它们能移动,时分时合,碰到地上“着色的桨”之类的物事就一生二,到了中央一摊大水就融入进去,椭圆形的天空下，飘着一条绑在穹上的细带，其他就没什么了。

我席地坐了一会，看陆续有人进来，仔仔细细地看过一寸寸地面，一如“皇帝的新装”里拿放大镜看皇帝裸体的裁缝，为了不妨碍人家办事，我退了出去。然后，参观就结束了，结束了！我换上运动鞋路过小圈时也进去看了看，里面像个单管的“Art Space”，又是一把当代艺术的猎枪，默默地对着观众，期待你举手投降。小圈卖咖啡，还卖书和纪念品，正宗的日本空手道，连一件止经的美术作品都没有，大圈套小圈，猎枪单双管，可以说很接近行为艺术了。

10 点 20 分，外面的蒲团已有人打坐，我一路小跑下明神山追船而去，那黑鹰又出现在我前方，它盘旋的姿势很像无人机，一度几乎坠落在山道上，就在我几乎认为它真是无人机时，它一振翅膀忽然拔高，海阔天空冲霄而去。

2020 年 4 月 19 日

90　785级台阶：藏在中国改革开放历史中的日本

《二十四只眼睛》里面，大石老师带小朋友毕业旅行，从小豆岛到琴平，小朋友欢呼雀跃的地方就是爬完785级台阶之后到达的香川象头山金刀比罗宫本宫外的展望台。金刀比罗宫供奉着被称为“金毗罗”的海上守护神，它有治疗疾病、消灾避祸、带来好运之功，疫情以来必是香火兴旺。

这可以一路酷跑的785级台阶很容易让老人们想起1979年风靡中国的日本电视剧《排球女将》中小鹿纯子在高高的台阶上面的“兔子跳”，剧中的女主荒木由美子是当年很多中国小伙子的梦中情人，刚刚改革开放的中国得以被先行成功的日本激励，《排球女将》《姿三四郎》《铁臂阿童木》等东瀛舶来的励志精神鼓舞了包括马云在内的大批中国城市青年，其对中国改革开放的带动作用不亚于自1979年起至2000年日本向我国提供的合计25809亿日元的贷款（约占与国外官方资金合作的40%以上，其中一部分是无息贷款，亦有“二战”补偿之意）。

马老师得到日本软银2000万美元的投资一举成名，成名之后在交友方面做了两件事，一是多次拜访荒木由美子，二是与金庸先生成为莫逆之交。武侠与女排是那个年代大多数中国有志青年的心路历程。1982年中国女排击败日本女排（就是那一支拥有“小鹿纯子”原型的日本国家队）夺得首个世界冠军，中国人得以将对《排球女将》的迷恋转移到本国姑娘身上，喊出了“振兴中华”的口号。根据当年的故事拍摄的电影《夺冠》原定于庚子年大年初一在全国公映。

金刀比罗宫是日本最有武侠气息的景点，当朋友圈中国门派全图疯传的时候，真实的中国已经很难找到一处这样的地方。从琴电琴平站边上的高灯笼起步，经大宫门、商业老街，过牌坊、山门，2018 年 11 月，平路易行回来腿伤已经好差不多的我就这么一路轻跑，直上 785 级台阶，到达壶井荣老师写到的金刀比罗宫本宫外的展望台。根据小说描述，昭和三年，曾经有十几个孩子跟着腿伤初愈的大石老师在这里眺望家乡的小豆岛，此处应有康复科的功效。

木下惠介导演的电影中，通过对战争侧面的描写，在控诉中印证了自己的观点。一方面，大石的丈夫死在战场上，而几年后她的几个男学生也都走上战场，有死有伤，那几位曾经在 785 级台阶之上远眺家乡的学生们不知为战争献身何处？在四行仓库与陈树生烈士同归于尽的，在无数次战斗中被国共军队击毙的，在太平洋战争中被美军消灭的……他们只是其中的几粒灰。

影片拍摄于 1954 年，阐述了朴素的反战观：为了狭隘的国家意志而“为国捐躯”并不值得提倡。这反映了木下惠介以及战后初期，日本人对战争的正面反思。战争原来并不像宣传机器所说的那般崇高和神圣，而只能给人带来真切的生离死别，时代的一粒灰，落到个人头上，就是一座山。

电影中还有一首不错的童谣——“海的颜色，山的形状，都没有变，而明天就成了今天。”785 级台阶也不是终点，往上还有 583 级台阶，当 1368 级台阶走完，才是金刀比罗宫的终点奥社。没有去那里，就留一个关于武侠的想象在象头山之巅吧！

2020 年 4 月 20 日

91 渡来的清明上河图：一根向往美好的筋

金刀比罗宫是日本吸收了唐宋文化之后的原创，不管之前有多大差距，现在都是亚洲一等一的古建，跑步到象头山腰线以上可见。因为没有“文化大革命”，一些从中国流去的二线艺术品和汉文化粉丝自娱之创作，历经室町时代、江户时代和明治维新，又在“二战”中因偏居四国而成功避开东京轰炸和“胖子”“小男孩”蹂躏的宝物，遂成日本次汉文化的珍藏，得以在不收门票的象头山设收门票的宝物馆中展示。

宝物馆因为要收门票，游客不爱进，宝物馆不让拍照更是硬伤，可见不能发朋友圈，群众极不支持。门口一老太认真收了800日元之后，递过一份宝物馆介绍，示意我楼上楼下皆可参观。我跨过门槛进入日本室町文化的核心地带，发现这仅够吃一盒点心的800日元竟然已是“金刀物语”的包场费用，全场只有我一人，安静得可以与画中人对话。

日本文化是唐宋的分支，在唐风的宝物馆里有咏宋的《东坡食蔬图》，有秋之韵的大闸蟹配菊花，有江户时代林鹅峰、林凤冈的作品《象头山十二景图》把一个琴平渲染成瘦金体的武侠世界……记得有个叫林通胜的日本战国武将，所以姓林的日本人不罕见，溯源可知：林姓（日本），日本姓氏之一，日本训读はやし，在日本是以汉字“林”作为姓氏的家族。排名在日本一般姓氏列表第十九位。日本林有多个起源，主要来自中国、朝鲜半岛渡海到日本的林姓汉族,亦称渡来人。

渡来人两位林老师的画风是仿宋的,画的是仿西湖十景之类的象头山十二景,春花秋月夏水冬阁皆有,十二幅图上有从右到左写的汉字,先是四字题目,再是五言绝句,末了印章收尾,中国画的程序全部做到。就品质论,两位林老师与扬州八怪吃个饭也是没有问题的,不知这两位林老师是否到过中国?有没有搭倭寇的船到中国会一会郑板桥老师或是罗聘老师?

江户时代也叫德川幕府时代,大致相当于中国的清朝,是日本文艺创作的巅峰,是日本多年改革开放国力渐渐逼近中国蓄势反超未超的时代,本地人创作的金比罗宿图、金比罗狗图和金比罗船图系列很好地描述了这个时代后期的民俗民风和街景,像《清明上河图》的局部,可以说中国画的水平已经比较专业了。

日本人比较奇葩的地方是有时候比较妖,宝物馆中的《百鬼夜行图》和一群裸体丑鬼的放屁图着实了得,前者中国或许还有相近作品,后者见所未见,丑人多作怪的即视感,不过形体把握仍属上品,一个个屁放得像焰火一样,像群魔乱舞的一班政客。

日本文化节是东京奥运会的官方文化活动,目的是通过文化艺术活动给人们参与东京奥运会和残奥会的机会。日本的奥运纪念品两年前就在市面上发售,日本是动漫王国,任何题材都可以用脑洞大开的创意和独特审美设计来表达,每一个都道府县都有各自颇具特色的吉祥物。

前段时间看到日本民间有一个介绍国旗趣味知识的网站将奥运会参赛国的国旗设计成武士、僧侣等日本传统职业,并配上独具各国特色元素的服饰,将各个国家的风貌活灵活现地展现出来,大为惊叹。这种不动声色的致敬唐太宗的“天下英雄尽入吾彀”中的表现手法确实高明,他们在一个个可能的场合都不落痕迹地揉入日本文化的内容。

日本人承认他们的文明启蒙于唐,而精致来自于宋。当下热播的电视剧《清平乐》中的含而不宣的官帽椅、书法精美的劄子、梅子酒、银瓶、小点心等各种物件构建的梦之宋朝如今难以追寻,在日本却可以时常看到其中的元素，日本人将渡来的《清明上河图》吸收进自己的民俗生活之中，试图把整个日本都变成一个宋之宝物馆。自然资源贫瘠的日本不以原油期货跌到1美元为喜，不以全国进入紧急状态为悲，只用一根向往美好的筋支撑起自唐宋渡来的文化生活。

2020年4月21日

92　枫中之荷：从神都到京都

己亥年六月十九日，在洛阳跑步。沿着离关林不远的开元湖跑圈，明白此湖取开元盛世之意，但此地已经看不到点滴古洛阳的面貌了，湖中的荷花正对着洛阳市政府的大楼，无穷之碧在夏风中摇曳，莲叶几乎能接到“盗梦空间”中去。

《盗梦空间》的开头惊涛拍岸卷起千堆雪，柯布从海滩上醒来，被带入一个日式大宅里面，来到年老的斋藤的面前，随即又到了斋藤的回忆之中，那些潜意识边缘的梦境纠缠……而结尾又重现开头，把整部电影完全连接在了一起，但是那个剧终还在旋转的陀螺并没有告诉你最后的场景是真实的生活还是梦境，诺兰导演说他也不知道。中国的导演也不含糊，徐克拍的洛阳居然靠着大海，生生造了一个蓄十万水军的天朝洛阳，姑且也把它看作是一个梦吧！

中国的古洛阳早已烟消云散，只能靠3D效果的“神都龙王”还原洛阳和小赵的八字胡还原新洛阳人狄仁杰了。日本人山寨了洛阳，在京都小跑，看到“洛阳工业校前”这样的站名，洛阳地名都被接过去了，还有“洛阳保育园”“洛阳中学”，“洛阳中学”据说还是重点学校。高仿洛阳的京都熬了一千多年，把自己熬成了世界文化遗产。

我在丰岛遇到一个在小岛壳内所工作的留学生来自中国洛阳，与我之前

跑步:大阪哲学之路

听说日本接纳不少洛阳学生到日本留学的消息对上了。洛阳是京都的原型,哪怕洛阳亲友不相问,也理应受到更多关照,这算饮水思源吧!开元湖中的荷花接通了京都的枫,诺兰无处不在,五年前那个枫叶前线的京都日夜在晨跑转圈中转瞬而入。

清水寺是京都最古老的寺院,日本佛教法相宗(北派)的本宗,本堂前悬空的清水舞台是日本国宝级文物,山门外石上有猛虎,堪称第一猛寺。二十年前我来过这里,只记得那悬空的七层高台和地主神社了。五年前再陪父母同游,适逢“枫叶红遍层林尽染”,不由为“洛阳”秋色而赞,想那唐之神都,人道武皇曾住,城中必有高台明堂如斯。

游毕清水,再跑南禅。“停车坐爱枫林晚,霜叶红于二月花。”登高而望,花间有和服美人碎步而行,一片祥和的景致。夜访天龙山宝严院,秋雨淅沥、枫枫过水、红灯高照，灿烂得有些不太真实。那个武周的皇城，也是这般妖媚？

日本与中国是一对文化 CP，枫叶前线却是日本独有，从北到南，如神之排刷，将吾等举头之处染红。另有一些翡翠般的女儿绿，夹在红的势力当中，在灯火阑珊时分，制造出一些梦幻来，引得你悄悄拿出陀螺，让它旋转起来，以确定这如露亦如电的一切有为法是否是梦幻泡影？

当我们庆幸龙门石窟日本人搬不走时，日本人又使出了乾坤大挪移一挖一麻袋的手段。翡翠绿的栗林公园绝对是中国园林的后辈，但人家自顾自在园中用“赤壁”命名了一片带小瀑布的山石，用“飞来峰”命名了一个小丘，我不得不怀疑在京都某处，还藏着一个“龙门”，也许还有“大理寺”。日本人对旧物事的情怀令人佩服，而且这种情怀代代相传，可能日本的经济不再领先世界，即使她失去了经济第一、第二，但她始终是一个文化超级大国。

2020 年 4 月 22 日

93 世界读书日：一联纵贯古今

在洛阳跑步的时候，看到一幅字——“开张天岸马，奇逸人中龙”，相传为陈抟老祖所书，刻在龙门石窟的一处浅洞之中。此碑不远，便是武则天根据自己的容貌仪态在奉先寺雕刻的龙门地标——卢舍那大佛。唐时的日本，有几千万武则天粉丝，武则天用脂粉钱捐建卢舍那大佛和在洛阳紫薇城建“天堂”的消息传到日本，圣武天皇随即发愿“朕亦奉造”，于是在平城京建东大寺。

平城京就是今之奈良，仿造唐长安城而建。早在3—5世纪，山明水秀的奈良就是日本“大和国”的中心，在奈良时代（710—784年），奈良是日本的首都，大多数遣唐使从平城京出发，奔向他们梦中的唐朝，直到八水环绕的长安。1200年前日本国相国长屋王恳请鉴真东渡，用了“山川异域，风月同天”“寄诸佛子，共结来缘”十六个字终于促成了鉴真东渡。鉴真和尚从扬州出发，东渡日本后在东大寺卢舍那殿前为天皇和皇后授戒，接着建立了唐招提寺。唐招提寺历任主持都曾来访扬州，扬州大明寺至今仍与唐招提寺保持密切的交流。2010年，扬州与奈良结成友好城市。

东大寺南大门上书“大华严寺”，整个南大门都是日本的国宝，主殿供卢舍那大佛，与洛阳龙门奉先寺遥相呼应，如今是日本皇室和民众祈福纳祥、消灾解厄、祈求平安的场所。大殿的广目天王面前有一根柱子，底下有个30厘米见方的洞，大家排队钻洞，洞壁被盘出了包浆，光滑玉润。学生们兴致勃勃，对这个他们基本没有悬念可以钻过去的洞，感觉过洞之后逢考必过的传说很是贴心。我在东大寺求得一签：月桂将相满，追鹿映山溪。贵人乘远箭，好事始相齐。也不用解，全是汉字，一目了然。

在真实的奈良生活中，签中说的追鹿不太可能发生。在奈良，人是过客，鹿是主人。野生的鹿在这里生活了一千多年，就这么在寺院、街巷、公园溜达，它们吃草，也吃游人买的仙贝，泰然接受供养与投喂。时来天地皆同力，因为中国游客越来越多特别有爱心，鹿们显然被宠坏了，我好心买仙贝给鹿吃，只因动作稍慢一点，便被一小鹿隔着裤子咬了一口。

奈良高仿长安的古城大都已经湮没在历史风尘之中，这一点没法和京都比，奈良的特色是寺庙、鹿和城中的若草山。若草山有三重顶，缓坡上山，非常适合一口气跑到顶，在顶上可以鸟瞰奈良城，“碧水苍山俱过化，光风霁月自传神”，唐大和尚鉴真自扬州始发，一船明月一帆风而来，登此地，共结来缘；传“心佛众生，三无差别”，留下中日友好最强的声音。

去过扬州几次，对大明寺中的平山堂印象颇深，江南诸山，拱揖堂前，若可攀跻，含青吐翠，费扑于眉睫似与堂平。奈良若草山顶，何尝不是如此？纵然山川异域，亦有殊途同归之处，无论风月，若草山如同露天的平山堂。

去年“五一”，从上海开车去扬州，一路堵车，200 多千米开了 8 个小时，行文至此，发一幅去年在扬州安乐路 27 号朱自清故居看到的对子与看官共享——康有为所题之“开张天岸马，奇逸人中龙”。故居有朱先生年表：毕业于北大哲学系，25 岁曾在温州中学任国文老师，作散文《绿》，27 岁任教于清华，作散文《背影》，29 岁接眷住清华园西苑，写成名篇《荷塘月色》，35 岁任清华中文系主任，参加过反对日本侵略华北的“一二·九”运动，后任西南联大中文系主任……关于扬州的散文有《扬州的夏日》《说扬州》《我是扬州人》。

有些人无须谋面即便跨代亦可相识，时代不同，风月无异。一联纵贯古今，杜甫、陈抟、康有为、朱自清，皆可读——杂记于世界读书日。

2020 年 4 月 23 日

94 中山世土：从琉球到冲绳

冲绳，古名琉球，如中国大陆孤悬海外之琉璃球，大陆过去，福州最近；温州也不远，首里城中，中山世土之牌匾立于康熙二十八年，清皇朝的册封使团经京杭大运河南下到杭州，再换车马一路到福州，从福州出海往东两日可达琉球。尚氏中山王经天朝册封方可生效，走完程序，这小小江山也便稳固了。

《马关条约》把台湾及澎湖列岛割给日本，日本顺带还坐实了琉球。“二战”胜利后，台湾回归中国，琉球却未能再议，个中原因复杂。日本关东军第24师团在冲绳之战全军覆没，而后日本被原子弹重锤打击，日本人也就认命了。战后近七年的时间，麦克阿瑟事实上充当了日本总督的角色，他不但对日本法律进行了升级，起草了《麦克阿瑟草案》（相当于日本宪法），还颁布了《劳动基本法》《教育基本法》，在其干预下，昭和天皇发布《人间宣言》，表明自己是普通人，而非神的身份。除了给日本人正三观之外，麦克阿瑟将军还为日本引进了美国政府的持续援助，当他离开之时，日本人的生活水平竟然比战前还高出很多。

麦克阿瑟是西点军校历史上成绩最好的学霸，唯一参加过“一战”“二战”以及朝鲜战争的将军，也是当年中国军队的粉丝，唯一忠告“如果谁想与中国军队开战，那就是脑子有病”的美国将军。他回美国时，受到恺撒凯旋般的热待，在国会的演讲中，“老兵不死，只是慢慢凋零”这样的金句完全超越了军人的职业,成了之后各行业领军者谢幕时的共同悲歌。关于冲绳,麦克阿瑟也有一句名言:“冲绳是美国的‘天然国境’,没有日本人会反对美国保有冲绳,因为冲绳人不是日本人。”琉球 1372 年起臣服于中国,朱元璋将善于造船的闽人 36 姓移民琉球,中国移民在琉球最高职位做到了相国,公元 19 世纪末琉球被日本吞并,改名冲绳。

血战钢铝岭之后的美国大兵驻扎到冲绳,给冲绳带来一些经济利益,也带来不少烦扰。冲绳中部,每日战机升空,美军飞行员在空中玩花活,也在酒吧买醉,酒壮色胆闯祸的很常见,对美军,日本没有司法管辖权,民众抗议,时光在抗议中飞逝,不觉已有 70 多年之久。冲绳常见大片的空地用铁丝网围起,有此“为美军用地,不可侵入”之类的提示牌。

回上海的当天上午,跑去首里城参观,首里城在山坡上,从轻轨站跑步 10 分钟可达。主要是去看那块“中山世土”的汉字牌匾,有禁止拍照的提示,所以没有动手,不料回来后不久,首里城突发大火,正殿北殿被全部烧毁,也不知道那块牌子抢下来了没有。对那日没拍一张殿内的照片,深表遗憾。

去年 11 月 23 日去平潭考察项目,在靠近大海的猫头墩村还看到一个琉球驸马墓,得知明永乐二年至清同治五年,中国派使节册封中山王(即琉球国王)先后 23 次。琉球年年朝贡,因为琉球孤悬海外,贡船远涉重洋,时有海难。1807 年中山王派出的进贡海船在平潭所辖海面遭遇事故,部分船员得救,讹传琉球驸马同船遇难,便是驸马墓的由来。在小小的村史馆中,竟然有不少介绍琉球的书,还有清朱鹤年所绘之《奉使琉球图卷》。

2020 年 4 月 24 日

95 与凤凰同行，跑回飞鸟的南极

4 月 25 日，世界企鹅日，国家地理中文网发了一张照片，在墨尔本码头，两只小蓝企鹅偎依在一起看人类世界的夜景，它们一定经历了什么；当晚，凤凰卫视播出了长达一个小时的大片《南极——寻找生命互动的频率》，天南海北 192 名极友纷纷打开电视或者下载凤凰秀点击直播、电视、中文台，熟悉的画面和人物一出现，瞬间就跑回了南极，跑回那些与凤凰同行的日子。

这一周从世界地球日、世界读书日、中国航天日到昨天的世界企鹅日、今天的世界知识产权日，为了唤起对美好世界的关注，看得出人类已经很拼了，但看完"频率"，可以感知到我们做得还远远不够。"世界上的一队小小的漂泊者啊，请留下你们的足印在我的文字里。"——这是泰戈尔在《飞鸟集》中的原话，然后我们在"频率"中看到了"泰戈尔"，长得和马克思、圣诞老人、泰戈尔都高度撞脸的伦敦国王学院教授、环境专家斯蒂芬，集科学家、政治、宗教、诗人的形象于一身，可以说是"生命的互动"中，一个生动的寓意深刻的人物。

然后我们看到了差点在北格陵兰死去的探险家尼古拉斯（是这次南极探险队的总队长），因为曾在一天之内经历过两次冰洞余生，他对生命的看法更接近他的法国同胞、探险业的前辈夏古，他们崇尚"为什么不"的探险精神和"生命是一粒尘埃"的恢宏世界观，他们视死如归，又热爱生命。很遗憾因为瞬息万变的天气,我没能登上夏古港,没能体会到生命边缘的悸动的频率,但“频率”中一段朱丹于风雪中在夏古纪念地的小提琴独奏帮我补上了这一课,这声音的振动,于半年之后到达我上海的家中,有幸在现场聆听到人与自然和声的极友围成一圈,天地洪荒、传音入密,若非登上夏初第一班去南极的船,又登上第一批登陆夏古港的冲锋舟,又怎会有这样与夏古港风雪共鸣的机会?声频的振动,生命的互动,那些远在历史中的探险家依然可以与我们对话。“世界在踌躇之心的琴弦上跑过去,奏出忧郁的乐声。”——《飞鸟集》44。

大片中拍到冰川和大海连接之处,我不记得去过那里。“这里的景色让人绝望的凄美,冰川前沿不断脱落,发出轰隆隆的巨响,那些沉积了百万年的冰盖就此弃陆地而去,化为浮冰,这也许是它们最后的嘶吼吧!”——片中的语言充满告别的气息,听得几乎让人落泪。松岛冰川已经开始断裂,两个月前欧洲太空总署卫星发现松岛冰川分裂出超过300平方千米的冰川B49号,并再次分裂成小的冰川,飘出阿蒙森海,只是正值新冠肆虐,人类无暇顾及。思委茨冰川也濒危,如果松岛冰川和思委茨冰川全部融化,全球海平面将上升1.2米,而根据哥伦比亚大学科学家的分析,上升3米,启东就没了,上升5米,上海就将被淹掉。“我们萧萧的冰川都有声响回答的那风和雪,你是谁呢,那样沉默着?”“我不过是一个人。”——改自《飞鸟集》23。

“人是一个初生的孩子,他的力量,就是生长的力量”——《飞鸟集》25。片子中有一条暗线关于“爱与勇气”,拍了一个八岁男孩在极地的成长,男孩从来没有在这么高级别的场合排练过,从害羞腼腆开始,“在练习了不知道多少遍之后,男孩的歌声越来越嘹亮,白天偶遇的那只企鹅,好像也听见他的呼唤”。男孩最终在长城站放声领唱,对于他来说赶上了这班开往南极的船,报告人海波叔叔和合唱指挥燕子老师因缘际会成了他的导师,极友们共同构建了一个宏大的气场,不知不觉地提升了他,片子中,长城站大合唱余音绕梁三日不绝,可谓时来天地皆同力。“我不能选择那最好的,是那最好的选择我。”——何其有幸!

对现实的反思,也是对未来的期许。“有一次,我们梦见大家都是不认识的。我们醒了,却知道我们原是相亲相爱的。”(《飞鸟集》9)。有时现实亦宛如在一个入侵者和保护者共存的构思精妙的噩梦之中,那么,当我们醒了,我们能知道我们原是相亲相爱的吗?人类还是一个命运共同体吗?

感谢凤凰卫视团队,凤凰是飞鸟中的王。

2020 年 4 月 26 日

96　一直跑下去

在太平洋第二岛链上，塞班和天宁是我跑步跑得最勤的地方。从 2012 年开始到 2017 年，因为工作关系，去了不下十次。从上海飞到塞班只要五个小时不到，再坐八分钟的小飞机就到了天宁岛，塞班和天宁是距离中国最近的美国领土。有一次和美国的合伙人一起去塞班，美国本土没有直飞塞班的航班，他只好苦哈哈地先飞到上海，和我一起飞塞班，那一刻我真感觉好魔幻。

塞班岛有一个美军纪念馆，里面有张太平洋地图我看了很受震撼，在“二战”之前，整个太平洋美日对半分，要说海权的概念，甲午战争后，日本人绝对领先亚洲，就胸怀世界这个单项，当时全亚洲无人能望其项背。塞班和天宁都有日本人当年的司令部、工事和战败跳崖的地方，有些阴森。华裔导演吴宇森导演了一部好莱坞大片《风语者》，上品电影，只是叫好不叫座，可能与名字有关，如果改叫“决战塞班”可能会好一些。美军在塞班岛战役中首次使用印第安人的纳瓦霍语编密码通讯，指挥海上的战舰炮击日本工事，彻底搅乱了日军的耳目，最终取得了胜利。美国海军陆战队第 2 师、第 4 师和美军第 27 步兵师在霍兰·史密斯中将的指挥下击败由斋藤义次中将指挥的日本帝国陆军第 43 师团。这一战美军虽胜犹惊，一个 100 平方千米的小岛，打了将近一个月，死亡 1.6 万余人，可谓刻骨铭心。《盗梦空间》中日本大 BOSS 的名字叫斋藤，不知是否因斋藤义次而来？

我跑上过“世界最高峰”踏破潮山，那里是塞班的制高点，因为与底下一万多米深的马里亚纳海沟相连，从海底量上来相对高度世界最高，扔个珠穆朗玛峰下去都不见顶的，所以称“世界最高峰”。1944 年 6 月 26 日，美军终于控制了“最高峰”，7 月 6 日，斋藤和南云忠一（日本中太平洋舰队司令官，以率领舰队参与偷袭珍珠港及中途岛海战闻名）向东京发出了诀别电，集结残余 5000 官兵部署最后的决战，史称“塞班突击”，当晚斋藤剖腹自杀，南云用手枪结束了自己的生命。日本人临死都不忘措辞之讲究，“塞班突击”失败之后，东京制定了“一亿玉碎”计划，大有发动全民死战到底之势，美国由此决定动用核武，于是就扔了两颗原子弹，结束了这场不堪回首的战争。科技是第一战斗力，扔原子弹的飞机就是从塞班对面的天宁岛起飞的。天宁岛的老机场存放“胖子”和“小男孩”的坑现在还在，被玻璃罩起来了，两个装原子弹的坑相距不到 50 米，我去过多次，有一次碰到一个来观光的美国人，他说他的爷爷参加过那场战争。

南云忠一和他的上司山本五十六年轻时都很帅很优秀，在军校成绩都排名前十，山本还在哈佛大学学习过三年，军国主义把优秀青年都变成魔。极端民族主义与种族歧视是一对孪生兄弟，是破坏人类命运共同体的病毒。吴宇森在《风语者》里描写了美军内部白人对黄种人的歧视，纳瓦霍人被白人美军看不起，甚至并不认同他们是美国人（尽管印第安人本是美洲的主人），但他们最终成了胜利之门的钥匙。人类历史已经不断证明世界上并不存在所有方面全部碾压其他民族的特优民族，即使存在看上去各方面秒赢人类的外星生命，也总有他们的短板，这个从哲学上就可以判断，尺有所短，寸有所长。制定规则，构建人类命运共同体，是人类要联合做的事，不要豪称“脱钩”，更不要轻言“玉碎”。

日本终于没有“一亿玉碎”，瓦全了，日本没有自己的军队，冲绳被美军占领，十分钟起飞一架战机，日本实际控制的塞班托管给了美国，几年前变成了美国的海外属地。但有舍有得，目前看来，这个在废墟上瓦全的民族融合东西方先进文化的能力非常突出，一是日本科技发达，几乎年年有科技类诺奖；二是日本人公德意识强，戴口罩是常规操作，一般不用劝；三是这次疫情期间，日本人表现出的谦卑、友好、包容让大家刮目相看，默不作声秀了一把中国文化的运用水平广受好评；四是日本人耻辱感特别强，政府透明，作假不容易。至于全国网速慢，支付手段落后，有几个厕所不干净，酒后当街小便什么的不良情况我们都掌握了，也基本知道联合国公民素质日本年年排第一这事是假的，《决战中途岛》正在二刷日本"二战"中的错事，但不影响我们公允地观察今时的日本。

塞班是北马里亚纳的首府，还有潜水圣地蓝洞和观光胜地鸟岛以及免税店、赌场；天宁有塔加屋、星丘海滩、喷水洞等景点，原始了一些，旅游和房地产开发潜力巨大，还有军事迷必到的原子弹存放地和带弹起飞的跑道，两个岛都有很多"二战"遗迹。塞班天宁相距 3 海里，现在只有坐小飞机可以来回，我们给北马政府规划过两岛相连的空中快车轨道交通线路，可以解决大旅游的开发问题，塞班和天宁可以同城化，四手连弹北马里亚纳之歌。

只有合作才能共存，不管是中美、中日还是日美，甚至是塞班和天宁（分设两个市），都有合作共赢的问题，现在不是玉碎的时代，也不应止步于瓦全，全人类应该追求的是"玉全"，践行人类命运共同体的共同繁荣和环境保护。今天，精通日语和英语的乡贤黄海波先生从香港给我发来一段繁体字："可以肯定的是：張邁會一直邁步向前跑，一步步地跑，一步步有觸動，一步步有感悟。讀萬卷書，行萬里路。喜歡邁步跑的人，也應該喜歡讀他的書。"——这是对"跑步"最好的总结，也是对未来最美的期待。

2020 年 4 月 29 日

97　跑过外滩源

要说上海的风水，其实核心就是三条沪江：苏州河、黄浦江、长江。长江从唐古拉山走来，流经十省一区，最后有一半在崇明岛、宝山和浦东新区之间穿过，终于也成了一条沪江。苏州河是黄浦江的支流，黄浦江是长江的支流，而长江在纳了黄浦江之后在上海区域汇入东海，海纳百川就成了上海文化的精髓。我很欣赏“我们向往大海，所以汇入长江”这句广告语，它突破了商学院的层次，体现了比较宏大的世界观。苏州河亦称吴淞江（也有将上海市区一段称为苏州河，北新泾以西称作吴淞江），源头在太湖，别名松江。明代以前吴淞江是长江入海前的最后一条支流，黄浦江是吴淞江的支流，世事难料，明初时，吴淞江淤浅严重，户部主持疏浚了上海县城东北的范家浜（今外白渡桥至复兴岛段），新老河道共同形成了新黄浦江，形成了长江水系中最年轻、离长江口最近的一级支流——黄浦江。原来的吴淞江反而成了黄浦江的支流，因此有“黄浦夺淞”的典故。

黄浦江源头位于浙江湖州安吉县龙王山，“黄浦夺淞”之后，就形成了外滩源，1848 年，“苏州河”名字被官方首次使用，江河之名本无大小，但感觉苏州河级别就在黄浦江之下了。外滩源的背后，是人与自然合力之后的一段“江河恩怨，王朝更替”的故事，“黄浦夺淞”之后，外滩逐渐发展成国际金融中心，而黄浦江源头的湖州为近现代银行业贡献了最多的大班，其中奥妙，细品更有滋味。

外滩源是跑步的好地方，苏州河与黄浦江交汇之处虽然被坝拦掉了，但站在外白渡桥上，直面陆家嘴的嘴，仍然可以感受上海滩的历史布局。跑过外白渡桥，左手是始建于 1868 年的中国第一座公共园林——黄浦公园，内有人民英雄纪念塔；右手边就是集聚了一批百年西洋建筑的外滩源，外滩源一号是原英国驻沪总领事馆，有好几幢楼，百达翡丽占了一幢，有很大的草坪，我在里面参加过多个活动。去年巴黎圣母院失火之时，有位叫范一夫的画家在这里办画展，我看到门口有范曾为巴黎圣母院失火而痛惜的题字，猜想他是范曾的儿子，果然没错。紧靠外滩源一号的建筑是南苏州路上的哥特复兴式的新天安堂，始建于 1886 年，1920 年英国哲学家罗素在这里演讲，可惜 2007 年毁于火灾，2010 年上海世博会期间重建，教堂边上原神职人员宿舍现在是一家为女性服务的会所。

圆明园路现在撑起了外滩源，从北靠南苏州路的真光大楼往南，兰心大楼、协进大楼、哈密大楼、女青年会大楼、圆明园公寓和安培洋行，还有隔了一条北京路的益丰外滩源、全球中央对手方协会（中央对手方是重要的金融市场基础设施之一，这就是上海牛的地方，完全不动声色地排了项目在这里）。真光大楼原为中华浸信会联合会办公楼，1930 年建成，匈牙利建筑师邬达克

黄浦江日出

设计;邬达克设计的国际饭店在南京路上,这个20世纪30年代上海滩仰之弥高的地方,看落了很多人的帽子,是真光大楼之后的作品。中华浸信会出版过题为《真理之光》的刊物,大楼遂取名“真光大楼”,邬达克在一百年前的上海差不多设计了半座城,真光大楼立面为锐角状竖线条装饰,出女儿墙收头,深褐色面砖层层收进,带有哥特复兴的意味,与对面的新天安堂呼应,是不是有一些伽利略《真理图解》的味道?

“真光大楼”当年是一处学术重镇,大楼内曾进驻过诸如福音书局、中华浸会书局、沪江大学等重要机构。沪江大学原为教会综合大学,总部在杨树浦军工路,现为上海理工大学。毕业于美国哥伦比亚大学哲学系,31岁便担任沪江大学校长的刘湛恩博士把沪江商学院放在真光大楼,年轻人向往真理而汇入沪江的不计其数;邬达克后来将他的建筑设计事务所的打样房迁入真光大楼;沪江大学也在真光大楼中办了商学院的建筑科。沪江大学办学时间虽短,但非常有特色,商学院中的建筑科如今已经不可能见。近代的上海,明白建筑之于商业的意义,由此保留了上海的底蕴,即使后来经历很多无厘头的运动和折腾,但上海之所以还是能站出来引领大国崛起,和这个城市的品位是分不开的。当你在城市的诸多优秀历史建筑中间一跑而过,不管意识形态如何,城市之光始终闪耀。

2020年5月26日

98　在不安的世界里安静地跑过十六铺

南外滩夜跑后的第三天，SpaceX 用猎鹰 9 号火箭将乘坐两名宇航员的龙飞船送上了太空，这是人类首次商业载人航天飞机发射成功。

三天前，在十六铺码头对面的花旗银行大楼的幕墙上打出祝贺中国登山队成功登顶珠峰的字幕，24 天前，这座拥有全球最大户外 LED 屏幕（总面积超过 6000 平方米，碾压美国时代广场大屏幕）的位于陆家嘴的美式标签的大楼一度传闻每平方米均价不到 5 万出售。

外滩的人流渐渐恢复，不戴口罩的人也渐渐多了起来，人们安静地走动。十六铺码头的候船室也比往常安静一些，这个渡口出发的船最早可以直达温州，十年前还有去普陀山的，而现在，好像只有去对岸浦东的了。这个世界，水上摆渡的距离越来越短，天上摆渡的距离越来越远。而陆地上的三天里，随着一个白人警察对黑人执法过度的致死事件不断发酵，美国的暴力抗议已经席卷了 33 个城市，明尼苏达州火光冲天，与战场无异。而这边，马云在上海纽约大学毕业典礼上发表演讲："你们相信未来，我们选择相信你们。"语风仍然带有机场演讲的煽动与鼓励，不知道毕业生会不会有些迷茫与彷徨？这一天，温州出现了一条跨越全城的彩虹，刷屏了，就像张爱玲从上海出发，即将抵达安澜亭码头时看见的温州城。她选择了相信胡兰成，于是整座城都发着光，因为心爱的人在里面。

四十多年前，一艘从温州安澜亭码头出发的民主号轮船载着母亲与我在黄浦江的晨雾中到达这里，那时父亲在上海工作，他穿着军绿的大衣在码头迎接我们，我还记得斜度很高的栈桥上一根根凸起的木条，踏上去特别抓地，那是我第一次来上海，幼儿园中班的年纪。我路过西藏中路新闸路时，想起四十多年前父亲和我说的五条马路的交叉口就在这里，我和我太太说："当年这里的五条马路中央有一个架在空中的岗亭。"她非常惊叹我跨越世纪的记忆力和穿透时空的阅历，说了一句："我小时候来上海，直接就到宝山舅妈家了，那时候他们来市中心还说去上海，我搞不懂为什么他们在上海了还要去上海。"我笑了，二十年前，跑去宝山注册外环隧道建设发展有限公司的时候，丰翔公司的周经理和陆经理说过几天到汉口路来看我，也是说去上海的。

路过十六铺码头边上的英迪格酒店。我在前天的同学聚会中得知在我跑过英迪格酒店门口的时候，薛晓路同学正在酒店里面拍《在不安的世界里安静地活》。这是一部40集的电视剧，拍了近半年，跨越整个新冠肺炎疫情中不安的世界，即将在年末上线，我不知道剧情，只知道是许亚军和马伊琍主演的电视剧，听上去像《人民的名义》《我的前半生》的升级版，薛导的水平在那儿，播出后应该是不会安静的。

2020年5月31日

99　朝辞白鹿彩云间

在温州第二天，晨跑。

现在的温州就是一个大公园，瓯江边的跑步道修得看不到尽头，明明举目就是青山秀水，瓯江路上还有石子铺的枯山水，八百里卷瓯江图徐徐展开，在晨晖之中自西向东、入夜则无问西东。城中的大桥曾在网上征名，我第一时间用新浪邮箱发了“瓯越”的名字去，未见回音，后来见报道，方知确是叫作“瓯越大桥”，一定有很多人取这个名字，估计我也不是第一个，不过政府部门要是给我们这些取同名的朋友一张证书的话，我一定会裱起来，也算官方认证，“瓯越丹心照汗青”啊。

6 月中旬的白鹿城，黎明的瓯江边侠气蒸腾，旭日在云层中洒下万道金光，汇成金柱直插江中，波光倒影将金柱折成几段，一艘赶早的船在黄鱼金的普照之下往东海而去，随手拍一张照片，天地人江日，均可达唐宋元明清，时空隧道任我行。

温州古称“瓯”，瓯是一种陶制器皿，约在新石器时代，温州居住的原始瓯人制作陶器，温州地貌如“瓯”，瓯江恰似瓯中倒出。晋造城者郭璞在《山海经》中描述温州的地形为“瓯居海中”，这是有关“瓯”的最早文字记载之一。据晚清学者孙诒让考证，“瓯”从夏始。余少时登高，亦知环瓯皆山也，白虎山中来，青龙东海去。永嘉玄武、鹿城朱雀，瓯越大桥贯南北。在瓯江边晨跑，即便如坠风水阵中，壮志仍可凌云。昔日温州领改革开放之先，现时又成干部输出重地，既为数学家之摇篮，又是国学巨匠之渊薮，可谓人杰地灵。国家级金融改革试验区没做好，略为可惜，现在二代学金融的也多，期待时来英雄共给力的那一天吧。跑过东游路 2 号，这里曾是温州金融信托业的发祥地，现在成了一家保安公司。往事如风，风在江山里动。

第三天，回程。

凌晨四点半，车上瓯越大桥，东方霞光溢彩，一轮红日蓄势待发，雄景不常，只叹桥上不能驻停，与日出擦肩而过。在晨雾之中进了楠溪江流域，谢灵运在此处吟过山水诗篇，也是我们渔樵耕读的盗梦空间。年少时春游至此，如入桃花源，石桅岩下有初心，陶公洞中卜前程，何等古意瓯味浓！过楠溪江入括苍山，史书载，登之见沧海，以其色苍苍然接海，故名括苍。陶公曾在此隐居灯坛架，在大楼旗结炉炼丹，采药著书，我一路独行高架桥隧道和山间高速，亦可领略“天险西关障，峰峦气象雄”之壮观。十余天后端午节在沪上与台州企业家聚，论及括苍山神仙居，对方形容就是放大十倍的雁荡山，虽不敢苟同，亦可明其意。

朝辞白鹿彩云间，五百里路抵磐安。磐安服务区比较小一些，只有一家卖嘉兴粽子的小店勉强可供早餐，又是打尖充电的基本操作，阳光已经洒满服务区，车少人安静，磐安素有“群山之祖，诸水之源，浙江之心”美誉，是钱塘江、瓯江、灵江和曹娥江四大水系的主要发源地，陆游在此留下了“山重水复疑无路，柳暗花明又一村”的千古名句，当然也是食粽佳处了。磐安之后在长安停，长安服务区毗邻省城，此服务区也是我当年往返沪杭经常流连之处，现在有了一堆民族品牌的美食和星巴克，还有 5GWi-Fi，应该是千里回乡路上最好的服务区之一，只是要赶到闵行吃午饭，就没有给他们做更多销售额。

午饭后，经过富民路，路边有个小公园，从来没有进去过，红灯时看到形态从容的国歌作词者田汉塑像，1935 年春为了唤起民众挽救民族危亡的抗日爱国热情，田汉和同在上海的聂耳冒着被当权者罗织“赤化”罪名抓捕入狱的危险，通力合作完成了《义勇军进行曲》的创作，田汉先创作了歌词。田汉先生的一篇《月光》文章中写到那时叫"古拔路"的富民路："一边是洋房子，一边却是一条小港，小港的那边是几畦菜园，还有一座有栏杆的小桥，桥头有几株垂杨低低地拂着桥栏，桥下水虽不流，却有浓绿的浮萍，浮萍里还偶然伸出一两朵鲜艳的水仙花。靠着菜园那边，还有一带芦苇，参差有致。"古沪与瓯越，其实相差并不大。

2020年6月26日

100 沪之天空瓯之回响

《朝辞白鹿彩云间》发布后，瓯越有回响。

先是前同事李总回忆说："当时是曾想给（瓯越大桥）每个取名人发纪念物，还为此专门开会力争，可是正值八项规定推出之际，因此搁置……好在'瓯越'两字确实不俗，略感欣慰。"

再有朋友对文末瓯沪之比较意犹未尽，建议展开说一下。

沪瓯之比较课题甚大，李强书记比较有发言权，我借晨跑比较一下黄浦江和瓯江已经自觉非常荣幸。

昨日天晴，晨跑上海船厂滨江绿地，此处江面正东正西走向，平稳如镜，对岸也是高楼天际线，从虹口北外滩一直延展到杨浦滨江，到杨浦大桥收官。虹口北外滩以昔日公平路码头为依托，如今已经喊出"世界会客厅"的口号，在上海 2035 规划中，北外滩将于老外滩、陆家嘴鼎足而三，成为上海新名片。与瓯越大桥南岸望瓯江北岸的山野之趣完全不同，北外滩浓缩了上海乃至中国近代的丰富历史，是海派文化"以港兴市"的发源地，亦是叙述 19 世纪中国早期工业化过程的最佳场所，还有 4700 家航运企业形成"生态群"加持，拥有世界航运中心的底牌。

万水相连，当年温州自西向东各时代由安澜亭、麻行僧街、航标路码头出发的五大民主轮船（工农兵号、繁新、荣新、昌新、盛新）开往上海，经东海入吴淞溯黄浦江而上直抵十六铺、公平路码头，乃是沪瓯最亲的水路。20世纪90年代初暑假之中我亦曾带货到此，在公平路码头上岸，销给东长治路上的小店。6月10日与清华GFD班的同学在公平路码头旧址逐源大厦聚，逐源温暖的90年代大学生带货的日子，回忆希望的田野和快乐的码头，这沪瓯关系，也成很丰富的谈资。

沪瓯两字极有共性，都是因器具而生之地名。“沪”本是一种捕鱼的工具，系用绳编结的一排竹棚，插在河中，以拦捕鱼蟹。唐陆龟蒙《渔具诗》序：“列竹于海澨曰‘沪’，吴之‘沪渎’是也。”陆游写过：“潮生鱼沪短，风起鸭船斜。”相传上海境内的吴淞江就是古代的“沪渎”，因而上海别称“沪”。“瓯”指小盆或是小型的撇口碗，伸出手掌，并拢五指，手掌和手指弯成“勺”样，就是“瓯”的形状，温州话有“手掌瓯”“手掌瓯儿”之说，整个温州古城外圈水再外圈是山，唯有瓯江出口如碗之撇口，地貌与“手掌瓯儿”无异，因此古人云“瓯居海中”，“瓯”即温州，荀子曰“流丸止于瓯臾”，《南史》语：我国家犹若金瓯，无一伤缺。

瓯地七山二水一分田，资源贫乏，不能自足，于是出门和读书成了温州人主要的突破途径，叶永烈先生在采访温州同乡、著名数学家苏步青教授的时候，曾经问及，为什么温州出了那么多的数学家——世界上有二十多个大学的数学系系主任是温州人。苏老回答说：“学物理、化学，离不开实验室，而学数学只需要一支笔，一张纸。那时候温州太穷，所以我们只能选择学习数学。”——叶老读的是北大化学系，却成了大作家，他和苏老生前很长时间都在上海生活。还有很多不知名的温州人，从东海出，到达世界各地扎根下来，而最近的大都市上海则是最适宜的扎根地，因为海的关系，在民主轮船纵横四海的时候，去上海比去杭州还要方便，海上温情也不是随便说说的。

能够办世界同乡人大会的城市不多，温州应该是最有名的一个，我有幸参加过一次世界温州人大会，曾经建议办一个总部在温州的世界性的“东海银行”，以利率市场化和离岸金融作为国家级金融改革的抓手，温州是侨乡，有太多的华侨为了办存款汇款要跑到香港去，既然国家给了国家级金融改革的牌照，为什么不在前沿的金融改革上着力呢？《朝辞白鹿彩云间》发出后，有同学说学金融就是学赌博；我的回复是学金融主要还是学数学（赌博是极端的词，实际上大数据、量化交易、概率论都是金融要学的；而投资需要的识人断事，则又综合了物理、哲学、管理、经济学、社会学等诸多方面，学个皮毛门槛很低，学好最是不易）。

在上海船厂跑步的间歇，回答另一位同学的提问，关于学金融的孩子如何考研和实习的问题，我的建议是最好去创新型的大机构，学到的东西会多一些，醍醐灌顶的概率大一些，不要去官僚化太严重的机构；至于考研那可能是必需的，数学还是不能放，谁叫温州是数学家的摇篮呢？二代也要尽可能维护这个传统优势。金融工程类的硕士生就业相对比较容易，数学好可以拦掉很多竞争者，况且，数学也实在有用。

2020 年 6 月 27 日

101　在永嘉奔跑：云上自怡悦，亦可持赠君

上半年的最后一天，久雨的上海突然放晴了，让人振奋的光明洒下来，似乎可以给一个让人安心的夏了。早起的时候，看到“云上安夏”公众号发的《虽然 2020，但是我在安夏》，原来两年前到访过的安夏山庄，在夏天到来之时，如此青翠，如此碧绿，如此有雁楠之风，如此有永嘉之美。夏日读此山居笔记，还有一种山水冰冰的甜。

两年前带儿子到访过永嘉安夏山庄，“白毛浮绿水”的可爱，“万户捣衣声”的趣味，“十角吴牛放江岸，邻肩抵尾乍依隈”的憨态……贤侄笔下的故乡也给了小张一幅难忘的瓯越画卷，当可以安放在他夏日的梦里。

那一日，小张在吃庄主夫人准备的早餐时，庄主已经将路虎发动，引擎声伴随鸡鸣，搅开了山庄的清晨。

为了帮我赶永嘉站早发上海的高铁，庄主设了好几个闹钟，他早上第一次来敲我房门的时候，我正对着窗前的新月回忆夜宴的细节，葡萄美酒夜光杯，少年旧识喜相聚，不知不觉就喝到断片，早起才发现东面是一扇豪气的落地大窗。主人第二次敲门的时候外头已是日月同辉，两山交抱处朝霞升腾，照在远处呈弧形的山线上，像天地之间端了一个金元宝出来，这忽见着实是意外的惊喜，在永嘉山里，海拔 268 米处，猝不及防，见此祥瑞，猛然间有被兄弟的红包砸醒的感觉。听说堪舆师曾探过这一带，果然专业啊。

前一日游山见门口有座三星桥，不知名出何处，总归有道骨仙风，题字书法笔锋不俗，虽为村立，但一般的秀才也是写不出来的，桥边有碑刻记，感恩庄主等乡贤出资修桥铺路之德。永嘉自谢公（谢灵运）以来，耕读之风炽盛，村村通文化，不在世外，胜似桃源。

小朋友吃得慢，庄主在车上远远地和我闲聊，说小张昨晚《道德经》背得不错，我正想说此处有造界气象，道法自然倒是应景，小家伙就粥吃煎蛋吃完出来让我帮他穿鞋了，此时离高铁开车时间不到一小时。

车子出了篱笆门，过三星桥，像张家界下天门山一样经过十道弯，逐渐下到丘陵间的平路，车窗开着，清风荡漾草香氤氲。路不宽，两边皆是农田，这么早居然已有公交车在村道上游弋了，村村通公交可能也是新农村的标配吧；路边还有文化礼堂，和前日在七都樟里所见略同，文化礼堂附近如遇一面超大的粉墙，自有画家神笔马良一般画上江南山水，甚至画一个姑娘；一样还有百姓舞台，许是演出春播秋收之余的社戏或者城市传来的广场之舞。

庄主把车停在大亨村的牌坊前，说到少年朋友的猕猴桃基地给小张摘点猕猴桃，小张兴奋地跟着去了，车未熄火，我便不走远，对着牌坊研究，“瑞气盈门年年兴旺，祥云当空岁岁发达”“大光普照山清水秀宜人地，亨运通达国泰民安盛世天”，与我那么直白的“忽见金元宝”比，可以说是相当的隽永了。

离开大亨村，公路更宽了一些，庄主说五十年前去温州，也是这条路，不过当年是步行的土路，走到瓯北清水埠坐船，再从麻行码头上岸得整整一天。时光倒流一百年，某一天，庄主的祖辈从山里走出，在麻行码头进入温州城的时候，“赤脚财神”虞洽卿的舢板也许正从宁波划到十六铺码头进入上海滩。每个家族都有移民史，维桑与梓，必恭敬止。庄主夫妇都是我大学的校友，庄主还是我初中时的班长，企业办好了，孩子成才了，“开始安安定定在故乡造一所房子，生火做饭，洒扫庭院，种树酿酒”，可谓小张背诵的“居善地，心善渊，与善仁”了。

公路在拓宽扩建，有些地方须慢行，好在本地的车都十分礼让，道路资源有限，大家伙“夫惟不争故无尤”。完全不是许多城里那种像特朗普发动贸易战一样的“不要怂就是干，大不了把路堵死”的抢道风气。庄主介绍此处距泰石风景区只有10多千米了，到楠溪江狮子岩风景区也不到30千米，一个小时内可到大若岩道家福地陶公洞，而走雁楠绿道到雁荡山风景区，也只要一个多小时。

这些地方大都是《朝辞白鹿彩云间》所绘晨雾之中进入的楠溪江流域之奥妙所在，谢灵运、陶弘景都在此吟过山水诗篇，也是渔樵少年的盗梦空间。年少时春游至此，石桅岩、陶公洞、芙蓉古村、芘芭井，还去过红十三军的旧址。陶公洞的历史可以回溯到公元前140年，据《温州府志》记载："汉武帝元年（前140年）有道人在大若岩石室修行。"公元423年春，永嘉太守谢灵运写有《石室山》一诗，75年后，陶弘景隐居于此，著写《真诰》，陶公洞名声大扬。陶弘景人称山中宰相，齐帝喊他出去做真宰相，陶公写了《诏问山中何所有赋诗以答》："山中何所有，岭上多白云。只可自怡悦，不可持赠君。"——只是1500多年过去，庄主一家除了自怡悦之外，还持"云上安夏"赠君，非常难得。

正感慨间，猛然发现离高铁发车只有不到十分钟了，从庄主车上下来，奔进永嘉站，好在是小站的早班车，乘客并不多，堪堪在关闸时进了车站，一只手拎行李，一只手拉小张，一口气从车尾的16号车厢跑到车头的1号车厢。坐定之后，才发现这是从欧洲轮椅行回来第一次奔跑，按理说，左腿的跟骨还没有长结实，怎么就一下能御风而行了呢？

2020年7月1日

102 禹定九州

雨缝之中，难得放晴。到绍兴的第二日是“七一”，久违的太阳出来了，就去晨跑会稽山，拜大禹陵。大禹是治水的英雄，水患初定，在茅山会计群臣之功，划定九州，各州献铜铸九鼎，国家形态遂现，禹被后世尊为中华立国圣祖，他的儿子启建立了中国第一个朝代夏朝。《史记·夏本纪》中记载道：“自虞、夏时，贡赋备矣。或言禹会诸侯江南，计功而崩，因葬焉，命曰会稽。会稽者，会计也。”把禹定九州后逝世，茅山更名为会稽山的事说明白了。

禹帝是政治家、水利专家，也是会计、审计业之祖师，拜大禹陵，从景区入口、九龙坛、牌坊入口龙杠拴马桩、神道，到祭禹广场、碑亭、享殿，而后跑完957级台阶，上会稽山香炉峰顶瞻仰大禹像，一路见史说、诗云、碑刻、匾题，要说为万世开太平，先往圣之绝学，举世公认禹帝第一。拜一拜这样的大神级人物，先别说为天地立心、为生民立命，即便对高考都大有助益，为往圣继绝学，可以溯源到此。

若非上古大神，不能见于《山海经》《易经》《诗经》和《论语》，诗云：“丰水东注，维禹之绩。四方攸同，皇王维辟。”子曰：“禹，吾无间然矣。菲饮食而致孝乎鬼神，恶衣服而致美乎黻冕，卑宫室而尽力乎沟洫。禹，吾无间然矣！”《尚书》“禹平水土，主名山川”，还有后世李白、白居易、王十朋、陆游歌颂大禹的诗，到康熙题匾“天成地平、万世永赖”……会稽山下大禹陵，当可为浙东文言文与诗歌之路的零坐标。

大禹陵很低调，与北方的黄帝陵早在 1961 年就被国务院列为第一批全国文物保护单位不同，大禹陵直到 1996 年才列入全国文物保护单位。我第一次去大禹陵就在 1996 年暮春，在进口牌坊处，江泽民主席新题的“大禹陵”三字下拍过照，翻出发黄的老照片，腰间鼓鼓的，应该是一部摩托罗拉传呼机。两轮鼠年过后故地重游，带了两部智能手机，原来看过的禹庙没有开放，而中轴线上的建筑除了明嘉靖年间绍兴知府南大吉所书“大禹陵”的碑亭，大都是新建的，神道的神兽从五对增加到十二对，新的神兽石刻，模样与气质也都带着新时代的气息。在检票口的左侧还有更为醒目的标语——“初心若磐，使命在肩”，以及大禹手持耒耜为人民服务的形象。

这次“七一”考察，把禹和黄帝的关系搞清楚了：禹的父亲是鲧这个大家都知道，鲧的父亲是颛顼，而颛顼是黄帝的孙子，所以黄帝是禹的高祖，禹是黄帝的玄孙；而著名的尧也是黄帝的玄孙，和禹同辈；而舜竟然是黄帝的八世孙，比尧和禹低四辈，可能舜与禹比，属于辈分小年龄大这种情况。禅让制，是在黄帝系内流动的王权，也可以说是黄帝系传承做得比较好，教育得法，在当时基本公平、奖罚分明的体系内，禹父鲧因为治水失误甚至被处死了，而舜原来想把王位传给尧的儿子，因为禹的功绩有目共睹，只好随民意禅让给禹。

7 月 2 日在鲁迅纪念馆看到鲁迅在绍兴中学堂任教员兼监学时带学生瞻谒大禹陵的照片，照片上印有“绍兴府中学堂辛亥春季旅行于禹陵之纪念”，鲁迅和学生们是站在大殿外几层的汉白玉栏杆上拍的照，还有仪仗队，在绍兴府中学堂师生春游半年之后，爆发了辛亥革命，清王朝被推翻了，而其时的禹陵大殿如今也已经不在了。

在跑往大禹像的起步处的山道边上，刻有《史记·五帝本纪第一》中的话：“唯禹之功为大，披九山，通九泽，决九河，定九州，各以其职来贡，不失厥宜。方五千里，至于荒服。”南方新一轮强降雨今日来袭，禹帝有灵，还请护佑 26 省的千万受灾群众。

2020 年 7 月 5 日

103 品物咸亨

1996年暮春，第一次到绍兴，源于温信的一次团建活动，也是90年代温信团总支唯一一次组织沪杭温三地团支部全部参与的活动。绍兴有丰富的爱国主义教育题材，又处沪杭温三地的中心，温州老市长（永嘉太守）王羲之到绍兴任右军将军、会稽内史，而后创作《兰亭序》，可谓家喻户晓；鲁迅的文章又着实让我们当年备战高考添过很多“灯油”；勾践的“卧薪尝胆，三千越甲可吞吴”也激励过曾经一无所有的青年，要说绍兴是个梦，它还真是要去找时间去圆的。

三路人马到达绍兴的时间不一，通常最远的总是先到，温州支部住下之后，我和老严看看时间还好，就一路小跑去了咸亨酒店，当街一个曲尺型的大柜台，柜台上方“太白遗风”四个字和《孔乙己》小说中的无异，柜里面是否预备着热水我们不得而知，总之，茴香豆和黄酒上来，这挂壁的太雕酒确是让人心醉。许多年后，每次从温州开车回上海，时间够的话我大都会绕道咸亨酒店买两坛太雕王带回上海，在菊香蟹肥之秋日，这酒是佐餐之佳品。

有一次台北的二舅在上海招待台湾朋友，正好用上一坛，大家品之妙不绝口，豪赞中华之物力，我就想两岸统一，按舌尖上的统一、口腹之和谐推至意识形态和命运共同体，是否会省力一些？治大国如烹小鲜，这绍兴的太雕糟黄鱼加上肉饼和鸡蛋蒸出来，那鱼汤拌饭都可以评米其林三星，虽然碳水化合物很容易超标，但鱼汤里面有故乡，故乡在，尧舜禹汤就在，民以食为天，政治也要接地气，如果大家都能过好日子，台湾同胞何以固守金门高粱呢？中国胃带动中国心，在上海的台湾同胞哪个不是如鱼得水呢？

7月1日黄昏，在匆忙看完鲁迅祖居和三味书屋之后，去了之前没去过的仓桥直街。“三味书屋”两旁屋柱上有一副抱对，上书：“至乐无声唯孝悌，太羹有味是诗书”，之前没有看到过三味的解释，现在大大方方写着：读经味如稻粱，读史味如肴馔，读诸子百家味如醯醢(xī hǎi)(醢系肉或鱼剁的酱)。就是说：读书就是美食，不要客气。通常我们会问：我客气了吗？书就回答：您太客气了！就像《让子弹飞》里面，姜文对着刘嘉玲说的台词一样。

仓桥直街是步行街，中间被府山横街穿过，孔乙己酒家位于府山横街的北面的仓桥直街街角。孔乙己酒家当然不可能是鲁迅时代有的，是后人按孔乙己的IP创办的，但也号称百年老店了，曲尺型的大柜台和“太白遗风”青龙牌是标配，柜台内还有“和为贵”和“群贤毕至”的匾额，还有一面“共产党先锋示范岗”的锦旗。到店内落座，在“多乎哉不多也”的字幅下点菜，发现价格相当公道，符合先锋示范的店设，点了茴香豆、臭豆腐、炒螺蛳、苋菜、红烧鹅肉还有上文所说的太雕糟黄鱼蒸肉饼，除了螺蛳炒得一般之外，其他都可圈可点，尤其这太雕蒸的鱼，酒香扑鼻，打包了鹅肉回去酒店就铁人

绍兴记夺冠（摄于孔乙己酒店）

三项的啤酒喝,店家送的手提袋上印有“回”字的四种写法,这家店学孔乙己第一名。

7月2日又去了一趟咸亨酒店,因为物价上涨的关系,10年前260元一坛的太雕王已经上涨到590元了,咸亨酒店的创始人是鲁迅的堂叔周仲翔,从《易经·坤卦》“含弘广大,品物咸亨”句中取“咸亨”二字为店名,很有文化。鲁迅在《孔乙己》《风波》《明天》等著名小说中,把咸亨酒店作为重要背景,使得咸亨酒店后来名扬四海,但创建于清光绪甲午年的咸亨酒店当时苦撑了两年就结业了,想必甲午战败市场也不会好。现在的店是1981年老店重开的,在计划经济的模式下搞了10年,到1990年资不抵债,时任绍兴市综合商业公司经理的宋金才大胆兼并了咸亨酒店,很快扭亏为盈。我第一次来此喝太雕的时候,酒店已经发展为咸亨集团,现在咸亨集团已经在全国开了许多连锁店,在鲁迅路的开发中相继拍下几个地块,打造了咸亨新天地。咸亨酒店门前对联“小店名气大,老酒醉人多”的上联倒像是一句谦词了,隔壁咸亨大酒店的大堂中间还摆了一个机器人,小朋友每次路过,都喊她跳舞。

2020年7月6日

104　越为禹后

绍兴（古称会稽）是古越国之都，鼎盛时期的越国疆域北接山东（古称齐、鲁），南抵浙南、福建，西接湖北楚地，东到大海，基本上相当于现时华东六省一市，绍兴是越国的中心，那么越国是哪里来的？

《史记》卷四十一·越王勾践世家第十一记载："越王勾践，其先禹之苗裔，而夏后帝少康之庶子也。封于会稽，以奉守禹之祀。文身断发，披草莱而邑焉。后二十余世，至于允常。允常之时，与吴王阖庐战而相怨伐。允常卒，子勾践立，是为越王。"《吴越春秋·越王无余外传》则有载："禹以下六世，而得帝少康，少康恐禹祭之绝祀，乃封其庶子于越，号曰无余。"以上正史的说法是，夏少康帝的庶子无余是越国的创始人，二十余世传到允常，勾践是允常的儿子。如此说来，勾践是大禹之后人，溯源亦是黄帝之后代。

允常时期，越国疆界已经到达江苏昆山、上海嘉定一线；勾践时期灭吴之后达到上文说的鼎盛疆域。1998 年，在绍兴兰亭印山，发掘出越王陵，成为继河姆渡遗址、良渚文化反山大墓之后重大的考古发现，震惊中外，基本上可以推断印山越王陵是允常的墓葬。

以上是《越国史稿》的读书笔记，也是这次绍兴之行的学习收获，鲁迅先生写过《会稽禹庙窆石考》，说明禹与越地的关系，可能就是辛亥年那一次带绍兴府中学堂学生春游禹陵之后所作。本书为什么老是要提到历史？实在是因为历史就在那里。大到“越为禹后”,小到小小台门,在江湖的奔跑之中,历史姐姐乘风破浪、迎面而来,在诸多亭台楼阁处与之擦肩而过,但见她笑如清风明月,眸似星辰大海。我是相信西施在“谍战”功成之后“复归范蠡,同泛五湖而去”(摘自《越绝书》)的,如是《墨子·亲士》中所言:“比干之殪,其抗也;孟贲之杀,其勇也;西施之沈,其美也;吴起之裂,其事也。故彼人者,寡不死其所长,故曰:太盛难守也。”——西施的归宿是被勾践沉江,那也太不公正,太反人类了。

越国盛行高台建筑,绍兴当地具有地域性特色的循古风“台上筑屋”建筑被称为台门,既可防潮,又有府第之感,台门人家隔街相望,也是人居典范,鲁迅祖居就叫“周家老台门”。几年前,看过一部很小众的电影《西小河的夏天》,讲的就是老台门里邻居的故事,说的是1998年夏天,一位热爱足球的男孩、郁闷的中年父亲、新来的美女班主任、隔壁的球迷老头在世界杯之夏的量子纠缠。

1998年世界杯我太熟悉了,那个7月,坐在洪流之上,“大杀四方、百无禁忌”,对电影描写的南方小城的夏日午后蝉鸣响起花香飘过,主题歌中唱到的“青石板的街”和“老房子的夜”都深有体会。电影导演周全,绍兴人,场景也都是在绍兴拍的,听说为了找可供拍摄的老台门,导演自己跑遍了绍兴城。在1998年世界杯的背景里,少年烦恼、中年危机、老年放不下沉重的过去,小河流水老台门,一个镜头一个镜头地缓慢表述,后来得了釜山电影节的奖项,周全还得到“小李安”之誉,不过可能电影还有欠缺,并没有多少人知道。

电影中小男孩的母亲是一位越剧演员,咿咿呀呀地练声,眉目流转地唱《梁祝》,也让我想起年幼时看越剧的事。祖母带我去看的《珍珠塔》《春草闯堂》,和鲁迅、闰土们看的大部分社戏一样,都是越剧。汉惠帝三年(前192年),汉王朝在瓯地建立了一个“东瓯国”(地域相当于今温州市和丽水、台州地区的范围),封越王勾践第十三世孙驺摇为东海王,世称东瓯王,可见东瓯王也是黄帝的后人,瓯越本一家。

有意思的是，最近一部电视连续剧《隐秘的角落》中看到了《西小河的夏天》中的两父子，已经火得不行了，演父亲的被评演技第一，演男孩的也被高度看好，几年前他们在隐秘的台门里演戏的时候，可曾想过每一个不被人知的角落都有成为名胜的可能？

2020 年 7 月 7 日

105 陪女儿高考：像拜仁球员一样奔跑

7月7日一早，穿上大红的拜仁球衣送女儿去高考，这件衣服是2013年5月25日在德国慕尼黑买的，在慕尼黑机场看到和我穿同款红衣的球迷登机飞往伦敦观看欧冠决赛，当天晚上拜仁夺得欧冠，所以特别应景！拜仁今年成绩非常出色，德甲、德国杯双料冠军，当家球星莱万目前排欧冠射手首位，是今年金球奖最有力的争夺者，颇具新科状元潜质。选衣服有讲究，里面有文化，在车里看到学校群里发的照片，作为全国最牛中学校长之一的李校长也是一袭红衣上了面包车，还举着一颗向日葵，寓意“一举夺魁”。我这看上去低调的拜仁球衣，其实内含“仁者无敌”之意，和校长遥相呼应，想到这里，我不由地笑了。小张还略有点紧张，我不好和她说得太明白，怕增加她的压力，只是帮她检查了证件和笔，看到颇具时代特征的口罩也带了两个就放心了，聊了聊轻松的话题，她已比我高考时胜算太多，当年我要拼命地给自己打鸡血，对她反而要说保持平常心了。这一届孩子不容易，几个月全体在家自学和上网课，这在高考备战史上是没有过的。

虽然才7点多，路上也有些堵，好在沿路都有警察指挥，到达进才中学考点时，时间正好，考生陆续进场。不过李校长、教导主任王老师、高三教研组组长唐老师、班主任黄老师一行已经带第一波学生进去了，没赶上仪式感很强的入场式，略有遗憾。好在有几位进了数学、物理竞赛国家队早已获保送清华、北大资格的同学打着“展鸿鹄之志，创华二辉煌”的横幅当我们合影留念的背景墙，那棵可能是校长举过的向日葵正好被同学在“志”字上面举着，在雨后清晨分外醒目，“魁”上的水珠依稀可见，风吹过发梢，小将出征、舍我其谁之感油然而生。进才中学的校名是温州乡贤苏步青老先生题的，苏老是著名数学家，中国微分几何学派的创始人，被誉为“东方第一几何学家”“数学之王”，我们赶紧在校门口合影借光，然后小张排队量体温进考场，带着全家人的期待、所有亲朋好友的祝福、老师们的加持和同学们的助威声进去了。

在校门口巧遇也来为女儿送考的朋友两口子，他们特别有心，专门制作了红色T恤，前面分别是“马到成功”和“金榜题名”，背后都是“华二必胜”，谢老师说“加油是不够的，必须是必胜！”说得同行的家长都笑了，家长们也在考场外面合影留念。这两天的高考是全国上千万个家庭的头等大事，送孩子参加高考何尝不是人生最值得铭记的经历呢？进才中学的校门口，成了有警察守护的高规格的送考聚会，家长们相互交流助学经历，对于延迟一月即将到来的“解放”似乎也还没做好迎接的准备，而对于即将揭晓的高考作文题却超级期待。

语文考试结束时，高考作文题终于辗转传到大家的手机里，“世上许多重要的转折是在意想不到时发生的，这是否意味着人对事物发展进程无能为力？”——上海卷的作文仍然保持海派风格和极高的出题水准，这半年以来，我们确实见证了很多奇事、经历了很多变数，看到一些不断露出水面的真相，对“世上许多重要的转折是在意想不到时发生的”的确感同身受。我觉得这个题目是“普世”的，每个考生都有自己可以切入的角度，非常公平；而它又是“价值”的，论述人对事物发展进程之作为的过程和结果最终能体现考生的水平。女儿上车以后的作文复盘让我很惊讶，在哲学思辨、引经据典、遣词造句这三大方面都体现出很强的能力，我深感欣慰。

下午数学考试，天晴了，出了大太阳。趁考试的间隙，去了趟上海图书馆，在车上看了莫言先生写的《陪女儿高考》:“八点三十分，考生开始入场。我远远地看到穿着红裙子的女儿随着成群的考生涌进大楼，终于消失了。”“可见世界上的事情，绝对的公平是不存在的，譬如这高考，本身也存在着很多不公平，但它比当年的推荐工农兵大学生是公平得多了。”——字里行间流露出一个父亲对孩子的关爱和对高考的思索，也表现了一个普通考生家长的焦虑。即使是诺贝尔奖得主，陪考的心情大抵也是相同的，我发现莫言先生在陪考那天也穿了一件红衣服，只是多了些并不张扬的蓝白条纹。

莫言先生原定 2018 年 11 月与我们共赴南极，后来南极论坛因故推迟了一年，莫言先生时间排不过来，遗憾未能成行，也是我们 2019 年南极论坛极友都感觉有些遗憾的事，好在我们都获赠了莫言先生 43 天写了 43 万字的大作《生死疲劳》，他在卷首题的“世事车轮转，人间高低潮”用于高考亦无不妥；收尾一句“佛眼低垂处，生死皆疲劳”更显高深。

终于在上图找到一本在绍兴看到的《越国史稿》，离开图书馆时已经四

陪女儿高考

点半。赶到进才中学北边的灵山路已经 5 点 10 分了，车堵了有 700 米，我怕女儿着急，便下车一路小跑，如果你在高考第一天看到一位貌似拜仁球员的，在黄昏的灵山路上左右腾挪奔跑的人应该就是我。小张已经等在校门口，并没有考完那种按捺不住的喜悦或者如释重负的身处“解放区”的快乐，我不禁有些心疼，我想她无非是对考试中那么一点点不完美而纠结，上海的数学题虽然比浙江的要容易一些，但要百分百地拿下也是不容易的。我们稍微聊了聊数学题，正好她一位同班的同学过来，我便问他考怎样，同学说他已经保送到北大物理系，是来陪考的，他对我的拜仁球衣倒是很在意，说今天已经很多次看到我了，几位来助威的同学也都陪到考试结束，真是很有集体荣誉感的。

回到家，和我一样陪女儿高考的邵总发照片过来，也许是他背后的“华二必胜”太醒目，我和他们两口子一起上了上海电视台的新闻综合频道，荣幸成了唐老师祝愿考生正常发挥，考出好成绩的背景。新闻照片中，我那拜仁球衣露出一半，我想仁字在《论语》中的说法是“仁者不忧”，摆在“智者不惑”和“勇者不惧”的中间，C 位出道，许多考生的高考还在继续，祝愿大家拜仁得仁，仁者无忧。

2020 年 7 月 8 日

106 上海原点

7 月 20 日是中国电影院重新开放的日子,上海国际电影节的票子也是当天开售,8 点多很快就抢光了。上海国际电影节似乎能享受到审查方面的一点宽松度,毕竟电影节有些学术交流方面的需要,尺度大一些也可以理解,就是这点小小的开放,滋生了“电粉”。电影节今年办到了第 23 届,大都在梅雨季节的后半段开幕,我在上海生活已有 20 年之久,算是电影节从初创到繁荣的见证者。

南方的雨季和全城市民的文艺实力给上海电影节带来了温婉与含蓄的力量,电影节梅花间竹般的座位安排更体现了既要安全又要成功还要有范儿的魔都气质,与《法国足球》杂志取消 2020 年金球奖评选的撂挑子行为不可同日而语,社会不应该辜负每一个追求卓越的人和每一朵用心血与才情浇注的花。

《八佰》本来是去年上海国际电影节的开幕电影,被所谓的技术原因取消后,今年仍不知所踪,有点可惜。四行仓库大家都不会陌生,跑步系列的第一篇写的就是从四行仓库出发的跑步,这是我在上海常规的跑步路线,从晋元路光复路沿苏州河向东,经过西藏路桥、浙江路桥、福建路桥、山西路桥、河南路桥、四川路桥、乍浦路桥、外白渡桥跑到外滩,抑或是从南苏州河路经外白渡桥绕回北苏州河路跑回光复路,正好 5000 米。

西藏路和浙江路之间，是苏州河十八弯中唯一可以看到东方明珠和“浦东三兄弟”的地方，集陆家嘴现代景观之大成的观测点离四行仓库只有一步之遥。有一次我在这里突然想起《让子弹飞》的结尾，姜文问老三、老四要去哪里，两个年轻人欢快地回答“去浦东”的场景，感觉此处充满了隐喻。

四行仓库建于 1931 年，业主当年选址极有讲究，既可以利用苏州河航道的集散功能，又方便勾连位于外滩的银行总部，也是苏州河北最靠近租界的地价洼地，因为四家银行是联合业主，所以建筑要求高，钢筋配置超过一般建筑，最终成为上海抗战的脸面。世上许多重要的转折是在意想不到时发生的，抗战让子弹飞是必然，选中坚守离租界一步之遥的四行仓库看上去是偶然的，但这个偶然早已包裹在必然之中，几乎在金城、中南、大陆、盐业四家银行选址开始，便注定了这个高 25 米靠近公共租界的地标混凝土仓库未来要成为抗战纪念馆和爱国主义教育基地。

仓库已经说了很多了，说一说大多数人都很陌生的“四行”吧，我也是差不多 15 年前在湖州的钱业公所参观时发现我以前工作过的汉口路 110 号是原中南银行的总部。中南银行的创办人是印尼前首富及糖王，出生于福建南安的华侨黄奕住。中南银行 1921 年成立，是当时中国最大的侨资金融企业，与中国银行、交通银行并列为可以发行钞票的三家银行，中南银行是三家发钞行中唯一的民营银行，且黄奕住持股高达 75%，这个地位，上下五千年没有人可以比肩。马未都先生说过，黄奕住这人有多少钱呢？今天我们所有的富翁在他门下什么都不是。马先生是收藏大家，对于财富有自己独到的见解，但说起黄老先生，迷之崇拜，隔了多年说起他曾经去过的鼓浪屿黄家大宅（曾为鼓浪屿国宾馆）还是很神往。

1923 年，中南银行联合盐业、金城和大陆银行成立四行联合营业事务所（也称“四行储蓄会”），随后筹建了“四行准备库”，制定了“十足准备”发钞原则，这在中国商业银行史上是一个创举，比美联储只晚了十年，“四行准备库”不仅成功地规避了挤兑风险，且取得了发钞额稳步上升的骄人业绩直到南京国民政府统一全国币制，“四行准备库”才正式结束历史使命，这些都是抗战前发生的事。中南银行还与金城银行合办诚孚信托公司,那是中国历史上最早的服务信托了。

四行联合之后风生水起,买下黄河路南京路西路路口两亩七分地,准备建“四行大楼”,原本和现在诸多开发商的套路一样:自己办公、其余出租,由匈牙利设计师邬达克担纲,设计成轮廓修长顶部层层收进的塔式建筑,好像去盖的金字塔,寓意“聚沙成塔”。后来听从设计师邬达克建议从投资回收期考虑改了饭店,就是当年名震寰宇的远东第一高楼——“国际饭店”。1950年,上海市地政局以国际饭店楼顶中心旗杆为原点,由此确立了上海城市坐标体系。现在国际饭店大堂还有“原点(副点)”标志,上海原点源于“四行”。

原本要建的“四行大楼”被国际饭店替代,那是不是还存在另一个“四行大楼”?昨天我跑到四川北路北苏州路口时,遇到一个时间很长的红灯,我想要么改改线路跑跑四川北路吧。就沿着四川北路往北跑,在海宁路口见到一幢气质不凡的老建筑,南面的头有点像武康路的熨斗大厦,走进一看是历史保护建筑——“中行大楼”,再走几步,又看到“四行大楼”,感觉是一幢建筑,怎么会有两个名字?回来查资料方知确实是两栋不同设计师设计的建筑,但连接得非常巧妙,浑然一体。既然能四行联合,两楼联合也是完全可以想象的,四行大楼作公寓使用,底层当年是四行储蓄会虹口分会的营业处,开创了分红创新的模式。

四行储蓄会存在的时间只有十多年,但合纵连横不断创新,实在可称得上是中国本土国家级金融试验级别的创新,在今天都很有借鉴的价值,其案例意义不亚于美联储的成立,只可惜旧中国的系统问题导致日本侵华战争全面爆发,社会平衡被打破之后,“四行”与后来的“八佰”终于淹没在历史的长河之中,只剩在跑过光复路的时候,还能看到的一个仓库的名字。

2020年7月21日

107　拈花湾的月

造化钟灵秀，阴阳割昏晓。世上美景多在朝朝暮暮之间，要不是在跑完灵山之后，多留几个小时，拈花湾的佛系还真不能领略全。

在茶馆小憩，在抄经处盘桓，在主街上走了走，看那轻度的火烧云慢慢爬到拈花塔的上空，直到在唐风宋韵中尽力向天空生长的拈花塔尖接上了一朵红云，夜幕方开始降临。

塔下已经集聚了一群灰袍斗笠的小伙子，每一次阴阳割昏晓，他们便要登场演绎造化钟灵秀。在广场上日更日新的观众眼里，重复天地人交融的仪式。佛乐声中，鱼贯而入的现代青年，在踏上塔前高台那一刻，便把自己交给了古代，如同从长安、奈良、洛阳、京都穿越而来。

西边的太阳已濒落山，晚霞穿过云层射在他们手中的铜钵上，竟然像烧红了一般。青年们有一些舞蹈的动作，衣袂飘飘、长袖善舞，僧袍带起风来，在慢速的镜头中凝练了时光，在铜钵的高举低抬和旋转之间，被晚霞烧制的火红陡增了几分法度，真有了佛音之碗的属性，世间凡物，亦宛如高僧之法器。

在演出的尾声，塔上落下了花瓣雨。此去十里，便是灵山胜境，相传玄奘西天取经归来，游历东南到此，来到小灵山，见“层峦丛翠”，景色非凡，大为赞赏，曰“无殊西竺国灵鹫之胜也”！于是就给此山起名小灵山。灵山大佛

拈花湾

面湖而立，拈花一笑，这便是拈花湾得名的由来。

同行的胡总是拈花湾的设计者之一，沿途给我们介绍项目的初心、设计的理念和许多“神操作”。挖湖挖出来的泥成就好看的土坡，雨后随机长出的嫩草让建设者随缘放弃了人工草坪的想法，廊道尽头想放一把椅子空间不够便在墙上画了一张，见对面的青山不够妩媚便人工干预造一条小瀑布让青山见人亦如是……既不恪守佛系，也不拘泥规则，最终无中生有建成一个日式的小镇，引来每年两三百万的游客，120 元的门票价格不菲，但景区在还要检查健康码的酷暑季节依然人山人海。

胡总很反对我们称这里是日式的，一再说是唐风宋韵，但他请我们吃午饭的餐厅仍然是日式的，应该是湾里最好的餐厅。屋顶有茅草，墙内有枯山水，铁板烧做得地道，牛排青虾獭祭大吟酿，即便是一碗蛋炒饭也是东瀛的味道。这么说吧，唐风没有问题宋韵也没有问题，只是大中华存世的大规模古建着实有限，反而不如成建制保留维系唐风宋韵的奈良和京都了。拈花湾是一场回见唐宋的尝试，尤其是月上拈花塔时分。既然是风月同天，也不分山川异域了。

月圆之夜回到上海，两天后，十五的月亮十四圆，据说这种情况一百年只有六次，不过几百年一次的事今年都遇到了，一百年六次也不稀奇了。月亮提前圆过之后，十五便没有了月，更不是寻常清风徐来的样子，这一晚成了

拈花湾

台风“黑格比”的天下，魔都风雨大作，有人迫于风威叫嚷也要出版《平安经》，有人不为风动直呼一碗螺蛳粉。世间有为法，如梦幻泡影。如露亦如电，应作如是观。

宋·释普济《五灯会元·七佛·释迦牟尼佛》：“世尊在灵山会上，拈花示众，是时众皆默然，唯迦叶尊者破颜微笑。”——拈花一笑，月上西楼。

2020 年 8 月 5 日

108 光阴的故事

从宁波十七房去舟山朱家尖，99 千米，途径金塘、西喉门、桃夭门、响礁门、岑港五座跨海大桥。这条穿岛跨海之路将舟山群岛新区紧紧拉在一体化的长三角里面，也将朝圣的香客在云蒸霞蔚中送抵慈航广场，最终普渡到对面的海天佛国去。

这条路光五座桥就长达 25 千米多，连接宁波与舟山的金塘大桥，全长 21 千米，是舟山大陆连岛工程五座主桥中最长，也是继青岛胶州湾大桥、杭州湾跨海大桥、东海大桥之后扛鼎的跨海大桥，宁波与舟山的市界就在桥中央。西喉门大桥，全长 1650 米，是中国少见的悬索桥，桥旁原来有个小博物馆，九年前带着小朋友们去看过。这条路现时收费 103 元，听上去有点贵，但要算五桥相连的建设成本，已经是非常亲民的价格。最重要的是，这一条海上之路如神工造就，自金塘大桥起持续一个多小时乘风破浪深入东海，因缘殊胜之感油然而生。

现时的慈航广场造了很大的立体停车场，入口处像一个中等城市的高速入口，立体停车场二楼有很长的连廊，方便游客避开风雨走到渡口，登记舟山的健康码，刷船票二维码登船。与上一次来普陀山的情况相比，景区管理智能化程度大大提高，几乎提升了两个量级。

抵普陀山时，已近午时，码头有大妈问要不要去她家吃饭，得知我们没有在附近吃饭的打算,也不介意,还是很热情地和我说游山左边走,拜佛右边行。普陀山我来过多次,路挺熟,但还是感谢她的不吝介绍,毕竟最近一次来也已经是9年前了,再往前是11年前,再再前是14年前,再前面还有两次,时间过得真快。

2006年9月30日,上海下雨,车到芦潮港,再坐飞翔轮去普陀山。船行150分钟,登彼岸,晴。住在金沙,走去普济寺。女儿在御碑亭前大声朗读,只捡她认识的字念,天马行空,不知所云,过路者皆笑。

普济寺西行,乃西天景区,心字石、磐陀石、二龟听法石一路过去,到高处往下,经过海军驻地,和梅岑路海鲜一条街,达短姑道头,往北,便又是金沙,一个心形的圆圈,刚好一个下午走完。此时正是长假前夜,人还不多。金沙滩上,一个和尚在远眺紫竹林方向的南海观音。梵音佛号,碧海潮生,与白昼比,夜的普陀更是喧哗远去的净土。

10月1日,晴。早起,先拜普济寺,再拜法雨寺。从法雨寺西上香云路,共1088级台阶上佛顶山,拜慧济寺。往常都是在东边索道上下,未体验跋涉之苦,那回可算心诚了一把。女儿在路上碰到一个大她两岁的女孩,较起劲来,开始跑步比赛。刚开始不相上下,渐渐便落后了,眼看追不上,拉人家衣服都追不上,大哭。结果,老爸在香云路上教子:第一,赢了可以哭,输了绝不能哭;第二,不要在乎比赛输赢,要关注是否超越自己;第三,要遵守规则和尊重对手。女儿含泪频频点头,老爸心想自己还未必都能做到,算是父女共勉吧。

最前面的两次都是跟着当地有名望的朋友去,两次都直接上佛顶山,到慧济禅寺听道慈大师说法。道慈大师当时是佛教协会的常务副会长,一向和气,我们请教"心诚则灵"一说,道慈大师笑道,佛法无边,就像移动通信的信号,满世界都是,你的手机不开,再多信号对你没用。手机开了,对上了频,就灵了。那一次我们去了十多人,僧舍内两边坐好,品佛茶,听道慈大师说完,看他随手抓了把开光护身符相赠,刚刚好发完。道慈大师还说:刚好发完,这不正是心诚则灵嘛。

回到当下，从左面行，至西天景区，见二龟听法石，又细细研究了磐陀石，感慨此石得造化之妙。浙江年年有台风，你看那区区“黑格比”，便能够将钢筋混凝土高楼的阳台直接吹没了，吹掉的数量还那么多，这石头重脚轻，如一个壮汉用一个脚尖踮着地，悬空连接处只有巴掌大小，屹立千年岿然不动，这不是佛法无边最好的注解么？石上刻有“通灵”和“金刚宝石”，亦有广而告之意。

一圈走下来，和14年前的路径一致，只是方向相反，想起一些画面，回忆浮现脑海，像是与2006年奔跑的自己擦肩而过，普济寺前的荷花依然亭亭玉立，莲叶田田，定香亭前再留影，14年，是“观自在菩萨”字上的新漆，是潮音洞下复长的苔藓，是许过的愿、经过的险、成过的事，是孩子们从小到大，从少到多。普陀山，于佛，是观音的故事，于我们，是光阴的故事。所以，我们一定还会再来。

2020年8月6日

109　佛系跑步

很快，今年第二次来到普陀山，这一次住在最北边的山水花园酒店，到的时候是傍晚，酒店的车来码头接，开了十几分钟，一直开到佛顶山的索道站附近。天色已晚，索道站对面有个小沙滩，司机师傅说索道下午4点半就停止运营了，一般这个时间到的住店客人就在这沙滩转转，别的地方去不了了。往沙滩去的栈道口，一米高的篱笆门加了道象征性的锁，既然有那么点安全防范的意思，也不好意思翻过去，于是在酒店吃了点新鲜的梭子蟹和每次来必点的舟山带鱼，吃了两碗饭，喝了瓶紫竹林啤酒，就休息了，想着第二天一早爬佛顶山。

佛顶山又名白华顶、菩萨顶，是普陀山的主山，高程291.3米，是观日出的好地方。住在北边就是为晨跑看日出，查了下日出的时间是5点14分，从法雨寺开始爬山有1088级台阶，三刻钟登顶，倒算回来差不多得4点半到香云路起点。那么问题来了：酒店离法雨寺还有4千米多的公路，这么早，好像也不太能叫到车，总不见得跑过去吧？正犯愁呢，发现酒店还有送早课服务，早课就是寺庙里的诵经礼拜活动，一般是凌晨3点就开始的。我便试着与前台联系，问能不能4点半将我送到法雨寺，前台很负责，说4点半是不是太晚了，还有你和大师父约好了没有，没约是进不去的。我就说其他的你们不用管，将我4点半送到法雨寺就行，支付费用也没问题。酒店还是挺合作的，给安排好了，4 点一刻，司机准时在大堂等，就送我一人，也不收费用。路上带了两位上岗的环卫工人上车，两人挺高兴的，因为正常早课的车太早，他们通常还搭不到。

路过法雨寺，听到晨钟响了几下，一派庄严，我也是头一回这么早到香云路，两部手机的电都是满格的，做好了没有路灯、暗夜独行的准备，没想到香云路路灯明亮，凌晨上山原来只是常规操作。有比我更早独行的人，虔诚地一步一拜上山，还有广东来的一个团，礼佛的装备都是统一的，领队手里拿着一个扩音器，念着佛号，一路跪拜上山，我从他们身旁跑过去，想起几个关键词：信仰、力量、希望。

垂直晨跑比之走路登山的好处是因为有速度，就觉得山不高了，加之有响彻云间的佛号相助，到达云扶石和海天佛国的摩崖石刻时，也没觉太累，只

慧济星云

是米黄的T恤已经湿透，东海上来的微风拂过脸庞，一阵佛国的清凉。海天佛国崖旁边挂有“中国普陀山国际马拉松赛道”的牌子，香云路到山顶路程只有2000米，只占马拉松路程的5%，但1088级台阶对选手们也是一个考验。云扶石到山顶就不远了，沿路有信士供养的乌桕、台湾蚊母树、普陀鹅耳枥等植物，山不在高，路有珍奇。佛顶山山顶是一块平地，山门有联：“補袒洛迦徧山清净云雾独秀佛顶峰，莲花海洋全面碧波光明洞彻琉璃界。”经过牌坊是一条平坦的小路，一直走到佛国黄的“佛顶顶佛”的墙前，平常是游客们排队拍照的地方，现在一片安静，再看到熟悉的“同登彼岸”的立碑，一转弯，慧济寺就到了。

5点刚过，慧济寺的师父和居士们已经在忙碌，他们在大殿佛堂前来来往往，早课可能已经结束，叩拜前行的香客还在香云路上，这里正做着准备迎接香客们的到来。我“佛顶顶佛”了一圈，心旷神怡，从后门出去，仰天见一团美丽的星云，像微缩的银河系，银河之下，“慧济群灵”四个字自带光芒。没有看到日出，但看过星云，仍然不虚此行。论四大佛教名山的山顶，峨眉山金顶最高，3079米；五台山北台次之，3061.1米，有“华北屋脊”之名；佛顶山虽不到金顶和北台十分之一的高度，但佛顶山独秀碧波云涛之中，远望浩瀚无边之莲花海洋，俯瞰深不可测之淘沙大浪，人生种种不尽知的可能皆收于此，似乎随时可拔高三千丈，万德圆融，慧济群灵，光明洞彻琉璃界。

在莲花洋观景台将“华顶云涛”看遍，白华顶之上又走了一圈，已然心满意足。下山的索道还要等一小时才开放，我闲不住，便原路跑下山，过云扶石、法云蓬、法雨寺前的放生池，趁天亮补拍了几张照片，6点20分已经到了法音路之上，沿着法音路往北跑，经过佛国杏黄色的千步沙，一直跑到与海天路的交叉口，在巴士站按钮呼叫了一辆中巴，微信扫码支付了车费，回到山水花园，正好7点。

2020年8月13日

110　甲秀楼、甲秀里

第一次在贵州跑步，是在遵义。2018 年 4 月 17 日茅台镇的酒香里，跑过赤水河边的茅台渡口，上到红军四渡赤水纪念塔。赤水河并不宽，但承载了红军逆转颓势的“四渡”故事，在那几天刚刚开打的中美芯片战中，也被用来激励如何在芯片战中突破美国人的围追堵截了。

第二次就是 2020 年的 8 月 16 日，在贵阳的清晨，跑过甲秀楼和文昌阁。两次贵州行之间的两年零四个月里：左腿根骨骨折，在家养伤看世界杯，坐轮椅走文艺复兴和大航海之路，欧洲足球考察，丝路行，2019 南极低碳行，南美足球考察，还有康复之后开展的边跑步边写作活动，惊觉两次看上去很不经意的贵州晨跑，倒像是一前一后两个里程碑了。

想去最伟大的里程碑“遵义会议”旧址看看，没安排过来；想去湄潭的浙大西迁纪念馆看看，未能成行；想去梵净山爬一下红云金顶，也没成功；即使是青岩古镇，也得要缘分到才能见到。在贵州，真正给我自由安排的时间是两年多前赤水河边的清晨，还有就是 16 日早晨贵阳的 6 点到 8 点。从索菲特酒店下来，先去了附近的甲秀楼，甲秀楼在贵阳市中心南明河上，以河中一块巨石为基而建，楼高三层，屋檐如翅，原为明楼，毁后重建于清代，左接涵碧亭八面来风，右揽浮玉桥如月将圆。甲秀楼前，方知贵阳有李端棻这样的牛人，李端棻的介绍有现成的：北京大学首倡者、戊戌变法领袖、中国近代教育之父。他的政治贡献主要也是三句话:第一个疏请设立京师大学堂(北京大学前身),举荐康有为、梁启超,支持戊戌变法。

李端棻在任内阁学士时慧眼识拔了梁启超,科甲挺秀之后将堂妹李蕙仙许配给梁启超,李蕙仙就是梁思成的母亲、林徽因的婆婆,如此看来,北京与贵阳一点都不远,连接北京与贵阳的可以是北大,也可以是“甲秀楼”和“文昌阁”,更可以是一个家庭的开枝散叶。“甲秀楼”和“文昌阁”如今是一个景区,合属同一个全国重点文物保护单位,印证了明清两代,贵州虽地处西南边陲,但对于人文兴盛和人才辈出的追求却一点都不比文兴之地的中原地区差。而李端棻就是其中的代表人物,串起“甲秀”与“文昌”的人。文昌阁外,有好几所写作学校的广告牌,看着让人觉得科举取士的古风犹在。

甲秀楼

跑步

我喜欢“甲秀”二字。2006年至2009年我在上海茂名路威海路口的晶彩世纪大厦7楼办公,从办公室看下去,就是毛主席旧居之一“甲秀里”。毛泽东当过了北大图书管理员之后,在上海最长时间的一次居住,选租的地方,就是“甲秀里”。“甲秀里”和“甲秀楼”一样,听着都像是最鼓励学习的地方。

2020年8月17日

111 上海夜空下的《八佰》

因为跑步系列是从四行仓库说起的，因此在系列中多次提到《八佰》，本届上海电影节开幕之前，有感于《八佰》曾经被定为上届开幕影片而后取消，又再次说起《八佰》，当时并没有任何要公映的消息。前不久，得知《八佰》要公映了，我想不管风评如何，都要去看一下，因为《八佰》已经成了跑步系列的一个重要内容，电影的情况我是必须要写的。随着票房热度的增加到四行仓库打卡的人日益增多，我还略微担心了一下这条我平常晨跑的线路会不会因为电影的传播而变得拥堵。

不过我真没想到能在上海处暑的夜空下看《八佰》。昨日，在沪松公路上海国际食品产业园美食休闲广场，举办了“庆祝均瑶健康上市之夜”的庆典，均瑶集团总裁、交大 CEO 俱乐部理事长王均豪先生，不仅现场弹奏古琴曲《仙翁操》，而且请大家观看了露天电影《八佰》，影片结束，众人心绪难平之际，又领唱《我是中国人》。我很为温州老乡的创意和才情喝彩，这是一场另类的上市庆典，既弘扬了爱国主义，又答谢了社会各界，同时分享了企业文化和产品。

天公也很作美，白天下过一场雨，晚上凉风习习，星光灿烂。夜空之中，不时有飞机飞过，轻轨就架在广场的旁边，列车开过时，亮光从车厢里透出来，像慢镜头下的一串子弹，打到银幕后面去了。如果天上有一双俯视的眼睛，看下去是这样一个画面：一群中国人，在空旷的广场上，看着银幕上演绎的 83 年前发生在同一座城市的战斗，感受穿越时间的生离死别。在座各位，应该都能够看出这支孤军的悲壮，是当年积弱之中国的悲凉。有些人说，所幸，现在的中国，再也不是当年的中国；也有些人认为，如果我们不争气，历史也可能会重演。

除了谢晋元和陈树生，我对“八佰壮士”（国民党军 88 师 262 旅 524 团 1 营的 414 名战士）的个体知道得不是太多，但我进入过四行仓库，对四行的历史也做过深入研究（在跑步系列中有提到），曾无数次沿着光复路、西藏北路桥（即电影中的新垃圾桥）跑到对岸的南苏州路去，对那一带苏州河两岸的情况是非常了解的。管虎导演十年磨一剑，甚至跑去采访过 88 师师长孙元良的儿子，这样出来的产品在艺术性和真实性方面见仁见智，我也不想多谈，我主要讲一些明面上出现的小问题，不然对不起我认认真真看了两个多小时，喝了均瑶健康出品的三种饮料“6 种坚果”“味动力”和“沁”而度过的处暑夜晚。

四行仓库没有水路可以进。拜托，这是四家银行的联合仓库，安全是第一位的，不可能为了潜入方便而挖一个池子在仓库里。影片中那些光膀文身的日本人从水路潜入四行仓库的桥段大概是为了引出“老算盘”跑路的合理性以及“摸错了”反而发现敌情从而拉开对岸观战者为国军通风报信的序幕，但明显把“四行”的建筑节奏带歪了。

苏州河对岸没有那么宽，电车肯定是没有的。为了增加“小刀”赴死送电话线的戏份，电影中让他跳上一辆电车，把衣服扔给乞丐，到了新垃圾桥旁纵身一跃的场景，潇洒程度是有一些，史实中不可能出现。当然，有人会说这又不是纪录片，艺术可以加工，你纠结这些太杠精了。

就算第二条可以放过，但既然电影中有用弹射的方法从苏州河南岸向四行仓库弹射物资的做法，为什么不把电话线包好弹过去呢？苏州河在此处并不宽，送电话线实在没有必要死那么多人。

就算第三条也可以放过，日本人知道用钢板掩护抵挡子弹攻到四行仓库墙下（引发陈树生捆上手榴弹跃入敌丛），对岸送电话线的时候找几块钢板很难吗？

说到第四条，又想起一个重要的事情，影片最后，三四百人要强行冲过桥，前面日本人强攻过来死了不少人，扔下的钢板难道又派人过来给收走了？估算一下陈树生带头引发的同归于尽行动起码可以缴获 20 块以上的钢板，可以掩护很多人过桥了。

白马象征自由，我懂，白马可以啸西风嘛。可是，让双方指挥官各骑一匹马找了一个空地对话也太扯了。

赵云是报国的，我也懂，让“端午”学赵云拿枪冲向敌阵也没问题，京剧的行头改为普通古代戎装是否好一些？那些插在背上的旗只是在舞台上用的，如果真的要用，“端午”骑的那匹白马就要隐去成为一根马鞭了。

正规军枪杀俘虏真的可以做到这样毫无顾忌么？《日内瓦公约》了解一下？

送国旗的事简单说一下，1975 年台湾省出品《八百壮士》中游过去的杨惠敏是包里放一面油纸包好的国旗，《八佰》是让小杨贴身裹在身上，还有一个解下国旗的镜头，看得出海峡两岸创作思路和偏好不同。历史上杨惠敏确实送了国旗过去（不是游过去的），只是因为那面国旗太小，后来升旗的时候用了另外一面大旗。

升国旗的事本来还可以说说，但因为大家看了那一段都很感动，就不多说了。这个桥段的演绎海峡两岸基本达成共识，把历史上日军攻打四行仓库没有出动过的飞机都带进了战场，而且都很神奇地让国军用步枪打飞机。

再说说这部战争片里多次提到的女人。“老算盘”说家里给他定了亲，听说自己老婆肉嘟嘟的；“瓜怂”居然套出“老兵油子”从来没有碰过女人，“老兵油子”可是非常成熟的王千源演的，导演你让他情何以堪？战士没碰过女人这些桥段太老了，如果非得要用，找片中嫩一点的“端午”比较好。

影片中谢晋元团长在组织撤退时说了一段话，大概意思是，这场战役我们败了,因为我们的民族病了,别人这么欺负我们,扪心自问我们自己够争气吗?!我认为这是本片的亮点,也是两个多小时露天电影看完之后,作为一个中国人应该有的思索。

2020年8月23日

112　石涛无尽声

七夕当天，抵达青岛，住在喜马拉雅酒店，时间、城市、地点听上去都很浪漫，其实只是一次寻常出差，正好碰上了好日子。傍晚在石老人海滨浴场转了转，看到远处有个怪石嶙峋的山头，以为是崂山，当地朋友说那是浮山，崂山在另一边。

晚上回酒店看了地图，发现浮山森林公园离酒店不远，主峰也就两三百米高，可以来一次垂直晨跑。次日早上五点左右，就去跑步。绕过青岛体育中心，也就是青岛黄海足球俱乐部的主场，再过一条马路就是浮山了。青岛黄海队去年夺得中甲联赛冠军后升入中超，还引进一位非洲足球先生，有重振山东足球雄风之志。体育中心门口的草坪上，有一射箭女子的雕塑，英姿飒爽，我原以为只是普通雕塑，和上海淮海路上“打电话的少女”一样的艺术创作，走近一看，有名有姓，是奥运金牌得主张娟娟的雕塑像。2008 年北京奥运，张娟娟一环险胜韩国选手朴成贤夺金，同时成为中国第一个射箭项目奥运会冠军，是青岛的骄傲。雕像引弓的方向，即是浮山。浮山又名文峰山，想来山虽不高，志也曾高远。

浮山是青岛市内海拔最高的山，风景不算秀丽，但登浮山而小青也是可以说的。不到半小时，我便从北坡登上山顶，往南望是黄海和海边的高楼，晨曦中如海市蜃楼一般，往北则是市区来时的方向，往西看是胶州湾，东面是崂山。山顶有岩石裸露高耸，与崂山的石头有点像，但目测感觉松脆了一些。据说浮山是崂山的余脉，想那崂山的石涛荡漾到石老人海滨，被黄海所镇，成了暗涌，过了海滨，又重新崛起。我看那浮山，更像是崂山的一颗卫星，也有科学家说月球就是如此从地球分离出去的。

青岛是德国人建的，浮山上有德军据点，第一次世界大战期间，日军曾联合英军在此与德军激战，日军获胜，占领青岛，史称“青岛战役”。日本人自甲午海战取胜之后，相当自信，在中国东北打日俄战争打赢了，在青岛和德国人打又赢了，军国主义的野心随着不断的胜利膨胀起来。日本侵华战争前面也是赢面很大，淞沪会战中日伤亡比竟高达 20∶1，直到想干掉美国，才一把输光。打浮山的时候，日军以大部队在高地东侧猛攻，吸引德军的注意力，同时派敢死队爬上高大光滑的巨石，在德军的头顶往下射击，最终逼迫德军竖了白旗。我找了几块巨石看了看，攀爬确实需要勇气。

青岛石老人沙滩

只争朝夕——青岛

青岛主权和山东问题成为1919年五四运动的导火索，一个小小浮山，也是历史的见证。浮山南麓有南海先生康有为墓，我曾收藏过一幅康有为的字"石涛无尽声"，后转赠给了一个大咖，大咖后来办了一个规模宏大的艺术馆，人流如鲫。2008年在长风公园"海上宴"会所，面对夜晚银锄湖如海般的波涛，灵机一动，截用了南海先生墨宝中四个字"涛无尽声"做匾，可谓神交古人，引以为豪。"石涛无尽声"想必是南海先生睹崂山石涛所作，南海先生最终归于浮山石涛无尽处，冥冥之中自有定数。

2020年8月26日

113　移动的尘埃

处暑之后，雨水多了起来，苏州河的水位漫过了外白渡桥前面的水闸，在苏州河汇入黄浦江之处，不再泾渭分明，已经完全是一个两河共享的水面。一艘东北方向开来的货轮在这里遇到S型的河湾也华丽地转了个身，往东南方向进入黄浦江最靓的一段水岸，古称十里洋场的黄金水路。

一群小鸟在江中水泥浇注的平台上站成一排，望着江上远处的一团朝霞，朝霞在两座斜拉桥的索塔之间弥漫开，眼看一轮红日马上要升上来。这是2020年8月29日清晨，传说中的9号台风“美莎克”业已成局，目前距离日本冲绳县那霸市南偏东方向约800千米，离上海也只有1600千米，预兆台风的灰云已经布满了东方明珠头顶的天空，但杨浦大桥那边仍然在走日出的程序，小鸟们用它们的语言讨论红日与乌云齐飞的景象，顺便瞟一眼缓慢南行的货轮。

几秒钟后，太阳照常升起，拥有太阳系99.86%质量的小火球给整座大桥的斜拉索都染了金光，邓小平同志题写在索塔上的“杨浦大桥”四个大字是内环线内的老上海最早与曙光辉映的书法作品，笔力遒劲、自由奔放，比毛体要端正一些，比正楷又要写意许多。如果你在桥上，仰之弥高，必如见一幅竖卷轴被巨人打开，悬于桥塔之上，阳光带来的金色涂层平添一份高贵与庄严，与南浦大桥的日落相映成晖。“2009 年 5 月 21 日下午 6 点 20 分左右，从浦东上桥往浦西开的时候，见一轮溢彩流光的落日正往桥的拉着斜索的桥塔中间坠去，照得小平同志亲笔题词的‘南浦大桥’四字泛出金光来，如同天地之间江水之上高悬一巨匾，罩得人心也正大光明起来。”11 年前描写南浦大桥日落的文字仍然可以比对杨浦大桥的日出，在内环线两跨浦江的线路上，邓小平同志银钩铁画的八个大字与浦东乃至上海的改革开放相伴，在日出日落之间，南浦大桥三十而已，杨浦大桥亦趋而立。建两座桥的那几年，邓小平都在上海过春节，这中间，还在著名的南方谈话之后，中国决定建立社会主义市场经济体制。回到杨浦大桥，太阳照常升起。

跑过外白渡桥的时候，下了几滴雨，鸟儿们解散了列队，有两只飞到桥下的浮标上站着，几只在天空盘旋，一架无人机嗡嗡地上去到桥顶，那是一早在乍浦路桥那边拍日出的人操控的。出于对浦江日出的期待和对清晨疏朗的热爱，这个时候，总有人会在那里。

从四川路桥跑回南苏州路，雨开始大起来，天空中还出现了闪电。到了西藏路桥的时候，已经大雨滂沱，和大雨中的四行仓库合个影，这个建筑已经家喻户晓，不用特别加背景说明了。前几天，黄浦江最靓的水岸上空，举办了无人机外滩飞行秀，无人机在空中展示了四行仓库的形状，这个以往很少人去的仓库从此会成为流量之王么？

在这个日出、暴雨、闪电同时登场的清晨跑步，我突然萌生了写一部《四行》的想法，那四个民国的银行，是如何诞生、发展、合纵连横，是如何打造上海原点，又是如何消失在历史的长河之中？特别是中国历史上唯一具有发钞权的民营银行，也可能是第一个开办服务信托的民营银行——中南银行，我曾经在它昔日的总部大楼里工作过五年，当黄浦江上第一缕阳光照耀在汉口路 110 号的屋顶时，那时年轻的我并不知晓这里发生过的旧时代波澜壮阔的金融事件，而我被历史选择，在三十而立的青年时光里，在这里发起和参与打造出中国第一个信托计划，又是何其有幸！蓦然回首，无不让我惊觉我那跑过世界的步履只是阳光、暴雨、闪电中移动的小小尘埃，在易行的平路之上，在本无一物的虚空之中，在梦中的菩提树下、明镜台前，招惹了历史、分享了发现。

2020 年 9 月 3 日

跑步：四行仓库

跑步附录：江湖行走

1 京都纪事之一：乡音中温暖的90年代

1995年9月29日，新闻发布会毕，《温州晚报》与温州教育经济电视台、温州租赁公司三家单位组成记者团赴京。

飞行途中，记者翻阅采访计划：时间：9月30日至10月6日；地点：国际体委训练局、中国棋院、北京体育大学；人物：艺术体操全国冠军、奥运选手周小菁，男子体操全国冠军程亮，围棋全国冠军杨士海七段、女子柔道世界亚军李爱月及其队友王瑾，女子游泳亚运会亚军刘碧纯，羽毛球世界冠军黄展忠……神往的时间、心仪的地点、熟稔的明星，计划如金秋的果实一样诱人。

八天过后，计划成真。回忆此间五味俱全的采访过程，遂形成以下文字。

采访计划是不间断地一天采访一个明星，这在温州尚不是一件容易的事，在博大的、机关重重的北京城更是个难题。还好阮周琳曾去北京采访过，手上有一个关系网。事在人为，我们动用了这个"乡音网络"，求助于在北京的温州人。采访周小菁，国家体委体操处处长赵郁馨电话开路；深入到天津国家柔道队大本营，是国家体委三司副司长何国香帮的忙；在国家羽毛球训练馆外，原则性很强的北京大妈非要有教练的许可才让进时，我们甚至想都不想，拿起电话就问：“李矛在吗？”李矛是温州人，现在国家羽毛球队当教练。“朝”中有人，我们底气十足。

乡音无时无刻不在起作用，我们邀请在北京体育界工作的温籍人士一聚时，中国武术协会训练部部长黄凌海和国家跆拳道队教练陈立人提议去地安门云龙大酒店。云龙大酒店董事长张光木是旅荷华侨总会副会长，说一口纯正的温州话，几十年乡音不改，酒店内温州话四起，一片亲切。那天是国庆节，绝对的好日子，北京体育界的温州老乡平时也不常聚，难得济济一堂觥筹交错，吃着久违的“江蟹生”，说着顺口的温州话，感觉好极了。陈立人当时正好而立之年，刚刚担任中国跆拳道队总教练，还是一位快乐的青年，五年以后，他的徒弟19岁的陈中为中国跆拳道队夺得第一块奥运金牌。这篇文章发在公众号上被在美国的同学宏洁看到，倒认出陈教练原来是她母亲的学生，也是温州中学的校友，不由得让我想起朱自清先生为温州中学填词的校歌中“英奇匡国，作圣启蒙”这一句。

爱德华的《语言论》中提到，语言有一个底座，语言不脱离文化而存在，不脱离那种代代相传地决定我们生活面貌的风俗信仰总体。在北京，我们遇到许多精明强干、随遇而安的温州人，我们相信有这样一个乡音的底座，相信瓯越文化对每个游子的支撑，其实我们采访的这些瓯越骄子们也正是我们瓯越文明的精华之一，他们站在一个底座上，他们又构成底座的一部分，我们用文字和画面记录他们，是为了从体育的角度展示这个辉煌的底座，所以我们很自豪。

2 京都纪事之二：青年的北京城

在首都采访要过很多关，皇城根下的警卫门卫和把关的大爷大妈不大买记者的账。原则上进国家体委训练局采访不但要预约，而且要办采访证（读者看了后面对训练局的描述就会明白原因）。我们在门卫室办公桌的玻璃板下看到过这种复杂的采访证的格式，我们一开始就不打算办，因为根本就没有时间，而且是国庆长假，到哪里找人都不知道。

第一次进训练局采访程亮刚巧是国庆节，门卫略松，牟海兵卷起舌头，尽量仿京腔说了句："我们是电视台的，约好来采访。"门卫看看车上一大堆器材，挥手放行。顺利地进了体操馆，正拍得上劲，听得身后一声吼："喂，你们拍什么？"我吓一跳，怎么此地还有一关？回头一看那人平头大脸，英姿勃勃，却是体操世界冠军李敬。正在双杠上做动作的程亮来了句："我拍广告！"把大家都逗笑了。李敬开了玩笑，大概知道我们的来意，把过关就准备先走了，我想相请不如偶遇，就请程亮去打个招呼，顺便采访了李敬。看起来程亮人缘不错，一脸傲气的李敬以大师兄的身份说了程亮一大堆好。

第二次进训练局是和刘碧纯一起，没什么困难；第三次去，我穿着从刘碧纯那里借来的运动服，与门卫点点头，门卫瞅着眼熟，没说什么。万事开头难，到后来我们越来越自然得体，心中有底，脸上不慌，进训练局也就容易了。

难的是地方变成了旅游景点，把关的绝不让带专业的摄像机进去。先是在卢沟桥，因为我们想拍在中日擂台赛上大出风头的杨士海，就想用卢沟桥做背景，没想到把关的大妈非常讲原则，大妈一开始就当我们是北京电视台的，仍非要我们到文物管理处去找领导不可。我们也不知道她是不是变着法子拦我们，就跟她说了一大堆好话。后来听口气只是要收些场地费，想想也认了，就真去找他们领导，大着胆子砍价，借了中日围棋擂台赛影响力的光，给收了一百元场地费，拿了批条回去见大妈，大妈怀疑地看看我们，说："便宜坏了。"

到了长城我们就知道大妈的话不假了，八达岭把关的北京小伙子什么人没见过，他一指摄像机，坚决地说："这机子不能上去。"开始我们还想蒙他，说我们来旅游拍一拍八达岭又不会拍坏了，北京小伙子看看我们的打扮，再指指摄像机，说："一看就知道你们是专业的，场地费起码五百。"前半句听着高兴，后半句可真让我们肉疼了。狠心给钱吧还找不到办手续的人，给小伙子押金，他又不要。时近黄昏，西天一片酡红，我们怕红一变黑，就什么都拍不到了，就出了一个缓兵之计，到标着"有困难，找民警"的岗亭里找了位警察叔叔作保，那时身份证还是塑料卡片，应该是审核了记者证，再让租赁公司的黄方遒留下来当"人质"，拍摄的一行先上去了，赶紧拍完下来，办手续的还没来。北京小伙子没辙，挥手放我们走路。

20 世纪 90 年代的北京人讲原则，也通人情，颇有古风。城市有一种温暖包容的大气和积极向上的氛围，呈现出与南国完全不一样的气质，"瓯越骄子"之后，对北京更添好感，整个城市可以人格化为一个克明峻德奋发向上侠气浩荡古风氤氲的好青年。当时因为主业在温信工作关系经常与中信总部联系，对京城大厦很熟悉，连食堂的菜至今都还记得，后来我被派去荷兰鹿特丹中信欧洲公司学习，一度想过是否有机会在北京工作和生活。那时的《北京青年报》才叫真正的"后浪"，一打开报纸，开放、创新、奋斗的气息就扑面而来，1995 年率先推出"广厦时代""汽车时代"等产经专刊，完全是"青年"引领时代，即便是体育版，都能做到与专业的体育报纸不遑多让。

当年《北京青年报》有位体育记者叫王俊，他以武侠式语言评论足球等体育赛事，以神仙诗人和古龙笔法开创了一种新的文风，成为 90 年代狂飙突进的《北京青年报》的代表性人物之一，江湖人称“大仙”。80 年代末，我在大学期间受王先生的影响，给《球迷》《足球》写稿，那时没有网络，我生活的城市《足球》报要晚三天才到，于是开始业余为本城报纸写球评，以便老乡们有新鲜的体育评论可看，当然没少模仿王先生，可以说王先生是一个我不曾见面的亦师亦友的人。

2019 年平安夜，在《北京青年报》《足球》报上让很多同道拿起剪刀将其美文剪报留存的王俊先生（黄健翔称其为仙哥）离开了这个世界，这位和杨炼、顾城、芒克、多多一起在诗歌运动中玩出整整一个 80 年代的人走了。虽然未曾谋面，但 20 年前有过同框的文字，有过共同看一场球赛各自写的球评，有为共同欣赏的葡萄牙黄金一代扼腕叹息……大仙仙去，归于仙界，一路走好！

浪奔浪流，万里滔滔江水永不休。

3 京都纪事之三：缘分之前浪不息后浪不止

采访既需要勤勉，也要靠些缘分。我们不远万里去北京，自然丝毫不敢懒惰，终日奔波时并不觉得，现在回忆起来觉得在北京的那些日子仿佛有一只无形的手在穿针引线，把我们和温籍体育明星连在一起，我想这大概就是缘分吧！

我们在周小菁去日本比赛前采访了她；然后杨士海从广州赶来参加五牛图杯围棋王位赛，刚巧接上；接着世界柔道锦标赛结束，李爱月、王瑾从日本回来，我们去首都机场接机，跟踪去天津采访；从天津回来时，刘碧纯归队；采访完刘碧纯，黄展忠又从南京飞至。一环扣一环，滴水不漏，一如奥林匹克的五环标志。

与杨士海接头最富戏剧性，我们还不确定他是否已到时，拨了一个从叶荣光那里问来的中国棋院三楼楼道的电话号码，叶荣光有言在先，那个电话平常很少有人接，叫我们碰碰运气，没想到接电话的就是杨士海，杨士海那时刚到，还没安顿好，正在楼道里转。莫非一切都是天意或者心有灵犀一“拨”通？

北京人形容什么东西厉害，往往很简练地说一个字“牛”！我们那套上长城场地费最少五百元的摄影器材就曾得到体育馆路一个饭店老板如此的恭维。我们整天在体育馆路的国家训练局跑，后来由衷地觉得国家训练局

“牛”。全国百分之九十以上的冠军和大牌教练是它的住户。有一天我们进去，在宿舍门口看见蔡振华在擦他的奔驰车，在电梯口碰见乔红，在走廊里又遇到李大双，下来时还和郎平打了个照面，你可以想象训练局是如何“冠盖”云集的。国家足球队在训练局旁的龙潭湖集训时，会有不少球迷翻墙而至，训练局各个基地对于局外人来说都有着不可抗拒的神秘感。

如果没有缘分，即使让你办了采访证，“奉旨”入局，你想就这么一个下午随随便便遇上这样一批大咖也是不太可能的，郎平和蔡振华至今还是中国体坛的焦点人物，只是很少会让你在同一个地方遇上。

其实在生活方面，明星与常人无异，甚至更枯燥，刘碧纯说她经常两个月不出训练局大门，平常的项目只是听听音乐、看看电视、打打电话和写写信。当争取第一成为生活的主要内容时，其他方面反而会因拼搏而变得平和，除了专攻的术业以外，冠军们也是很平民的。那天访黄展忠不遇，大家在刘碧纯宿舍里聊天，聊到口渴了，碧纯说让隔壁“嬷嬷”（温州话小孩之意）帮忙去买可乐，一会儿可乐买来了，我见送可乐的“嬷嬷”很面熟，就问碧纯，一听吓一小跳，原来那女孩就是晁娜——短距离自由泳排名中国第一的晁娜。我对碧纯说：“你怎么管全国冠军叫‘嬷嬷’呢？”碧纯说她是1980年的，当然是“嬷嬷”了。自古英雄出少年，我们就这样偶遇了冠军嬷嬷，也是缘分。

时光飞逝，转眼四分之一的世纪过去了，如今管嬷嬷叫“后浪”了，“后浪”带点讨好甚至献媚，也许还带点狡黠的下套，感觉是忽悠年轻人，真正对年轻人的好称呼，就是“嬷嬷”，带点关爱、提携，两代人和睦共处。早上看了一篇阅读10万+的《80年代人的生猛，是现在年轻人不曾有过的叛逆》，看到“你有房吗？更是终极一问，相当于当众爆头。天大的理想，也没有一套房实在”——这是在说后浪活得极不自由啊！

于是我发了条朋友圈，贰代公寓可以让前浪帮后浪解决这个问题。

4 在西子湖畔——“瓯越骄子”采访团杭州采访散记

从北京采访回来，反映温籍体育明星风采的“瓯越骄子”专题报道陆续见诸报端电视，读者和观众的来信堆满了我们的案头，我们在兴奋之余，惦记着该去一趟杭州了。在西湖边上，尚有几位杰出的瓯越子弟：亚洲女飞人张彩华，中国第一位国际象棋特级大师叶荣光，航模世界冠军胡胜高和潘磊，技巧世界冠军许武——每一个名字背后都有一段不平凡的故事。采访团星夜上路，在雁荡打尖，抵达杭城时，西湖还沉睡在一片薄薄的晨雾之中。

张彩华“复出”之谜

当我们在阳光大酒店的一家分号里吃完过桥米线出来时，已经阳光灿烂，打电话给张彩华，她上班去了。在浙江体育馆见到这位亚洲百米纪录的保持者和她的三位在田径队并肩战斗过 4 × 100 米的温州姐妹时，我无论如何都很难将“亚洲女飞人”的骇人称号与现在已经很江南的张彩华连在一起。张彩华 1994 年退役，现在在省体育馆主管人事，从田径场到体育馆，虽然仅一步之遥，但身份却完全不同了。张彩华和她的姐妹们聊起过去的时光，不无慨叹。我们请张彩华去田径场拍几个镜头，她换上国家队的队服，束起头发，十足一副复出的模样。

省队的小弟弟小妹妹还当真了，张彩华还唬他们说要参加明年的世界杯，敬佩的眼神马上就过来了，跟张彩华熟一点的便问长问短起来，挺大的一个田径场，张彩华顿时成了“焦点访谈”的对象。

张彩华说看到他们，就想起自己的过去，十几年的运动生涯一晃就这么过来了，现在再到田径场，什么感觉都有。在田径场，我们还碰见原来国家队的老队员谢芳华，她现在也在体委工作，一见张彩华就说参加浙江省工人运动会的事，说好久不练了，临阵也得磨磨枪。我问：“你们两个参加这种业余比赛，算不算复出呢？”张彩华笑笑说：“你别小看工人运动会，‘复出’的人多了，搞不好还会翻船呢！”

胡胜高与李小龙

在这次采访对象中，胡胜高是出道最早的一位，他在 1981 年就跑了海模的世界纪录，他的名字，我在念中学的时候，就已经晓得了。但由于 20 世纪 80 年代，电视上很少有海模比赛的报道，我都不知道胡胜高长什么样。那天，我们相约去六和塔水上训练基地，在省体工队的大院里，我见到了长得并不算高大的胡胜高，握手寒暄后，即驱车去六和塔。

在车上，我向胡胜高请教一些航模的常识和术语。我没想到自己还能说出一个叫作“圆周竞速”的专业用词，这个词几乎是在刹那之间从我尘封的记忆库里被索引显示出来，我记得那是在许多年前一位酷似李小龙的叔叔告诉我的。当时是在温州中学九山湖边的操场上，学校请了几位航模队的专家给我们表演，那时候我刚刚念初一，只有惊诧和惊奇的份儿，我原以为航模就是飞机和轮船的模型，放在学校乒乓桌上展示的那种，对于竟能在九山湖上飞奔自如的遥控赛艇，觉得非常“一颗赛艇”（exciting），有些玄，是那个叔叔亲切地告诉我，他表演的项目叫作“圆周竞速”。“‘文革’后，航模运动真正恢复是 1978 年，我就是那时参加这项运动的，1981 年获得全国航海模型分项赛 A2 级冠军，两次打破世界纪录……” 胡胜高的话把我从九山湖畔拉回到西子湖畔，1982 年是我念初一的时间，我扭头仔细看了看胡胜高，觉得他不太像李小龙，有些失望，继而问：“你打破世界纪录之后，有没有到温州中学表演过？” 胡胜高被我这个跨越时空的问题问得愣了一下，终于摇摇头，说：“不记得了。”

杭城的采访即将结束时，我们去胡胜高家里选用一些照片材料，我居然在胡胜高的相片册里翻出一张酷似李小龙的照片！胡胜高冲我笑笑：“这张是我在 1978 年进省队时照的。” ……他漫不经心地把岁月的年轮涡旋在一起，我有些晕眩了，十三年前的那个酷似李小龙的叔叔是胡胜高吗？

借了叶荣光的光

早听人家说杭州植物园的秋景极美，于是我们把采访叶荣光的地点落在玉泉。结果我们在植物园里逛的时候，发现了一个园林式的高尔夫球场。我们一行中只有叶荣光曾在马来西亚玩过高尔夫球，大伙都想进去看看，就扛着摄像机闯进去了。

我们刚刚踏上嫩绿欲滴的大草坪，还没等摆好采访的谱，就有姑娘过来很有礼貌地告知此地乃私人会所，恕不借光。“那就是不让拍啰，这也是对你们很好的宣传啊！” 我企图说服那位姑娘，姑娘只是很有礼貌地摇摇头，说这是老总的意思，她做不了主。

于是我们退回了会所大厅，我看到大厅走廊上有他们老总和姜文的合影，估计这位老总也是爱广交四海朋友之人，就径自上楼找他们老总去了。老总姓王，听我们说要以球场为背景采访国际象棋特级大师叶荣光，没废什么话就亲自带我们下去了，大家见到叶荣光都很高兴。等我们采访完毕，一位副总还特地教我们练球，我们几个都练到差不多能唬唬人的水平才收手。许多体育迷过来请叶荣光签名，那位刚才婉拒我们拍摄的姑娘有些腼腆地带了好几个同事来，叶荣光一一给他们签了名。

八百里瓯江

《在西子湖畔》1995 年 12 月 1 日—3 日在《温州晚报》连载了三天，加上之前的《京都纪事》，分别在 1995 年 10 月 15 日、17 日、20 日发表于《温州晚报》，也算对“瓯越骄子”的采访活动做了侧面的报道。25 年过去，这些事现在看来还很有意思，人物特征、时代特点都有看头，“跑步”系列只写到久别重逢的杨士海，我觉得有必要将“瓯越骄子”的群相留下来，就补上了以上附录，另外也是为当年的《体育时代》栏目做个记录，一并感谢当年的同事剑波老师、牟海兵、肖驰、余俊、沈楚等人的协同工作还有温州晚报社金城、阮周琳、林大为等人的通力合作。在补录的过程中又加上了近期的感悟，算是跨越四分之一世纪的心灵对话吧！

5 执大学之道御白鹿而行——温大沪杭甬三地校友会联谊活动随笔

1988 年 9 月,我在家门口上大学,那时的温大,成立不到五年,是一所全市人民集资助推的公办大学,有点像后来集资建的金温铁路,得益于自费改革的温州模式。我在中学的时候从零花钱中捐过三元给在建的温州大学,这次沪杭甬三地校友联谊会中,与我同届或比我年长的温籍校友大都记得这事,上海校友会前秘书长张师姐还提到“三元券”这个官方的简称。

这个三元可能是我到目前为止回报最高的“投资”了,读书时每月可领三十元的补贴,毕业还包分配,因此我对温大充满了质朴的情感,我的中学同学即便是高考状元也绝无这等捐款给未来的自己的经历,当然也进了温大的同学除外。

我记得 2012 年重回温大参加同学会,温大起点已可追溯至 1933 年,时代大潮天地熔炉,且夫大学为炉兮,师长为工;岁月为炭兮,友情似金。得益于师院温大之合,于我,则新增无数为工之师长,多得赋能之古炭,幸哉!

奉化 ×× 号-×× 号渔船,默默地出海、归航、再出海、再归航,阅尽人间海天之色,直到被改造成宁波翡翠湾 4A 级景区的游客专用船,2019 年 8 月 25 日这一天,渔船迎来了一百多位不同年龄、不同职业、不同家乡的乘客。他们各自读书、毕业、融入社会、服务于社会、贡献于社会,栉风沐雨之后,修得同船渡海。登船无论老少，他们都有一个共同的记忆，那就是心中万物生长的青春，于最美的白鹿城中度过，不管是在九山湖畔还是在蛟翔小巷，不管是在学院之路还是在酽酽茶山，都仰头看过籀园上的蓝天、园柳上的月亮，抵抗过各个阿拉伯数字编号的台风（2000 年以后上大学的校友遇见的台风已经变成一个个可爱的名字），抑或还有相同的梦想。温大建校已 86 年，所谓百年修得亦差不远。

如宁波钱会长所言，宁波接轨大上海，往东是大海。当渔船向东开去，校友们的心是喜悦的，一个寻常假日已经变成一次相遇，这些校友有初识也有旧交，要说每一次相遇都是久别重逢，那每一次久别重逢也都是新缘既起。如论所有过往，皆为序章，那所有刚上船的人，也都在经历一段崭新友谊的开篇。

上海校友会的康汉秘书长给我一一介绍同船的校友，有画家、律师、教育工作者、企业家，还有企业家的好助手、人民的好公务员，等等，大家交流着、说笑着，讨论着中美贸易战的谈判技巧及输赢预测和捕到的蟹是真的现捕还是渔船主人事先放好的，就到了海中央一处飘浮的木排搭成的食堂。各队把会旗一放，略等片刻，就吃上大小不一的蟹和基本一样大的鱼。享受着东海的风，康汉秘书长顺便又发展了一位在上海工作的杭州校友，戏称是开了上

温大分享会

海校友会船上入会的先河，入会的小马表示荣幸，比温大早建12年的党不就建在船上么？

午餐将近尾声，主食刚上宁波特色的小甜馒头时，突然下起大雨来，虽然江湖闯荡日久早已视大风大雨为生财之水，但我猛然想起这两天还有一位若隐若现的台风同志没有登场，赶紧催校友们速速登船先回岸上，我们经过一排排仪仗队一般的渔船，没来得及喊一声“同志们辛苦了”就回到岸上，后面小艇上的女同学还有奋力抢出窗外拍照的。这位叫“白鹿”的台风终于驾临了福建东山，他给我们带来了一场点缀性的风雨和一个同城名字，给了我们一个御白鹿而行的机会，对于我们这些都在白鹿城上大学但从没见过白鹿的新老学子来说这都是一个纪念，最好的纪念当然是我们都湿身了。

忙于公务的赵敏校长和分管校友组织的钱强副校长在忙完24日的联谊会议程之后即先行离去，赵校长在24日的发言中提到了温大的未来，即争创省重点院校和建设博士点，成为浙南闽北赣东第一位的综合性大学，还有许多学科方面的获奖情况和领先性是我以前并不知道的。我曾经以为温大只是人生的一个小站，后来我与浙大、交大、北大、清华都有了交集，有了广泛的大学圈交往，但此时我真正认识到大学之道在于青春，而青春是所有人的大站；大学之道在于真实，一种“你看到什么，听到什么，做什么，和谁在一起，有一种从心灵深处满溢出来的不懊悔、也不羞耻的平和与喜悦”；大学之道并不是培养完美的人，而是培养拥有“真心、正义、无畏和同情”的人。这一点温大做得很好，我们有更多实业报国的校友、更多独木成林的师长，我当年的大学班主任周星增老师甚至在上海办了一所名叫“建桥”的大学，他在最近一期的学生毕业典礼上勉励学生做好人中人。

大学就是建一座桥，而温大，其实就是我们共同的摆渡人。最后借叶正猛学长联谊会讲座的命题“执古之道御今之有”给这篇随笔取名“执大学之道御白鹿而行”以资纪念，叶学长研究习主席之用典，而我祝愿我的师兄师姐师弟师妹一生都有吉祥的白鹿相伴，做最好最美的自己，克明峻德，无问上下与西东。

6 隐蔽的温暖和深度的人情

5月16日，在温州大学校友会举办的第一期校友思享会中，我和大家分享了即将出版的《平路易行——人类极简史，地理小发现》，同时也是给母校87周年校庆献礼。上海交通大学媒体与传播学院副院长、文旅部文化和旅游研究中心研究员李康化教授给拙作做了点评，讲了小书涉及的三个度，空间上的宽度、时间上的深度和人间的温度。非常巧合的是，康化校友以哈佛大学燕京学社访问学者的身份考察过“一带一路”，对丝绸之路、文艺复兴和大航海时代都有自己独到的见解。更有缘的是，他竟然还是一位顶级段位的球迷，去过的俱乐部比我汇报过的更多，他是姚明在交大读书时的老师，对足球和篮球也都很有发言权。感谢上海校友会秘书长、主持人康汉师兄的引荐，人生有很多相遇，我与康化校友素昧平生，亦有相见恨晚之感。

在本书的创作中，还有一件值得一提的事，可以呼应李康化教授所言之“人间的温度”，就是去年12月5日我应清华大学五道口金融学院金博班同学薛晓路之邀，在上海大光明剧院参加《吹哨人》电影的首映礼，看完电影之后，我发了条朋友圈：“《吹哨人》拍得太好了，没有一句废话，所有的台词最终都体现了它的价值，最后全部串联起来，当你能想到前面有一句台词后面还没呼应时，好戏就还没结束。……从《北京遇到西雅图》到《不二情书》再到《吹哨人》，晓路同学的电影拍得越来越好看，越来越有思想、有深度、有温度……”9日，人民网发文“‘吹哨人’发出不凡之声”，点赞影片展现了普通人在面对大是大非时的使命感与责任感。我很欣赏雷佳音饰演的平凡英雄角色；对汤唯饰演的周雯在危急时刻决定站出来坦白一切，守护家乡，亦十分感动；周雯在车上对着镜子整理妆容的镜头充满了人间的温度。为社会牺牲的吹哨人都是这般始于平凡终于不朽。

我就是在晓路同学发的朋友圈得知，“吹哨人”是为使公众注意到政府或企业的弊端以采取某种纠正行动的人这个概念的。去年9月《国务院关于加强和规范事中事后监管的指导意见》颁布，其中明确提出建立“吹哨人”制度。如此时令又枯寂的社会题材被晓路和汤唯一导一演，两位美女演绎得赏心悦目目不暇接，不得不叫好！在“丝路行”里面，有提到“吹哨人”这个概念，《莫高》中，“开窟是沉默的吹哨”，还有一次提到敲钟人——（见《比萨斜塔：世无敲钟人，万古如长夜》），“矛盾是颠覆的钟声，在斜而不倒的钟楼一并敲响……伽利略与亚神相隔1900多年，在挑战成功之前都在鄙视链下端。坐在比萨斜塔之下，遥想四百多年前的情境，世无敲钟人，万古如长夜。”——电影《吹哨人》中的城市叫“吕汉”，大约是取了“吕”的两口之意，看上去就是两张吹哨的嘴，“吕”在“洪钟大吕”一词中有“振聋发聩”之“警醒”意味，吹哨人即敲钟人。“汉”字更不用说了，周雯成了吕汉的英雄。

我在首映礼现场问了汤唯一个问题，“为什么晓路电影中你后面的男人都叫老钟？”汤唯看了一下晓路，两位美女会心一笑，说：“你是第一个发现这个问题的。”——她们没有正面回答我的问题，我就在心里胡猜：取名老钟是给男人敲警钟还是给世界敲警钟呢？

女性演绎的电影，充满了隐蔽的温暖和深度的人情，在创作方面绝对是细腻到要慢慢体会的，是时候二刷《吹哨人》了。

7 雁山肺腑

我去雁荡，现在算前后有几十次了吧！第一次是1988年在温大读书的时候，说是大学生，其实还略懵懂，一彪人马地在雁山腹地穿行，好大喜功，求险求远，对只在灵峰灵岩看看就走，点到为止的游客根本不放在眼里，总觉得自己是最解风情的一拨。去灵岩，没玩两下就上了平常人迹罕至的天窗洞和龙鼻洞，那时龙鼻洞内没有护栏，摩崖石刻触手可及，一切如同徐霞客到时的模样，仔细地辨认了沈括的题刻之后，觉得沈老师既然在《梦溪笔谈》里将雁荡山写得这么透，没理由只刻这么小的两个字的。正想着，一帮同学嚷着要攀展旗峰了，走了一段天黑了，又下起大雨来，方才作罢。

如此就有了第二天翻山越岭去显胜门的变本加厉之举，从灵峰右侧上山，天黑云低，盯着地图上一条模糊的小路一直走到雁山云影里头，在那个我至今都不知名的峰顶，我们经历了一场在我当时的旅游经历中史无前例的大雨，先是万山浮动、顽云积聚，随即三步之外听声不见人，再是雨挟风威扬起鼓声万点，把我们浇成出水芙蓉似的。不一刻，雨停，青山渐露。我们在崖上坐看远处一朵祥云被半缕飞霞收去，惊叹得说不出话。

在邂逅了那场雨后，我对大自然的翻云覆雨手一直怀有敬畏，对雨后叩谒的显胜门再不能忘，当我第一个跑到空无一人的门下，忽觉脖上一凉，许是绝壁之上一株绿叶随风摇曳，草上的露珠终于脱离了绿叶的掌心钻进了我的夹克领口，仰头见两片铁城直达天际，一缕阳光斜射进来，照在水滴石穿的崖壁上，门后竟然还有一瀑，水从铁城般的垛口上下来落入深潭，潭边有巨崖，像一个侧面的佛头，怔住了，从来没听说过雁荡有这样的景观，完全没有心理准备，被自然所震撼，甚至怀疑“显胜”是讹传了，应是“显圣”才对。

我在 1996 年第六次雁荡之行中再访过一次显胜门，与初见时已经隔了八年，大忽隆一班人进去，没有第一次那种面圣惊世的感觉了，“显圣门”又变回了“显胜门”，眼中的“含羞瀑”（后来知道门内瀑布的名字）也开始忸怩以来，发出魅惑的低音。之后，再也没有去过显胜门，因为之后的雁荡行程大都是陪外地的亲友，游雁荡作为待客的一日游节目，虽为压轴但时间仓促，自己也慢慢变成原来自己很不屑的只在灵峰灵岩转转，最多再去大龙湫看看的点到为止的游客样子。不过我很庆幸温州有雁荡，就像坐拥一个鬼斧神工的后花园，临走还能迷倒一批海内知己。二灵一龙走得多了，听惯了导游各色象形的描述，除了老僧拜塔变美女梳妆，啄木鸟变大熊，合掌峰变夫妻岩等经典的移步换形之外，连鲁迅和阿凡提都被拿来拟物了。初到贵境的朋友尚在啧啧称奇，我开始有些窘迫了。单纯给处处名胜贴上像什么的标签本来就不是很大气，况且有些比喻也实在牵强，雁山到了很需要挖掘底蕴的时候，我希望自己能找出点什么来。

1995 年在制作“瓯越骄子”系列之前的两个月第五次去了雁荡，算是一次休养和采风，兄弟二人在净名的工人疗养院住了十几日。不当陪客，把所有的风景都拿来善待自己。三游雁荡的徐霞客有话在先：“欲穷雁山之胜，非飞仙畸人，不能瞰其肺腑。”我其实早有“瞰”意，只是先前来去匆忙，没有机会而已。这一次时间充裕，完全有条件“报复性”深度游。晚饭后随便走走就走到净名坑森林公园里面去了，在一望无际的常绿针叶混交林中漫步，不知道想听些什么好，听得一种鸟在叫，发出金属轻磕的声音，不知道是不是传说中的“山乐官”。直到突然一片铁青色的山峦如愤怒的海潮黑压压地向我们扑来，我明白走到铁城嶂下了。据说这条路先前是有虎狼的，抗战时期联络员由此上铁城嶂，翻过水源岭背，可以到上折瀑那边去，险路就不会有敌人，除非遇着虎狼。去上折瀑吗？这条路诱惑着我，但夜幕已经开始罩下来，我们得回去了，返回时在维摩洞旁拍照，已经要用闪光灯了。

我们惦着铁城嶂，第二天又去。午后，有一丝微风，因为下过雨，嶂上挂了许多小瀑布，经过昨晚拍照的地方，发现当时信手拈来做背景的石头白天看槎槎牙牙，有如一个大树桩，雁荡山石，天赋异相的不少，但如此吸纳森林之气的石头恐怕绝无仅有。石旁有一碑，曰“梅花桩”，我记起它的来头了。发现它并“包装”它的是新中国成立前乐清县（现为乐清市）的一位县长，名叫张叔梅，湖南人。此人不慕虚荣，也没有架子，到乐清做官，倒有大半心思在山水之间。乐清当时地处东南一隅，舟车不便，大老远从长沙跑来做个县官，多少有些流放的味道。孤零零地，满载着惆怅在山中流连，偏偏遇见这块怪石，以石寄情，诗文就出来了：“老梅耐冷心如石，此石何年幻作梅？似恐暗香妨大隐，无言独到海山来。”——张县长名叔梅，见石如见己；海山大隐，由此见自己见天地见众生也不无可能。

张叔梅与梅花桩虽然比不得苏东坡与赤壁，但显然亦是旧中国“贬官文化”的一朵浪花。贬官和文人，抑或贬官兼文人，特别与山水投缘。山水，既可避世又可寄情，但最高妙的是借山水之清明荡涤心灵困惑，蓄自然之伟力于个人意志。我们从铁城嶂走到上折瀑，又下来往中折瀑而去，见到写有王十朋诗句的题刻：“欲向灵岩移卓笔，与君同扫万人峰！”王十朋写这首诗的时候，尚未及第。在那个山河破碎、风雨飘摇的乱世，这个满腹经纶的太学生遇到秦桧把持的科考，居然十多年屡试不第！未来的南宋状元沿着古道、迎着西风、骑着瘦马，在家乡与京城之间奔走，十多年来，每回赴京他都途经雁荡，用几乎干涸的喉咙吟出恒久的诗篇，雁荡成了他生命中的重要驿站。每一次途经都是一次精气神的集聚，然后他像一支箭，射向未卜的前程。

历史和那个时代的人开了个玩笑，秦桧被罢相后到温州任知府，在雁荡再露权奸本色，游灵峰时对人妄称“梦到一洞、群僧环坐，有一高僧指他为雁荡开山祖师诺讵罗后身”，然后他走到观音洞，说认得观音洞即是梦中石室，假惺惺地表示要出家修行，并在洞内建堂立碑。我在观音洞内见过秦桧的字

“最上一层”,看到那个匾上去就是主殿和跪那儿抽签的地方了。秦桧的字很好,称得上敦厚大气,但做的事情确实比较恶心,王十朋早已按捺不住,拍案而起,秉笔疾书,直指秦桧:“何人梦石室,妄辩夸一时。哪能了世缘,未免贪嗔痴。名山误见污,公议安可欺。愿借龙湫水,一洗了堂碑。”就在那一年,他中了状元。

我就这样想着,踏着王十朋走过的台阶在雁荡走着,导游一般是不会讲这些事儿的,但这些事才是雁山的肺腑之言,是雁荡精神意义上的层峦叠嶂。灵岩寺外的钟鼓齐鸣了千年,灵峰的痴情万载不变,过往的行旅又带着多少迥异的心境在期间匆匆流过呢?且不说山色空濛水亦奇,单是雁山那欲语还休的肺腑之言又有多少人能听得呢?

肺腑之言不常有,值得一提的还有一次台风天与雁荡的交往。2015 年 7 月,一家三代人去雁荡游览,一行七人,年龄最大 75 岁、最小 5 岁,翻越朝天门,见东海,途经五老峰,从朝阳洞下,历时四小时,风光旖旎,恰台风灿鸿影响,上看彩虹,下见真龙。那个守着大龙湫入口的鬼斧神工的龙字,不知存在多少年了,第一次见到是 1993 年,22 年过去其下的树又长了几分,龙不见尾了,因为台风带来的天水,右侧多了一条瀑布出来,有精灵山谷的气质。从来没见过大龙湫有这么大的水,海上来的台风灿鸿忽然间就不知去哪了,那天倒可以发自肺腑地称大龙湫“灿鸿”,是日,龙湫之水天上来,传导着天地之间的大秘密。

8 雨夜走棋乡

5月19日是温州大学校庆日，5月21日是浙江大学校庆日，前者办学溯源已经87周年，而后者更是有了123周年的煌煌历史。因为要出版《平路易行》，我整理了曾经发表过的文章，昨日在公众号发1995年写的《雁山肺腑》（发表于《温州旅游》），友见之，提到当年另一篇文章《雨夜走棋乡》，我便去找，在故纸堆中找到1995年6月22日的《温州日报》，自己审读一遍，发现当年棋乡行，竟然邂逅的是两位老校友，两位都是温大校友同时也是浙大校友，一位是马允伦先生，另一位是谢瑞淡教授，再查渊源，得知马老与谢老已经分别于2011年、2012年仙逝，不由叹息。历史进入了21世纪20年代，回望四分之一世纪前的90年代，还有一些温暖的回忆，谨以致敬两位一面之缘的校友。

那一次与电视台同事沈楚一起去平阳采访全国象棋棋王赛，一路上雨下个不停，淅淅沥沥的，天与地仿佛有说不完的话，采访了三位具有代表性的特级大师以后，突然来了灵感，想去看看百岁棋王谢侠逊的故居。棋王谢侠逊在温州是位家喻户晓的人物，他经历过晚清、民国和新中国三个历史时期，曾转战全国各地及东南亚，毕生为推动象棋发展，不遗余力。他的一生，充满传奇，有点神秘。雨声如战鼓，拜访棋王故里的愿望一发便不可收。

机缘巧合，晚餐时，我、沈楚还有《温州晚报》记者马伊（温大校友）与马允伦老先生同桌，马先生 1949 年毕业于浙江大学，后任温师院的教授，著名历史学家，曾讲授《中国通史》，参与《汉语大辞典》的编纂，当时已近古稀，仍为平阳故里的盛事出力加持。马老向我们介绍他身旁那位精神矍铄的老者，竟是棋王之子，杭大经济系的谢瑞淡教授。很自然地，我们约了谢老带我们去看棋王故居。

约好了在腾蛟赛场见面，鳌江距离腾蛟还有半个小时的车程。雨天路滑，雨刮器卖力地刮来刮去，问了几次路才找到了腾蛟。雨夜，本不可能有多少绚丽的色彩，但腾蛟古镇上满街还悬着“重温棋王情，又圆至尊梦”和“棋乡人民欢迎你”的组合灯笼，毕竟是棋王的故乡啊，棋王故里举办棋王赛大约和巴西举办世界杯相当，棋赛的日子就是民众的共同节日，作为赛场的腾蛟电影院座无虚席，坐在前排观战的谢老见我们来了，未等雨毕就领我们走进了雨夜。

我们的“大宇”紧跟着谢老坐的“桑塔纳”在泥泞中前行，都被夜幕雨帐笼罩着，车窗外混混沌沌的，看不见什么，却好像又能看得极远，逼仄的空间反而激活了想象和记忆，我开始尽我所能勾勒棋王的传奇，棋王著名的棋局一如天外飞来，直奔脑海。袁世凯与日本政府签订丧权辱国的“二十一条”时，棋王用三十残局排成“莫忘国耻”字形，声讨卖国罪行；抗战期间，棋王把他与周总理对弈的残局命名为“共捍国难”；后来又陆续发表以政治时事为题的象棋残局，如“抗战到底”“严惩祸首”“最后胜利”等；抗战胜利后，棋王又用“止戈为武”“救民水火”“制止内战”“暴政必败”为残局题名，反对国民党政府发动内战和独裁统治……我只在棋刊上见到过“共捍国难”，对其他棋局只能借名想象，思维几近枯竭之际，车到棋王出生地——凤巢乡洞桥头村。

棋王的后人打着手电来接我们，风声雨声依旧放任，连蛙声也掺和进来，踩着青石板路，随着摇曳的亮光走去，很快我们就走到了传奇开始的地方。那是一座极其平常的木屋，可能是乡间的电路不堪负荷，1000 瓦的新闻灯刚接上去没两下就灭了。我们只拍了一个模糊的镜头，谢老说棋王五岁多就随其父离开此地到平阳县城去了,但饮水思源,根始终在凤巢,棋王的成就对棋乡人产生了极大的向心力。我们又谈到了腾蛟古镇上的大红灯笼,据说是每家每户为烘托棋王赛气氛而各自出资统一购置的。很显然,象棋在此地已经是一种韬略、一种胸怀,一种精神的象征。

夜深了,我们驱车回鳌江驻地。在车上,谢老谈起上海为纪念反法西斯战争胜利 50 周年正筹拍反映棋王生平的电视连续剧,以 20 世纪三四十年代的棋王用弈棋形式走遍各国、宣传抗日、募集经费的经历为主要内容,弘扬爱国主义思想和教育后代,我为上海人叫好,他们在铭记历史和文化宣传方面总是特别有心。夜雨不歇,天地情未了。

谢瑞淡教授是棋王谢侠逊最小的儿子,与马允伦教授同年毕业于国立浙江大学,亦在温师院任过教,而后到杭州大学任教,1998 年杭州大学并入浙江大学,2006 年温州师范学院与温州大学合并成新温州大学,学校历史就这么在合并潮中滚滚向前。1995 年的平阳之夜,我已从温大毕业四年,尚与这两位老先生没有校友交集,而后我通过研究生联考进入浙大,再过几年温大与温师院合并,所以追根溯源,便多了两位双重身份的老校友。只可惜棋乡一别,江湖终未曾相见,雨夜之后,再无讨教的机会,再回首时,两位老校友已驾鹤西去多年,只能从他们留世的作品中学习了。

当年棋乡之行催生了制作“瓯越骄子”的念头,对于瓯越大地亦渐生敬畏与感恩。“桃李春风一杯酒,江湖夜雨十年灯。想见读书头已白,隔溪猿哭瘴溪藤。”值此两校校庆之际,以此文纪念两位老校友。

9　开往校友会的复兴号

戊戌岁末，一月阴雨后连晴三日，长三角沉浸在一片腊八过后就是年的冬蕴之中。在南京南与友人叙旧，更尽一杯拿铁之后，登上 G7235 号高铁，靠窗坐定，这是一辆京沪线上最商务的复兴号车，却满眼是浓浓的人情味，在栉风沐雨的旅途中，常有这么些久雨见晴的时刻，是连人心都一起见情而温暖的。

点开早上刚进的温州大学上海校友群看，就在车离宁还未到镇江的这一路上，已经有 12 位校友致意表示欢迎，加上上午 2 位校友的暖心招呼和镇江之后 4 位校友的文字问候，已经集齐 18 位校友之心意，加上介绍我入群的陈师兄，在 2019 年 1 月 18 日午后的风和日丽中驶向上海。

校友会中，有会长、天正集团董事长高天乐，温州大学上海校友会秘书长陈康汉（陈师兄）；温州旅沪知名文化艺术界校友有上海戏剧学院终身教授、著名戏曲史学家叶长海，华东师范大学美术学院书法系主任、上海书协副主席张索，上海书协理事邹洪宁，韩天衡美术馆书记、副研究员王新宇，上海书协理事、上海师大副教授王客，上海师大副教授王素柳等人。2020 年 5 月，与这些校友聚于外滩一处雅庐之中，为母校办学溯源 87 周年献礼，以上鸿儒智者以笔会友，将对母校的拳拳之心寄情于翰墨篇籍之中。鄙人不才，躬逢胜饯，适逢南极归来不久，便献诗一首——《天堂湾：我的大学》，这是后话了。

车过无锡,陈师兄微信相邀校友聚会,把我一次等闲归来,变成一次高铁赴会,幸甚。从火车站辗转到浦东,穿过南浦大桥近三十年不息之川流,即与三位校友重逢,我还在为上月日丽号邮轮螺旋桨之伤未去成南极而叹息,王师弟已早有征服地球三极之宝贵经历;赵师弟亦是金融业者,相约切磋;最奇当晚聆听陈师兄之“艳遇”故事,为我动笔之大因。

缘起陈师兄80年代一善举,当年他因伤在家休养,在家开办补习班,于得胜桥张贴告示,第一个报名者免一年学费。首位学生学成身退,若干年后竟成为哈佛大学博士,在哈佛燕京学社副社长任上通过互联网找到当年的陈老师,邀请陈师兄访问哈佛,陈师兄当时任浙江商会秘书长,遂组织商会代表团赴哈佛交流,此他第二次赴美。按下哈佛不表,在回程飞夏威夷的飞机上,他的邻座是一位风姿绰约的美国姑娘,而这位美国姑娘在陈师兄三年前第一次访美归程途中,竟然也坐在他身边,当时还是个假期去东京游玩的大学生,这可以说是中美友谊最浪漫的久别重逢的故事了。

哈佛的李若虹教授是我们温州中学的杰出校友,我听故事才得知她与陈师兄有一年的师徒之谊。陈师兄学高为师,当年借伤休养之机辅导了一百多名学生,此为善缘之始,这与我戊戌年骨折在家看了一个月的世界杯然后带着轮椅游欧洲的境界完全不同。且身正为范,美女拥抱,犹能保持正襟危坐的身姿更令同行之商界大佬佩服,中美友谊民间的温情亦为中美关系的复苏打下一个小小的伏笔,在世界两大经济体之间,即便有一个月的阴雨,也会有连晴三日。栉风沐雨的中美关系,亦应有这么些久雨见晴的时刻,是连人心都一起见情而温暖的。

复兴号入会,是为记!

初稿完成于2019年1月18日,2020年8月18日修改

附:天堂湾:我的大学

大学不是一个地点,也不是一段时间,大学是完美的状态。

身体自由、精神自由、财务自由,是人类完美的状态么?更进一步又是什么?

翱翔的鸟类让我们仰慕,如果我们真正沉浸在自由的世界里时,会思考些什么?

我们想要的世界是人与自然合力而成的,自由、富裕、安全、环保、美丽、快乐、智慧、互爱的世界也要满足技术建成、经济建成和社会建成吗?

山不是天堂湾的边界,鸟的翅膀才是。但我飞不出我的大学,大学是一个永远生长的界。

将万年的黑冰凿一块置于杯中,能饮一杯无?这宝贵的香槟色,能合成出时间的味道吗?请你告诉我,你确定喝的是香槟还是晚霞?

冰到达不了天堂湾的最深,但水可以,放弃那摄人魂魄的幽蓝,是物理的变化,还是思想的选择?

我放弃那青出于蓝的成见,把自己变成一滴水,去往我的大海,回到我的大学。

10 太湖记之一：开往苏州的夜航船

戊戌年秋，“平路易行”归来，腿伤未痊愈，然阔别江湖日久，已经开始“报复性”聚会。在陆家嘴聚会时定下了苏州太湖之约，然后在“海上温情”群中建议把太湖聚会的主题暂定为“讨论长三角一体化”，在上海生活的同学们还是很有共鸣的，后来进博会时习主席明确提出“长三角一体化是国家战略”，我们的聚会主题也就正式官宣了。

我是1999年在上海置业安家的，对于长三角一体化的感受可谓刻骨铭心。如果说今年的进博会是全球商品的实物论坛，那么1999年在上海举办的全球财富论坛可以说是商业思想的进博会了。在这20年中，上海慢慢形成了自己的产业肌理，成为一个生活方式和产业布局都可以自我进化的超级城市，在2018世界城市GDP排名中，上海仅居纽约、东京、洛杉矶、伦敦和芝加哥之后，以4150.22亿美元排名全球第六、中国第一。

在高中毕业后的30年里，我的同学陆续汇聚到这个城市，第一批是考到上海读大学的，第二批是20世纪90年代中后期上海像广东一样开放时来的，再以后是进入新千年，伴随着上海房价的劲升步伐陆续来的，然后是二代在上海出生或是二代来上海读书或是二代海归在上海落户，总之开枝散叶、郁郁蓊蓊，一转眼都是光阴的故事、人的迁移和地的生聚史。

我第一次去苏州是1992年春末，在杭州商学院（现在叫浙江工商大学）

参加一个历时半个多月培训，课程结束后，和两个温州同学约了在武林门码头上船，船是苏州来的，下午四五点出发，在船上吃了一顿特别丰盛的晚餐，有太湖的银鱼与白虾，米饭是现做的，喝了点黄酒，胝足夜聊。

这一艘在京杭大运河中的夜航船真有细胞破壁的感觉，透过晨雾中的鸡鸣和炊烟，到达了苏州。在苏州盘桓了两日，又坐绿皮火车到了上海，在上海玩了两天，参观了南浦大桥，那时大桥通车不久，参观券四元，桥上有武警站岗（南浦大桥 1991 年冬通车，再早一年冬上海证券交易所开业）。我们从公平路码头上民主轮船，经过正在建设中的杨浦大桥出吴淞口在东海中航行二十多小时后回到温州。

当时觉得上海太牛了，南浦大桥、杨浦大桥都是小平同志亲笔题名。后来看到邓公晚年多次坦言："我们说上海开发晚了，要努力干啊！"他还说过："我的一个大失误就是搞四个经济特区时没有加上上海。"才明白那八个字的书法是老人的心意，老人的"墨许"隐含着他对这块热土的期盼与默许。

那是一次不经意的对长三角的考察，却在未来的人生走向上打下了一个伏笔，我坚信长三角会成为国家发展的龙头，而我迟早也要到这里来。两个同学一位是泰顺的，还有一位来自洞头，后来没有联系了，那是 E-mail 也还没有的年代，传呼机才开始有，号码记在小本本上，早被时代的更替霸气清盘了，不知道两位同学现在可好？

11　太湖记之二：戊戌年的江湖

太湖古称震泽，横跨江、浙两省，北临无锡，南濒湖州，西依宜兴，东近苏州。苏州河的源头在太湖瓜泾口，从上海黄浦公园附近汇入黄浦江；黄浦江的源头在安吉龙王山（浙江湖州），一路蜿蜒流经上海市区，在上海市中心外白渡桥接纳苏州河后在吴淞口注入长江，然后入海，"黄浦夺淞"（见《跑过外滩源》）之前，苏州河（吴淞江）是长江入海前最后一条支流，太湖与长江就这么相连着，成为世上最美的江湖。上海的两条母亲河，分别来自江苏和浙江，所以长三角包邮区也是浑然天成的。当美女同学将苏州聚会之太湖佳处推送过来时，正好重温一下太湖地理。

太湖中有一大岛，名西山，是国家地质公园。西山东面不远是东山，东山是个半岛，因风景优美且便于到达名气颇大，半岛上的东山宾馆是个五星级的国宾馆，亦是一个隐处的名利场。曾几何时，沪上冠盖云集此地，有人恭逢其会，迎来送往，得以结交上档次的有力人士，渐渐地在上海政商界中有了"小苏州"之名，此人后转战上海滩，遂成炙手可热之权徒，而后折坠。与同学聊起这些十多年前的八卦，已经少有人知，某人的风流与折坠在群众眼中只是普通一瓜，而在当事人则是大半生。曲径通幽处，多有警示录。

聚会地在渔洋山，与西山有太湖大桥相连，如今西山亦成半岛，门前车马喧，渔洋山植物葱茏，在西山之东北，东山之西北，踞太湖一角，反倒比较安静。渔洋山一处有机农庄在同学友人之经营下有声有色，种了茶树、枇杷，养了大马、奶牛，还有网红中华田园犬尽职护院。日式的茶社、中式的庭园，竹林之翠色间或有靶场之声，凭栏远眺，有震泽一湖，想必朝晖夕映也是气象万千。

范仲淹正是苏州人，公元1035年创办苏州府学（今苏州中学），苏州中学得以在校龄上秒杀所有各市地县冠名的中学，《岳阳楼记》作于1046年，所以范先生最先吟出“先天下之忧而忧，后天下之乐而乐”的所在未必在洞庭一湖，而极有可能是太湖。或者说早已有太湖理念，只是在当年更高规格的有长江概念的更有庄严国土意味的洞庭兑现。

我等凭栏处，天阴湖绿。庙堂高远不妄议，江湖事更暖心。与老布聊起修理缺乏职业道德的无良之辈不亦快哉，少年意气回归，竟有磨拳意，大家各自经历过的江湖虽时常有不堪回首之感，但道义二字始终还在心头，道义不曾老去，自然也还是少年。

原本以为去太湖只是吃蟹，没料想还有射击这样的项目。东道主是位“80后”的美女，性格豪爽，常常驾驶特斯拉从吴江开到上海，与闺密同聚，因我等闺蜜男同学加入，如木兰从军，不免略略喝高，遵纪守法喊代驾，花500元代驾回苏州地界，拉动了整个长三角的服务业。

美女东道主安排的射击真是合心意，我原是业余射击队队员，在温州雪山靶场训练有日，虽不曾有功名，但手感心气犹在，摸到枪还是有一些熟悉，犹如二十多年不见的老友，那一丝回忆从钢枪上传导回来，如同回到雪山，将飞狐爪之类的少年情怀瞬间唤醒。现在的枪都是美式的真枪，手枪有防风槽，可架瞄准镜；步枪是小口径，可连发；靶子是带蓝牙的，手枪的噪声大了点，可以戴耳麦。总之，非常讲究。

射击时，靶距32米，教练在旁报数，“八上”“八右”地报，供你随时调整，一开始，动作僵化，打了几枪便累了，后来抖擞开来，弓箭步扎好，上身放松，连打了两枪十环；打完手枪打步枪，成绩更好一些；精彩继续，再上屋顶打飞碟。飞碟只看过张山打，自己以前从没打过，感觉难如登天，实操其实还好，飞碟用双管猎枪，用的是散弹，一弹散开有 36 颗钢珠，有一珠中的群众已经掌声雷动，三枪就拍案惊奇了！

当然不管成绩如何，都只是助兴，最终都归到晚餐坐下吃蟹啖水鱼，远方的朋友带了汾酒原浆来，就着 2019 年可能就不再有的七两五的太湖蟹大快朵颐，适逢木兰同学生日，太湖一声笑，滔滔两岸潮，刚开始还客气，小杯随意，后来换壶了，一圈一圈地喝下去，众人皆醉，唯见“海上温情”群主精神焕发后发制人，非山崎 25 年干不倒，余在其掩护下扶墙而退。

带回来的太湖蟹是真的好，模了大膏肥肉厚，全家吃了赞不绝口。听闻太湖又起风浪，每亩水面补贴若干给蟹农，便要禁了湖蟹养殖。以环保之名，是非难断。只是明年的蟹价，恐要飞涨。

12 安庆记：己亥年的行走自由

6月14日去安庆，起个大早，一行四人七点多就已抵达天柱山机场，广州来的老布要十点半到，利用这多出来的三个小时，当地的马总带上海团先去吃了顿水饺，再去不远的世太史第转了转。

水饺店始创于光绪年间，创始人叫江万春，江万春也是店名，现在是安庆名小吃。外面有一块百年老店的牌子，里面整成中式快餐店的模样，与庆丰包子铺相仿，也卖包子。看墙上有“江毛水饺”的介绍，我们便已划好重点，点了水饺。不一会，水饺上桌，更像是馄饨，但没有蛋丝紫菜虾米这些选配，比皮更薄肉更细佐料豪华的温州人馄饨就逊色一些。味道还是不错，用馄饨之功做水饺，乃是降维打击，江毛水饺创始之初即以选料胜出，用的是黑猪的后腿肉加土鸡汤而制，加之北方人口味不刁钻，走红也在情理之中。只因老江董头上有一撮白毛，江万春水饺便被称为“江毛水饺”，汤汤水水花开花落，转眼就过了百年。

我们不敢考证江毛水饺之食材是否还是黑猪后腿肉和土鸡做汤，自从茅台爆出15年茅台是勾兑而成只是15年口感，很多地方我们便不会再想多了，只是从老店出来，我有和同行的文舞聊，是当一个窝囊的皇帝好还是当一个被代代吃货惦记着的做美食者好？老家历史上有做“长人馄饨”的高个和做“矮人松糕”的矮子，因为“只知道吃”的旁友喜欢，芳名确也在民间流传甚久，至于走马灯式的知府知州，谁还能记得伊拉做过啥？

说话之间便到了世太史第，此处竟是赵朴初的出生地和赵氏故居，朴初老的太高祖是嘉庆元年的状元，合肥李鸿章是赵家的女婿，比朴初老高两辈，题有“四代翰林”匾悬于府第中堂，这是一个显赫到没朋友的家族。我是朴初老的粉丝，赵老的书法遍布名山大川，古刹钟声中抬头可见赵氏墨宝，赵老是佛学泰斗、年轻时任过四明银行行长，俯仰无愧的百年巨匠，吾辈瞻仰也久，此番有缘得见赵老出生和成长的地方，着实意外之喜。

在府第参观，可以想象一个家族的世子在此呱呱坠地，给家里带来诸多欢乐和期待，终于通读四书五经，学有中西，考上了东吴大学，故居陈列赵老当年上学用的皮箱，想必亦是母亲拾掇好，千般叮嘱后往苏州而去，世事浮沉，沧海一声笑，滔滔两岸潮，终成一代宗师。

世太史第有五进，后面是花园，有葡萄架，葡萄圆润，实为学而不厌的读书佳处，能降生于此，本非一般。朴初老一首诗“七碗爱至味，一壶得真趣，空持百千偈，不如吃茶去。”意思是放下书本吃茶，学贯中西之后的豁达，万千纠结之后的放下，当为吾辈之指引。

世太史第与江万春饺子铺相隔不远，声音大点的叫起来也听得见，朴初老小时候家中佣人去买些江毛水饺回来全家佐餐亦是自然。古时以圣人之治，虚其心，实其腹，弱其志，强其骨，美食作用甚大。

常使民无知无欲，使夫知者不敢为也。为无为，则无不治矣。世太史第常出经纬天下之翰林，亦是慎始敬终，得以流芳。

在此感谢无为企业家昶兄周到安排半日行程，并与中山辗转广州晚到安庆的老布兄分享。

13 天柱峰记：魁星点斗，独占鳌头

潜山行，天柱定。

己亥六月正中，潜山天池峰顶，对望1489.8米高的天柱峰，见峰顶有影影绰绰的“中天一柱”四字，极目皖天徽地，千岩万壑，远近大小，莫不围绕拱拜此突兀之峰！峰如鳌头，魁星点斗、独占风光。

青龙背上，万山丛中，一峰高耸，花岗石开，如地心出来一重拳，直冲天际！古人有心，“中天一柱”之下还有几字，细看乃“立擎霄”，导游说是“孤立擎霄”四字，“孤”字被挡住了，听闻另一角度可见，我们也不在意，特立独行而不孤，中天一柱立擎霄也蛮好！清代都统李云麟题写了“孤立擎霄”四字，委托药农贺良谋兄弟攀上神猿见愁的悬崖，刻在天柱峰顶，与后来的我们对话。而“中天一柱”的作者又另有其人，只因我编辑照片时发现“中天一柱”旁有“张济”字样，疑非李都统一手包办，再查到《天柱山志》，原来此四字为民国三十三年张济公所书，张字后来居上，占领了孤立擎霄以上的版面，雄踞天柱石报头条。

2125年前，汉武大帝刘彻登礼天柱山，在此拜岳，御目穷处，潜山万仞然崖上空空，后世李云麟如此积极作为，兴许是为了完成与汉武的对话，他在崖上另题了半米见方的四个字“长白云麟”，不登顶不可见，登顶则必见。承天地之巧，藏父赐之名，亦可算向父亲致敬了。张济公未亲登绝顶，不然再上题

"济公张弛"亦未可知，毕竟父亲节嘛，各有各的表示。

史载：西汉元封五年（公元前 106 年），汉武帝刘彻行南巡狩，自寻阳，顺江而下，经盛唐（今安庆市盛唐湾）入皖口（今怀宁县山口镇），溯水而上。法驾谷口（今天柱山野人寨），登礼天柱，"号曰南岳"。公元前 106 年到底发生了什么？汉武帝为何辗转两千里到此封南岳拜天柱，作为中国历史上第二位特立独行的帝霸，不会像我们在聚会时喝一声"下一站，天柱山"那么简单。

再考：那一年，汉武帝初置部刺史，巡察郡国，司马迁四十岁，为太史令。冬，司马迁随武帝至南郡盛唐（在庐江），望祭虞舜于九嶷山，自寻阳（今湖北黄梅县西南）过长江，登庐山，北至琅琊（今山东诸城），增封泰山，沿海而行。

东封泰山南封天柱，帝国重新布局，人生从此开挂。在天池峰对望天柱，可见远方潜江逶迤，一片沃野，皖公之界无他奇，不难有登泰山瞻鲁台而小天下之同感，泰山玉皇顶与潜山天柱峰高度相仿，东南岳均有拔地而起之雄姿，苍穹之下，犹如两颗大印落在江山万里图上，随即将天地画卷秒变出 3D 之效果。

这一刻，吾辈可感知汉武之品位，有些君王不管死后洪水滔天，有些统治者一力追求流芳百世，汉武帝属于后者，在他创绩的几十年里，平定了北方的匈奴，中华遂成大帝国，固然有史记美誉之，但其个人之品位，心路之历程，此番隔二十一又四分之一世纪与其先后拜天柱，方有体会。

我等平民六人，天柱峰前，仰之弥高之余，天风海涛中，或坐或立或五心向天或一字马，乐由心生。适逢孩儿遥祝父亲节快乐，不亦快哉！为君者，国之中天柱；为父者，家中立擎霄。家国又一岁，今再仲夏，学子赴考。有道是：开张天岸马，奇逸人中龙。长虹贯天柱，折桂到蟾宫。

14 中山古镇记之一：仁政与民生

前年的白露节气，三亚凤凰岛还有些萧条，国际旅游岛没原先想象的那么红火，自贸区还在酝酿，外地人来海南开车谋生的人不少，专车倒还是一门基本算靠谱的生意。从三亚凤凰机场出来，既可以避免被宰，又不用麻烦朋友，比租一辆车自己开还要方便。在三亚待了三天，换了两个住处，凤凰岛上的地标也只要五百块一晚。

一早去机场，5 点多上了专车，专车师傅说前面一单 3 点完成的，回家也尴尬，所以 3 点多就到了酒店，因为现在酒店停车场超过 15 分钟收费，所以趴在外面睡了一会儿。我看他困意未消，怕出事，只好找话题和他说话。从滴滴说起，我说滴滴上半年亏了 39 亿元，到现在没赚过钱，对方打瞌睡都不信，说滴滴这么狠，一单要收车费的 41% 怎么会亏？网约车出事前平均一天 3000 万单，是滴滴自己说的，就算一单赚一元每天也有 3000 万元利润不是？在他看来，这生意亏损 39 亿元和梁山泊办不下去一样难以置信。

我看他一天车开下来，站都站不稳，有点危险驾驶了，就找一些感觉能振奋他的题目说，比如三亚作为国际旅游岛加自由贸易港的未来也可能是夏威夷加香港之类的，但对方只说眼前，开始叹苦，说原本顺风车在他是补贴油钱用的，温州女孩出事后顺风车停掉他每天少收入 200 元，他也恨作案者可恶、平台把关不严以致全行业都受影响。我一听，旅游业还不算景气仅顺风车就一天收入200元，这数也不小，就开玩笑地问这哥们是不是24小时不歇接单的，他竟然点头说是的，敢情就这么见缝插针地睡啊，我看他还没全醒，只好继续聊天，这哥们继续点头，不管说什么都点头，我惊觉那是困的。

安全起见，我大喝一声：“兄弟，开这车缴社保不？”这哥们一激灵，全醒了：“怎么不缴？必须的！”

两个小时后，我到了珠海金湾机场，边吃早饭边等我上海飞来的伙伴一起去中山看老同学。一同学发微信说晚五分钟没赶上飞机，不知是昨天应酬太猛睡晚了，还是今晨上海太堵耽搁了。

昨日将《清平乐》大结局看完了，片中的宋仁宗是位很不错的君主，与历史定位“守成之贤主”差不多。虽然说“在官家心里，所能给的不过是朝堂的平衡和百姓的平宁”，但对于百姓来说，打一份工或者做一个小生意，没有非分之想亦无性命之忧，月收入基本够花，不需要日夜赶工，也就平宁了。与西夏和辽国，能融合则融合，能不打战则不打战，看上去缺乏杀伐果断连他国子民的人命都一并珍惜，时刻考虑言官的意见，顾及朝堂的平衡常常被司马光、包拯们逼到墙角的赵祯，却构建了同时拥有范仲淹、欧阳修、曾巩、王安石、司马光、苏洵、苏轼、苏辙、包拯等名臣的“庆历嘉祐之治”，堪称中学语文课本文言文部分的幕后总编，影响千年。赵老师是让言官说话让孩子读书的典范，仁政与民生课程的先导。

高考将近，祝孩子们考出好成绩。

15　中山古镇记之二：温州往何处去？

中山古镇镇，只是名为古镇，其实无一古建，常住人口 5 万，如果不是几个老同学在这里开厂，可能我一辈子也不会来这里。

但是如果你从事灯具行业，你不可能避开这个地方，这里占据着我国照明行业 70% 的市场份额，年交易额有 2000 多亿元，产品远销到全球 190 个国家和地区，与法国、意大利、日本灯饰四分天下，小镇外来人口 60 万，人口流入比一个中型城市不遑多让。

20 世纪 90 年代，温州灯具业崛起，成为继纽扣、低压电器、服装、皮鞋、打火机之外第六个全国性的产业中心，中山古镇的灯具小厂把产品拿到矮凳桥东方灯具市场来卖，一家家问过去，在温州老板的审视中入了市场。那时，矮凳桥是中国灯具的庙堂，由被总书记亲访的东方集团冠名“东方”，而中山只是一个遥远革命的发源地，古镇更是名不见经传的外围江湖。温州在商品领域几乎是一个无敌的存在，费老总结的“小商品大市场”更是为这个称霸民营经济的东瓯王城重新戴上桂冠。

1993 年，尽管中山古镇仅有几家像样的灯企，但古镇领导人提出“经营城镇”的理念，将灯饰业确立为整个古镇的未来支柱产业，这是和马云忽悠十八罗汉同级别的畅想，但是随着硬件投入、金融支持、广告营销、政策支持、人才引进、质量监控、产业配套等措施不断到位，中山古镇持续多年心无旁骛地做这一件事，竟然将上千温州灯具老板吸引了过去，在古镇做起了生意，中山人教会了温州人不赊账不还价，温州人教会了中山人八点钟开门周六不休息，一个勤劳而不狡黠、重义而不散漫的营商环境渐成规模，从而焕发出强劲的生命力。

我的同学站在矮凳桥上，举目南望，思考了半年，卷起铺盖，从一个名气直逼一线城市然而内力日益分崩离析的 1.5 线城市降维到一个孤注一掷的六线小镇，开始了他的二次创业。这里两千平方米的厂房是小厂，处处是工业革命般草长莺飞的春日气息，而老家的挽留仅仅是南白象的一亩地，萧瑟如矮凳桥畔的冬树，故乡的很多因素交织在一起，形成一股好男儿你去四方的推动力，多少人因为无解而离开，鲁迅笔下故乡的苍凉和少年时的美好记忆混合，产生了爱恨混杂的化学反应，其实不想走，终于也未留。

当时温州唯一的一家上市公司一度靠收取灯具市场的租金和物业费度日，把一个金碗敲击出讨饭的声音，后来现代服务业注入才又重新焕发，但与当年受到中央的重视程度相比，已有云泥之别。

我在同学占地 40 亩的厂区走着，在 500 人的工厂里上下，几乎忘记骨折初愈的腿尚有些许疼痛。这已是一个走极简精工路线的灯具厂，像灯具业的苹果公司，如果坚持走下去，别遇上竭泽而渔的政府，别在中美无谓的贸易对抗中损耗太多，不难想象可以做成一个百年公司的未来。因为股东们的孩子都不愿接班，上市也是无可奈何必须要做的事。

老家的领导跑来呼吁温商回归，报出 80 万 1 亩地的价格固然是充满桑梓的诚意，而在古镇低七成的成本和全产业配套面前，那一刻的欲迎还拒更像是一次相见不如怀恋的聚会。温州出走的不止一个产业，午夜的三道关口，不胜其烦的检查与罚款替代了本该的服务，厌倦了猫鼠游戏的企业家挥挥衣袖、不说离愁。义乌成、桥头败，白鹿衔花之地培育了无数践行“小商品大市场”的温州人，而他们正在白露的秋风中将他乡当作故乡，千里共婵娟地饮一口茅台。

广东做成的亦不止一个产业，我前几年去史上与温州同为百越之地隶属西瓯的云浮，也是惊叹一个十三不靠的地方，怎么就成为石材王国？在经过两百余年的开采后，在云浮依托的云石资源已经枯竭的情境下，云浮成功将石材产业集群演变为“买世界、卖世界”的市场依托型的产业集群。广东人事小不嫌弃、事大不膨胀，创新不亢、守旧不卑，岁月不好、共克时艰；岁月静好、不逾规矩。即使在当今并不景气的市场环境中，依然奋而斗之，成则藏功名、败则拂衣去。

而温州确是因为产业的空心化成为没有雾霾的宜居城市，平凡而伟大的乡贤不遗余力地将二代培育成学霸和潜龙，却在北上深杭粤港乃至古镇大多并不宜居的渊中腾挪，在中秋即将到来之际，念一把东瓯故土，千年斗城的斗转星移却基本不能亲见。

我有个各方面都有卓越人才的温州同学群，我建议下次同学会以“温州往何处去”为主题，雁楠论道、散而行之，很多同学赞同。在历史大潮前，不忘初心是大海般的温情，而砥砺前行亦是一种豪迈的乡愁。

16 中山古镇记之三：天下为公

中国有 187 条“中山路”、40 多座“中山公园”，檀香山和温哥华也有“中山公园”，各地“中山公园”大都在市中心，总面积数量惊人。“中山路”大都是主干道或者是繁华闹市的步行街。如今，很多的“中山路”都摆上了摊，或非常接近摆摊的路，很有力众创业天下为公的意味。而上篇说到的温州第一股因为近日被突发地列入“摆摊”概念股难得一见地大涨了四天，终于因为力不能继又大跌了两天，似乎市场也知道“摆摊”终不是长久之计，和“喷熔布”概念一样，皆成迷踪系列的韭菜之刀。

在上海，从外滩源到十六铺，就跑过了中山东一路、中山东二路，整个内环的浦西段都是中山打头的南、北、西路，大多数人的生活都绕不开“中山”两字，有些人更密切，中山公园、中山医院、逸仙路等等。

可以说，中国所有的历史人物里面，孙中山先生非常特殊，他是海峡两岸共同尊崇的政治伟人，也是中外各国共同认可的中华象征，没有人统计过多少个唐人街有“天下为公”的匾额，我在波士顿、西雅图、旧金山都有看到，南京中山陵、台北国父纪念堂自不用说。“平路易行”我买的是台北飞罗马的机票，第一站是从上海先去了台北。坐着轮椅带着拐杖，带小朋友参观国父纪念堂，纪念堂中有《马关条约》的复本，用很工整的楷书记录一些屈辱的条款，孙中山之所以成为孙大炮，也是因为有了没落的清朝给的这些

“基石”。

1919年,陈独秀在《每周评论》上的一篇文章提到:“有一班人因为孙中山好发理想的大议论,送他一个诨名,叫作孙大炮。威尔逊总统的和平意见十四条,现在也多半是不可实现的理想,我们也可以叫他做威大炮。”陈独秀的意思是,“大炮”是一种理想主义。胡适曾在文章中说:“中山先生以三十年的学问,三十年的观察,作成种种建设的计划,提出来想实行,万不料他的同志党人,就首先反对。客气的人说他是‘理想家’,不客气的人嘲笑他是‘孙大炮’。”“天下为公”如不成局,就是被人嘲讽的“大炮”,好在孙中山基本干成了。

中山先生的建国方略中规划的金温铁路,成了温州人自费建铁路的初心,后来请了南怀瑾先生出来主持大局,终于完成了夙愿。南老担任过金温铁路第一任董事长,堪称“天下为公”有缘之人。周日与康汉师兄、仲辉师弟同访浦东恒南书院,在“南师墨宝馆”中见南老于丙子年春写的书法“共产主义的理想、社会主义的福利、资本主义的管理、中国文化的精神”——南老以出世的心态言入世的道理,将“天下为公”的操作步骤一一说明,这是1987年南老对很多留美学子和企业家讲的,当时很多人想来中国投资,南老嘱咐大家,投资大陆必须具备这四项理念。

万“公”朝宗,源头在广东省中山市翠亨村——孙中山先生的出生地。中山先生出生时,中山市名香山县,1925年,为纪念中山先生,改名为中山县,后升级为中山市,是中国五个不设市辖区县的地级市之一,中山古镇就相当于县的级别。

9月9日,同学九人,于翠亨村源头正宗孙中山先生手书“天下为公”四字之前合影留念。三位中山地主、两位香港同胞、四位新上海人,年少时一同在籀园求学“闹事”,吃灯盏糕、猪肠粉,而后天各一方,兜兜转转,甘苦皆伴,阅尽人间悲欢,笑看浮沉旧事。于2018年重九之日九人聚于中山,品茅台啖海鲜叙别情,南瓜和糯米粉做的“炸煎堆”、满肚籽的小白虾、一肚膏的蝤蠓、炸得脆爽的虾蛄、巨鲜美的象拔蚌刺身、香脆烤鸡、鲜嫩葱鱼,等等,因吃际会，随遇而吃，美食当政，天下为私，不亦快哉。中山故居一游，睹先生之伟业、叹民生之多艰，略思量，治大国如啖小鲜，何其乐也。

宴毕擦手咋舌欲赴金湾，老布弱弱曰：时间太短，均安蒸猪、顺德鱼生还没有给你们吃！吾等沉吟半晌，头颈夹劳伊，八卦莲花掌拍出，背后三掌，当胸一掌，“你们你们……还有保留！”猛觉机身晃动，梦醒时分，已达虹桥机场。

2020 年 6 月 11 日晨，此文修改完毕，美国股市创新高了，道指史上首次收于 10000 点上方，苹果、亚马逊、微软、特斯拉均创历史新高，这是一个令友邦惊诧的数字，疫情还在继续，而美国经济似乎已经独占鳌头了。

17　中山古镇记之四：深藏功与名

在中山古镇的第一顿午饭，老布安排在一个苗圃里，不是很排场，但也有些许古粤之风，中堂匾额、条案也都配齐，是我喜欢的格调，你感觉在黄飞鸿家吃饭，那是真在广东吃饭。上的是水鱼和清远鸡，清汤火锅，就着老周从友人那截胡来的蓝瓶茅台喝水鱼鸡汤吃腊味煲仔饭，家常的又是高规的，很见情谊。老周说这餐厅的老板从广东某处遁来，包下几亩苗圃，就只做一张菜单的菜，食材限量，从不宣传，爱来不来，明藏功与名，深闺食堂，隐者也。

席间，布和周商量，为礼数见，晚上是否安排在“国宴”？正规一点。我觉得没有必要，官家钓鱼台的饭也未必有民间钩鱼台的好吃，何必“国宴”？“镇餐”即可。周说下午去看市场，再去友人办公室喝茶，晚上邀他一起吃饭，“国宴”么方便一些，不然去“钩鱼台”来回几十千米，都耗路上了，古镇堵车厉害，泰国一色的。

下午我们去古镇最大的灯具市场，应该也是亚洲最大的吧？设计师有蓝瓶53度般的豪情，一部自动扶梯一口气直达五楼，莫斯科地铁气质。我们重点看了一家水晶灯具店，老板是老周的朋友，外地来的年轻人，低调而谦虚。周说广东老板几个亿的生意自己谈，几万元的生意也亲自谈，要是你的单子小，能把你的小单子谈出规格膨胀一百倍的感觉，规范严密认真，感觉像和世界五百强做生意。

但即使是首富，也是平易得像街坊老伯，自己是绝对不膨胀的，早茶还是那个早茶，每天去游个两千米泳，深藏功与名，低调又健康。外地来的年轻人，耳濡目染，也就能沉淀下来了。生意场上的风气是务实的，正月初八企业开工之日，古镇的领导雷打不动必到企业拜年，端午、中秋、重阳几个节日问候一下，政府平常不啰唆，默默地为企业服务，营商环境也是求实求是的。

看完市场上去老周朋友处喝茶，一位土生土长的富二代，取得过学位，同时也是创业者，聊起平台、大数据、赋能、供应链金融什么的毫不费力，看得出是喜欢家乡的。这一点我很是羡慕，说明这个地方传承做得不错，即使有纸醉金迷的外部世界诱惑，故乡的氛围还是能拽得住人。《庄子》云："平易恬淡则忧患不能入，邪气不能袭，故其德全而神不亏。"如果富一代整天声色犬马，老子天下第一，那二代自然也难免邪气侵袭，德亏而神不全。一日不慎，精虫上脑，亦可能将百年基业毁于一旦，我们身边这样的例子还少吗？

凡是二代能待得住的地方总归是有它独特的魅力的。看一个城市是否成功，是看它的人才净流入，如果基因传承里面当仁不让的二三代全都离去，又何谈外部人才进来安居乐业？20世纪90年代上海有一首歌很红："有人出去，有人回来。"但这仅限于有百年近现代工商业功底的上海，其他城市的理想应该是有人进来，有人回来。因为你怎样努力都超不过学霸，所以怎么拼都不过分。

晚上在"国宴"，闲聊中得知亚运会百米冠军苏炳添是地道的中山古镇人，我百度苏炳添，发现他的婚礼也是在"国宴"办的，百度上还有婚房的照片，朴素平淡得让人不敢相信，冠军里面，除了几个不世出的天才，大都没有捷径可言，如果不是平易得邪气不能侵，持之以恒地德全而神不亏，又如何有命独占鳌头？

18 蝉街记

这次走归,蝉街变禅街了。

现在蝉街的尽头是一座拱门,拱门中望出去有一座山,山上有个塔,塔中有高僧大德的舍利,塔下有禅寺,于是乎蝉街改叫“禅街”似乎有那么一些道理了。

“温州三十六坊”记载“蝉街”本就叫“禅街”,唐代永嘉大师在松台山上修禅,连着松台山和五马街的两百多米的小街故名“禅街”。辛亥革命后整一甲子,我出生在这条街,那时“文革”热闹,武斗正酣,这条街连上五马街统称“红卫路”,拉开我祖母平常上锁的带有樟脑丸香味的抽屉,和布票、油票、肉票、肥皂票躺一起的草黄的户口本上用毛笔写着行楷“红卫路 ×× 弄 1 号”的地址。

时光倒流 1624 年,东晋建立政权四十周年暨永和三年,王羲之任永嘉(温州古名)太守(亦称使君),自汉代起,使君五马是标配,所以使君王经常乘坐五匹马拉的车在古“红卫路”的东段上跑,于是这条路被后人称为“五马街”。

南塘河滋养了使君王的鹅,使君王的书法更是润色了这座城。永和九年,王羲之在绍兴微醺时写下的《兰亭序》,被尊为天下第一行书,而后唐太宗派卧底诈取《兰亭序》,乾隆爷就八个摹本在圆明园建兰亭八柱,所有震烁古今之剧情皆在使君五马的烟尘之后。唐代温州刺史、连中三元的牛人张又新有诗云:"民喜出行迎五马,全家知是使君来。"使君王在温州洗笔的地方叫"墨池",20世纪80年代是温州市政府所在地,后来长期为鹿城区政府所用,现在是墨池公园。温州素有书法传统和墨池风水,米芾临右军所书的"墨池"两字已经湮灭,竟可由清代温州总兵黄大谋续补,那么松台派出所的户籍警写一手还过得去的行楷也不稀奇了。

禅街尽头那座山叫作"松台山",塔为净光塔,山下有妙果寺,寺内有猪头钟。己亥年元宵佳节我乘飞机到达温州机场新航站楼,到达大厅巨幅红色海报上写着——"走归"。"走归"是"流浪"的反义词,温州话"走归"就是"回家",当下爆红的带"地球回家",温州话讲就是"带地球走归",朴实直接,禅意盎然。"走归"下面抄了一大段温州民谣:"叮叮当啰来,叮叮当啰来,山脚门外啰来,啰啰来,孤老堂,松台山上仙人井啰来,妙果寺里猪头钟呵咋。"据传这首民谣被列入了亚洲文化遗产,我小时候吟诵时觉得一切理所应当,如今方知这是一世情缘。

松台山是郭璞建城选中的斗城七山之一,仙人井位列城中二十八口古井（代表二十八星宿）之首,松台山是我们这些蝉街小子主要活动场所,山上的古城墙是我们练攀爬的地方,树上果实可以当肥皂用,即使是草丛中的蚱蜢也有好多种玩的花样,后山有一些石头像听经石一样可坐禅可宿觉,虽然我在那儿被两个小混混抢过两毛钱,后来带了家伙去报仇一直没找到人,但依然很喜欢那个地方的佛系氛围。后山临九山湖,台湾的飞机曾飞来此地空投,跑得快的抢得到尼龙袜、牛仔裤,跑得慢的只抢到传单,一看内容反动,快扔。

父亲是禅街二代,和我说过很多禅街河和桥的故事。现时的禅街步行街在父亲年少时是半街半河格局,一片"楼台俯舟楫,水巷小桥多"的图景,我家住在禅街北岸,去禅街南岸有好几排小木桥,南岸是不足两米的窄道,常有顽皮的蝉街小子请狗入河,以参悟最正宗的狗爬式泳姿。父亲外公的小船从三垟经塘河而来,停靠距自家很近的河埠踏头,父亲想跨到船上,一脚踩空落水，看到水底是多么亮堂啊！当时河水之清澈怕是远胜威尼斯的……

河是20世纪50年代填的，对沿河居民作了大动员，连小学生都参加义务劳动，当时的人们改天换地的意愿很强，稍一撩拨就烫扁儿（一种温州小吃，出锅时温度很高）一样，连北京的古城墙都拆了，梁思成哭天抢地都挡不住，何况东南一隅的温州？纵有东南小邹鲁、理学名邦的文明传承，也挡不牢烫起来蛮搞的社会风气。

古城的梦有一把锁，古城的心是一条河，等待有人开启有人穿越。一张光绪八年刊行民国二十二年补正的温州古代名园图，更是仿佛前生相识，今生再见。

从图上看，就会发现古时为什么禅街是禅街、五马街是五马街，而不是现在合二为一的五马禅街。两者在新中国成立前还隔着一条南北走向的河，且南面是宽阔的水面，使君的五马驾车是当时最豪华的陆上交通工具，到水四顾心茫然就折返了，倒也不破禅街清静，所以禅归禅，官归官；颇有古罗马“上帝的归上帝，恺撒的归恺撒”之风。

有座桥连着禅街与五马街，图上无名我心中敞亮，那座桥叫四顾桥，有资格在桥上四顾留名的除了王羲之就是谢灵运了，王、谢都当过永嘉太守，且相隔不远，王羲之的女儿是谢灵运的外婆，这个我也是看材料才知道，一个书圣总裁，一个山水诗创始人，就这样把历史的茫然留在四顾桥边。河填之后桥亦无踪，桥址上建了一个伟大的四顾桥国营饱点店，卖灯盏糕、马蹄松、稻秆绳（相当于超级麻花）、点了朱砂痣的甜馒头、大饼、油卵等温州点心……在物资匮乏的年代妥妥地让我们欢喜着，不仅充实了瓯越骄子的肠胃，还殊途同归地补刀了乡愁。

以前松台山脚有个解放电影院，我曾经从电影院外三米多高的二层平台故意跳到下面堆放的沙里，再到人民广场徒手爬三层消防塔楼，在不会游泳时套一个汽车内胎就去游松台山后的九山湖，应是得了妙果寺菩萨的护佑，有惊无险懵懵懂懂地长大成人，读书就业，离开故土，从东游至外滩三马路再到威海路再到恒隆长风，从塘河十八湾摇到了苏州河十八湾，从咏鹅的荷花塘边到强家角书香门第，从宋文定公的水心到明文定公的徐家汇，从禅街到普陀，一晃离家二十年。

己亥正月十八再游妙果寺，见猪头钟，拜地藏王菩萨，而后从古来福门处走回蝉街，那条儿时夏日知了鸣叫，夏夜甚至有萤火虫、有促织狂欢的蝉街已经是禅街了。

在合二为一的五马禅街漫步，回首可见净光塔，前探可见使君之五马。路过永嘉学派正宗晚清经学大师孙诒让创办的温州师范学堂（民国二十二年此处为温州中学，1971年温州中学迁九山湖畔，此处为温八中），门楼下有新开的温州试院博物馆，温多士为东南最。我孤陋寡闻只知温州曾出过几个状元，但报得上名的只有写出"云朝朝朝朝朝朝朝散，潮长长长长长长长长消"的王十朋，今日参观试院博物馆才知不但温籍文状元数高达八位，更有十九名武状元！首位武状元是北宋潘文虎，文武兼备，博通书法，擅长文章，曾在永嘉十七都捐建仁寿桥，后人称其地为潘桥，家乡人杰地灵名士辈出，可谓福荫后人。潘桥镇的领导我认识好几任，文武双全，科班出身，政经皆通的都有，政通人和，瓯海明天更美好也是显而易见的。

在久违的晴天里徜徉儿时的古街，乃人生一大乐事，且有温州同窗和上海同仁同行，既是鹿城之旅，亦是工作考察，有兼得之喜。

怀念蝉街，祝福禅街！

后记

从2019年10月7日在公众号“南方有昆仑”上发第一篇文字以来,正好11个月,凑齐了这部散文集。公众号为纪念中国在南极冰盖最高点冰穹A上建立昆仑站的壮举,故名“南方有昆仑”,原本只是2019年南极低碳行的途中随想录,与修百世得以同舟的极友分享。后来因为上半年有了大把宅家的时间,就陆续整理了丝绸之路、文艺复兴和大航海时代的笔记,还有各地的跑步记录,公众号就变成了“人类极简史”和“地理小发现”的聚合,附录中穿插写了个人的成长故事和心路历程,公众号文章陆续发给了出版社。

根据初审意见整理完了所有文字,又加了几篇“跑步”内容,后记也要做最后的版本升级,此时的我刚从奥林匹克森林公园跑了1万米回来,在盘古酒店17楼的窗边,将书中所有的脚印在脑海之中连了一遍。12年前的8月8日晚上8点,酒店旁边的北京中轴线上,“鸟巢”和“水立方”的上空,由烟花构成的大脚印一步一步向北而去,在“鸟巢”里参加奥运会开幕式的人群眼里,这些脚印如此之大;而在盘古所化的万里江山之中,这些脚印又是如此之小!这是迄今为止我见过最富创意的脚印,是中国人用自己的思想、技术与旷宇苍穹、四海八荒的对话!在这11个月中,我终于也完成了一次与时空的对话,我的脚印更像是移动的尘埃。如果说生命是一场粒子间的相聚狂欢,我很感恩能够记录一些粒子的嘉年华,并有幸在中国顶级学府的出版社得以出版，在此特别感谢为本书的付梓辛勤工作的出版社团队，感谢联合国教科文组织继续工程教育中国教席负责人、清华大学继续教育学院刘震院长在百忙之中给本书所做的指导与点评，感谢所有支持我的朋友。

2020 年 7 月 7 日，我穿着拜仁大红球衣陪女儿高考，语文考试中，收到翁同学为拙作再次修改好的序言，至此，由师长同学好友亲朋题写的序言全部收集到位！加上南极论坛执行秘书长、南极会执行会长蔡育天先生在南极归来后给我们一家寄的明信片“南极幸会、生命觉醒”八个字开篇，十全十美了！我无比感恩，感觉不是我可以召唤神龙，而是神龙们召唤了我。

感谢本书的序作者，序亦有序，按照收到的时间排列，连起来也是几个月光阴的故事。南极论坛副秘书长叶公伟先生从本书如何看待世界、看待中国、看待自己的角度作了点评，谬赞为“思想的力量”，我知道我虽然表达了对于地球、环境、人类与未来的一点认知和思考，但思考力度是有限的，表达也不够“煞根”，“思想的力量”一说自然是表扬高过成绩。叶先生在序中提到的“致人类的信……”倒确实蕴含了反思的力量。有意思的是，美籍华裔小画家 Jacquelynn A Lin 为本书画的两张插图与叶先生的观点非常匹配：第一张画鸳鸯锅，把地球煮了寓意全球变暖，一边是依旧自然清澈的南极，另一边则是垃圾，一盘坏了的肉、一张账单，账单上面写着人类要付出的代价，龙卷风、森林大火等；另一张画是杂志风格，上面是美好清纯的企鹅世界，下面则是被污染了的世界，一个黑暗的倒影。思想是有力量的，不管是中国人还是美国人，不管是长者还是青年，有思故有在，思想的碰撞终会像特斯拉发现的电火花，能照亮整个世界。

凤凰卫视中文台副台长黄海波先生与我同为温州人，而且是瑞安籍同乡，在南极的旅程中才认识，但一见如故，非常亲切。作为总导演和凤凰卫视专题片的报告人，他是整个南极行报道的核心。在南极大合唱的排练中，他给了小儿很多指导和鼓励。腼腆的小张在长城站和俄罗斯女高音歌唱家 Olga Senderskiy 一起领唱“我和你，心连心，永远一家人”，没有演砸，实在是拜黄台和歌唱指挥燕子老师所赐。凤凰卫视南极报道专题片相当篇幅记录了一个男孩在南极的成长,小张何其有幸!黄台出生在北京,先后在中国传媒大学和日本早稻田大学就读,思想深邃性格外向,今年端午节还担任香港龙舟比赛的鼓手,是最具代表性的大陆背景的香港人之一,也是香港知识精英的中坚力量。他写的序字数不多,但概括性很强,言谈之中透露着温州人的爽快、机敏、仗义与真实,又伴有香港人的全球视野和思辨能力,真是万分感谢。

第三篇序是我的大学班主任周星增老师写的,他没有去过南极,但他和我同一年来到上海,对我读过的书做过的事都很了解,既是良师也是益友。书中有很多个人的回顾,所以请周老师写序也是我的一个心愿。请托之时周老师一手创办的“建桥教育”刚刚在香港主板上市,他又兼着上海围棋协会主席等诸多社会职务,时间本就不够用,我将公众号推送给他,拜托他有空翻阅一下。我想周老师文笔本来就好,出过专著,每年给建桥学院的毕业生演讲,金句频出,是真正有“思想的力量”的人,择几篇看看,写一段也能顶十段。没想到他让秘书将我的每篇文章都打印出来,仔细看了一遍,认真地写了序。我事后得知很过意不去,我应该将 word 版本的全稿打印好送去临港新城建桥学院,我怕浪费周老师太多的时间,事实上却占用了他更多的时间,也给秘书增添了不少麻烦,在此一并表示歉意。周老师是商界棋王,他办公室的墙上还有他与日本名誉棋圣藤泽秀行对弈的棋局,他的跨界能力一直是我学习的榜样,他喜欢围棋,我喜欢足球,区别是围棋中国很强,而足球弱了一些。

第四篇序是此次南极行我们三团的团长吴大卫先生写的,他是“南极论坛”发起会议的参与者,2013 年首赴南极,此番再赴南极,对于南极的思考比我多很多,也是我在南极行团队活动中的直接领导(三团的名誉团长是清华大学法学院教授、原中国证监会副主席高西庆先生和中国海运集团原总裁李绍德先生,本人担任三团的副团长,协助吴团长工作)。吴团长说两赴南极,最后沉淀下来不过“净”“静”“敬”几字,也总括了我对南极的认知。序中提到“思考人类文明、关注地球环境、推进均衡发展、实现共同价值”,

希望拙作的内蕴能让读者体会到与南极论坛“构建人类命运共同体践行平台”的主题相呼应,这是论坛发起人与团长对拙作的莫大认可,在此深表感谢。吴总曾是央企领导,既有思想高度对待文字又很接地气,两易其稿,字斟句酌,让我分外感激。

哥伦比亚大学的袁小军教授是科学家,南极对大多数人来说代表着遥远、神秘和荒蛮,但对她来说却是科学园地,是 25 年职业生涯探索研究的对象。袁教授获得此次南极论坛最佳发现奖可谓实至名归,我在论坛上听了多场她的演讲,平常在餐桌上也有很多交流,获益良多。更为荣幸的是,她和哥大 Lamont Doherty 研究所负责人丁敏芳教授对我在南极行期间发表的公众号文章都很有共鸣,两位最高级别的南极研究科学家时不时转发我写的南极文章也极大地鼓舞了我,某种程度上也推动了本书的面世。袁教授所言:“通过他的笔触,让我这个老南极人看到了南极深藏的另一面。”相当于给了我一个 A+ 的分数,这是我在学习南极科考方面的知识能得到的最高分数,感恩!因为众所周知的原因,中美邮路不畅,我图方便将全书的电子版本发给袁教授,电子版总没有打印好的草稿便于阅读,每每想到这些不周之处,也是汗颜。

第六篇序来自温州朋友朱闻武,朱兄文武全才,既是媒体人、出版人,写得一手好书法,又是段位很高的业余游泳运动员和拳击运动员,兼任温州市铁人三项运动协会的主席和鹿城区人大代表。温州人自古有尚武传统,铁三运动主席更不是一个虚衔,是一个个“大铁”赛出来的,主席就是人民运动员代表。朱兄是我的文友兼体育同道,乃莫逆之交,不过请朱兄写序主要原因还在于他是鄙公众号每篇必读的阅读者,可以代表极友之外每天看“南方有昆仑”的新老朋友,在此一并致谢这些朋友,正是你们通过点“在读”这样的方式累积点点滴滴的鼓励使得公众号常更常新。朱兄于 5 月 18 日午后,用毛笔写了四页序,一气呵成弥足珍贵,出于排版的原因不方便在本书中一一展现,我将朱兄手迹内容整理成序以飨读者,原件墨宝我自装裱收藏。

5 月 19 日凌晨收到老同事周新旺博士写的序,周博士是清华人,现在清华控股从事私募股权投资和科技成果转化，曾在清华大学五道口金融学院工作。我报名到清华读 GFD，也是从他这里分享到的信息，我和葡语区的关系也是始于周博士，前文提到的拜仁球衣即七年前我飞里斯本从慕尼黑转机途中所购，周博士便是那次行程的促成者之一。我第一次穿这件球衣的时候，大女儿即将进入初中，等我再穿这件球衣时，已经是陪她高考了。而这球衣所代表的拜仁俱乐部，7 年前在我抵达慕尼黑的当天晚上夺得欧冠冠军，在我陪女儿高考的 47 天后终于再度加冕欧冠。许许多多有缘的人与事物，在“平路易行”的过程和发轫中出现，周博士、拜仁与我都是属于相互的见证方，这就是人生有意思的地方。在周博士写的序中，他从老同事的角度回顾了我们在金融界的共同经历，也从同行的角度展望了一下未来。正如他所美言，仰观宇宙之大、俯察品类之盛确实催生了“人类极简史和地理小发现”。

高考第一天收到翁天祥同学写的序最具戏剧性，当时我穿着拜仁的球衣站在上海高考的赛场外，和一众家长在闲聊，那会儿，女儿应该刚刚拿到高考语文试卷。Skypeace（老翁的微信名）一条 800 字“豪微”“嗖”的一声进来了，那种快意文字的气场让我猛醒了一下，结尾一句“岁月无痕，墨字为证，时时酌酒几杯，浩瀚星宇，不尽畅游，永铭清华同窗情谊！”让我无酒先醉了，老翁并不知道我有女儿此时在高考，这时候，天外飞来“清华”二字，分明是一个吉兆！我和老翁相识于清华 GFD，他是公众号前辈，时常笔走龙蛇，指点江山，令同学们佩服不已，我们同学中商界大佬甚多，但能洋洋洒洒写几十万字且一针见血决不含糊的少见，老翁曾出版《一路随笔》散文集，几位清华的名师和好同学为之作序，乃是我学习的榜样。温州与莆田地缘亲近，我们的青少年时代都很受地域文化的影响，而后在大城市发展，有了兼容并蓄的能力，老翁在北京投资的“绅海汇”海鲜餐厅亦成网红，到了酌酒一杯，畅而论道之时，和而不同，人生乐事！关于本书字数，老翁有个让我深受鼓舞的反馈，他说他感觉有五六十万字，内容确实很丰富。

本来书名想直接用公众号“南方有昆仑”的名字，编辑宋丹青老师认为第三个系列的名字“平路易行”与副标题“人类极简史 地理小发现”更搭，作为书名更适合。经此点拨，书名高程骤降四千米，从昆仑山下到平路，更接地气了。定好书名以后，在审稿的过程中，平路易行仍未停步，又补充了一些，非常感谢清华大学出版社的严谨与体贴，使得这部散文集一直与时俱进，不忘初心、砥砺前行，边审稿边补充，从原先计划的15万字，增加到约20多万字。

最后要感谢有缘的读者，花宝贵的时间与我一起修身、立德、行世界，在帮第九位序作者借的《图解万物简史》中，看到“生命是一场粒子间的相聚狂欢，理性让热爱更勇敢”这句话，我觉得可以拿来当作总结。我的跑步仍将继续，也许明天会从盘古酒店出发朝南跑，中轴线南面的故宫博物院中，《千里江山图》静静地待在那里，在千年前天蚕口中吐出的粒子和疵茧构成的绢丝之上、孔雀石、绿松石、蓝铜矿、青金石、蓝铁矿、蓝闪石、砗磲、朱砂等最终形成画作颜料的自然之物亦是原子或者更小的粒子相聚而成，宫廷画家王希孟将大宋和自己的精神粒子赋能于自然粒子，构成了横亘千年的千里江山图和地理小发现。中华文化正在走向历史性的复兴，祝愿我们的国家更美好、世界更有爱、人类更和谐！

庚子年白露于北京
修订完成于2021年6月20日父亲节